BASTEI
LÜBBE

Über den Autor:

Ben Bennett, 1970 geboren, hat eine Journalistenschule besucht, Theater-, Film- und Fernsehwissenschaften studiert und danach für Magazine und Werbeagenturen gearbeitet. Heute lebt er mit seiner kleinen Familie, zwei Hunden und noch mehr Pferden auf einer Insel im Mittelmeer, wo er Romane und Drehbücher schreibt. Seine erste Geschichte wird gerade verfilmt. Er liebt die Stille des Meeres, auf dem er mit seinem Boot oft tagelang unterwegs ist.

Ben Bennett

Solange es Wunder gibt

Roman

BASTEI LÜBBE TASCHENBUCH
Band 16306

1. Auflage: Juni 2009

Vollständige Taschenbuchausgabe

Bastei Lübbe Taschenbücher in der Verlagsgruppe Lübbe

Lektorat: Regina Maria Hartig
Titelbild: © Elena Elisseeva / Shutterstock
Umschlaggestaltung: Siebel Druck & Grafik, Lindlar
Satz: Buch-Werkstatt GmbH, Bad Aibling
Gesetzt aus der Goudy Oldstyle
Druck und Verarbeitung: GGP Media GmbH, Pößneck
Printed in Germany
ISBN 978-3-404-16306-9

Meine Zärtlichkeit ist so grenzenlos
als die See, meine Liebe so tief;
je mehr ich dir gebe, je mehr ich habe,
denn beide sind unerschöpflich.

William Shakespeare, *Romeo und Julia*

1

Es WAR NOCH früh am Morgen, und Alexandra stand gähnend in ihrem seidenen Nachthemd, das sie erst gestern in der Stadt bei Browley's gekauft hatte, auf der Veranda ihres Strandhauses. Sie beobachtete, wie ein Fischerboot durch das blaue, von einem vorbeiziehenden Frachter aufgewühlte Meer pflügte, ganz und gar eingehüllt von einer Wolke aus kreischenden Möwen. Dass es zarte Fäden zwischen Himmel und Erde gab, die zu dünn waren, um sichtbar zu sein, hatte sie noch nicht gehört, als das Telefon im Wohnzimmer klingelte. Um diese Zeit konnte es eigentlich nur einer sein. Auf einen Schlag war ihre Müdigkeit wie weggeblasen. Alexandra fühlte sich munter wie ein kleines Mädchen morgens um sechs auf dem Weg zum Schlafzimmer der Eltern, als sie barfuß über die breiten, weiß lackierten Holzdielen durch das Haus rannte, abnahm und sich mit einem Lächeln in der Stimme meldete.

»Hallo? Hier spricht die glücklichste Frau der Welt am schönsten Ort der Welt – und wer sind Sie?«

»Alexandra Olsen?«

Es war eine andere Stimme als die, die sie erwartet hatte. Aber sie klang sympathisch. Tief und rauchig. Sie erinnerte Alexandra an einen dicken braunen Brummbären. Und sie kam ihr irgendwie bekannt vor. »Ja, das bin ich«, sagte sie und lachte vergnügt. Sie nahm sich vor, ein wenig mit dem Bären zu spielen.

»Mein Name ist Johnson. Ich warte seit einer Stunde auf Ihren Mann – er wollte mir das Haus der Jensens zeigen, das oben am Kliff.«

Es war fast zwei Stunden her, dass Morten kurz nach Sonnenaufgang aus dem Haus gegangen war. Gut gelaunt war er über die Tür auf der Fahrerseite hinweg in seinen offenen moosgrünen Mercedes Pagode gesprungen, dessen milchkaffeebraune Ledersitze schon manche romantische Szene miterlebt hatten. Alexandra konnte noch seinen Abschiedskuss auf ihren Lippen spüren – kein anderer Mann berührte sie so, wie er es tat.

»Er … Er müsste längst da sein.« Sie geriet ein wenig ins Stottern – auf dieses Spiel war sie nicht vorbereitet gewesen. Sie merkte, dass ihre Stimmung kippte und sich hinterrücks ein zweites Gefühl in ihr Herz schlich, das noch einen Wimpernschlag zuvor mit Glückseligkeit gefüllt gewesen war. Die Angst klopfte an, leise, aber energisch.

»Haben Sie es auf dem Handy versucht?« Sie konnte selbst hören, wie ihre Stimmbänder vor Aufregung zu flattern begannen.

»Mehrmals, aber er geht nicht ran. Alexandra, ich sag Ihnen was, und das auch nur, weil ich schon einmal ein gutes Haus über Ihren Mann gekauft habe: Ich warte noch zehn Minuten«, brummte Johnson in den Hörer, »dann gehe ich zu einem anderen Makler.«

»Es gibt sicher eine Erklärung«, entgegnete Alexandra, »Morten kommt sonst nie zu spät.«

»Zehn Minuten«, sagte Johnson am anderen Ende der Leitung und legte auf.

Von der Veranda her wehte ein frischer Sommerwind ins Wohnzimmer. Zu dieser Jahreszeit schien das Haus aus Düften gebaut zu sein. Wilder Thymian, Lavendel und Kiefernnadeln strömten aus den Dünen in die ins Inselinnere weisenden Räume. Die Meeresbrise blies von der anderen Seite auf das Haus. Bald würde die Hochsaison beginnen – und ein weiterer Duft durch die weit geöffneten Fenster wehen, der von Sonnenmilch, die jeweils gängige Sorte, Kokos üblicherweise.

»Du hast nicht zufällig eine Ahnung, wo er steckt?«, flüsterte Alexandra der dicken Pearl ins Ohr, als sie aus dem Bad kam, wo sie sich eine Handvoll Wasser ins Gesicht geklatscht und ihr Nachthemd gegen ein leichtes Sommerkleid getauscht hatte. Doch Pearl, ihre Bobtail-Hündin, lag schnarchend wie ein im Hochbetrieb laufendes Sägewerk auf den warmen Holzbohlen, die überzogen waren von einer hauchdünnen Schicht Sand, den der Wind im Laufe der Nacht herangeweht hatte. Pearls ganzer Körper schien vor Wohligkeit zu vibrieren. Kein Wunder: *Sie* hatte keine Termine und konnte seelenruhig weiterschlafen und sich vom Vorabend erholen, an dem die kleine Familie ein wenig über die Stränge geschlagen hatte. Gestern hatten Morten und sie gefeiert. Einen Augenblick, der sich bis heute in ihren Herzen eingenistet hatte, unberührt von den Regentagen des Lebens – den Tag, an dem seine Lippen zum ersten Mal ihre berührt hatten. Oh Gott, wie lange das her war und wie nah zugleich! Aber sie hatten es übertrieben, weil sie nicht genug hätten kriegen können vom Licht der Sterne und der unzähligen Kerzen unter dem leuchtenden Nachthimmel. Wie jedes Jahr hatten sie am Nachmittag sämtliche Läden auf der Insel, die Wachswaren im Bestand hatten, geplündert und daraus ein Lichtermeer erschaffen, in dessen goldenem Glanz sie bis spät in die samtweiche Nacht hinein Arm in Arm geschwelgt hatten. Sie waren alle drei ziemlich versumpft und deshalb ausnahmsweise nicht wie frisch geschlüpfte Kanarienvögel aus dem Nest geflattert. Doch die Schönheit und Unberührtheit eines erwachenden Tages, der mit einem tiefblauen Versprechen an den Strand brandete, hatte schon bald alle Müdigkeit weggespült und Energie in Alexandra gepumpt, die sich einen Tag ohne diese göttliche Kraft nicht mehr vorstellen konnte. Ein Leben in der Stadt? Nein, danke! Wer einmal hier gelandet war, der wusste ein echtes Paradies von paradiesischen Verlockungen zu unterscheiden.

Heute Morgen waren sie zusammen aufgestanden und hatten ihr kleines Frühstück im Bett eingenommen – »kleines Frühstück« hieß bei ihnen eine Tasse Tee und ein geviertelter Apfel, den Alexandra Morten mit der einen Hand fürsorglich in den Mund schob, während sie sich an ihn gekuschelt hatte. Ihre Haut war noch bettwarm gewesen, als sie den anderen Arm um seinen Hals und die Nase an seine stoppelige Wange gelegt hatte, wobei sie immer wieder kurz eingenickt war, begleitet vom Rauschen der Wellen, das durch das weit geöffnete Fenster in den Raum ebbte. Anschließend hatte sie ihn noch zum Wagen gebracht, der in der Kiesauffahrt stand, eingehüllt in eine fein perlende Haut aus feucht glänzendem Morgentau. Morten hatte sie geküsst und war losgefahren. Was war dann geschehen? Sie … Sie erinnerte sich nicht mehr. Bis zu dem Augenblick, in dem sie aufgewacht war, auf dem Sofa, das vor der Glasfront im Wohnzimmer stand und von dem man direkt auf das offene Meer hinaussah. Sie konnte sich nicht vorstellen, was Morten aufgehalten haben könnte. Es war noch Nebensaison, und auf ihrer kleinen Insel waren die Begriffe »Berufsverkehr« und »Stau« Fremdwörter. Gerade deswegen hatte sie ein ungutes Gefühl – es kam direkt aus ihrem Bauch, der sie nur selten täuschte.

Sie wollte gerade Mortens Handynummer wählen, als sie Geräusche aus der Küche hörte. Es klang so, als hantiere dort jemand ungeschickt mit Geschirr. Eine Haushälterin gab es nicht, denn diese hätte verhindert, dass Morten und sie sich zu jeder Zeit im Haus frei bewegen konnten, wie sie es gewohnt waren, nicht für die Augen Dritter gedachte Zärtlichkeiten auf dem Küchentisch eingeschlossen. Abgesehen davon hatte sie sowieso genügend Zeit – und es störte sie nicht, sich ein wenig um die kleinen Arbeiten in Haus und Garten zu kümmern. Alexandras Blick fiel auf eine halb volle Wasserflasche auf dem Tischchen vor dem Sofa – dem einzigen Gegenstand in greifbarer Nähe, den man notfalls gegen einen Einbrecher zum Einsatz bringen konnte. Vorsichtig, die Flasche verkehrt herum in der Hand haltend wie einen Baseballschläger, tastete sie sich an der Wand entlang zur Küche. Mit einem entschlossenen Schritt trat sie in den Türrahmen, begleitet von Pearl, die mittlerweile aufgewacht und ihr neugierig gefolgt war.

»Himmel, hast du mich erschreckt – was machst du denn hier?«

Vor dem Kühlschrank stand Morten und öffnete eine Flasche Champagner, die schon seit Monaten unberührt dort gelegen hatte. Etwas an ihm erschreckte sie noch mehr als sein unerwartetes Auftauchen. Es war sein Blick.

Er stach ihr mitten ins Herz. Sie kannte diesen Mann länger, als sie lesen und schreiben konnte, sie kannte ihn in- und auswendig, ihren Sonnenaufgang, ihren verrückten Vogel, der sie so oft zum Lachen brachte und kein Dunkel, keine Nacht zu kennen schien. Nun aber lächelte er sie an aus feuchten Augen und war ganz still und ernst.

»Ich möchte mit dir anstoßen«, sagte er nach einem Augenblick, in dem sie sich gegenüberstanden wie zwei scheue Rehe auf einer von Jägern belauerten Lichtung, während er zwei Gläser aus dem Küchenschrank nahm und einschenkte. Pearl drückte sich begeistert hechelnd gegen seine Beine – ein Ritual, das sie sich angewöhnt hatte, um ihr Wohlwollen auszudrücken, wenn einer von ihnen beiden nach Hause kam.

»Ist etwas passiert?«, fragte sie und ließ die Wasserflasche sinken, die ihre Hand noch immer umklammerte wie ein Schraubstock. »Dieser Johnson hat mich angerufen – er sagt, er wartet seit einer Stunde am Kliff auf dich.«

»Es hat einen schweren Autounfall auf der Strecke gegeben. Ich … Ich konnte nicht weiterfahren«, sagte Morten. Er trug eine nachtblaue Jeans und ein weißes Hemd und sah hinreißend aus. Ein Mann wie der Sommerwind, der sich im weißen Tuch eines Segelbootes einen schönen Tag macht. Alexandra schlang die Arme um seinen Hals, küsste seine Wangen, sein Gesicht, rieb sich an den kurzen, scharfen Bartstoppeln, die aus der sonnengebräunten Haut sprossen, weil er es in der Frühe nicht mehr geschafft hatte, sich zu rasieren.

»O Gott! Zum Glück ist dir nichts passiert!«

Sie konnte seine Hand spüren, die fest auf ihrem Hinterkopf lag und sie hielt, als wäre sie ein kleines Mädchen, das man vor der Wahrheit schützen muss.

»Worauf trinken wir?«, flüsterte sie.

»Auf uns«, entgegnete er leise. »Auf dich und dass ich dich kennen durfte.«

Sie nahm den Kopf zurück und sah ihn an. Der Unfall hatte ihm offenbar einen ganz schönen Schock versetzt.

»Dass du mich kennst, meinst du.«

»Ja … natürlich«, sagte Morten, und seine Worte schienen aus weiter Ferne zu kommen, als wäre er ein Gespenst oder ein Nebel, so abwesend war er. Erst als er ihr das Glas mit dem eiskalten, perlenden Getränk reichte, schien sein Blick für einen Moment lang klar zu werden und durch den leicht silbernen Schimmer, der auf seinen Pupillen lag, zu dringen.

»*Cheers!*«, sagten beide zeitgleich wie immer und lauschten einen Augenblick lang der Melodie des

Kristalls, die wie der Auftakt eines feinen Glockenspiels klang.

»Du willst mich betrunken machen, stimmt's?«

Alexandra versuchte Morten, der so still war, dass es ihr Angst machte, ein wenig aufzumuntern. Er war ein echter Mädchenschwarm, daran bestand kein Zweifel – auch jetzt noch, nach so vielen Jahren. Es war ganz gewiss nicht das sanft schimmernde goldene Licht einer bereits ewig währenden glücklichen Beziehung, das sie zu dieser Einschätzung veranlasste. Von Kindesbeinen an hatte sie das Gefühl gehabt, auf ihn aufpassen, ihn sich sichern zu müssen – wie ein Juwel, das man am liebsten den ganzen Tag über mit allen fünf Fingern fest umschlossen hält und nachts in einer kleinen Box unter dem Kopfkissen versteckt. Diese kleine Box war ihr Herz. Erfreulicherweise waren sie in einer einsamen Gegend aufgewachsen, ohne wirkliche Konkurrenz. Alexandra wurde mulmig zumute bei dem Gedanken, sie wären sich mitten in New York begegnet. Ob dieser unvergleichliche Mann sich auch dort für mich entschieden hätte? Alexandra schob die Frage beiseite, die sie sich schon tausendmal gestellt hatte, und kehrte in die Gegenwart zurück. Seine Augen waren von der Farbe des Meeres an einem klaren Sommertag, die Lippen aus zartrotem Samt. Sie liebte seine kleinen Grübchen um die Augen, wenn er lachte, das zedernholzfarbene Haar, durch das sie so gern mit den Händen strich, um nach ersten Anzeichen einer Graufärbung zu forschen, die ihn natürlich nur noch sexyer machen würde; doch noch war es nicht so weit, Morten hatte seine achtunddreißig

Jahre erstaunlich gut weggesteckt. Alles an ihm hatte Kontur, nichts war schwammig oder undefiniert. Er sah aus wie ein junger antiker Gott, wie eine altgriechische Statue.

»Morten, ich hab mir überlegt, ich würde gern eine Statue von deinem Abbild fertigen lassen. Wie findest du die Idee?«

Jetzt musste er lächeln. Aber irgendetwas war anders als sonst. Normalerweise hätte er wahrscheinlich losgeprustet bei einem solchen »Kompliment« und im Telefonbuch nachgeschaut, welcher Betrieb auf der Insel Gips und Künstlerbedarf liefert. Hatte sie etwas falsch gemacht heute Morgen – oder war es tatsächlich nur der Unfall, der ihn so mitgenommen hatte? Morten war niemand, der aus Mäusen Elefanten machte. Nicht einmal über um zwei Größen eingelaufene, zerknitterte Oberhemden regte er sich auf. Er schmunzelte nur, wenn ihr solche Missgeschicke passierten. Jetzt hingegen machte er ein gequältes Gesicht. Alexandras Herz klopfte schneller. Wenn er so schaute wie jetzt, musste etwas Schlimmes passiert sein. Über dem Haus konnte man einen Helikopter hören. Vielleicht war er unterwegs zum Unfallort, denn normalerweise flogen keine Hubschrauber auf der Insel – höchstens hin und wieder ein kleines Propellerflugzeug mit Touristen, die das Eiland aus der Vogelperspektive erleben wollten. Davon abgesehen war der Luftraum den großen weißen Möwen vorbehalten, die mit ihren breiten Schwingen durch die Luft schossen, als wären sie keine Vögel, sondern kleine Jagdflugzeuge im Manöver, die Codes und Signale über ihre orange glänzenden Schnäbel austauschten. Der Helikopter wurde leiser, aber solange er über ihrer Seite der Insel kreiste, würde man ihn hören können, denn hier gab es nichts außer dem Wind, dem Wasser und dem Bergmassiv, von dem jedes Geräusch zurückgeworfen wurde.

»Morten, ist alles in Ordnung? Geht's dir nicht gut?«

»Nein, ich … Mir ist ein bisschen schwindelig. Es ist nur … der Schock.«

Alexandra drückte ihm einen Kuss auf die Lippen aus Samt und zog ihn fürsorglich zu einem der Korbstühle an dem uralten Küchentisch aus weiß lasiertem Holz.

Pearl ließ sich mit einem kräftigen Seufzer unter den Tisch plumpsen.

»Wieso erzählst du mir nicht einfach, was passiert ist?« Alexandra nahm gegenüber von Morten Platz, entschlossen, in die Offensive zu gehen – anders hielt sie es nicht mehr aus.

»Ich kann nicht. Noch nicht«, erwiderte Morten. »Hör zu: Gib mir noch ein wenig Zeit, ja? Ich muss das Ganze erst verarbeiten.«

»Muss ich mir Sorgen machen?«

Morten sah sie mit einem Gesichtsausdruck an, der nur »Ja« bedeuten konnte.

»Nein«, sagte er. »Mach dir keine Sorgen! Lass uns einfach nur den Augenblick genießen – die Chance, dass wir hier zusammen sitzen können.«

»Das kann ich aber nicht, wenn du mir solche Angst machst.«

»Ich weiß«, sagte Morten, »es tut mir leid. Ich … wollte dir keine Angst machen.«

Alexandra wünschte sich nichts sehnlicher als ein Zeichen der Entwarnung. Doch seine Augen blieben ernst, auch wenn sein Mund sich bemühte zu lächeln. Alexandra lenkte den Blick auf die Tischplatte, um Morten nicht ansehen zu müssen.

»Es … Es war schön gestern Abend«, sagte er nach einer Weile und blickte versonnen in sein Glas.

Alexandra ließ die Hand über die Tischfläche gleiten, um seine Fingerspitzen zu berühren. Vielleicht war es wirklich besser, behutsam vorzugehen, ihn nicht zu bedrängen.

»Ja, das war es. Es ist schon merkwürdig. Findest du nicht, dass wir wie ein altes Ehepaar sind? Und gleichzeitig kommt es mir vor, als hätten wir uns erst gestern kennengelernt. Jeder Tag ist vertraut und überraschend zugleich …«

»Du hast recht«, flüsterte Morten und ließ seinen Zeigefinger auf ihrem Handrücken kreisen. »Es könnte ewig so weitergehen. Ich meine, es … ist einfach zu schön …«

»… um wahr zu sein?« Alexandra erschrak – Himmel, wie komme ich nur auf so etwas?, fragte sie sich. Ist es das, was er mir sagen will – weshalb er heute so bedrückt ist?

Vielleicht geht es gar nicht um den Autounfall, sondern um etwas viel Schlimmeres – etwas, was uns beide betrifft. Vielleicht um eine … andere Frau? Nein, das war unmöglich! Morten und sie waren wie ein und dieselbe Person, zwei Seelen, die sich gefunden und vereint haben. Niemand konnte dieses Band zerschneiden.

Der Augenblick stiller Panik wurde vom Klingeln des Telefons unterbrochen.

»Das wird …«

»Wir gehen nicht ran, okay?« Verschwörerisch legte Morten den Zeigefinger auf die Lippen, als gelte es, ein Geheimnis zu bewahren. Er zwinkerte ihr zu, aber sie hatte das Gefühl, dass er es nur machte, um sie nicht noch weiter zu beunruhigen.

Ihr Morten. Wie er ihr gegenübersaß, das Champagnerglas nahezu unberührt vor sich auf der Tischplatte, als wäre er ein kleiner Junge, der etwas Fürchterliches ausgefressen hat und dem seine Brause nicht schmeckt, bevor er nicht alles gestanden hat. Sie betete, dass alles gut sei. Alles ist gut. Nichts ist passiert. Jedenfalls nichts, was mit ihnen beiden zu tun hat.

Während das schrille Läuten des Telefons die Stille in kurze, gleichmäßige Abschnitte zerhackte, dachte Alexandra daran, wie sie sich kennengelernt hatten. Sie erinnerte sich nicht mehr an ihre erste Begegnung, genauso wenig wie sie sich noch vorstellen konnte, jemals ohne Morten gewesen zu sein. Eines war sicher: In dem Maße, wie ihre Väter sich gehasst hatten, waren sie und Morten voneinander angezogen gewesen – und zwar vom ersten Tag an. Es war, als wären sie füreinander geschaffen. Ihre Väter, die beiden mächtigsten Pferdezüchter im Umkreis von einhundert Meilen und zu ihrem tiefsten gegenseitigen Bedauern darüber hinaus Nachbarn, hatten einander bekämpft wie die verfeindeten Familien in *Romeo und Julia*, die Montagues und die Capulets. Sie waren Streithähne, wie man sie sonst nur in Dramen findet. Vielleicht hatte dieser rohe, unnachgiebige Hass ihrer Väter Alexandra und Morten dazu gebracht, sich als Julia und Romeo zu fühlen, obwohl sie zu jenem Zeitpunkt noch nicht von Shakespeares Liebespaar gehört hatten. Denn genau das waren sie – Liebende, die sich dem vorgezeichneten Lebensweg widersetzten, um eine eigene Richtung einzuschlagen. Und dabei folgten sie nur einem Kompass: ihren Herzen. Irgendwo auf dem satten, saftig grünen Gras einer Koppel im gerade erwachten Frühling oder zwischen den trockenen Heuballen in einem unerträglich heißen Stall im Sommer, neugierig unter den staksigen Beinen eines frisch geborenen Fohlens hervorlinsend, irgendwo dort hatten sie zum ersten Mal von der Existenz des anderen erfahren. Es war eindeutig zu lange her, um noch Jahr und Tag benennen zu können.

Sie und Morten waren Einzelkinder, deren Väter, um das Übel komplett zu machen, beide den Namen Jack trugen.

»Dieser Jack ist ein fürchterlicher Halsabschneider«, pflegte Alexandras Vater beim Abendessen über seinen Konkurrenten zu schimpfen – während die Kleine einen Teller weiter über ihren Kartoffeln und dem verhassten Rosenkohl saß, der drüben bei Morten nur »Kugelkotze« hieß, und einfach nicht verstehen konnte, wieso ihr lieber Vater von sich in der dritten Person sprach und in einem derartigen Selbsthass versinken konnte. Später, als sie lesen und schreiben gelernt hatte, verstand sie allmählich den wahren

Sachverhalt und verlor Tag für Tag ein wenig mehr Respekt vor den sogenannten Erwachsenen. Bei Morten zu Hause lief es offenbar nicht anders ab.

Da sie nur ein Jahr voneinander trennte, war es ihren Vätern nahezu unmöglich, sie *voneinander zu trennen* – sie trafen sich wochentags in der Schule und an Sonn- und Feiertagen auch in der Kirche, in der Morten einige Jahre später auf Wunsch seiner Eltern als Messdiener wirkte.

Von seinem Platz auf dem Podest genoss er an diesem Ort der stillen Einkehr und des gemeinsamen Betens für beinahe eine volle Stunde einen ausgezeichneten Blick auf Alexandra, die abwechselnd in weißen und dunkelblauen Sonntagskleidern ihm direkt gegenüber in der ersten Reihe der Familienbank saß und verschmitzt lächelnd seine Tätigkeit verfolgte, immer auf eine kleine Frechheit seinerseits spähend. Denn sie war zu wohlerzogen, um selbst unangenehm aufzufallen, obschon sie schon immer eine Schwäche dafür gehabt hatte.

Das alles war so lange gut gegangen, bis eines Tages – sie waren mittlerweile in dem Alter angelangt, in dem die Mädchen sich in geistreiche junge Frauen und die Jungs sich in unreife junge Männer verwandeln – ihrem sonntäglichen Blickkontakt ein jähes Ende bereitet wurde. Morten, für gewöhnlich ein Meister der von allen außer Alexandra unbemerkten Geste, hatte dem Pfarrer den Satz »Wir beten für den Halsabschneider Jack« in seine Fürbitten geschmuggelt, wohl wissend, dass dieser sie grundsätzlich mit glasigem Blick vom

Blatt ablas und hinterher nicht wusste, wovon er gesprochen hatte.

An jenem Sonntag kam es in der Kirche und insbesondere in der ersten Reihe ganz links und ganz rechts, wo die beiden Jacks mit ihren Familien saßen, zu erheblichen Tumulten. Noch am selben Vormittag wurde die Angelegenheit geklärt, indem der Gottesdiener dem Sünder himmlische und höllische Qualen androhte, sollte er seine Schuld nicht öffentlich bekennen und sich bei den beiden Jacks entschuldigen. Dass Morten daraufhin fristlos und unehrenhaft aus dem Amt zu scheiden hatte und ein anderer Junge fortan seine Pflichten als Messdiener übernahm, gefiel Alexandra zunächst gar nicht.

Morten jedoch schien es nicht ungelegen zu kommen, gab es doch mittlerweile bessere Gelegenheiten, sich zu treffen und zu beschnuppern, frei vom Gängelband der Erzeuger. Bereits am selben Abend spürte er Alexandra auf. Er entdeckte sie auf einer Tanzveranstaltung der Pferdezüchter, der die beiden Jacks zu diesem Zeitpunkt nur noch sternhagelvoll von ihren Ehrenplätzen aus beiwohnten.

An jenem Abend hatten sie sich zum ersten Mal geküsst, unter einem Mond aus Gold, und mit jedem weiteren Kuss glitzerte ein Dutzend mehr wunderbarer Sterne am Firmament.

»Wenn du willst, kannst du mich heiraten«, versicherte Morten ihr an jenem Abend zärtlich. Er war damals fünfzehn gewesen.

»Und wenn *du* willst, kannst du eine Tracht Prügel beziehen, wie du sie noch nicht erlebt hast!«

Noch jetzt, wo sie, in Gedanken versunken, an ihrem Champagnerglas nippte, klangen die groben Worte von Mortens schlagartig nüchternem Vater in ihr nach, der auf einmal mit puterrotem Gesicht neben ihnen im Dunkel gestanden hatte, eben von einem Pinkelausflug zurück – nur dass sie nun, mehr als zwei Jahrzehnte später, milde darüber lächeln konnte.

»Worüber lachst du?«, fragte Morten – er hatte sie ertappt, wie so oft. »Sag es nicht, ich weiß es … Warte … Du lachst über …«

»… einen Halsabschneider«, ergänzte sie und strich ihm zärtlich mit der Hand über die Wange.

»Davon kenn ich zwei«, sagte er und zwinkerte ihr aufmunternd zu.

»Morten … meinst du nicht, dass du Johnson anrufen solltest?«

Wie auf Verabredung klingelte genau in diesem Augenblick das Telefon im Wohnzimmer. Schon wieder.

»Das wird er sein.« Alexandra beschloss, sich vorerst keine weiteren Sorgen zu machen, nicht zu spekulieren, was Schlimmes passiert sein könnte. Vielleicht war es wirklich nur Johnson, der anrief, und es handelte sich lediglich um eine Sache zwischen den Männern, irgendeinen dämlichen Streit – worüber auch immer. »Geh du ran. Es ist besser, er macht dich zur Schnecke als mich. Ich hab mit alldem nichts zu tun«, sagte sie in ihrem besten Feine-Lady-Akzent, ein Spielchen, das sie hin und wieder mit ihm trieb, um ihn ein wenig zu foppen. Auch wenn es ihr dieses Mal nicht halb so viel Spaß machte wie sonst.

Morten lächelte sie an. »Wir werden beide nicht rangehen, was hältst du davon?«

Alexandra stutzte. Wieso wollte er partout nicht ans Telefon gehen? So kannte sie Morten gar nicht – normalerweise war er mehr als engagiert, was seinen Job betraf.

»Und was … machen wir stattdessen?«, fragte sie, ein wenig verwirrt.

»Wir … Wir genießen den Tag. Hast du Lust auf einen Spaziergang am Strand?«

Sie hatten seit Monaten keinen Strandspaziergang mehr gemacht. Sie *wohnten* am Strand, da gewöhnte man es sich schnell ab, dort zu spazieren, und saß lieber auf der Terrasse, um der Musik der Wellen zu lauschen. Eigentlich schade, dachte sie. Früher sind wir oft abends zum Sonnenuntergang irgendwo in den Dünen gewesen und haben dort gelegen, eng umschlungen und nicht immer bekleidet. Doch irgendwann erwischt einen die Bequemlichkeit, und man verlegt das Abenteuer auf die Ferien.

Sie waren seit Kindesbeinen ein Paar, eine lange Zeit, und der Fluss der Jahre hatte einiges an Leidenschaft weggespült. Dafür war das Vertrauen gewachsen – mit jedem Jahr, das sie gemeinsam verbrachten, hatte sich ein neuer Ring des Vertrauens gebildet, so dass es nun so mächtig war wie der Stamm einer hundertjährigen Eiche, die jedem Sturm und jedem Hagelschauer trotzt.

Ja, sie *hatte* Lust auf einen Spaziergang. Und Pearl, der dicken Pearl, würde es auch guttun, sich ein wenig mehr zu bewegen als üblich.

»Ich weiß nicht, ob du dich noch erinnerst – aber ganz früher hast du auf diesen Spaziergängen keine Unterwäsche getragen. Außer an Sonntagen.«

Der Satz kam so trocken aus seinem Mund, als wäre er eine Scheibe Knäckebrot. Auf einmal war er wieder da, der Morten, den sie kannte und den sie unter keinen Umständen verlieren durfte. Sie jubilierte innerlich – das versprach ein netter Spaziergang zu werden! Jemand sprach auf den Anrufbeantworter, aber außer, dass es nicht Johnson war, verstand sie nichts.

Sie genoss es, wie Morten sie ansah – irgendwann würde er sie noch allein mit Blicken ausziehen, ohne eine Hand zu rühren. Langsam schob sie ihr Kleid ein wenig hoch und zog den Slip herunter, der unhörbar auf den anthrazitgrauen italienischen Mosaikfliesen landete.

»So, ich wäre dann fertig«, sagte sie und gab ihm eine kleine Backpfeife, wie es ein unanständiger Junge verdiente.

Mittlerweile war der Tag zu einer Symphonie in Blau geworden. Das Meer, der Himmel, alles schien ineinander zu fließen, illuminiert von einer Sonne aus flirrendem Gold.

Der Strand, der sich, noch unberührt von Spuren, vor ihrer Terrasse ausdehnte, war unendlich breit und lang. Jetzt, in der Vorsaison, war er nur wenigen Auserwählten vorbehalten, die in den Häusern in den Dünen lebten, unglaublich reichen Menschen – und einem jungen Immobilienmakler mit seiner Gefährtin, die zur richtigen Zeit am richtigen Ort gewesen waren und sich vor allen anderen Schlaubergern ein wunderschönes altes Holzhaus gesichert hatten. Abgesehen davon, dass sie ebenfalls nicht gerade arm waren, wie Morten ergänzt hätte, hätte er Alexandras Gedanken in diesem Moment erraten. Aber das konnte er nicht, auch wenn er immer so tat. Er hatte fast noch nie einen Gedanken richtig erraten, denn eigentlich drehten sich ihre Gedanken fast immer nur um ihn – und er war einfach nicht der Typ, der glaubte, dass eine Frau ernsthaft ständig an ihren Mann dachte, wenn es doch so viele interessantere Themen wie Pferde, Schuhe oder Unterwäsche gab. Aber Alexandra war anders als die meisten Frauen – und sie war sich sicher, dass ihr Glück genau darauf beruhte. Ihr Blick fiel auf das Gedicht des Dichters Hermann Hesse, das auf einem Zettel am Kühlschrank klebte: »Stufen« – es war ihr gemeinsames Lebensmotto.

Es muss das Herz bei jedem Lebensrufe
Bereit zum Abschied sein und Neubeginne,
Um sich in Tapferkeit und ohne Trauern
In andre, neue Bindungen zu geben.
Und jedem Anfang wohnt ein Zauber inne,
Der uns beschützt und der uns hilft zu leben.

Erst in diesem Moment wurde ihr klar, was hier verlangt wurde: neue Bindungen. Am liebsten hätte sie den Zettel mit einem Ruck abgerissen, um ihn in den Papierkorb zu stopfen, was Morten sicher nicht gutgeheißen hätte. Ihr Leben war perfekt, sie brauchte weder Veränderungen noch neue Bindungen. Zumindest nicht, was sie beide betraf. Eine Veränderung von etwas Perfektem bedeutete schließlich nichts anderes als eine Verschlechterung. Da sich Mortens Stimmung offenbar gebessert zu haben schien, hoffte sie – wenn auch nur einen Augenblick lang –, dass sich das Problem einfach in Luft auflösen würde, so als wäre nichts geschehen. Was würde sie für einen zweiten Anlauf geben an diesem eben erst erwachten Sommertag! Sie würden ein Glas Wein trinken und dann vielleicht noch eins, um die Sache, die ihn so plagte, aus der Welt zu schaffen. Alexandra nahm sich vor, großzügig zu sein und ihm beizustehen – bei was auch immer. Möglicherweise ging es ja auch gar nicht um eine andere Frau oder um etwas, was ihre Beziehung betraf. Sie sehnte sich danach, mit Morten Hand in Hand schweigend durch den warmen Sand zu laufen, bis er schließlich den Mut finden würde, mit dem, was ihn so belastete, herauszurücken. Pearl wackelte freudig erregt mit ihrem nicht mehr als zierlich durchgehenden Hinterteil, als Morten die Leine in die Hand nahm. Sie ließen den Hund am Strand eigentlich immer frei laufen, aber Pearl hatte sich in ihrer Kindheit so sehr an die Leine als Aufbruchssignal gewöhnt, dass man zumindest einmal damit herumhantieren musste, um ihr klar zu machen, was bevorstand. Sie hatten es auch schon ohne dieses Spielchen probiert, aber lediglich fragende Blicke geerntet und den Hund nicht aus dem Haus bewegen können.

»Ich will noch schnell nachsehen, wer angerufen hat«, sagte Alexandra und flitzte ins Wohnzimmer, um den Anrufbeantworter abzuhören.

»Nein, warte!« Morten lief ihr hinterher und erwischte sie gerade noch am Arm, der sich schon in Richtung Abhörtaste bewegte. Er zog Alexandra an sich und ließ sich fallen, wobei er ihren Körper fest umschlungen hielt. Einen Augenblick später lag er unter ihr begraben auf dem Sofa.

»Spinnst du?« Sie boxte ihn mit ihren kleinen Fäusten in die Seite. »Du Grobian!«

Obwohl Morten keinen schützenden Schwimmreifen am Körper trug wie die meisten Männer in seinem Alter, reagierte er nicht auf ihre sanften Hiebe. Im Gegenteil: Er drängte sich so fest an sie, bis ihre Nasenspitzen sich berührten – und küsste sie.

»Hey, ich maßregele dich!«, wies Alexandra ihn zurück und biss leicht in seine Unterlippe. Es gab nur zwei Stellen, an denen man ihn nicht beißen sollte – und dies war eine davon.

Doch Morten schien keinen Schmerz zu fühlen.

»Autsch!«, sagte er – doch es kam ihr so vor, als täte er es nur, um sie nicht zu enttäuschen. Seine Hände hatten sich sanft um ihr Becken gelegt, und Alexandra spürte, dass sich unter ihr etwas regte. Unter dem Kleid war sie völlig nackt. Allein der Gedanke, sich nun dieses hauchdünne Stückchen Stoff über den Kopf zu ziehen, machte sie verrückt. Sie wusste, wie gern er ihren Körper betrachtete, welche Lust es ihm bereitete, ihn zu entdecken – und deshalb ließ sie sich Zeit, während sie langsam Zentimeter um Zentimeter des leichten Baumwollkleids nach oben wandern ließ. Mortens Augen verfolgten jede ihrer Bewegungen, als sähen sie all das zum allerersten Mal. Oder zum allerletzten? Als wollten sie sich alles noch einmal genau einprägen – ein Gedanke, den Alexandra sofort wieder aus ihrem Kopf verbannte. Wie konnte sie nur so etwas denken? Behutsam strich sie über Mortens Wange, bevor sie sich daranmachte, sein Hemd aufzuknöpfen. Auf einmal hatte sie das Gefühl, beobachtet zu werden.

Es war Pearl. Sie stand in der Tür und hechelte freundlich, ohne an dem Geschehen Anstoß zu nehmen.

Alexandra beschloss, dass Pearl alt genug war, dieses Schauspiel verfolgen zu dürfen, und machte sich mit ihren schlanken Fingern an der Knopfleiste einer Jeans zu schaffen, die ihr bestens vertraut war. Sekunden später spürte sie, wie Morten in sie eindrang. Es war, als würde sich ein Pfeil in ihr Herz bohren. Sie küsste Morten am Hals, immer und immer wieder, und manchmal biss sie ihn auch ein kleines bisschen, so als wäre sie ein Vampir in der Ausbildung. Seine Haut war warm und weich und duftete, als hätte man das Glück in jede Pore gegossen und sie anschließend versiegelt.

»Ich hab ein *gutes* Gefühl«, sagte er, eine Hand auf ihrer Brust. Er sagte das immer, mit einem verschmitzten Lächeln im Gesicht – selbst beim Sex konnte er nicht ernsthaft bleiben. Offensichtlich wusste er, dass es ihr gefiel, wenn er das sagte. Und sie wusste, dass es stimmte. Es war wunderschön.

Danach lag sie einfach nur da, sie in seinen Armen – und genoss seine sanfte Wärme, die sie einhüllte wie ein weicher, schützender Mantel. Ein Mantel, in dessen Futter ein Herz verborgen war, das nur für sie schlug. Da war es wieder, dieses tiefe Glücksgefühl, das sie beide miteinander erleben konnten – dieses unerschütterliche Vertrauen in den anderen. Es war kompletter Unsinn gewesen, dass sie auch nur für einen Augenblick geglaubt hatte, es könnte eine andere Frau im Spiel sein. Was auch immer Morten so traurig gestimmt hatte, das war es ganz sicher nicht.

Im Radio, das wie jeden Vormittag leise in der Küche lief, brachten sie die Nachrichten aus der Region. Alexandra glaubte den Namen des Ortes zu vernehmen, in dem sie lebten. Aber sie verstand lediglich Fetzen des Gesagten. Dass es zu einem Unfall gekommen war und dass die Ursache noch ungeklärt war. Da war es wieder, dieses beklemmende Gefühl – es versuchte erneut, die vollkommene Harmonie zu zerstören und sich zwischen Morten und sie zu drängen. Sie musste ihn fragen, was geschehen war. Wie lange wollte er sie noch warten lassen, bevor er mit der Sprache herausrückte? Er musste doch wissen, dass er sie damit quälte. Genau das machte ihr Angst, denn ihr war klar, dass er sie niemals unnötig verletzen würde. Was nur bedeuten konnte, dass die Qual des Wartens weniger schlimm war als das, was danach kommen würde. Trotz allem brauchte sie Klarheit. Andernfalls würde sie verrückt werden. Doch nun waren seine Augen geschlossen – kein Wunder, so früh wie er heute aufgestanden war. Es war eine ihrer Lieblingsbeschäftigungen, ihn anzusehen, wenn er schlief oder sich entspannte wie jetzt.

Sie scannte jeden Winkel seines Gesichts, um jedes Mal zu demselben Schluss zu kommen: dass er sich seit ihrer gemeinsam durchwanderten Kindheit von einem kleinen Schmetterling in einen großen, nicht minder faszinierenden Falter verwandelt hatte. Schade, dass sie keine kleinen Schmetterlinge hatten. Sie hatte sich oft vorgestellt, wie sie aussehen würden.

Mindestens ein blondes Töchterchen und einen schmal gebauten Jungen mit großer Klappe und Sommersprossen auf der sonnengebräunten Nase wünschte sie sich seit Langem. Wie immer, wenn sie daran dachte, wurde Alexandra flau im Magen. Wieso war sie so auf Nachwuchs fixiert? Kinder gehörten nun einmal zu ihrer Vorstellung vom vollkommenen Glück – Mortens Kinder, der sicher ein fantastischer Vater wäre. Mit ihm an ihrer Seite, in diesem Haus am Meer, auf dieser Insel der Freiheit – es wäre einfach herrlich, sie in diesem Paradies aufwachsen zu sehen. Vielleicht wollte sie auch nur ein zweites Mal ihre eigene Kindheit erleben, die sie, so lange sie denken konnte, gemeinsam mit Morten verbracht hatte – im ständigen Galopp über von Kornblumen und wildem Mohn gesäumte Wege und bunte Wiesen. Noch einmal wie die Schimpansen auf mächtige, in die Wolken ragende Bäume klettern, um dort allen möglichen Träumen und Spinnereien nachzuhängen. Die Insel war einfach perfekt für Kinder: die weiten Strände und kleinen Buchten, die Dünen, das Wäldchen in ihrem Inneren, die Unendlichkeit des Meers, die kleinen Straßen und zahllosen Verstecke, die Badehäuschen aus blau-weiß gestrichenen Holzlatten, die wilden Ponys, Schafe und Ziegen. Sie zumindest wäre gern hier groß geworden. Lighthouse Island war endlich und unendlich zugleich – die Insel bot ein ausreichendes Angebot an Abenteuern und war doch überschaubar. Der Blick und die Gedanken jedoch konnten über das Meer in die Ferne schweifen, ein unverzichtbarer Bestandteil für die Entwicklung eines Kindes, wie Alexandra glaubte. Sie war überzeugt, dass der Blick in die Ferne den Menschen mit Weitblick ausstattete und ihm erst ermöglichte, ein Maß für die Dinge zu entwickeln. Nur so ließ sich ermessen, wie groß oder klein die Probleme des Alltags tatsächlich waren. Ein Kind, das mit einem Blick auf eine gegenüberliegende Hauswand aufwächst, wird immer dazu neigen, sich in sein Inneres zurückzuziehen, in sein kleines Zimmer und alles, was dort vor sich geht, für unermesslich wichtig halten. *Unsere* Kinder aber sollen so weit in die Ferne sehen können, dass sie in der Lage sind, zu entdecken, dass es mehr gibt auf dieser Welt als ihr eigenes kleines Universum, sinnierte Alexandra. Es bestand kein Zweifel: Für Entdecker war dies hier der ideale Platz. Es war bestimmt kein Zufall, dass eine illustre Gemeinde aus allen Teilen des Globus die Insel bevölkerte und die Touristen im Hochsommer wie die Heuschrecken einfielen. »*Unsere* Kinder« – der Gedanke brachte Alexandra aus der Fassung. Sie war neunundzwanzig gewesen, als eine Fehlgeburt ihren Traum von Kindern ins Wanken gebracht hatte.

Lighthouse Island war durch einen schmalen, etwa zwei Meilen langen Damm, auf dem eine geteerte Straße angelegt war, mit dem Festland verbunden. Die Insel gehörte zu den wenigen Orten auf der Welt, die es ermöglichten, in absoluter Stille und Verbundenheit mit der Natur zu leben, die Sommermonate einmal ausgenommen. Dennoch erreichte man mit dem Auto in spätestens einer halben Stunde eine quirlige Stadt, die alles an Vergnügungen bereithielt, was man sich vorstellen konnte. Endlose weiße Strände, ein tiefblaues Meer und das ganzjährig milde Klima machten Lighthouse Island für seine nur wenigen hundert ständigen Bewohner zu einem Platz, der dem Paradies sehr nahe kam. In der Inselmitte gab es einen kleinen Ort auf einer Anhöhe, von der aus man die gesamte Insel überblicken konnte. Hier waren neben der nur selten vollen Kirche und einer Handvoll Bars und Restaurants – von denen im Winter allerdings nur zwei geöffnet blieben – Lebensmittelmärkte, ein Geschäft für Handwerks-, Garten- und Fischereibedarf sowie ein Bücherladen versammelt. Dazu ein kleines Kino, das als Initiative der Inselbewohner ganzjährig interessante Streifen zeigte. Es war mit einem Café ausgestattet, in dem sich eine wachsende Clique nach dem Film traf, um zu ermitteln, wer die meisten Continuity-Fehler bemerkt hatte oder warum dieser und jener Schauspieler eine Fehlbesetzung war. Auch Alexandra und Morten waren hier Stammgäste, denn Filme waren seit jeher ihre große Leidenschaft – wobei es das Wort Sehnsucht möglicherweise besser traf. Die Sehnsucht nach einem Vergnügen, das einem in der Jugend nicht vergönnt war. Offenbar ging es nicht nur ihnen so. Im Großen und Ganzen lebten die Menschen zurückgezogen in ihren Häusern am Meer – doch seit es das Kino gab, war so etwas wie ein Dorfleben unter den Millionären und Multimillionären erwacht. Nicht wenige von ihnen schienen nach und nach die Bedeutung des Wortes Gemeinschaft zu erfassen, eine Bedeutung, die ihnen im Laufe ihres harten, geschäftstüchtigen Lebens abhandengekommen war. Wie schön wäre es doch, dachte Alexandra, wenn die beiden Jacks das hier erleben könnten! Aber ihre Väter, mittlerweile vermutlich alt, klapprig und störrischer denn je, wohnten noch immer auf ihren Farmen auf dem Festland, einige Autostunden von Lighthouse Island entfernt, und schienen kein Interesse an ihren Kindern zu haben, die das Weite gesucht hatten und nur zu Weihnachten und zu den Geburtstagen die eine oder andere Postkarte schickten. Sie selbst hatten seit ihrem Umzug weder einen Anruf noch Post von einem der beiden erhalten – und ganz besonders zu den Festtagen wünschte Alexandra sich nichts sehnlicher, als in einer glücklichen Familie aufgewachsen zu sein. Sollten sie jemals eigene Kinder haben, sie würden es besser machen – daran bestand für sie kein Zweifel.

Einmal in der Woche fuhr Alexandra zum Einkaufen in die Stadt. Seit ihrer Fehlgeburt suchte sie dort regelmäßig eine Frauenärztin auf. Alexandra wünschte sich so sehr, dass es doch noch klappen würde mit einem Baby. Sie und Morten hatten es seitdem immer wieder versucht – aber ohne Erfolg. Doktor Springer, der einzige Arzt auf der Insel, war damals mit ihr ins Krankenhaus gefahren, ohne zu wissen, dass es bereits zu spät war, als er sie in sein Auto verfrachtete. Wie ein väterlicher Freund hatte er sie anschließend getröstet und gesagt, sie solle sich ausruhen und sich vor allem keine Sorgen machen – eines Tages würde sie ihr Kind bekommen. Erst die Frauenärztin in der Stadt hatte ihr die Augen geöffnet und festgestellt, dass es äußerst unwahrscheinlich sei, dass sie noch einmal schwanger würde. Irgendetwas mit ihren Eierstöcken stimmte nicht. Trotzdem: Sie hatte »unwahrscheinlich« gesagt – nicht »unmöglich«. Ein Unterschied, an den Alexandra sich mit all ihren Hoffnungen klammerte. Sie erinnerte sich noch in sämtlichen Einzelheiten an diesen Tag – es war ein sonniger Morgen im April. Doch in diesem Teil der Erde kleideten sich auch Tage, die einzig und allein aus Dunkelheit und Trauer zu bestehen schienen, in das Blau des Himmels, beleuchtet von einer Sonne, die erbarmungslos auf all das Leid hinabschien: auf Krankheit, schmerzhafte Abschiede und Ausweglosigkeit. Hätte Morten nicht vor dem Krankenhaus auf sie gewartet und sie in den folgenden Wochen und Monaten auf Händen getragen und keine Sekunde aus den Augen gelassen – sie wäre vielleicht in Versuchung geraten, sich vom Kliff ins Wasser zu stürzen, dort, wo der Leuchtturm stand. Sie wäre nicht die Erste gewesen, die sich diesen Platz zum Sterben aussuchte.

Direkt neben dem Leuchtturm – der schon vor langer Zeit in ein kleines Schifffahrtsmuseum umgewandelt worden war – lag das ehemalige Haus der Jensens. Es wurde zum Verkauf angeboten, nachdem die Frau im vergangenen Jahr gestorben und er in eine Senioren-Luxusresidenz in der Stadt gezogen war. Vermutlich um zu verhindern, dass er allein auf denselben

Gedanken wie Alexandra damals kommen könnte, wenn die Einsamkeit in einer stillen Nacht zu groß, ja unerträglich wurde.

Alexandra empfand plötzlich wieder die Sinnlosigkeit, die sich damals in ihr Denken und Fühlen geschlichen hatte. Ihre ganze Existenz war ihr so aussichtslos vorgekommen – und sie hatte lange gebraucht, um mit der Wahrheit leben zu können. Und »leben« war noch lange nicht gleichzusetzen mit »akzeptieren«. Vielleicht würde eines Tages noch ein Wunder geschehen, und sie konnten doch noch ein Kind haben. Obwohl sie wusste, dass das Hirngespinste waren, hoffte sie im Stillen immer noch auf eine zweite Chance. Seit einiger Zeit betete sie sogar wieder – etwas, was sie und Morten eigentlich aufgegeben hatten; zu schlecht waren die Erfahrungen, die sie im Umgang mit unzähligen Taufscheinchristen gesammelt hatten. Doch irgendwann war ihr aufgegangen, dass Gott – falls es ihn gab – nichts dafür konnte. Er war nicht schuld daran, dass manche Leute ihn missverstanden oder seine Gebote nur nach ihrem Gutdünken auslegten.

Aber sie durfte nicht zu sehr hadern. Alexandra schob alle schlechten Gedanken beiseite. Im Gegensatz zu fast allen anderen Frauen, die sie kannte, hatte sie ihre große Liebe gefunden – *sie* hatte wirklich keinen Grund, sich zu beschweren! Das Schicksal hatte ihr das Glück auf dem Silbertablett serviert: einen wundervollen Mann, der in einer dermaßen einsamen Gegend zur Welt gekommen war, dass ihm gar keine andere Wahl geblieben war, als sich in sie zu verlieben. Was natürlich nicht ganz der Wahrheit entsprach, aber die Idee, sie wären nur zusammengekommen, weil sonst niemand in der Gegend lebte, der in Frage gekommen wäre, hatte sich über die Jahre zu einem Running Gag zwischen ihnen entwickelt. Alexandra musste schmunzeln bei dem Gedanken, dass Morten sie nur ausgewählt hatte, weil sie die einzige junge Frau im Umkreis von mehreren hundert Meilen gewesen war. Es gab natürlich auch eine andere Erklärung: Dass es etwas mit der wahren Liebe zu tun hatte. Ergänzt um weitere Argumente: ihr glattes akazienhonigfarbenes Haar, das sie sich als Mädchen immer zu kleinen Zöpfen gebunden hatte, die grünen Augen und die bunten Kaugummis, die sie immer kaute. All das hatte seine Aufmerksamkeit gefesselt.

Morten schien ihre Gedanken lesen zu können: »Ich hätte dich auch in New York inmitten von Millionen anderer Frauen und Mädchen ausgesucht«, flüsterte er ihr ins Ohr. Es war nicht das erste Mal, dass er ihr so etwas sagte – aber es fühlte sich immer noch genauso an.

Es fiel ihr schwer aufzustehen, den Kopf von der Brust ihres Geliebten zu nehmen, wo er so angenehm weich gebettet lag. Sie liebte es, seinem Herzschlag zu lauschen, zu hören, wie seine Lungen atmen. Morten kannte dieses Problem, denn sie lagen nicht zum ersten Mal hier, und begann zu kneifen – das übliche Spiel, immer wieder grausam und herrlich zugleich. Erst in die Pobacke, dann überall, wo er sie nur fassen konnte. Sie sprang auf und zahlte es ihm mit gleicher Münze heim, nur kräftiger, schließlich war sie die Frau und musste sich verteidigen. Auf diese Weise jagten sie einander zwei oder drei Minuten durchs Wohnzimmer – eine Aktion, an der Pearl ihre helle Freude hatte, die sie laut bellend und schwanzwedelnd zum Ausdruck brachte. Da Pearl zum Glück wasserscheu war, folgte sie ihnen nicht unter die Dusche, wo sie sich gegenseitig einseiften und eincremten und befühlten und es wieder taten. In diesem Zelt aus mild fallendem warmem Regen schien es ihr für einen Moment, als würden sie beide zu einer Person verschmelzen, mit jedem Kuss, jeder Berührung und jedem Mal, das er in ihren Körper eindrang, der eine einzige erogene Zone zu sein schien. Danach schauten sie, eng aneinandergeschmiegt, ein Weilchen aus dem Fenster, das auf Kopfhöhe in der Dusche eingebaut war und den Blick in die Dünen freigab. Es war eines ihrer Lieblingsfenster, auch wenn es ganz klein war.

Das Haus hatte viele Fenster; es bestand ganz und gar aus weißem Holz. Nicht nur die Außenverkleidung, auch der lackierte Dielenfußboden in den meisten Räumen, die Wände, die Küche und die Badezimmermöbel waren aus demselben Material hergestellt. Es war ein eher bescheidenes Haus mit fünf Zimmern, einer so geräumigen wie gemütlichen Essküche und einem wundervollen Bad mit eigener Terrasse davor. Auch ihr Bett oben im Schlafzimmer war aus weißen Latten gezimmert, ganz schlicht und ohne jede Schnörkel.

Alexandra kaufte grundsätzlich nur weiße Bettwäsche, denn da man von fast allen Zimmern eine atemberaubende Aussicht auf das Meer und den weiten

Himmel genoss, wirkte das Blau der Welt da draußen wie ein selbstverständlicher Bestandteil des Interieurs, was auch viele ihrer Freunde und Besucher so empfanden – so als wäre Blau die zweite Einrichtungsfarbe.

Das Haus lag direkt am Strand, ohne eine Straße dazwischen – und von der Terrasse vor dem Wohnzimmer waren es noch etwa fünfzig, sechzig Meter, bis man das Meer erreichte.

Kurz: Es war wie gemacht für eine glückliche kleine Familie.

Morten hatte sich sofort in dieses Haus verliebt, als er es vor einigen Jahren entdeckt hatte. Die Bauweise schien ihn an seine skandinavischen Wurzeln zu erinnern – er selbst hatte Norwegen zwar nie gesehen, aber sein Großvater stammte von dort und war vor vielen Jahren in dieses Land gekommen, um Pferde zu züchten und einen griesgrämigen Jungen namens Jack zu zeugen – Mortens Vater.

Alexandras Familie lebte seit Generationen am selben Ort und war seit Generationen konkurrenzlos gewesen, was ihre Geschäfte betraf, und zeigte sich deshalb nur wenig erfreut über den neuen Nachbarn. Die Situation eskalierte eine Generation später, als die Söhne der Großväter, die sich schon auf der Schulbank gegenseitig malträtiert hatten, statt zu verfolgen, was vorn an der Tafel passierte, das Zepter in die Hand nahmen. War es zuvor noch wichtig gewesen, wer das schönste, das schnellste oder gelehrigste Pferd in seinem Stall hatte, ging es nun nur noch um Geld. Wer verkaufte wie viel zu welchem Kurs – ganz so, als handele es sich nicht um Pferde, sondern um Aktienpakete. Innerhalb kürzester Zeit verwandelten sich die beiden Jacks in eine Perversion des amerikanischen Traums – und wurden dabei so unglücklich wie reich. Es war wohl nur dem letzteren Umstand zuzuschreiben, dass sich überhaupt Frauen fanden, die bereit waren, ihnen ein Kind zu schenken. Jeweils eines – damit war das Pflichtprogramm für die Ehefrauen augenscheinlich absolviert. Und beide waren sie eine Katastrophe, zumindest in den Augen ihrer Väter. Alexandra, weil sie ein Mädchen war und das harte Geschäft nicht würde übernehmen können, Morten, weil er sich zu einem Softie entwickelte, der Bücher las und Filme sah, ein empfindsamer Mensch, der niemals über Leichen gehen würde und das harte Geschäft ebenfalls nicht weiterführen könnte. Den größten Schock aber versetzte den beiden alten Jacks, deren Frauen früh von ihnen gegangen waren, der Umstand, dass Alexandra und Morten sich nicht nur außergewöhnlich gut verstanden, sondern füreinander bestimmt zu sein schienen und bald keinen Schritt mehr ohne den anderen machen wollten. Die Väter sahen ihr Lebenswerk in Gefahr, und vom heutigen Standpunkt aus betrachtet, sollten sie recht behalten. Noch führten sie ihre Geschäfte zwar mit grimmigem Stolz, doch längst ohne die nötige Kraft. Eines Tages – und das konnte nur nach ihrem Tod sein – würden sich vielleicht Nachfolger finden, Pächter, die wieder Pferde züchten wollten aus Liebe zu den Tieren und nicht getrieben von Habgier und Neid. Menschen, die diesen Höfen neues Leben einhauchten. Sie, Alexandra und Morten, würden es nicht sein, darauf hatten sie sich vor Jahren verständigt. Sie hatten ihren Platz im Leben gefunden. Ihren Platz und ihr Glück. Beides lag hier, auf Lighthouse Island.

Manchmal wünschte Alexandra sich, die Welt noch mit Kinderaugen betrachten und den reißenden Fluss aus quälenden Erinnerungen, der sie von ihrem Vater trennte, voller naiver Zuversicht und Gottvertrauen überbrücken zu können. Bei allem, was geschehen war, blickte sie keineswegs auf eine immerwährend schreckliche Kindheit zurück: Früher auf der Farm hatte sie einen Lieblingsbaum gehabt, der so groß war, dass man von seinem Wipfel fast das Meer sehen konnte. Hier hatte sie als Mädchen zusammen mit Morten auf ein paar Holzbrettern, die ihr Vater gewiss nicht für diese Konstellation angebracht hatte, ganz weit oben in der Krone gesessen und in die Ferne geschaut. Natürlich konnte man das Meer nicht wirklich ausmachen, denn die Farm war Hunderte Kilometer davon entfernt – aber man blickte über eine nicht enden wollende grüne Ebene, über Wiesen und kleine Wälder, auf denen Pferde und Rinder grasten, bis man schließlich auf etwas Undefinierbares traf: den Horizont. Er war so gut wie nie klar, sondern immer dunstig blau, und zwischen dem Boden und dem Himmel sah man eine helle Wand voller silberweißer Schlieren, die man als Wasser deuten konnte, wenn man noch nie am Meer gewesen und weniger als zehn Jahre alt war. Dieses Bild hatte sich ihr – und auch Morten, das wusste sie – ins Gedächtnis gegraben, und selbst hier auf der Insel träumte sie in manchen Nächten davon, das Meer sei nicht blau, unendlich weit und unendlich nah zugleich, sondern nur ein silberfarbener Streifen am Horizont, eine Ahnung von Wasser, Sand und Salz. Damals hatten sie sich geschworen, dass sie eines Tages ans Meer gehen würden. Es war nicht leicht gewesen, diesen Schritt zu tun und alles hinter sich zu lassen. Sie hatten lange dafür gebraucht – aber es hatte sich gelohnt. Vielleicht würde es eines Tages doch noch klappen mit den zwei Dingen, die sie sich so sehr wünschte – einem Kind und einer Hochzeit in der kleinen Kirche, die auf halbem Weg zum Leuchtturm auf den Klippen lag.

Es war mehr eine Kapelle, zauberhaft gelegen auf einem kleinen Platz inmitten von uralten Olivenbäumen, zwischen denen im Frühjahr ein Blütenmeer aus rotem Mohn und lilablauen Kornblumen wogte. Dort oben wehte pausenlos eine leichte Brise, die an heißen Sommertagen für ein kühlendes Lüftchen sorgte.

Alexandra lächelte wehmütig. Sie war so dumm gewesen! Ein paar Tage nach ihrer Fehlgeburt hatte Morten sie dort heiraten wollen, und obwohl der Augenblick, in dem er sie gefragt hatte, der schönste Moment ihres Lebens gewesen war, hatte sie ihn vertröstet. Nicht, weil Morten nicht der Richtige gewesen wäre, sondern weil Trauer und Enttäuschung sie an den Grund eines tiefen, dunklen Brunnens gefesselt hatten, in den kein Licht von außen drang. Sie war zu deprimiert gewesen, um zu begreifen, dass Morten selbst dieses Licht in ihrem Leben war. Es vergingen Wochen, Monate und schließlich Jahre, in denen sie nicht mehr über eine Heirat sprachen. Sie versuchten, ihr altes Leben wieder aufzunehmen und nicht mehr an die schmerzliche Trauerzeit zu denken – und stürzten sich dabei immer mehr in die Arbeit. Schließlich mussten sie Geld verdienen, um ihr Traumhaus halten zu können, denn von ihren Vätern durften sie sich keine Unterstützung erhoffen. Wie andere Menschen auch mussten sie von ihrer eigenen Hände Arbeit leben, wenn sie sich auch mehr der Kopfarbeit verschrieben hatten, womit sie nach einer gewissen Anlaufzeit ein kleines, florierendes Geschäft ans Laufen gebracht hatten. Sie betrieben das Maklerbüro gemeinsam – Morten verkaufte die Häuser, und sie kümmerte sich um die Verträge und sonstigen Papierkram.

»Ich bin im Außendienst und du im Innendienst – ich nehme sie gefangen, und du nimmst ihnen das Geld ab«, witzelte er immer und kniff dabei kurz sein linkes Auge zu, als würden sie kein seriöses Geschäft betreiben, sondern säßen noch immer zusammen auf ihrem Baum, um dort oben über die sonderbare Welt der Erwachsenen und ihre Zukunft in dieser Welt zu sprechen. Zwei Piraten auf ihrer Schatzinsel.

Sie waren beide noch nackt, als es an der Tür klingelte. Morten legte seinen Zeigefinger auf ihren Mund, um sie zu ermuntern, still zu bleiben. Das war schon immer so gewesen – Alexandra reagierte auf jedes Signal wie ein wohl erzogener Hund und kam angerannt. Sie wusste selbst, dass es eigentlich blöd war, aber wenn sich ein Einbrecher im Schlafzimmer aufgehalten hätte, wäre sie spätestens nach einer Minute unter dem Bett hervorgekrochen, um sich ihm schutzlos auszuliefern. Das war immer noch besser, als dem Druck standzuhalten, der unter dem Bett herrschte und von Sekunde zu Sekunde wuchs.

Es klingelte ein zweites Mal. Irgendwie war das nicht der ideale Zeitpunkt für Besuch. Für ein Tässchen Kaffee mit den Hippie-Schwestern Jolanda und Marie aus dem Nachbarhaus, das etwa dreihundert Meter entfernt auf einer kleinen Düne lag. Die beiden erschienen in loser Reihenfolge jede Woche einmal unangekündigt am Vormittag und verlangten nach Heißgetränken und einem Muntermacher, einer Bitte, der Alexandra grundsätzlich gern nachkam, denn die zwei waren trotz ihres fortgeschrittenen Alters – Jolanda ging auf die achtzig zu, und Marie war nur unwesentlich jünger – außerordentlich unterhaltsam und witzig. Meistens trugen sie selbst entworfene Samthosen und bunte T-Shirts im XXL-Format mit Aufschriften wie *New Teenager – here comes trouble*. In der Regel versuchten sie bereits nach dem ersten Drink, Alexandra zu überreden, an einem ihrer Bingo-Abende teilzunehmen, die zweimal wöchentlich an wechselnden Orten abgehalten wurden. Doch insbesondere die Gewinne hatten Alexandra immer abgeschreckt, denn nicht selten wurden Männer verlost oder sogar versteigert. Eine schreckliche Vorstellung, dass ihr einer der zwar netten, aber uralten Weißhaupt-Indianer am Abend nach Hause folgte, weil es die Regeln des Spiels so vorsahen!

Nach dem vierten Bimmeln, das auf elektronische Weise den Klang einer alten dumpfen Glocke imitierte, konnte Alexandra sich nicht länger zurückhalten.

»Was ist denn heute nur los?«, rief sie empört und schüttelte den Kopf über so viel Action auf ihrer kleinen Insel. Da ihnen Bademäntel immer zu spießig erschienen waren und sie deshalb keine besaßen – nicht mal welche in Weiß –, sah sie sich in Panik nach etwas Passendem um. Schnell angelte sie sich ein großes Handtuch und schlang es um die Hüften, um geschickt und glatt wie ein junger Aal Mortens Händen zu entwischen, die sie schon wieder aufhalten wollten.

»Einen Moment!« Barfuß flitzte Alexandra über die Holzdielen zur Eingangstür, die zwar im oberen Teil mit einem kleinen Fenster versehen war, durch das aber nur Schemen zu erkennen waren, da sie ein Milchglas eingesetzt hatten, das zwar Licht, aber keine neugierigen Blicke hereinließ. Mit einem vielleicht ein wenig zu offensiven Ruck zog sie die Tür auf.

Auf der Schwelle stand Margret, Vorsitzende des Kirchenrats und, soweit sie wusste, sämtlicher anderer Ausschüsse, die auf der Insel tagten – allerdings mit einem Gesicht, als wäre soeben ihr Mann verstorben, der es als Produzent von Autositzen für General Motors und andere Weltfirmen zu einem beträchtlichen Vermögen gebracht hatte und sich nun im verdienten Ruhestand befand.

Margrets Züge hatten schon immer eher denen einer Holzpuppe als denen eines Menschen geglichen. Doch in diesem Moment war von kühler Contenance nichts zu spüren. Tränen rannen ihr die Wangen hinunter.

»O Gott, Margret – was ist denn passiert?«

Eigentlich pflegten sie kaum Kontakt miteinander,

denn Margret war nicht nur dreißig Jahre älter als Alexandra – auch ihre Lebenseinstellung war eine gänzlich andere. Wenn ihr Mann gestorben wäre, hätte sie sicher bessere Anlaufstellen gewusst. Oder kam sie vielleicht als Vertreterin ihres Mannes, der wie jeder Unternehmer im Ruhestand nicht wirklich ruhig leben konnte und sich deshalb zum Inselbürgermeister hatte wählen lassen? In diesem Fall musste es sich um eine offizielle Angelegenheit handeln. Aber welche offiziellen Angelegenheiten konnte es geben, die einer alles in allem hartgesottenen Frau wie Margret die Tränen in die Augen trieben?

»Komm doch erst mal rein«, sagte Alexandra und berührte Margrets Arm, um sie in den Flur zu ziehen. Sie konnte nicht länger mit ansehen, dass Margret dort wie ein Häufchen Elend stand.

Die Nachbarin war noch nicht ganz im Haus, da tauchte aus dem Bad schon Morten auf – bekleidet mit nichts als einem T-Shirt um die schlanken Lenden, offensichtlich waren nicht mehr genügend Handtücher da gewesen. Und *offensichtlich* war er verrückt geworden, denn er wusste doch, dass Margret eine Frau war, die es mit dem Anstand hielt. Nun stand er wenige Meter vor dieser Frau – und Alexandra konnte nur so gut es ging versuchen, Margrets Blick abzufangen, bis Morten wohin auch immer verschwunden war. Merkwürdigerweise schien Margret nicht die geringste Notiz von ihm zu nehmen. Sie musste wirklich durcheinander sein.

»Bring sie ins Wohnzimmer!«, flüsterte Morten Alexandra ins Ohr. »Schenk ihr einen Schnaps ein, und komm dann wieder, okay? Glaub mir: Es ist wirklich wichtig. Ich werde dir alles erklären.«

Alexandra spürte, wie ihr Puls sich beschleunigte. Es gab also etwas zu erklären. Doch was nur? Sah Margret Morten aus diesem Grund nicht an? Weil er womöglich etwas Schlimmes oder sogar etwas sehr Schlimmes getan hatte? Unsinn! Dieser Mann konnte keiner Fliege etwas zuleide tun, unmöglich, dass er etwas mit der Sache zu tun hatte – um welche Sache es sich auch immer handeln mochte. Der Unfall, hämmerte es in ihrem Kopf. Der Unfall …

»Alexandra …«, stammelte Margret, als sie wie steif gefroren auf dem weißen Sofa saß und ein Cognacglas in der knöchrigen Hand hielt, »ich weiß nicht, wie ich es Ihnen sagen soll … Es ist etwas Schreckliches geschehen.«

Alexandra spürte, dass ihr schlecht wurde – sie war keine Frau, die sofort losheulte, aber sie konnte fühlen, dass das Unglück im Anmarsch war. Genau wie damals, als sie ihre Mutter tot gefunden hatte.

Alexandra war von der Geburtstagsparty einer Freundin zurückgekommen. Sie selbst hatte erst vor Kurzem ihren sechzehnten Geburtstag gefeiert. Ein Alter, in dem man gut auf sich selbst aufpassen kann, das hatte ihre Mutter wohl gedacht, als sie beschlossen hatte, aus dem Leben zu gehen. Ob sie auch bedacht hatte, dass es ihre Tochter und nicht ihr verhasster Mann Jack sein würde, die sie in der Scheune neben dem Haus an einem massiven Eichenbalken hängend finden würde, ließ sich nicht mehr feststellen. Doch bereits auf dem Nachhauseweg – die Mutter ihrer Freundin hatte sie im Auto zurückgebracht – war es draußen plötzlich und ohne jede Vorwarnung dunkel geworden am helllichten Tag. Wie eine Ankündigung, ein geschmackloser Aperitif auf einen grauenhaften Hauptgang. Genau in dem Augenblick, als sie gefragt wurde, wie es ihrer Mutter gehe. Im Nachhinein war Alexandra überzeugt, dass ihre Mutter in eben dieser Sekunde mit dem Tau um den Hals von den aufgetürmten Heuballen gesprungen war. Sie hatte oft mit Morten darüber gesprochen, der ihren Glauben an Schicksalsboten und geheime Zeichen nicht teilte, dafür war er in diesem Punkt zu sehr Realist.

Doch nicht einmal ein Jahr war ins Land gegangen, da machte sich auch seine Mutter aus dem Staub. Wahrscheinlich konnte sie das Unglück nicht länger ertragen, und erst recht nicht allein – denn ihr geteiltes Schicksal hatte die beiden Frauen zum Verdruss ihrer Ehemänner über Jahrzehnte zusammengeschweißt. Mit einem Bankmanager aus der nächstgelegenen Stadt war Mortens Mutter über Nacht getürmt und nie wieder aufgetaucht. Erst viele Jahre später hatte Morten einen Brief von ihr erhalten, in dem sie sich für alles entschuldigte.

Heute telefonierten die beiden manchmal miteinander – Momente, in denen Alexandra oft einen dicken Kloß im Hals spürte, da sie selbst nie wieder mit ihrer Mutter würde telefonieren können. Sie hatte nie verstanden, warum sie ohne jedes Wort des Abschieds gegangen war, einfach so, kein Lebwohl oder »Verpisst euch alle!«. Oder ob ihr Vater ihr den Abschiedsbrief vorenthalten hatte? Jedenfalls hatte es sich genauso angefühlt, an jenem Tag, als sie nach der Geburtstagsparty wie ferngesteuert ohne jeden Umweg die Scheune betrat, um nach einem neuen Fohlen zu sehen, das in der vergangenen Nacht zur Welt gekommen war, und stattdessen ihre Mutter gefunden hatte, die sich an einem Balken erhängt hatte. Jetzt war es wieder da, dieses unheilvolle Gefühl. Margret hatte es mitgebracht.

»Ich bin sofort wieder da, Margret«, sagte Alexandra. Sie drehte sich nicht um, als sie den Raum verließ, sondern wandte ihrer Besucherin das Gesicht zu, als wäre sie der Teufel persönlich, während sie langsam rückwärts aus dem Zimmer schlich und die Tür hinter sich schloss, die Vorhut des Unglücks mit ihrer Trauer und dem Cognac allein zurücklassend.

Sofort fühlte sie, wie sich eine Hand um ihren Unterarm schloss. Es war Morten. Er sah sie an wie ein gehetztes Reh. Die Frau im Wohnzimmer machte ihm Angst, so viel war klar. Diesen Ausdruck kannte Alexandra nicht an ihm, es war genau wie vorhin in der Küche, als er plötzlich am Kühlschrank gestanden hatte. Auf jeden Fall schien das hier nicht einer seiner Späße zu sein, wobei man sich bei ihm nie sicher sein konnte.

Diese Ernsthaftigkeit in seinen Augen erinnerte sie an die Nacht, in der er ihr den Heiratsantrag gemacht hatte. Um drei Uhr in der Frühe. Es war ein paar Tage nach ihrer Fehlgeburt gewesen. Alexandra war mitten in der Nacht aufgewacht, weil ihr speiübel war – wie ausgekotzt hatte sie sich gefühlt. Sie wusste nicht, wie lange sie schon auf der Toilette ausgeharrt hatte, halb schlafend, halb in Selbstmitleid versunken, als plötzlich der dunkle Spalt im Türrahmen größer wurde und Morten hereinkam. Er setzte sich neben sie auf den Rand der Badewanne, ohne ein Wort, nahm ihren Kopf sanft in seine Hand und bettete ihn auf seine Schulter. Auf einmal konnte sie weinen. Es war wie eine Erlösung. Nach einer Weile schaute er sie an und fragte sie, ob sie ihn heiraten würde. Trotz allem. Aber sie war so neben der Spur gewesen, dass sie sagte, sie könne daran jetzt nicht denken, so etwas müsse man mit klarem Kopf entscheiden. Der größte Schwachsinn, den sie je von sich gegeben hatte – schließlich kannte sie diesen Jungen von Kindesbeinen an, und es war so klar wie das Wasser in einer Flasche Perrier, dass sie *natürlich* heiraten würden, weil sie einfach füreinander bestimmt waren, ganz gleich, welche göttliche oder weltliche Macht dabei ihre Finger im Spiel hatte.

»Lass uns schnell verschwinden – hier können wir nicht reden«, flüsterte er. »Sie kommt schon zurecht. Irgendwann wird sie von selbst gehen.«

»Aber wieso, Morten?« Alexandra verstand nichts. Sie suchte eine Antwort in seinem Blick. Doch in seinen tiefblauen Augen, weit aufgerissen und flehend, stand nur ein Wort, in großen Buchstaben und mit einem Ausrufezeichen versehen: BITTE!

»Weil dies nur uns beide etwas angeht«, sagte Morten. »Komm mit mir, ich flehe dich an!«

»Und … wohin?« Sie zögerte, obwohl sie wusste, dass sie mit ihm bis ans Ende der Welt gehen würde, zur Not auch ohne Angabe von Gründen.

»Nach Little Island – wir schwimmen rüber.«

Little Island war eine kleine, Lighthouse Island vorgelagerte Insel – strahlend weiß, eher eine Art Sandbank, die unter Naturschutz stand, weil dort seltene Vögel brüteten. Vom Strand aus gesehen, lag sie vielleicht zweihundert Meter im offenen Meer. Geologisch betrachtet bestand sie nur aus feinem, pudrigem Sand und unberührten Dünenlandschaften, ein langer, schmaler Strich im Meer. Im Hochsommer ankerten dort manchmal Segelboote, aber darüber hinaus gab es keine Möglichkeit, dieses kleine Paradies zu erreichen, ohne dabei nass zu werden. Auf ihrer anderen, dem Meer zugewandten Seite gab es eine winzige, von den Wellen in die Landschaft gezeichnete Bucht, völlig abgeriegelt von der Außenwelt durch die sie umgebenden haushohen Dünen.

Man konnte dort unbeobachtet liegen, nackt schlafen und baden und andere Dinge tun, die einem an einem normalen Strand nicht unbedingt in den Sinn kämen. Sie hatten hier schon wunderbare Tage und Nächte verbracht.

Als sie zusammen mit dem aufgeregt und für eine geheime Abreise etwas zu laut hechelnden Hund das Haus durch die Küche auf der rückwärtigen Seite verließen wie Leute, die etwas verbrochen hatten, und sich – Komplizen in einer Sache, die ihr nicht bekannt war – in die Dünen verdrückten, sah Alexandra einen Polizeiwagen die Straße heraufkommen. Er war noch ein ganzes Stück entfernt, und sie fragte sich, ob er zu ihnen wolle. Doch im Grunde wusste sie es bereits. Natürlich wollte er zu ihnen. Was auch immer Morten getan hatte – Margret würde ihn nicht verhaften können.

Wortlos zogen sie sich bis auf die Unterwäsche aus und versteckten ihre Kleidung in den Dünen. Dann liefen sie die kurze Strecke zum Wasser. Es war noch kühl, denn der Sommer hatte gerade erst begonnen, und Pearl wartete, dass ihre Herrschaften mit gutem Beispiel vorangingen, schließlich war sie ein Hund und kein Fisch – und wie andere Hunde darüber dachten, schien ihr egal zu sein.

Fast synchron ließen Alexandra und Morten sich in die Wellen gleiten und schwammen Zug um Zug, Pearl alsbald einige Meter hinter sich sabbernd im Schlepptau, denn wenn sie erst einmal im Wasser war, fand sie doch Gefallen daran.

Es war fast angenehm, dass eine Unterhaltung auf dieser kurzen Strecke nicht zweckdienlich war. Alexandra spürte, wie ihr eine Träne aus den Augen rann und eins wurde mit dem Salzwasser, durch das sie mit Armen und Beinen pflügte, während sie immer wieder kurz zu Morten herüberlinste, der eine halbe Körperlänge vor ihr seine Bahn zog, obwohl eigentlich sie die bessere Schwimmerin war.

Dieses Mal gingen sie nicht im vorderen, dem Strand zugewandten Teil der Insel an Land, sondern schwammen halb um sie herum. Auf der unbeobachteten Meerseite stiegen sie aus dem Wasser. Nur ein paar Meter neben der Bucht lag dort ein kleines, altes Fischerboot aus Holz, mehr ein Gerippe als ein Boot. Es bestand aus weißen Holzplanken, die größtenteils vermodert waren, sowie aus zwei Holzbänken, an jedem Ende eine. Sie waren das Einzige, was an diesem Kahn noch intakt war. Wenn man sich gegenübersaß und die Beine ausstreckte, konnte man haargenau die Fußsohle des anderen mit seiner eigenen erreichen und sie wie ein Sandwich zusammenpressen. Natürlich nur, wenn man genauso groß war wie Morten und sie, also weder zu groß noch zu klein. In diesem Punkt war es ihr Boot, geradezu maßgeschneidert, so als hätte ein unsichtbarer Tischler Morten und sie zuvor vermessen, um daraufhin in wochenlanger Feinarbeit in seiner Werkstatt dieses Wrack anzufertigen und es in ihre geheime Bucht spülen zu lassen.

Hier saßen sie oft und alberten herum. Manchmal schwammen sie auch nachts hierher, mit ein paar Kerzen in wasserdichter Verpackung und einer guten Flasche Wein, um bis zum Morgengrauen der Natur zuzusehen. Meist fielen sie erst in den Schlaf, wenn die Sonne bereits erbarmungslos vom Himmel brannte, so dass mit diesen Little-Island-Touren oft auch unsägliche Kopfschmerzen verbunden waren.

Pearl schüttelte den nassen, zotteligen grauweißen Pelz und lief dann, ganz so, als hätte sie eine Fernsteuerung unter dem Fell, zu ihrem Stammplatz direkt am Wasser, um ein Sonnenbad zu nehmen. Im Gegensatz zu anderen Hunden hatte sie noch nie eine Vorliebe für schattige Plätzchen gezeigt – wäre sie ein Mensch gewesen, hätte sie bestimmt einen Job auf Lebenszeit im Sonnenstudio, flachste Morten immer. Alexandra musste jedes Mal erneut schmunzeln, wenn das Thema zur Sprache kam – sie stellte sich ihre Pearl mit den struppigen Haaren, durch die ihre großen braunen Augen lugten, dann wie eine mit ihrer rosa Zunge hechelnde Sonderausgabe dieser ledrigen braunen Echsen vor, die mit Sekt und Reinigungsspray hinter dem Empfang saßen und am Ende eines langen Tages schon mal einen Blick draufhaben konnten, dass man zu glauben geneigt war, sie hätten die beiden Flaschen miteinander verwechselt.

Ein merkwürdiges Geräusch, das von der mächtigen Düne über ihren Köpfen gekommen sein musste, schreckte Alexandra aus ihren Gedanken, denen sie so gern nachhing. Vom Leben zu träumen war nun mal einfacher, als zu leben. Doch was war das auf einmal? Auf jeden Fall war es kein Geräusch, dem man gern lauschte. Auf eine gewisse Art und Weise ähnelte es dem Kreischen der Möwen, aber es war nicht hell und frech, sondern dunkel, kratzig und irgendwie viel … böser. Furchterregend, das war es. Sie konnte nicht anders, als der unheimlichen Geräuschquelle nachzugehen, und kletterte, sich mit den Händen abstützend, durch den fließenden weißen Sand bis zum allerhöchsten Punkt der Düne – Morten unten zurücklassend, mit dem heute, an diesem unheimlichen Tag, dessen Auftakt so schön geklungen hatte, einfach nichts anzufangen war.

Im Grunde wollte sie nicht das Geringste von dem wissen, was er ihr zu erzählen hatte. Sie wollte es nicht einmal ahnen.

Als sie oben war, verharrte sie noch ein paar Augenblicke, bevor sie über die Dünenkante durch das spärliche hellgrüne Gras lugte, als – wumm! – direkt vor ihren Augen ein Schwarm riesiger nachtschwarzer Krähen aufstieg. Wahrscheinlich erschrocken über ihr unvermitteltes Auftauchen, schossen die Vögel laut keifend und klagend direkt über ihren Kopf hinweg. Einer der Vögel streifte mit dem Flügel ihre Wangenpartie, so dass Alexandra erschrocken aufschrie und schützend die Hände vor das Gesicht schlug.

Im Umkreis von Tausenden von Meilen hatte sie hier noch nie eine Krähe gesehen. Diese Vögel gab es hier nicht! Alexandra spürte, wie ihr schwindelig wurde, als sie den Blick für eine Sekunde nach unten auf den Strand richtete. Was hatten diese schrecklichen Friedhofsvögel, diese Boten des Unglücks, hier verloren? Nichts! Sie hatten hier rein gar nichts verloren, diese grauenhaften Wesen!

Verpisst euch, ihr Scheißvögel!, wollte sie ihnen hinterherschreien, so laut es nur ging. Aber ihre Stimme versagte ... Es kam nur ein leises, ersticktes ... Krächzen.

»Alex, alles in Ordnung?«, rief Morten, der am Fuß der Düne stand, nicht mehr als zwanzig oder fünfundzwanzig Meter unter ihr.

Doch da verlor sie schon den Boden unter den Füßen, landete auf dem Rücken und rutschte ohne jede Kontrolle abwärts, den Kopf voran.

Als sie wieder aufwachte, lag sie in Mortens Armen. Anscheinend hatte er sie ins flache Wasser getragen und benetzte ihre Stirn. Aus seiner Hand tröpfelte das kühle Nass klar und erfrischend auf sie hinab.

»Was ...? Ist ... was passiert?«

»Nein, nichts. Nur ein paar Vögel«, sagte Morten und streichelte sanft ihren Kopf.

Sie erinnerte sich wieder. Für einen Moment lang hatte sie einen Blackout gehabt. Wahrscheinlich hatte sie einfach zu viele Schauergeschichten konsumiert und sah jetzt hinter jedem Zaunpfahl den Teufel lauern.

»Diese blöden Krähen haben mir Angst gemacht … Sie sollen sich nach Schottland verpissen!«, schimpfte sie leise, noch immer ein wenig benommen, während sie von unten in Mortens Augen sah. Sie waren freundlich und ernst zugleich – wie die Augen eines Vaters, der sein kleines Mädchen zwar lieb hat, aber leider nicht daran vorbeikommen wird, ihm zu erzählen, dass etwas Furchtbares geschehen ist.

»Geht es wieder?«, fragte er.

Sie nickte und richtete sich halb auf, wobei sie sich mit ihrer Hand an seiner kräftigen, ein wenig von der Sonne geröteten Schulter abstützte.

»Sollen wir uns hinsetzen und reden?«

Sie schüttelte den Kopf. Trotzig wie ein kleines Mädchen. Nein, sie hatte keine Lust zu reden.

»Und wenn es nicht anders geht?«

Wenn es nicht anders ging, dann mussten sie es tun. Das kapierten auch kleine Mädchen.

Morten küsste sie auf die Nase, dorthin, wo die Sommersprossen waren. Das war seine Art, ihr zu sagen, dass er sie liebte. Noch genauso wie damals.

Vom Meer her wehte ein wunderbarer seidiger Wind über ihre Haut. Zusammen mit dem unendlichen Blau, in dem sie und Morten nun beinahe zu verschmelzen schienen, während sie schweigend ihre Stammplätze auf dem Boot einnahmen, dämpfte er die Angst vor dem, was nun womöglich kommen würde. Die Angst vor dem Schmerz, die Angst, ihr gemeinsames Glück könnte von der Sache betroffen sein, die nunmehr angesprochen würde. Doch was immer auch geschehen ist: Zumindest gibt es noch uns beide, dachte Alexandra, wir haben immer noch uns und unsere Liebe.

Am Horizont konnte man ein Containerschiff sehen, dass sich kaum merklich voranbewegte.

»Dieser Unfall heute Morgen«, sagte Morten, während ihre Fußsohlen aufeinanderlagen, warm und weich, »also, ich war darin verwickelt.«

Alexandra schaute ihn an und merkte, wie ihr die Tränen in die Augen stiegen. »Ich wusste es.«

Mortens Blick schien sie zu durchbohren. Jetzt würde das eigentlich Schlimme kommen – der Grund, warum die Frau des Bürgermeisters und die Polizei erschienen waren.

»Ich ... Alex, ich weiß nicht, wie ich es sagen soll, aber ... bei dem Unfall da oben ist ein Mensch schwer verletzt worden. Und ein anderer ... hat dabei sein Leben verloren.«

»O Gott ...«, schluchzte Alexandra. »Wie konnte das passieren? Hast du nicht aufgepasst, hast du die beiden nicht gesehen, oder ...«

»Nein, sie hat mich nicht gesehen.«

»Wer, SIE?«

»Die Frau am Steuer des Wagens, der mir entgegenkam. Sie ist frontal in mich hineingefahren, sie muss nur einen Moment lang nicht aufgepasst haben.

Wahrscheinlich hat sie um diese Zeit nicht mit Gegenverkehr gerechnet und ist in der Kurve plötzlich auf meine Seite geraten …«

»Und … wer war mit ihr in dem Auto?«

»Niemand. Sie war allein.«

»Aber du hast doch gerade gesagt …« Alexandra wusste nicht, ob ihr Gehirn ihr einen Streich spielte oder ob sie einfach nicht richtig zugehört hatte, die Informationen nicht fassen konnte, weil das alles zu grausam war, um wahr zu sein. Seit sie mit Morten hier auf der Insel lebte, war alles gut geworden. Ihr Leben hier war ein Traum. Kein Albtraum, sondern ein wunderbarer Ort des Glücks. Hier gab es nichts Böses, in das sie oder Morten verwickelt sein konnten. Hier *durfte* es so etwas nicht geben.

»Dann … war noch jemand bei dir … im Auto?«

Morten schüttelte den Kopf.

»Aber du bist gesund, du hast noch nicht mal einen Kratzer! Wenn nur zwei Menschen an dem Unfall beteiligt waren und einer davon schwer verletzt und der andere … O Gott, *tot?* … sein soll, dann … Ich verstehe das nicht.«

»Das kannst du auch nicht«, sagte Morten. »Jetzt noch nicht. Deshalb wollte ich ja mit dir sprechen – damit du lernst, es zu verstehen.«

Pearl hatte sich mittlerweile mit genussvoll geschlossenen Augen auf den Rücken gelegt und streckte alle viere von sich, um der wärmenden Sonne ungehinderten Zugang auf ihren Bauch zu ermöglichen. Ein Bild, das in einem krassen Kontrast zu dem Gespräch stand, das sie hier führten.

»Morten, was … was verheimlichst du mir? Sag mir bitte die Wahrheit – und wenn sie noch so grausam ist! Ich muss es wissen.«

Alexandra konnte nicht anders, als aufzustehen und aus dem Boot zu springen. Sie brauchte Bewegung.

Morten saß mit hängenden Schultern da und schaute ihr zu, traurig und mutlos, ganz so, als wäre das Schlimmste noch nicht gesagt.

»Alex, ich bin gekommen, um dir zu zeigen, dass es noch eine andere Wahrheit gibt als diejenige, die man dir bald als die einzige präsentieren wird. Ich bin gekommen, um dich zu beschützen.«

»Beschützen?« Alexandra spürte das Salz ihrer Tränen, das auf ihre Lippen hinabrann. »Vor wem?«

»Vor dem, was passiert ist.«

Morten stand auf und ging ein paar Schritte auf sie zu, um sie in den Arm zu nehmen und zu trösten. »Alex, es … existiert eine Wahrheit, die nur wenige Stunden alt ist und in der ein Mann in einem kaum noch als Auto erkennbaren Wrack eingeklemmt hinter dem Steuer sitzt, während ein Rettungsteam versucht, ihn mit einem Schneidbrenner zu befreien. Obwohl auch das nichts mehr bringen wird, denn unterhalb seiner Brust ist sein Körper bereits mit dem Auto verschmolzen, ein undefinierbarer Klumpen aus Blut, Fleisch und Metall. Keine Angst, er spürt nichts davon, seine Nerven sind zerfetzt, so dass er all dem nur noch zusehen kann. Er beobachtet, wie eine junge Frau aus dem anderen Auto gezogen wird, sie sieht nicht viel besser aus …. aber …«

Er hatte seine Wange ganz eng an ihre gebettet und flüsterte mehr, als dass er sprach.

»Aber … *sie* lebt.«

Sosehr sie sich auch bemühte, sie verstand nicht, was Morten ihr damit sagen wollte.

»Morten …«

Er nahm ihren Kopf in beide Hände und sah ihr in die Augen, so ernsthaft, dass jeder Widerstand sinnlos erschien. »Alex, dieser Mann – der Mann im Auto –, das war ich.«

Was … Was sollte das? Er war verrückt geworden! Irgendetwas musste ihm auf den Kopf gefallen sein. Etwas Schweres. Etwas aus Eisen, oder ein … sie wusste nicht, was. Alles drehte sich, als säßen sie zusammen in einem Karussell, das außer Kontrolle geraten war und sie immer schneller und schneller von Runde zu Runde schleuderte.

»Ich weiß, Alex. Das, was ich dir sagen will, nein: was ich dir sagen *muss*, ist nicht zu verstehen, jedenfalls nicht für einen Menschen. Aber du wirst es verstehen, eines Tages, wenn du es zulässt. Alex, du … du musst lernen, ohne mich zu leben …«

»OHNE DICH LEBEN? WIESO?« Sie schrie es ihm empört ins Gesicht. Er wollte sich von ihr trennen! Das war es also. Aber wieso? Es gab nicht den kleinsten Grund dafür. Und was hatte das alles mit Margret, dem Bürgermeister und der Polizei zu tun?

»Ich will nicht ohne dich leben, egal, was passiert ist – was soll das jetzt?« Sie hielt sich die Hand vor die Augen.

»Hast du … eine andere?«

»Nein, ich habe keine andere – und es wird auch nie eine andere außer dir geben, Alex. Ich bin …«

»Was bist du, Morten, WAS?«, flehte sie ihn an.

Er ließ sie los und ging ein paar Schritte aufs Meer zu, blickte hinaus auf die Wellen, die wie ein Teppich aus dunkelblauem Samt auf das Ufer zuliefen.

»Alex, ich … bin nicht mehr am Leben.«

»Morten, hör auf mit dem Mist! Ich kann dich sehen. Pearl kann dich sehen – also hör auf damit.« Sobald ihr Name gefallen war, kam Pearl freudig angedackelt und wälzte sich vor ihren Füßen auf dem Rücken, um ihren Bauch für Streicheleinheiten freizugeben.

»Margret konnte mich nicht sehen.«

»Sie war nur zu aufgeregt … Natürlich hat sie dich gesehen.«

»Hör mir bitte nur einen Moment lang zu«, entgegnete er und drehte sich wieder zu ihr um. »Ich weiß nicht, wie lange ich noch da sein kann, um dir alles zu erklären – ich will nur, dass du nicht zusammenbrichst. Wir werden gleich zurückschwimmen, okay? Ich habe noch etwas vor mit dir, etwas, was wir schon lange hätten tun sollen …« Bei diesem Gedanken schaute er traurig in die Ferne. »Womöglich wird uns am Strand oder wo auch immer jemand begegnen«, fuhr er mit erstickter Stimme fort. »Dann tu mir bitte den Gefallen und sag in diesem Fall einfach, dass du es schon weißt und ein paar Minuten für dich brauchst, dass du nicht reden willst, okay? Und behandle mich einfach so, als wäre ich Luft – so wie sie es auch tun werden. Wirst du mir diesen Gefallen tun, Alex?«

Alex war vollkommen verwirrt. Sie wusste nicht,

was sie denken sollte. Aber welche andere Wahl hatte sie, als zuzustimmen? Vielleicht würde sich dann alles aufklären. Sie musste einfach nur mitspielen – obwohl ihr Herz beinahe stehenblieb und ihr Verstand keinen Zweifel daran ließ, dass dies kein Spiel war.

»Ja, du Bekloppter.« Sie sagte es mit tränenerstickter Stimme, nicht so wie sonst, wenn er sie mit irgendwas zum Lachen gebracht hatte; immer dann nannte sie ihn einen Bekloppten oder einen Verrückten und streichelte ihm danach sanft das Gesicht oder küsste ihn. Es konnten nur Sekunden verstrichen sein, als er sie sanft von ihrem Platz in dem kleinen Boot zog. Es war Zeit zu gehen. Sie verließen Little Island, wie sie gekommen waren – schwimmend und schweigend –, nur dass sie nun einen großen Bogen machten, um in sicherer Entfernung zu ihrem Haus an Land gehen zu können.

Sie betrachtete seinen Rücken und seine Beine, braun gebrannt, drahtig und makellos; Alexandra liebte es, hinter ihm zu laufen – es war die beste Art und Weise, einen Mann unbemerkt zu beobachten. Schon immer hatte Morten diesen Popstar-Gang gehabt, aufrecht und gestreckt, wie jemand, der Tanzstunden genossen haben musste, aber trotzdem so locker wie ein Fußballer beim Aufwärmtraining. Die dunkelblauen, gerade geschnittenen Shorts klebten nass an seinem schmalen Po. Noch stundenlang hätte sie so hinter ihm herwatscheln können, ihretwegen bis in alle Ewigkeit.

Der Wind trug das Geschrei von Kindern zu ihnen herüber, die am Strand spielten. Noch ein Schlag in die Magengegend. Normalerweise nicht, denn Alexandra liebte Kinder, Mädchen oder Jungen, rothaarige kleine Teufel, sommersprossige Mädchen, blassblond oder haselnussbraun, klein oder groß, dick oder schlank – das alles war egal, solange es Kinder waren. Umso tragischer war es, dass sie selbst keine haben konnte. Eine Weile hatte sie mit dem Gedanken gespielt, das Maklergeschäft Morten allein zu überlassen und zusammen mit ihrer Freundin Caro, die in der Stadt auf der anderen Seite des Damms lebte, wo sie mal hier, mal da jobbte, einen Kindergarten für die Insel-Kids zu eröffnen. Sie hatten sich vor Jahren kennengelernt, während ihrer Schwangerschaft – Caro, die fast zehn Jahre jünger war als sie selbst, beinahe noch ein Kind, arbeitete damals in einem Laden für Kindermode. Doch Alexandras Verstand hatte ihr gesagt, dass wahrscheinlich nicht genügend Interessenten für einen richtigen Kindergarten zusammenkommen würden. Denn die meisten Bewohner der Insel waren zu alt für Kinder dieses Alters – und die jüngeren Leute mit kleinen Kindern waren in der Regel selbst die Kinder älterer, sehr reicher Leute. Sie hatten normalerweise genügend Zeit, sich selbst um ihren Nachwuchs zu kümmern.

Aber wer weiß – vielleicht würde sie eines Tages darauf zurückkommen? Oder vielleicht nicht? Nun, wo ihre Welt und ihre Träume drauf und dran waren, in sich zusammenzufallen wie ein Kartenhaus, schien dieses Kindergeschrei nur noch eine weitere harte Probe zu sein, etwas, was sie zeitlebens nur aus der Ferne erleben würde.

»Hey, gib mir sofort den Ball!«, schrie eine helle Stimme ein Stück weiter.

Der Sand glänzte golden in der Vormittagssonne, noch unberührt von Sonnenschirmen und den Abdrücken von großen und kleinen Füßen, Picknickkörben, Eiskisten und Handtüchern in allen Farben des Regenbogens.

Mittlerweile hatten sich die ersten Sonnenanbeter am Strand eingefunden, auf einen erholsamen Tag hoffend. Schweigend liefen sie und Morten zu ihren Sachen, die in den Dünen auf sie warteten. Ein Stück weiter hatte es sich ein älteres Nudistenpaar gemütlich gemacht, ohne Notiz von ihnen zu nehmen. Zügig zogen Morten und sie sich an, wobei sie möglichst versuchte, seinem Blick auszuweichen. Anschließend liefen sie wieder zum Strand hinunter, wo eine Clique kleiner Jungen mit sonnengebräunter Haut und einem Teint, den sich jede Frau wünschte, johlend und kreischend einem Fußball nachjagte. Einer der Jungs, ein kleiner goldbrauner Wuschelkopf mit schmalen, fast asiatischen Gesichtszügen, schoss den Ball mit Verve am Torwart vorbei, so dass er direkt auf sie zuflog und Morten, der selbst keinen Moment versäumte, an solchen Spielen teilzunehmen, nur um Haaresbreite verfehlte. Ohne eine Miene des Bedauerns stürmte einer der Jungs, ein bulliger Typ, zwischen ihnen hindurch, um den Ball zu holen, der einige Meter weiter im Sand lag.

Alexandra blickte dem kleinen Rabauken hinterher, dem man jetzt schon ansehen konnte, dass er noch in eine Menge Prügeleien verwickelt sein würde, wenn er erst mal in die Pubertät kam. Doch irgendetwas stimmte nicht, irgendetwas … aber was? War es der Junge? Oder waren es nur ihre Nerven, die blank lagen und ihr einen Streich spielten? Sie schaute ein zweites Mal hin – aber es war genau dasselbe Bild. Der Junge hielt den Ball umklammert und schrie grinsend etwas zu seinen Freunden herüber – er befand sich hinter ihnen, genau in ihrer Fußspur. Mit einem Schlag wurde Alexandra bewusst, was sie so irritiert hatte: Im Sand gab es nur zwei Spuren, die ihrer eigenen Füße und die des Jungen mit dem Ball. Hinter Morten jedoch war der Sand sauber und rein wie ein frisches Bettlaken! Sie sah erneut hin. Es konnte sich nur um eine Sinnestäuschung handeln. Ihr wurde schwindelig.

»Morten … mir ist nicht so gut … Ich muss mich erst mal hinsetzen.«

Er fasste sie an, und sie konnte seine Wärme spüren, das Blut, das durch seine Hand strömte, die sie sanft stützte.

Langsam ließen sie sich beide in den Sand fallen, während der Junge mit dem Ball lachend an ihnen vorbeilief und zu seiner Mannschaft zurückpreschte.

Morten küsste sie auf die Stirn.

»Oh Gott, Morten!«

»Ich weiß, Alex …«

»Wenn … wir gleich aufstehen«, brachte sie zitternd heraus, »werden dann die Abdrücke von uns beiden im Sand zu sehen sein? Oder … nur meiner?« Sie merkte, wie der Kloß in ihrem Hals zu einem Koloss anschwoll. Daran änderten auch die Küsse nichts, die Morten zärtlich auf ihrem Gesicht verteilte, seine

Liebkosungen, die sie sonst mit größtem Vergnügen genoss.

Die Sonne hatte mittlerweile ihren höchsten Punkt erreicht. Alexandra überlegte einen Augenblick lang, ob es daran liegen konnte, dass sich nirgendwo um Morten herum ein Schatten zu befinden schien. Wahrscheinlich war es so, um diese Zeit gab es keine Schatten, weil die Sonne exakt über ihnen stand. Genau. So war es. Und dann konnte sie auf einmal nicht hinter sich blicken und nicht um sich, denn sie ahnte, dass sie dort irgendwo einen elenden, unendlich grausamen kleinen Schatten entdecken würde. Also blickte sie lieber nach oben in den viel zu grellen Himmel und schloss die mit salzigen Tränen gefüllten Augen für einen Moment, um wieder zu sich zu kommen. Sie wollte aufwachen aus diesem bösen Traum. Doch in ihr dämmerte das Gefühl, dass es womöglich kein Aufwachen gab; dass die einzige Möglichkeit war, die Augen geschlossen zu halten und hier sitzen zu bleiben, in seinen Armen, die sie umschlangen und vor einer Wahrheit beschützten, die zu schmerzhaft war, um sich ihr zu stellen.

»Jeder Mensch hat ein Echo«, flüsterte Morten ihr ins Ohr. »Nicht nur im Leben, sondern auch, wenn er stirbt. Das ist Gottes Abschiedsgeschenk an jeden Einzelnen von uns. Ein kurzer Nachhall des Lebens, der uns die Möglichkeit gibt, uns zu verabschieden. Dieses Echo kann einige Minuten dauern oder Stunden, vielleicht auch einen Tag und eine Nacht – es hängt davon ab.«

»Wovon hängt es ab?«, schluchzte Alexandra.

»Von dem, was noch fehlt. Von dem Unausgesprochenen und dem Unerledigten – und von der Stärke des Willens, all das nachzuholen.«

»Dann sei stark und lass uns das ganze Leben nachholen, was noch vor uns liegt, Morten!«

»Das geht nicht, Alex. Kein Echo kann ein echtes Leben ersetzen.«

Eine Weile lang blickten sie schweigend auf ihr Haus, in dem einige hundert Meter weiter Margret und die Polizei saßen und höchstwahrscheinlich versuchten, sich einen Reim auf ihr Verschwinden zu machen.

»Morten, bitte sag mir, dass das alles nur ein böser Traum ist!«

»Alex, glaub mir – wenn ich könnte, würde ich nichts lieber tun. Aber es ist etwas passiert, was wir nicht rückgängig machen können.«

»Meine ... Mutter ... Ich war die Erste, die sie gefunden hat ... Hatte sie auch ein Echo?«

Noch heute träumte Alexandra von jenem Tag, an dem sie nichts ahnend die Scheune betreten hatte. Wie konnte eine Mutter ihrem Kind so etwas antun? Hätte sie selbst Kinder, was leider Gottes nicht möglich zu sein schien, würde sie niemals – unter keinen Umständen – so egoistisch handeln. Wenn es wirklich so war, wie Morten sagte, dann wusste er vielleicht etwas darüber, irgendetwas musste sie ihn fragen, sie konnten doch nicht einfach dasitzen und alles einfach so hinnehmen, wie es war. Oder wie es den Anschein hatte.

»Ein Echo? Ich weiß es nicht – hast du nichts bemerkt?«

»Nein, ich … hatte Angst, sie anzusehen, wie sie da baumelte. Gott, es war grauenhaft, Morten!«

»Ich kann es dir nicht sagen, aber ich nehme an, dass sie dich gesehen hat – nach dem, was ich jetzt weiß. Aber im Gegensatz zu anderen wollte sie gehen, und wer einsieht, dass er die Welt verlassen muss oder es sogar um jeden Preis will, kehrt nicht zurück, es gibt keinen Grund dafür.«

Sie schluchzte und merkte, wie ihr ganzer Körper zu zittern begann. »Ist das wirklich wahr?«

Er nickte kaum merklich.

»Und was … kommt dann …?« Sie sah ihn an und fühlte, dass die Verzweiflung in ihren Augen wie ein wildes Feuer lodern musste.

»Ich weiß es nicht, noch nicht. Ich weiß lediglich, *dass* es etwas danach gibt, aber nicht, *was* es ist … Dein Körper fällt von dir ab wie ein schwerer nasser Mantel, das ist alles, was ich bis jetzt erfahren habe.«

In diesem Moment fiel Alexandras Blick auf etwas, was sie schon die ganze Zeit über blendete. Zuerst dachte sie, es wäre eine Glasscherbe – aber bei näherem Hinsehen erkannte sie, dass es sich um einen kleinen Handspiegel handelte, den jemand in seinen Badeutensilien gehabt und am Strand verloren haben musste. Im Grunde war es absurd, aber sie wollte es nicht glauben – vielleicht hatte sie sich das mit den Fußspuren doch nur eingebildet und die Sache mit dem Schatten, wer weiß … Alexandra nahm den Spiegel und hielt ihn seitlich auf Mortens Gesicht, nicht wissend, was sie erwartete: Hoffnung oder Bestätigung?

»Alex, hör auf damit! Ich bin kein Vampir«, sagte Morten, der zu ihrer Freude ganz normal im Spiegel zu sehen war.

»*Du* siehst mich – und du siehst mein Spiegelbild. Aber die Jungs da vorn sehen weder das eine noch das andere.«

»Aber wieso dann ...«

»Alex, in einem Spiegel siehst du lediglich eine Projektion eines Bildes, *meines* Bildes. Einen Regenbogen würdest du auch im Spiegel betrachten können, und er existiert auch wirklich, aber er wirft weder Schatten, noch hinterlässt er Spuren im Sand, nicht wahr?«

»Also ... sehe ich nicht dich, sondern nur ein ... Bild von dir?«

Alexandra wurde schwindelig bei der Vorstellung, dass von dem einzigen Mann, der ihre Nächte in Tage und ihre Tage in pures Glück verwandeln konnte, nichts übrig war als ein Bild, eine Fata Morgana in der Wüste ihres künftigen Lebens. Sie hatte das Gefühl, betrunken zu sein; am liebsten hätte sie sich sofort übergeben, als könne sie so mit einem Mal den ganzen Wahnsinn, in dem sie steckte, loswerden.

»Nein, es ist weit mehr als das. Du siehst meine Seele«, sagte Morten. »Du siehst mich.«

»Und ich kann dich fühlen«, hauchte sie, drückte ihren Mund fest auf seinen und legte die Arme um seinen Hals, um nicht auch noch die Seele des Mannes zu verlieren, den sie über alles liebte.

Natürlich wusste Alexandra, dass bestimmte Insekten Farben sehen konnten, die ein Mensch nicht wahrzunehmen in der Lage war; Hunde hörten Frequenzen und erschnupperten Gerüche über Hunderte von Metern, die unserer Spezies selbst dann verborgen blieben, wenn wir unmittelbar neben der Duftquelle standen; jeder kannte die Berichte aus dem Fernsehen, wonach sich wilde Tiere schon Stunden vor einem Erdbeben oder einer Flutkatastrophe in Sicherheit gebracht hatten, während die Menschen noch ahnungslos Beachball spielten oder ein Picknick veranstalteten. Aber sie hatte nie darüber nachgedacht, was all das zu bedeuten hatte – doch jetzt tat sie es. Denn im Grunde hieß es nichts anderes, als dass es Dinge zwischen Himmel und Erde gab, die von den offensichtlich verkümmerten menschlichen Sinnesorganen nicht geortet werden konnten. Darüber war sich die Wissenschaft einig. Für den Menschen existierten bestimmte Dinge nicht, obwohl sie für andere Lebewesen da waren – doch gab es womöglich Ausnahmen, Momente, in denen die Antenne eines Menschen feiner eingestellt wurde, um etwas empfangen zu können, was außerhalb des Bereiches lag, den er bisher für möglich und vorstellbar gehalten hatte. Wenn das zutraf, wäre es vielleicht doch denkbar, dass sie gerade einen solchen Moment durchlebte – dass sie nicht verrückt war. Dass es alles das gab, dass sie Signale empfing, während der Rest der Welt auf dieser Frequenz taub war. War es so? Und welche Konsequenzen ließen sich daraus ableiten? Vor allem eine Frage beschäftigte sie: War das hier das Ende – sah es *so* aus, wenn nichts mehr vom Leben übrig war als ein Haufen GESTERN und ein Wimpernschlag von HEUTE?

Alexandras Gedanken wurden jäh unterbrochen durch das Bimmeln eines Handys. Ihres Handys. Direkt an ihrem Körper, es musste noch in der kleinen Tasche ihres Sommerkleids gesteckt haben, ohne dass sie es bemerkt hatte. Die Vibrationen durchdrangen ihren Körper wie kleine Detonationen. Bevor Morten sie daran hindern konnte, nahm sie das Gespräch an. Warum, wusste sie nicht – aber alles war besser, als weiter in diesem Albtraum festzusitzen, wie abgeschnitten von der Außenwelt. Sie sprang auf, damit Morten ihr das Handy nicht wegnahm – doch er blieb ganz ruhig liegen und sah sie nur mit seinen durchdringenden blauen Augen an.

»Ja?« Alexandras Stimme zitterte. Am Meer machten sich die ersten Wellenreiter bereit für den Tag – ohne etwas von dem Drama zu ahnen, das sich nur wenige Meter von ihnen entfernt abspielte.

Es war Caro. Aber ihre Stimme war nur aus weiter Ferne zu vernehmen. Der Empfang schien gestört zu sein, jedenfalls war kaum zu verstehen, was sie sagte.

»Caro?« Alexandra hatte das Gefühl, selbst schreien zu müssen. »Caro, ich … ich verstehe dich nicht …«

Kaum hörbar drang es in ihr Ohr, wie Geräusche, die auf leisen Socken über einen Teppich schleichen.

»Du wirst da rauskommen, aber du musst es wollen. Ohne deine Hilfe geht es nicht.«

»Hallo? … Caro? Ich verstehe dich kaum … was …«

Das Freizeichen ertönte. Die Verbindung war abgebrochen.

Ratlos schaute Alexandra Morten an; er wirkte irgendwie müde und abgekämpft – und genauso fühlte sie sich selbst. Unendlich müde. Du wirst da rauskommen. Was sollte das heißen? Wo rauskommen? Caro konnte unmöglich wissen, was sie gerade durchmachte. Ein merkwürdiger Anruf. Aber zumindest erinnerte er sie daran, dass sie eine Freundin hatte, die an ihrer Seite war – was auch immer passieren würde.

Caro war ein charismatisches Energiebündel, einen halben Kopf kleiner als Alexandra, und sah aus wie eine verschollene Schwester von Natalie Portman. Sehr hübsch und intelligent, diese Attribute waren Alexandra sofort in den Sinn gekommen, als sie der zierlichen jungen Frau zum ersten Mal begegnet war – in einem Geschäft, wo sie sich einfach nur so aus Vorfreude Babysachen ausgeguckt hatte.

In Sommer jobbte Caro vier Wochen lang auf der Insel in einer Strandbar, wo man ihr ein kleines Zimmer bereitstellte. »Ein bezahlter Traumurlaub«, wie Caro während ihrer Zeit auf Lighthouse Island nicht müde wurde, jedem mit leuchtendem Gesicht zu erzählen, der Interesse an ihrer Tätigkeit zeigte. Richtig angefreundet hatten sie sich erst eine Weile nach Alexandras Fehlgeburt. Alexandra war an dem Geschäft vorbeigelaufen, als Caro in der Ladentür stand und hinaus in die Sonne blinzelte. Sie hatte ihr etwas zugerufen.

Alexandra erinnerte sich noch heute an den fröhlichen Klang ihrer Stimme: »Wie geht's dem Baby?«, hatte sie gefragt, völlig ahnungslos – schließlich konnte sie nicht wissen, was passiert war.

Nachdem die Tränen wieder getrocknet waren, hatte Caro kurzerhand den Laden abgeschlossen, und die beiden waren einen Kaffee trinken gegangen, einen Kaffee, aus dem am Ende noch einiges mehr geworden war, so dass Morten sie spätabends und mit einem für ihre normalerweise eher nüchternen Verhältnisse erstaunlichen Alkoholpegel hatte abholen müssen. Seitdem gingen Caro und sie regelmäßig ins Kino oder unternahmen zusammen etwas am Sonntagnachmittag – auch wenn sie durchaus ungleiche Freundinnen waren, denn Caro war gerade erst Mitte zwanzig. Mit den glatten dunkelbraunen Haaren, die sie zu einem Zopf gebundenen trug, und den wach blinzelnden Augen wirkte sie beinahe noch wie ein Teenager, ein Eindruck, der durch ihr offenes, manchmal fast naives Wesen noch verstärkt wurde. Vielleicht war es gerade das, was Alexandra so an ihr gefiel.

Sie teilte Frauen in drei Gruppen auf: den mädchenhaften, den damenhaften und den tantenhaften Typ. Die Zuordnung hatten nichts mit dem Alter zu tun, die Typfrage war ihrer Erfahrung nach bereits in den Genen festgelegt, entschied sich aber spätestens kurz vor der Pubertät. Sie selbst hatte immer dem mädchenhaften Typ entsprochen, mehr Kindfrau – barfuß und im hauchdünnen Sommerkleidchen – als aufgedonnerte Lady in Kostüm und Manolo Blahniks, was Morten sehr mochte. Er fand das verführerisch. Aufgedonnerte Ladys hatte Alexandra nicht allzu viele kennengelernt, denn ihre gesamte Kindheit und Jugend hatte sie mit dem Tantentyp verbracht, robusten Mädels, die eine Patentlösung für alles und jedes hatten und sich darüber hinaus nur wenig vorstellen konnten; die klassische Spezies auf dem Land, oftmals gutherzig, aber eben ohne den Blick fürs Ganze, geschweige denn Weitblick.

Caro hingegen hatte bereits des Öfteren einen erstaunlichen Weitblick bewiesen – was durchaus überraschend für einen Fast-noch-Teenager wie sie war. Sie verstanden sich großartig, auch wenn Caro die deutlich Lautere von ihnen beiden war, während Alexandra lieber schmunzelnd ihren Geschichten lauschte, die meistens von irgendwelchen Eskapaden mit Männern handelten. Doch schon einen Wimpernschlag später, wenn der Wind sich drehte, konnte sie wieder ernst und eine gute Zuhörerin und Trösterin sein. Ihr Bauch schien ihr automatisch das Richtige zu sagen, offenbar musste sie über nichts nachdenken. Kurz: In Alexandras Augen war Caro ein Mensch von einer außergewöhnlichen emotionalen Intelligenz, eine echte Freundin, die ihr damals mit ihrer Nähe und ihrem Humor wieder auf die Beine geholfen hatte – zusammen mit Morten natürlich. Der aber war ein Mann, und das war etwas vollkommen anderes. Es war das erste Mal in ihrem Leben gewesen, dass Alexandra echte Freundschaft zwischen Frauen erlebt hatte – und sie war stolz darauf, dass diese besondere Bindung bis heute gehalten hatte. Sie würde später versuchen, Caro zurückzurufen. Wenn es ein Später gab.

»Das war Caro«, sagte sie mit leiser Stimme, während sie das Handy zurück in die aufgesetzte kleine Tasche ihres Kleides schlüpfen ließ.

»Ich konnte sie kaum verstehen – und dann war die Leitung auf einmal tot.« Bei dem letzten Wort erschauderte sie. Sie hatte es einfach so ausgesprochen, als wäre nichts geschehen, als hätte sich die Bedeutung des Wortes für sie nicht verändert seit dem Morgen.

»Oh Gott, Morten – was sollen wir nur tun? Ich will nicht, dass du ein Echo bist. Ich will, dass du bei mir bleibst … du …« Sie merkte, wie eine unendliche Wut in ihr hochstieg. Es konnte keinen Gott geben, und wenn, dann war er ein Monster, ein sadistischer Blender … ein …

Sie hatte noch keinen neuen Ausdruck für die Ungeheuerlichkeit der Schöpfung gefunden, als Morten aufsprang und sie mit einer unglaublichen Kraft an sich heranzog. Er wollte sie beruhigen, doch Alexandra spürte, wie sich ihre Arme verselbstständigten, wie ihre Fäuste anfingen, auf ihn einzuprügeln.

»Wieso tust du mir das an, Morten? WIESO?«, schrie sie ihn an, tobend vor Verzweiflung, »das alles ist so … ungerecht!« Das Wasser in ihren Augen verwandelte sich in eine bittere Medizin, als es ihre Kehle hinabrann und ihre Stimme erstickte, die noch nie zuvor so schrill und aggressiv geklungen hatte. Alexandra hielt beschämt inne.

Ihre Fäuste sanken kraftlos auf Mortens Brustkorb. Was war nur über sie gekommen? Ausgerechnet den Menschen zu schlagen, den sie Tag und Nacht mit Küssen bedecken wollte. Als könne sie es damit ungeschehen machen, schmiegte sie sich an ihr unschuldiges Opfer, das ihre Attacken ohne jede Gegenwehr ertragen hatte; an seinen Hals, dessen Duft sie so zahm machte wie ein Lämmchen; so war es schon immer gewesen. Zärtlich streichelte sie durch Mortens Haar. Um nichts in der Welt wollte sie ihm wehtun, aber sie hatte das Gefühl, verrückt zu werden. Konnte man einem ... Echo ... überhaupt wehtun? »Ich will, dass du lebst. Dass du da bist«, schluchzte sie.

»Alex ... ich bin ja da. NOCH bin ich da – glaub mir, für mich ist das alles genauso schrecklich wie für dich.« Er küsste sie auf die Stirn. »Ich denke nur, dass wir die Zeit nutzen müssen, die uns noch bleibt. Ich ... Alex, ich will nichts verpassen, ich möchte das Glück zusammen mit dir aus den Augenblicken herauspressen, die uns noch bleiben, und wenn sie nicht länger dauern sollten als das Züngeln einer Flamme im Wind oder der Flügelschlag einer Libelle ... Alex, LASS UNS LEBEN, SOLANGE WIR ES NOCH KÖNNEN!«

Er sah sie an und ergriff dabei mit beiden Händen ihre Arme – mit dem Gesichtsausdruck eines Menschen, der nur noch gewinnen kann. Weil er bereits alles verloren hat.

»Lass uns dieses Wunder noch auskosten!«, flüsterte er.

»Ja, das ist es. Ein Wunder«, sagte sie, und sie hatte das Gefühl zu weinen, während sie ihn anlachte und sich die Tränen mit der Zunge von der Oberlippe leckte.

Wenn man dem Strand etwa eine Viertelstunde lang gen Norden folgte, gelangte man zu einem Pfad, der steil hinauf zum Leuchtturm führte; er war deutlich kürzer als die Straße, aber nur für geübte Wanderer eine echte Alternative. Etwa auf der Mitte der Strecke befand sich eine kleine Kapelle, in der sonntags die Messe gelesen wurde und während des Sommerhalbjahrs hin und wieder Trauungen stattfanden. Wie lange waren sie schon nicht mehr hier gewesen, dabei war der Weg nicht weit!

Pearl kletterte wie immer voran – obwohl sie mit ihren zehn Jahren nicht mehr die Jüngste war, schien der Badeausflug sie nicht im Geringsten ermüdet zu haben. Es war ein wunderschöner, aber beschwerlicher Spaziergang nach oben – und Alexandra war froh, dass an den schwierigeren Stellen Mortens Hand auf sie wartete und sie mit einem Ruck zu sich hoch auf den nächsten Felsabsatz zog. Sie hatte keine Ahnung, was Morten vorhatte. Was er hier mit ihr wollte. Sie beschloss, nicht weiter darüber nachzudenken, sondern sich von ihm führen zu lassen. Von seiner starken Hand, die zu wissen schien, wohin der Weg sie führen würde, und immer wieder die ihre ergriff, sobald er zu steil für sie wurde.

Je höher sie kamen, desto atemberaubender wurde der Blick auf das offene Meer. Es war eine Aussicht, die nur schwindelfreie Menschen ungetrübt genießen konnten. Nicht weit von der Küste ankerte eine überdimensionierte Yacht, mitten im ineinander verschwimmenden Blau von Himmel und Meer, das Oberdeck in strahlendem Weiß gehalten, privat und luxuriös – das Unterdeck in Lindgrün, wie die sanfte Variante eines Militärschiffs, worauf auch die Länge des Schiffs hinzudeuten schien, es mussten an die siebzig Meter sein, wenn nicht mehr. Im hinteren Teil gab es ein Hubschrauber-Deck, auf dem tatsächlich ein kleiner, ebenfalls lindgrüner Heli parkte. Von hier oben sah er wie ein Spielzeug aus. Alexandra fragte sich, ob es dieser Helikopter war, dessen Rotorengeräusche sie vorhin gehört hatte. Oben, im weißen Teil der Yacht, unter einem riesigen Sonnenschirm, saßen ein Mann, eine Frau und zwei Kinder. Selbst aus dieser Entfernung waren sie gut zu erkennen, so klar war die Luft an diesem Vormittag – wie glücklich sie sein konnten! Ein Glück, das sie hoffentlich zu schätzen wissen, dachte Alexandra. Denn all der Reichtum bietet letzten Endes nicht den geringsten Schutz vor den wirklichen Katastrophen und Tragödien des Lebens. Davor schützt auch keine Armee aus Sicherheitsbeamten und kein dickes Schweizer Bankkonto. Zumindest in dieser Hinsicht sind alle Menschen gleich.

Wahrscheinlich handelte es sich um irgendwelche internationalen Schauspieler oder sogar Mitglieder eines Königshauses, die hier des Öfteren während der Sommermonate ankerten. Im vergangenen Jahr hatten Morten und sie noch die Yacht des norwegischen Königs bewundert, ein langes, massives Schiff aus den Dreißigerjahren des zwanzigsten Jahrhunderts, das wie ein weißer Panzerschrank im Wasser lag – ausgestattet mit dem opulenten Glanz vergangener Zeiten.

Alexandra geriet langsam ins Schwitzen, denn jeder Schritt brachte sie der Mittagssonne näher, die allmählich in den Zenit rückte. Alles verströmte den trockenen, würzigen Duft des Hochsommers, der hier oben bereits herrschte, während unten am Meer noch ein klarer, frischer Wind die Hitze milderte. Bisweilen konnte man zwischen den wild bewachsenen Hängen hindurch die Küstenstraße sehen, die hinauf zum Kliff führte. Sie legten gerade eine kleine Verschnaufpause ein, als Alexandra in der Ferne einen Lastwagen erblickte – der Abschleppwagen des alten Gus. Es bestand kein Zweifel, was er geladen hatte: Es war der dunkelgrüne Pagode – oder besser gesagt das, was von ihm übrig war. Auch aus der Ferne konnte man leicht erkennen, dass es nicht gerade viel war. Der Wagen schien frisch aus der Schrottpresse zu kommen. Der gesamte vordere Teil war zu einem einzigen Metallklumpen zusammengedrückt, so als wäre der Fahrer frontal gegen eine Betonwand gefahren. Doch bevor Alexandra mehr sehen konnte, war er auch schon in der nächsten Kurve verschwunden. Für eine Sekunde blitzte etwas in ihrem Kopf auf – eine schreckliche Erinnerung oder vielmehr das vage, aber schwindelerregende Gefühl einer panischen Angst, das direkt mit dieser Erinnerung einherging. Es schnürte ihr den Hals zu, so heftig war es. Du musst stark sein, sagte sie sich, egal, was kommt. Egal, was du vorfinden wirst, wenn du aus diesem Albtraum erwachst – *falls* du überhaupt je wieder erwachst.

Die weiß getünchte Kapelle mit der kupferfarbenen Glocke über dem Schiffchen war nun schon in Sichtweite, und von oben her ertönte ein vielstimmiger, nicht immer den Gesetzen der Harmonie- und Notenlehre entsprechender Gesang, begleitet von einer wummernden Orgel. Offenbar war eine – der Stimmlage nach zu urteilen an Lebensjahren junge – Gesellschaft anwesend und feierte eine Zeremonie. Wahrscheinlich eine Hochzeit, denn der Sound klang warm und beschwingt. Als sie näher kamen, konnte Alexandra hören, was sie sangen: Es war ein Popsong, einer ihrer Lieblingssongs – »Love is all around« von Wet Wet Wet, die perfekte Begleitung zu einer Hochzeit, das hatten vor vielen Jahren bereits die Produzenten eines erfolgreichen Films zum selben Thema erkannt.

Alexandra war selbst schon auf ein paar Hochzeiten gewesen, leider nie auf ihrer eigenen, und sie hatte noch nie erlebt, dass das Brautpaar bei der Trauung auf die klassische Kirchenmusik verzichtet hatte; hinterher, auf der Gesellschaft, ja, selbstverständlich. Aber im Angesicht des Pfarrers? Obwohl jeder Ton angesichts ihrer Situation eine Qual hätte bedeuten müssen, gefiel ihr ausnehmend gut, was sie da hörte, zumal Morten sich hinter sie gestellt, seine Arme auf ihren Bauch gelegt und sich an sie gekuschelt hatte – was sie genoss wie selten zuvor. Hätte sie jetzt die Möglichkeit gehabt, die Zeit anzuhalten, sie hätte es ohne Weiteres getan. Einfach ewig hier stehen, sanft umschlungen von den Armen des Mannes, den sie liebte, und diesem Song lauschen im Duft des Sommerwindes, wohin man sah nur Blau, das Meer, der Himmel, immer und immer wieder – eine Endlosschleife. Es wäre ihr nicht langweilig geworden.

Als die nächste Strophe erklang und sie sich schweren Herzens aus ihrer Umarmung lösten, um ihren Weg fortzusetzen, stellte Alexandra sich den knöchrigen alten Organisten vor, den sie erst ein paarmal gesehen hatte, da Morten und sie keine regelmäßigen Kirchgänger waren. Wie ungläubig er geguckt haben musste, als sein Standardrepertoire als zu altmodisch abgelehnt worden und dieses Lied ausgewählt worden war! Man heiratete heute offenbar nicht mehr zu Kirchenliedern, sondern zu Popsongs, so weit war es also schon gekommen! Doch je höher sie stiegen, desto schöner und klarer klang der Song trotz all der stimmlichen Unfertigkeiten seiner Interpreten in ihren Ohren – und Alexandra bedauerte mit jedem schrägen Ton und jeder Silbe, dass sie Mortens Antrag damals abgelehnt hatte. Sie könnte sich ohrfeigen. Und das nicht zum ersten Mal; aber bis jetzt hatte sie immer gedacht, dass ihnen noch ausreichend Zeit bleiben würde, alles nachzuholen. Falsch gedacht. Ihre Zeit war vorbei, nun heirateten andere. Aber wenigstens konnten sie dabei sein, wenn auch nur als Zaungäste, unsichtbar für alle anderen – ein Zustand, in den sie sich in diesem Moment wenigstens mit eingeschlossen fühlen konnte.

»Falsch gedacht – wieso?«, unterbrach Morten ihren sentimentalen Ausflug in die Welt des Selbstmitleids, und um seinen Mund spielte ein hinreißendes lausbubenhaftes Lächeln. Sie konnte noch immer nicht glauben, dass sie dieses Lachen nie wieder … Nein, sie wollte nicht daran denken.

»Das Einzige, was du tun musst«, ergänzte er, »ist, auf meine nächste Frage möglichst mit Ja zu antworten.«

Er konnte ihre Gedanken lesen. Oh Gott!

»Stimmt.«

Schon wieder!

»Aber das ist auch der einzige Vorteil – und ich sag dir was: Ich würde liebend gern darauf verzichten, wenn ich dafür zu dir zurückkommen könnte.«

»Ja, das wäre großartig! Lass uns daran arbeiten … Es … muss doch einen Weg geben – jetzt bist du schließlich auch hier.«

»Davon abgesehen liebe ich dich dadurch noch mehr, es ist, als wären wir eins. Alex, ich weiß, es hört sich komisch an – aber in deinen Gedanken zu lesen ist, wie ein wunderbares Buch aufzuschlagen und sich darin zu verlieren.«

Sie schüttelte den Kopf und fühlte, dass sie rot wurde wie ein Puter. Doch Morten wollte nicht aufhören. »Nein wirklich … Ich könnte es nicht. Oder besser gesagt: Ich konnte es nicht.«

»Was konntest du nicht?«

»So denken wie du – so rein, ohne jeden Zynismus – bei allem, was du erlebt hast, was *wir* jetzt in diesem Augenblick erleben … Daran gemessen, Alex, denkst du wie ein Engel. Ich sollte mir ein Beispiel daran nehmen.«

»Ach, Morten, hör lieber auf mit dem Quatsch, sonst glaub ich es noch selbst!«, erwiderte sie und rollte dabei mit den Augen. Sie mochte es nicht, wenn Morten ihr so viel Honig um den Mund schmierte. Obwohl: Doch, sie mochte es. Aber es war ähnlich wie mit den romantischen Szenen in manchen Filmen – man genießt sie und geniert sich zugleich ein wenig.

Aber wenn er ihre Gedanken lesen konnte, konnte sie genauso gut gleich jedes gedachte und halb gedachte Wort laut mitsprechen.

»Richtig. So sparen wir Zeit.«

»Also, dann … gut. Ich habe mich gefragt, ob … ich das vorhin richtig verstanden habe, das mit dem Heiraten.«

»Hast du. Engel lügen nicht.«

»Dann frag!« Alexandra spürte, wie sich die Aufregung in ihr breitmachte, obwohl es nicht den geringsten Anlass gab, nervös zu sein. Er würde eine Frage stellen – und sie würde antworten. Es war alles ganz einfach, man brauchte deswegen keine feuchten Hände zu bekommen.

»Sogar ich hab feuchte Hände, hier, fühl mal!«

Er legte die rechte Hand auf ihre Wange – und tatsächlich, sie war wirklich feucht.

Trotzdem ließ er sie liegen, wo sie war, und Alexandra drückte ein wenig dagegen, so wie sie es liebte, während er einen Schritt an sie herantat, so dass sich ihre Nasenspitzen fast berührten.

»Alexandra, willst du mich heiraten?«

»Ja, ich will!«, schrie sie fast und fiel ihm um den Hals, damit er ihre Tränen nicht sehen musste. Dass er ihre Gedanken las, war mehr als genug.

Pearl sprang an ihnen hoch wie ein Jojo und jubilierte aufgeregt bellend und schwanzwedelnd, ganz so, als hätte *sie* den Heiratsantrag bekommen.

»Und ich will auch!«, sagte Morten. »Daran hat sich nie etwas geändert.«

Oh Gott, ich liebe dich so, Morten!

»Ich dich auch, meine Süße.«

»Hey, dann kann ich ja gleich aufhören zu sprechen.«

»Nein, bitte nicht.« Er sah ihr in die Augen. »Ich möchte deine Stimme hören … Ich möchte sie mir einprägen und will keine Silbe, nicht den leisesten Hauch oder das kleinste Hüsteln verpassen. Jedes Räuspern will ich in mich aufnehmen, damit ich mich später daran erinnere.«

»Später?«

»Wenn wir uns wiedersehen, meine ich.«

Ihre Augen weiteten sich wie bei einem Kind, dem man erzählt, dass Weihnachten und Geburtstag an ein und demselben Tag *doch* möglich sind.

»Morten, du meinst … es … gibt … Also, du meinst, wir sehen uns wieder?«

»Das werden wir, wenn wir beide fest daran glauben.«

Sie umarmte ihn so fest, wie sie daran glauben wollte – wie ein Schraubstock. Es gab Hoffnung, und mehr wagte sie nicht zu fordern.

Aber wie sollte die Trauung vollzogen werden? Welcher Priester würde einen Unsichtbaren vermählen? Womöglich würde er sogar riskieren, dafür aus der Kirche zu fliegen – und der Schock für den alten Organisten durfte noch um einige Zentner schwerer wiegen als das Spielen eines Popsongs bei einer Hochzeitszeremonie.

»Wir finden einen Weg, es gibt für alles eine Lösung«, sagte Morten.

Doch in Anbetracht der Lage, in der sie sich seit ein paar Stunden befanden, konnte er nicht anders, als seine Aussage noch im selben Atemzug zu korrigieren.

»Nun, für fast alles.«

Die Orgel verstummte und mit ihr der fröhliche Chorgesang. Die Messe war anscheinend zu Ende, denn ein allgemeines Gemurmel setzte ein. Was darauf schließen ließ, dass die Gesellschaft sich auf dem Weg nach draußen befand. Es waren nur noch wenige Schritte, und schon standen Morten und sie auf dem kleinen, mit Kies bedeckten Vorplatz der Kapelle, deren Portal, gefertigt aus dem Holz uralter Korkeichen, sich in diesem Moment öffnete und den Blick freigab auf eine Gruppe kleiner Mädchen ganz in Weiß, die, munter kichernd und Blumen und Konfetti werfend, dem Brautpaar voransprangen wie Häschen auf einer Frühlingswiese.

Jetzt trat das Hochzeitspaar aus der Kirche.

Die beiden waren unglaublich jung. Nicht älter als zwanzig Jahre wahrscheinlich, fast noch Kinder – es war eine dieser Verbindungen, die Alexandra noch am Morgen als verfrüht abgetan hätte; und vielleicht war sie das ja auch. Eine Ehe, eingegangen voller naiver *Zuversicht*, voller Optimismus und ohne jeden Zweifel. Das, was Morten gerade über ihre Gedanken gesagt hatte, traf viel mehr auf dieses Paar zu als auf sie selbst. »Man sieht nur mit dem Herzen gut« – erst jetzt, in einer ausweglosen Situation, konnte sie beim Anblick zweier blutjunger, *glücklicher* Leute in ihren Hochzeitskleidern mit jeder Pore nachfühlen, was Antoine de Saint-Exupéry gemeint hatte, als er seinem kleinen Prinzen diese Worte in den Mund legte. Noch heute Morgen hätte sie gefragt: Glücklich? Ja, aber wie lange noch? Die beiden sind viel zu jung, um zu heiraten. Inzwischen wusste sie, dass es keineswegs besser war, das Glück vor sich herzutreiben wie eine Kuhherde, bis man sich für alt und klug genug hält, um damit umzugehen.

Dabei wird das Herz keineswegs klüger mit jedem Jahr, das man als Kuhhirtin verbringt, sondern es nutzt sich ab.

»Es ist merkwürdig«, sagte Morten, »wie der Mut zunimmt im selben Maße, wie die Zeit schwindet. Bei mir ist es genauso.«

»Wir hätten noch viel mutiger sein müssen – früher –, sehr viel mutiger.«

Wenn es etwas gab, was Alexandra in diesem Augenblick wirklich bedauerte, war es genau das: dass sie zu oft auf Nummer sicher gegangen war, vor allem damals, als Morten das erste Mal um ihre Hand angehalten hatte. Als sie sich alles offen halten wollte.

»Die Vergangenheit heißt so, weil sie vergangen ist«, sagte Morten. »An ihr können wir nichts mehr ändern – dafür haben wir alle Freiheiten, was die Gegenwart betrifft.«

Morten ergriff ihre Hand und bedeckte den Rücken mit einigen schnell aufeinanderfolgenden, beinahe gehauchten Küssen, kitzeligen Küssen, während das junge Brautpaar sich zärtlich umarmte und von der Gästeschar dafür begeistert bejubelt wurde.

»Aber wie sollen wir heiraten ohne Ringe?«, fragte Alexandra leise, damit niemand aus der Hochzeitsgesellschaft auf die Idee käme, die Irrenanstalt anzurufen, um eine geistig Verwirrte zu melden. Die sie ja nicht war. Jedenfalls sah *sie* es so – was natürlich nicht unbedingt für ihre geistige Unversehrtheit sprechen musste, so weit ging ihre Einsicht schon noch.

»Es gibt Ringe«, antwortete Morten.

»Es … gibt Ringe?«

»Es gibt sie seit damals.«

Sie war so perplex, dass sie reflexartig beide Hände vor dem offenen Mund zusammenschlug.

»Oh Gott, wie konnte ich nur …«

Sie zog ihn an sich, umarmte und drückte ihn, diesen besten aller denkbaren Männer, der neben ihr auf der kleinen Mauer saß und für alle anderen Frauen Luft war. Sollten die Leute doch denken, was sie wollten! Sie versuchte, den Faden wieder aufzunehmen:

»Die Ringe waren also die ganzen Jahre über …«

Morten lächelte sie an, als wäre er erleichtert, ihr endlich die Auflösung eines lang bewahrten Geheimnisses verraten zu können.

»… in einer kleinen Schatulle auf dem Dachboden, ja.«

»Oh Morten, ich habe dich wirklich nicht verdient.«

»Ich wusste, dass wir sie eines Tages benutzen würden … oder sagen wir besser: Ich habe es gehofft.«

Alexandra wusste nicht, was sie sagen sollte. »Du bist wirklich leichtsinnig, sie einfach so auf dem Dachboden zu verstauen.«

Morten prustete los – es war einer dieser typischen Verlegenheitssätze, die Alexandra so oft aus dem Mund fielen, wenn sie nicht weiterwusste. Dieser hier passte wie angegossen. Ihr war selbst klar, dass sie fähig war, bei einem romantischen Kerzenschein-Dinner an einem eigens dafür bereitgestellten Tisch direkt an einem kleinen Strand auf Barbados ein Bügeleisen ins Gespräch zu bringen, das zu Hause womöglich noch brannte.

»WAS?!«

Wie immer tat sie, als wäre sie überrascht von seiner Reaktion und völlig ahnungslos über das, was da in seinem kaum zu durchschauenden Hirn vor sich ging. Schließlich konnte *sie* keine Gedanken lesen. Sie schüttelte den Kopf. Und er tat es ihr nach, das war so ein Spielchen, das sie immer miteinander spielten. Gespielt hatten …

»Dann sollten wir sie aus dem Haus holen«, sagte sie, wieder ernsthaft.

»Nein, auf keinen Fall.«

Wieso nicht? Ohne Ringe konnten sie nicht heiraten. Und sie wollte *ihre* Ringe, die richtigen.

»Aber wieso nicht, wenn sie doch dort sind?«

»Alexandra, sobald du da auftauchst, wird dich eine Abordnung von Nachbarn, Freunden und Beamten in Empfang nehmen … Es würde Stunden dauern – wenn du überhaupt wiederkommen würdest. Nein, jemand anders muss sie holen.«

Jemand anders? Wer könnte das sein?, fragte sie sich.

»Der Priester«, sagte Morten nachdenklich, aber bestimmt.

Der Priester war ein sehr junger Vertreter seiner Zunft, man konnte noch allzu gut erahnen, wie er als Junge ausgesehen haben musste – nicht viel anders als heute wahrscheinlich. Ein langer, dürrer Strich in der Landschaft, der sich aus wässrig blauen Augen die Welt besah; rosige Haut, von Kopf bis zu den in unmodischen Sandalen steckenden Füßen übersät mit Sommersprossen. Nur die schmale Hornbrille verlieh ihm etwas halbwegs Seriöses und Erwachsenes – wäre sie nicht gewesen, hätte man in seiner Hand wohl eher ein Computermagazin als ein Gebetbuch vermutet. Er stammte ganz gewiss nicht aus der Gegend, sondern vermutlich aus dem Norden. Nachdem er das von ihm getraute Paar und die Hochzeitsgemeinde an der Tür der Kapelle freundlich, aber doch ein wenig linkisch verabschiedet hatte, wartete Alexandra noch so lange, bis alle in ihre Autos gestiegen waren und nur noch eine Staubwolke davon kündete, dass sie noch vor fünf Minuten auf dem Vorplatz ihre Sektgläser auf das Eheglück erhoben hatten.

Der junge Gottesdiener wollte gerade das Portal hinter sich schließen, als er Alexandras Hand an seinem Arm spürte, die zügig und entschlossenen Schrittes auf ihn zugekommen war.

»Oh, ich dachte, alle wären weg«, sagte der Priester. Aus der Nähe konnte man sehen, dass er schon einige Fältchen auf der Stirn und um die Augen hatte – sie schätzte ihn auf vielleicht Anfang bis höchstens Mitte dreißig. Er machte einen sympathischen Eindruck – im Gegensatz zu dem dienstmüden, mürrischen Inselpfarrer, den Alexandra kannte. Wahrscheinlich handelte es sich um einen Urlaubsvertretung.

»Sind Sie der neue Pfarrer?«, fragte sie und war froh, dass sie ihr eigenes Gesicht nicht sehen konnte, das grässlich verheult wirken musste, während Pearl ungeniert unmittelbar neben ihnen jede Ehrfurcht vor dem zu Gottes Anbetung erbauten Haus vermissen ließ und unbekümmert in eines der gepflegten Beete pinkelte.

Obwohl Morten direkt neben Alexandra stand, schien der Pfarrer ihn tatsächlich nicht zu bemerken. Er reichte Alexandra seine leicht feuchte, feingliedrige Hand. Nur ihr wohlgemerkt. Dann nannte er seinen Namen. Sie hatte ihn noch nie zuvor gehört.

»Ich gehöre zum Brautpaar«, erklärte er ihr. »Die beiden wollten unbedingt, dass ich sie traue. Wir sind aus derselben Gemeinde.«

»Sind Sie von drüben aus der Stadt?«, fragte Alexandra, denn sie wusste gern, mit wem sie es zu tun hatte.

»Nein«, entgegnete er und lächelte sie so entrückt an, wie es nur Geistliche vermögen – weise und voller Verständnis für sämtliche Unzulänglichkeiten, Sorgen und Fragen ihrer Schäfchen.

»Ich komme mit dem Brautpaar aus dem Westen. Es ist ein kleiner Ort, den Sie wahrscheinlich nicht kennen.«

Sie kannte ihn in der Tat nicht, aber im Grunde war es ihr auch egal. Der Smalltalk war damit beendet, jetzt ging es in die zweite Runde.

Wie sehr sie sich jetzt wünschte, sich ein wenig besser an die Gepflogenheiten der Kirche zu erinnern! Das alles war schon so lange her – und ein Handbuch für den erfolgreichen Umgang mit Gottesdienern in Grenzsituationen war ihres Wissens bislang nicht erschienen, obwohl sie es gerade jetzt dringend benötigt hätte. Sowohl sie als auch Morten waren in einem Landstrich aufgewachsen, der sich durch seine erzkatholische Prägung auszeichnete; nicht wenige Mitglieder der großflächigen Gemeinde nahmen jeden Sonntag fast eine Stunde Fahrt in Kauf, um der Messe beiwohnen zu können. Die Höfe der beiden Jacks jedoch waren in unmittelbarer Nähe des Kirchhofs gelegen, so dass man Morten und ihr alle möglichen Veranstaltungen und Dienste auferlegt hatte – was ihnen als Kindern lange Zeit nicht als großes Opfer erschienen war, zumal insbesondere Mortens komödiantische Fähigkeiten im Ministrantengewand jede Woche wieder den Besuch des Gotteshauses gerechtfertigt hatten und ein Höhepunkt in einem darüber hinaus aus Naturerlebnissen bestehenden Leben gewesen waren.

Erst mit zunehmendem Alter waren ihnen Dinge aufgefallen, die nicht mit den Buchstaben der Bibel in Einklang zu bringen waren: die von den Todsünden Geiz, Neid und Habgier zerfressenen Väter, beide brave Kirchengänger mit einer eigenen Bank in der ersten Reihe; eine Mutter, die Jesu Wort nicht davon abgehalten hatte, sich das Leben zu nehmen, eine andere Mutter, die ihr Treuegelübde verraten und Mann und Sohn im Stich gelassen hatte; schroffe, von jeder Bildung verschont gebliebene Bauern und Kirchenräte, die sich in ihren Stallungen die Läufe ihrer Schrotflinten in die Münder steckten, alkoholisierte Vergewaltiger, die sonntags den Leib Christi zu sich nahmen – zu viele bohrende Fragen hatten dazu geführt, dass ihnen die Kirche mit der Zeit so suspekt geworden war wie eine giftige Schlange. All das hatte dazu geführt, dass Morten und sie früh aus dem Schoß der Kirche geflohen waren und zugleich aus der eisigen Umarmung ihrer Väter. Natürlich wussten sie heute, dass ein gottesfürchtiges – nein, das war nicht das richtige Wort, es passte auf seine einschüchternde Art einfach zu gut zu ihrer Vergangenheit –, besser gesagt: ein Leben mit Gott durchaus auch mit Emotionen, Wärme und Glückseligkeit verbunden sein konnte. Doch wer so lange das Gegenteil erlebt hatte, brauchte eine Weile, um zu ihm zurückzufinden. Vielleicht war es jetzt an der Zeit, erneut Vertrauen zu Gott zu fassen, sich ihm anzuvertrauen, ohne ihn verantwortlich zu machen für das, was geschehen war. Unfälle passierten, niemand war davor gefeit. Aber Wunder? Echos? Wann und wie oft passierten sie? Womöglich brauchte man gar nicht so viel guten Willen, um einzusehen, dass Gott – was immer sich hinter diesen vier Buchstaben verbergen mochte – auch dafür verantwortlich sein könnte. Doch wie in aller Welt sollte sie das diesem hoch aufgeschossenen Jungen mit Sommersprossen verständlich machen, der sie noch immer anlächelte, als hätte man ihn soeben vor laufenden Kameras selig gesprochen?

Aus der Kapelle drang ein Rumpeln und unmittelbar darauf ein nur mühsam unterdrücktes Fluchen, erwidert von einem Seufzen des Priesters, der offensichtlich daran gewöhnt war, dass ältere Organisten eine eigene Spezies waren.

»Herr Pfarrer, ich weiß nicht, wie ich anfangen soll. Ich ... Ich habe eine Bitte.«

Hilfesuchend blickte sie zu Morten hinüber, der genauso wenig weiterzuwissen schien.

»Fragen Sie einfach!«, antwortete der Priester mit gütigem Augenaufschlag.

»Angenommen, es handelte sich um einen Notfall – könnten Sie mich und meinen … Verlobten trauen? Jetzt und hier?«

Sie sah aus dem Augenwinkel, dass Morten sie anlächelte. »Verlobter«, das hatte sie noch nie gesagt – aber in Anbetracht der Geistlichkeit war es ihr förderlich erschienen.

»N-N-Nun …«, für einen Moment schien die Geistlichkeit ein wenig überfordert von der Situation, »prinzipiell ja …«

Alexandra wusste, dass sie ihm keine Gelegenheit zum Nachdenken geben durfte, sondern ihm die Fakten so schnell und gleichzeitig so unverdächtig wie möglich präsentieren musste.

»Gut, also es … handelt sich hier um einen Notfall«, sagte sie. »Das Problem ist nur, dass die Ringe an einem Ort sind, den wir nicht aufsuchen können.«

Sie merkte dem Gesichtsausdruck des Priesters an, dass er fürchtete, in eine Räuberpistole oder eine vergleichbar heikle Situation geraten zu sein.

»Es ist nichts Kriminelles, bitte glauben Sie mir!«

Verwirrt blickte sich der Priester um. Auf seiner Stirn hatten sich kleine Schweißperlen gebildet.

»Und … wo ist der B-Bräutigam?«

Der arme Kerl war wirklich leicht aus der Fassung zu bringen – alle Selbstsicherheit dahin, nur weil ihn jemand aus dem Stand um eine Trauung gebeten hatte.

Wie würde er erst reagieren, wenn die wirklich schockierenden Dinge auf den Tisch kamen? War er in der Lage, das durchzustehen? Alexandra hatte erhebliche Zweifel, aber es gab nun mal keine Alternative – und damit auch kein Kneifen.

»Er macht sich nur kurz frisch«, flüsterte Morten.

»Er … Er macht sich nur kurz frisch«, sagte Alexandra.

Der Priester schien erhebliche Zweifel an dieser Aussage zu haben.

»Aber ohne Ringe kann ich Sie nicht trauen«, erklärte er mit etwas mehr Verve in der Stimme, ganz so, als wäre er nicht unglücklich darüber.

»Vielleicht … Ich meine, womöglich könnten Sie sie holen?«

So wie er sie ansah, meinte er Nein. Und selbst wenn: Sobald er im Haus wäre, würde er sich von Margret und der Polizei einwickeln lassen. Dieser Mensch war definitiv der Falsche dafür.

Er konnte sie trauen, aber alles Weitere musste ein anderer erledigen.

Morten sah sie zustimmend an und sie ihn, wobei sie so tat, als blicke sie einfach nur zur Seite, um nachzudenken.

»Du hast recht«, wiederholte Morten ihre Gedanken. »Mit ihm kommen wir nicht weiter. Irgendjemand anders muss die Ringe holen.«

In diesem Moment stürzte ein Junge aus dem Seiteneingang der Kapelle und schwang sich auf ein altes Fahrrad, das Alexandra vorhin schon bemerkt hatte. Er trat in die Pedale, als gelte es, die Tour de France zu gewinnen, und schoss mit einem kurzen »Hey« an ihnen vorbei, den Kiesplatz hinab.

»HALT!«, schrie Alexandra.

Der Junge drehte sich um und stieg dermaßen in die Eisen, dass das Hinterrad auf dem Kies einen Satz machte – es sah aus wie auf einer Rallye. Er schien so etwas nicht zum ersten Mal gemacht zu haben, irgendwie konnte man ihm ansehen, dass er stolz war, sein Fahrrad so zu beherrschen.

Alexandra rieb sich die Augen: Der Junge erinnerte sie an jemanden – an Morten. Es waren nicht nur das dichte Haar in dieser eigenartigen Braunfärbung und die strahlenden Augen, nein, auch seine Gesichtszüge und seine Statur entsprachen exakt dem, wie Morten im gleichen Alter ausgesehen hatte. Dieser Junge dort war nahezu … eine Kopie. Doch er schien ihr Erschrecken nicht im Geringsten wahrzunehmen.

»Was?«, schrie er zurück, die Füße fest auf dem Boden.

Alexandra brauchte einen Moment, um die Fassung wiederzugewinnen. »Wir … Wir brauchen dich, willst du dir ein Taschengeld verdienen?«, rief sie zu ihm hinüber, so gut sie es in ihrer Verunsicherung vermochte.

Er schüttelte den Kopf. Oh Gott, seine Augen! Alexandra schaute sich zu Morten um, das gleiche Gesicht, nur älter, markanter.

Er lächelte sie an, offensichtlich war es ihm auch aufgefallen.

»Geht nicht, ich muss sofort nach Hause. Mein Vater bringt mich sonst um.«

»Das wird er nicht tun«, schaltete sich der Gottesdiener ein. »Wenn er ein Christ ist.«

Er lächelte zuerst den Jungen und danach Alexandra milde an.

»Matteo ist der Messdiener bei der Hochzeit gewesen. Manchmal springt er ein, obwohl er eigentlich schon aus dem Alter heraus ist, wie er mir vorhin unter vier Augen gebeichtet hat.« Sein Lächeln wurde noch milder, sanfter, nachsichtiger. »Aber seine Eltern sehen das anders, sie sind sehr fromm. Nicht wahr, Matteo?«

»Ich kann wirklich nicht. Ein anderes Mal gerne«, rief Matteo, stieg wieder in die Pedale, und ehe Alexandra Prostest einlegen konnte, war er schon in einem Nebel aus aufgewirbeltem Staub verschwunden, so schnell, wie er aufgetaucht war – wie ein Gespenst. Ein Junge, der ihrem Morten wie aus dem Gesicht geschnitten und noch dazu Messdiener war; es kam ihr vor, als würde sie gerade von ihrer Jugend träumen.

Hätte sich nicht in jenem Augenblick die Tür hinter dem Priester geöffnet, wer weiß, wie dann alles gekommen wäre. Doch sie öffnete sich – mit einem zähen, übertrieben in die Länge gezogenen Knarren, um den Blick auf ein Naturschauspiel freizugeben: Aus dem kühlen Schatten des Gotteshauses trat der alte Organist, ein Mann mit einem Gesicht wie aus zerfallendem Papier, beschrieben mit den Geschichten eines langen Lebens, traurigen und zauberhaften Geschichten; ein Gesicht, so trocken und braun wie das Ackerland im Sommer, ein Gesicht voller Furcht und Hoffnung, hart und weich zugleich; ein Gesicht, das alles gesehen zu haben schien, was in einem Leben von Wichtigkeit sein konnte. Jetzt, bei Nähe betrachtet, erkannte sie den alten Mann wieder. Einige Male waren Morten und sie zu Weihnachten in der Kirche gewesen, wo sie ihm begegnet sein mussten, sie erinnerte sich nicht mehr genau. Sie schätzte ihn auf bestimmt neunzig Jahre, wenn nicht älter. Uralt jedenfalls. Könnte Morten doch nur ein paar von seinen Jahren abbekommen!

Morten schüttelte den Kopf. »So wird da oben nicht gerechnet«, sagte er.

Doch bevor sie etwas entgegnen konnte, fiel ihr der Blick des Organisten auf, der wie gebannt auf Morten zu starren schien – fast so, als hätte er direkt vor seinen Augen einen Geist erblickt. Alexandra schauderte bei dem Gedanken, dass er damit, auch wenn sie es selbst noch immer nicht fassen konnte und erst recht nicht *wollte*, womöglich nicht im Unrecht war. Eine seltsame … Reglosigkeit … Langsamkeit … nahm alles in Besitz.

Die folgenden Sekunden vergingen wie in Zeitlupe, jedes Leben schien jäh zu stoppen, um sich daraufhin nur noch in Einzelbildern zu bewegen, wie im flackernden Stroboskoplicht einer Tanzhölle, begleitet von nichts als der Musik der Stille.

»Können Sie uns helfen?«, fragte Morten auf einmal, an den alten Mann gewandt. Sein Gegenüber starrte ihn ungläubig an. In seine Stirn hatten sich tiefe Furchen gezogen, wie die Reifenspuren eines Treckers auf einem Feld. Eine Weile betrachtete er Morten, als wäre er ein seltenes Sammlerstück. Oder gar ein Wunder – eine Einschätzung, die nicht weit hergeholt war, wenn Alexandra sich die Ereignisse der letzten Stunden besah.

»Ja, das kann ich«, entgegnete er mit matter Stimme.

Er konnte ihn tatsächlich sehen! Alexandra verfolgte das Schauspiel gebannt – auch wenn sie nicht im Geringsten verstand, was zwischen den beiden Männern vor sich ging.

Ein Problem, mit dem sie offensichtlich nicht allein dastand.

»Entschuldigung, was können Sie?«, fragte der Priester, der glauben musste, diesmal wäre seinem altgedienten Mitarbeiter etwas auf den Kopf gefallen.

Es war merkwürdig, aber von vier Anwesenden war nur eine nicht in der Lage, Mortens Stimme wahrzunehmen – die Stimme eines Menschen, der für die Welt nicht mehr existierte. Und es war ausgerechnet der Mann Gottes.

»Wir wollen heiraten – aber wir wissen nicht, wie viel Zeit uns noch bleibt«, fuhr Morten, an den alten Mann gewandt, fort. »Die Ringe sind noch im Haus, auf dem Dachboden, wenn man hochkommt, gleich rechts neben der Luke. In einer dunklen, ziemlich ruinierten Holztruhe.«

Aha, da hatte er sie also versteckt. Die alte Holztruhe.

Morten blinzelte ihr eine Sekunde lang verschwörerisch zu – jeder ihrer Gedanken war für ihn ein ausgesprochener Gedanke. Dann wandte er sich wieder seinem Gegenüber zu.

»Wenn Sie die Truhe öffnen, nehmen Sie einfach die Wolldecke hoch. Darunter finden Sie dann eine kleine, mit dunkelblauem Samt bezogene Schatulle.«

Der Priester schien sich zu wundern, warum sein in die Jahre gekommener Mitarbeiter nicht auf seine Frage reagierte und unverhohlen in die Natur starrte. Hoffentlich handelte es sich nicht um einen Gehirnschlag oder etwas in der Richtung – diese Befürchtung stand ihm ins Gesicht geschrieben.

»Könnten *Sie* die Ringe für uns holen?«, fragte Morten.

Der alte Mann kratzte sich am Kopf und konnte den Blick nicht von Morten lassen – für den Priester starrte er einfach nur in die Ferne und plapperte wirres Zeug.

»Ich? … Ja, ich habe ein Auto. Ich könnte das für Sie tun …«

Er deutete auf einen Fiat 500, der fast ebenso viele Jahre auf dem Buckel haben musste wie er selbst.

»Aber ich kann nur sehr langsam fahren.«

»Die Dame steht hier«, korrigierte der Pfarrer, da er dachte, es handele sich womöglich um ein Problem der genauen Ortung irgendwelcher Gesprächspartner.

»Könnten Sie die Ringe für uns holen?«, wiederholte Alexandra – und diesmal sah der alte Mann *sie* an, und während seine Augen ohne jede Vorwarnung feucht wurden, spiegelte sich um seinen Mund ein breites, unglaublich warmes, glückliches Lächeln, das Lächeln eines Menschen, der soeben etwas Wunderbares erkannt hat, etwas, was anderen noch lange verborgen bleiben wird.

»Das würde ich sehr gern«, sagte er und blickte versonnen zuerst sie und dann Morten an. Daraufhin berührte er Morten leicht an seinem Arm, es war mehr ein Streicheln, so als wären seine Fingerspitzen so sensibel wie ein prall aufgeblasener Luftballon, der bei jeder Berührung zu platzen droht.

Der junge Priester schien die Welt nicht mehr zu verstehen, aber er willigte ein, so lange zu warten, bis sein offensichtlich etwas aus dem Tritt geratener Mitarbeiter von seiner Mission zurück war. Er schien froh zu sein, dass wenigstens dieser Kelch an ihm vorübergegangen war. In der Zwischenzeit würde er die Zeremonie vorbereiten. Alexandra betete, dass er nicht auf die Idee kommen würde, die Polizei zu rufen oder wen auch immer um Hilfe zu ersuchen.

»Es ist das erste Haus an den Dünen«, wiederholte Alexandra, damit ihr in die Jahre gekommener Kurier, der einen merkwürdig erleuchteten Eindruck machte, nicht versehentlich in irgendein anderes Haus einbrach. »Die Tür ist offen, vielleicht wird Sie die Frau des Bürgermeisters erwarten.«

»Die Frau des *Bürgermeisters?«* Der Priester verdrehte ungläubig die Augen.

»Ja, ... ein kleines Fest. Wir werden dort bereits erwartet ... Sie wissen schon, mit dem Tortenheber in der Hand!« Alexandra versuchte so gut es ging zu improvisieren.

»Mit dem Tortenheber«, wiederholte der Priester tonlos ihre Worte, als wäre er kein Gottesmann auf den Spuren der Apostel, sondern der ungläubige Thomas, der erst von seinem Herrn Jesus Christus in einer

Standpredigt zurechtgewiesen werden muss, bevor er endlich an die Auferstehung glauben konnte, ohne ständig Beweise dafür zu fordern.

»Keine Angst«, erwiderte der Alte, der plötzlich vor Elan und Wagemut nur so strahlte, »mit denen werde ich schon fertig.« Er kratzte sich am Kopf und schüttelte diesen anschließend mit dem verschmitzten Lächeln eines Gewinners – so wie jemand, der eben erfahren hat, dass seine Losnummer in der Lotterie gezogen wurde und er plötzlich Millionär ist.

Dann stieg er in sein Auto, das ohne jedes Murren sofort ansprang, als wollte es eine Lanze brechen für die viel geschmähten Ingenieure, die es vor Jahrzehnten im schönen Turin entworfen hatten, und tuckerte langsam die Auffahrt hinunter, die hinab ins Tal und zu ihrem Haus am Strand führte.

Der junge Priester blickte ihm noch eine Weile nachdenklich nach – und obwohl er weder etwas sagte, noch etwas tat, konnte Alexandra an seinem Blick erkennen, dass er sich Sorgen machte um den offensichtlich verwirrten Organisten, der sich auf ein Spiel einließ, das nicht einmal er selbst, der er doch bei klarem Verstand war, zu durchschauen vermochte.

»Gut, ich warte dann drinnen auf Sie«, sagte er schließlich. »Auf Sie, den Bräutigam, die Ringe, den Organisten und den Trauzeugen.«

Oh Gott, daran hatte Alexandra gar nicht mehr gedacht. Sie brauchten Trauzeugen.

»Ich nehme an, das wird dann in Personalunion der Organist sein, nicht wahr?«

Alexandra atmete auf. Zum Glück machte der

Priester ihnen das Leben nicht unnötig schwer – was auch immer er von der ganzen Sache halten mochte, er schien auf ihrer Seite zu sein, wie es ihm als Diener Gottes auferlegt war. Selbst wenn sie beide Schwerstverbrecher gewesen wären, hätte er ihnen dann den Wunsch, von ihm getraut zu werden, abschlagen dürfen – schließlich vertrat er keine weltliche Macht? Nun, wahrscheinlich wäre selbst dieser Fall einfacher zu handhaben gewesen als der, der ihm nun bevorstand.

»Danke«, sagte Alexandra.

»Freuen Sie sich nicht zu früh – der Organist muss dem auch noch zustimmen. Obwohl, so wie es vorhin aussah, dürfte das eine reine Formsache sein.«

Nun meinte sie fast ein kleines Lächeln in seinen Augen wahrzunehmen.

»Sie entschuldigen mich? Ich habe noch Vorbereitungen zu treffen«, sagte er und begab sich in die Kapelle. Nicht nur, um sich vorzubereiten, wie Alexandra seinem bleichen Teint ansehen konnte, sondern mehr noch, um zu verarbeiten, was in den vergangenen Minuten vor sich gegangen war.

Im Grunde war er ein Anfänger, ein eben der Lehrzeit entwachsener Geistlicher, der noch nichts erlebt hatte, was seinen Puls hätte nennenswert beschleunigen können. Ein Anfänger, der an diesem unglückseligen Tag nur auf ihre Insel gekommen war, um ein junges Paar aus seiner Gemeinde zu trauen, das sich eine romantische Hochzeit gewünscht hatte – und nun, plötzlich und ohne jede Vorwarnung, verlor er auf einmal seine Unschuld. Schicksal, resümierte Alexandra.

Letzten Endes galt dasselbe für sie selbst. Auch sie wäre gern noch die ahnungslose, unbeschwerte Frau von gestern gewesen.

»Das wirst du auch wieder sein«, sagte Morten, der hinter ihr stand und den sie für einen Moment fast vergessen hatte.

»Nein«, sagte sie und legte die Wange an seine, »das werde ich nie wieder sein können, nicht ohne dich.«

Sie blickte in die Ferne, auf das Meer und auf das endlose Blau des Himmels, das am Horizont sanft mit dem Wasser verschmolz.

Sie spürte, wie Morten sie zart auf die Schläfe küsste. Wie würde sie seine Küsse vermissen, den Geruch seiner Haut, die Grübchen um seinen Mund, wenn er lachte!

Auf einmal hatte sie das Gefühl, dass er sie beobachtete. Sie wandte ihr Gesicht dem seinen zu – und tatsächlich, er blickte sie an, so als wäre er ganz in seine eigenen Gedanken versunken und hätte die ihren gar nicht registriert.

»Wir müssen bis zum letzten Moment warten, bevor wir ihn mit der Wahrheit konfrontieren«, sinnierte er. »Sag ihm, ich hätte mich verspätet – das Thema darf erst zur Sprache kommen, wenn alles vorbereitet ist.«

Nun fiel es ihr wieder ein, sie hatte es nur für einen Augenblick verdrängt, für einen Lidschlag des Bedauerns, der Trauer um einen für alle Zeit verlorenen Teil von ihr, denn nicht weniger als das bedeutete er für sie.

»Morten?«

»Ja?«

Sie wusste nicht, wie sie sich ausdrücken sollte, so dass ihre Worte ins Stolpern gerieten.

»Der alte Mann – es … sah aus, als würde er frontal gegen eine Wand rennen, als er aus der Kapelle kam und dich … Ich meine: Er *konnte* dich sehen … Heißt das, dass er …. auch …?«

Morten schien zu überlegen, welche Informationen er ihr geben durfte und welche besser nicht. Als wäre er der Vater eines kleines Mädchens, das ihm mit Tränen in den Augen erzählt, eine Freundin hätte gehört, dass es das Christkind und den Osterhasen in Wirklichkeit gar nicht gibt.

»Nein, … aber es wird bald so weit sein«, entgegnete er behutsam, wahrscheinlich, um sie nicht noch mehr zu beunruhigen, als es ohnehin der Fall war.

Trotzdem war ihr der Schreck offenbar deutlicher anzusehen, als sie glaubte.

»Das heißt, er …«

Morten nahm sie in den Arm, wieder einmal, und es war gut so. Noch nie hatte sie seine Wärme so gebraucht wie jetzt – trotz der Hitze, die mittlerweile die Luft um sie herum erfüllte.

»Alex, Menschen sterben«, sagte er leise. »Vor allem, wenn sie alt sind.«

Natürlich hatte er recht. Aber die Szene von vorhin hallte noch immer in ihr nach. Das Gesicht des Organisten. Diese Mischung aus Erschrecken – obwohl »Erstaunen« es wohl eher traf – und einer Art der Vertrautheit, die man nur innig nennen konnte. So als würden zwei Schiffbrüchige sich nach wochenlangem, einsamem Dahintreiben auf ein paar Brettern mitten im Indischen Ozean begegnen – der eine entkommen aus einem vom Himmel gefallenen Flugzeug, der andere ein Passagier eines gesunkenen Kreuzfahrtschiffes –, um beim ersten Blickkontakt völlig außer sich festzustellen, dass sie beide dieselbe Grundschule besucht hatten und dicke Freunde gewesen waren, bevor der eine mit seinen Eltern an die Elfenbeinküste und der andere in die Antarktis gezogen war. Genauso hatten sie sich angesehen, der alte Mann und Morten, nur geheimnisvoller und stürmischer – so als wäre ihr unglaubliches Zusammentreffen zusätzlich noch begleitet gewesen von einem gewaltigen Rachmaninow-Konzert.

»Sehr alte Menschen, denen nur noch wenig Zeit bleibt, erkennen manchmal das Echo eines anderen; es ist das, was ihnen selbst unmittelbar bevorsteht.«

»Aber … wieso ist er nicht zu Tode erschrocken?«

»Weil er erkannt hat, dass der Tod nichts ist, vor dem man sich fürchten muss. Es ist nur die Angst davor – eine Angst, die nahezu jeden von uns ein Leben lang begleitet. Die Angst vor dem Ungewissen, vor dem Nichts, dem endgültigen Aus … Alex, dieser alte Mann hat völlig zufällig etwas gesehen, was ihn zwar überrascht, aber auch beruhigt hat. Deshalb hat er gelächelt – weil er glücklich ist. Deshalb glaube ich auch, dass er bald zurück sein wird.«

Alexandra seufzte. Das alles hier war sehr viel für einen einzigen Menschen. Aber dennoch fühlte sie sich wohl. Noch war Morten schließlich bei ihr – und vielleicht, vielleicht bliebe es ja so; womöglich gab es eine Chance, dass es immer so bleiben konnte, wie es jetzt war. Vielleicht gehörte nicht mehr dazu, als ebenfalls für alle anderen unsichtbar zu werden, dann wären sie schon zwei und könnten ihren Weg gemeinsam weitergehen.

»Lass uns später darüber reden«, sagte Morten, der ihre Gedanken las, als wären es Pressemeldungen.

Es musste mittlerweile früher Nachmittag sein. Die Sonne hatte ihren höchsten Punkt überschritten, und die Hitze lag bleiern über dem Vorplatz.

Vielleicht wäre es besser, in die dunkle, kühle Kapelle zu gehen, dachte Alexandra. Ihr Kreislauf war nicht der Beste, und sie hatte das Bedürfnis, sich für einen Moment auf einer Bank im Innern eines schattigen Gebäudes auszuruhen, um Körper und Geist ein wenig abzukühlen und zu beruhigen. Allerdings wäre die Gefahr zu groß, dass der Priester sie mit Fragen belästigte, auf die sie keine Antwort wusste. Worauf wusste sie überhaupt eine Antwort? Bei der Gelegenheit fiel ihr ein, dass sie Pearl schon eine ganze Weile nicht mehr gesehen hatte. Wo war sie geblieben? Die ganze Zeit über war sie in der Nähe herumgestreunt, doch jetzt war sie auf einmal außer Sichtweite.

»Wahrscheinlich streunt sie irgendwo herum.«

»Wahrscheinlich? Weißt du es nicht?« Sie schaute ihn ungläubig an.

Er griff nach ihren Händen und schaute sie an.

»Alex, ich bin nicht Gott!«

Sie hatte es tatsächlich für einen Augenblick geglaubt. Wie konnte sie wissen, was mit einem geschah, wenn man … also danach?

»Ist ja schon gut … Ich dachte ja nur.«

Bevor sie sich auch noch Sorgen um einen verschollenen Hund machen musste, wurde ihre Frage bereits durch ein Bellen beantwortet, das von der Rückseite der Kapelle kam. Hand in Hand folgten sie Pearls Rufen, das fröhlich klang – so bellte sie, wenn sie spielen wollte oder bereits jemanden zum Spielen gefunden hatte.

Hinter der Kapelle, direkt oberhalb des Hangs, verlief zwischen duftenden Kräutern ein schmaler Kiespfad, der einmal um das Gebäude herumzuführen schien. Als sie den Blick wandern ließen, offenbarte sich ihnen ein Bild, das sie in seiner vollkommenen Schönheit nur selten zu sehen bekommen hatten: Auf einer bunten Wiese, über und über bedeckt von einem Teppich aus winzigen schneeweiß, sonnengelb, zartrosa und hellblau blühenden Blumen, standen zwei junge Pferde, ein schwarzes und ein hellbraunes – und ihr Fell glänzte in der Sonne, als wäre es gesponnen aus der feinsten Seide, die jemals auf der Welt produziert worden war. Der Anblick war von einer reinen, ganz und gar natürlichen Schönheit und weckte längst verschüttet geglaubte Erinnerungen. Wie lange waren sie nicht mehr geritten? Früher, als Kinder, hatte sich beinahe ihr ganzes Leben auf dem Rücken der Pferde abgespielt. Doch seit sie dieses Leben hinter sich gelassen hatten und auf die Insel gekommen waren, hatten sie nie wieder auch nur ein Pferd aus der Nähe gesehen. Sie schauten sich an. Morten musste das Glück in ihren Augen funkeln gesehen haben – denn er forderte sie heraus. Sie waren also noch immer Dreikäsehochs, erfüllt von der Lust zu spielen. Waren sie das?

Oder taten sie nur so, um zu verdrängen, was geschehen war? Um der Wahrheit nicht ins Auge sehen zu müssen, noch nicht?

Morten zerstreute ihre Gedanken. »Komm schon! Kannst du es noch?«

Was blieb ihr anderes übrig, als sich auf das Spiel einzulassen? Sie musste den Schalter finden und ihn umlegen, um nicht noch das letzte Glück zu verderben, das ihnen geblieben war. Alexandra beschlich ein Gefühl, als würde sie von zwei Riesen zerrissen: Der eine zerrte wütend an ihrem linken Arm, während der andere entschlossen dagegenhielt und an ihrem rechten Arm zog.

Doch wo war der Schalter? Wenn es nur so einfach wäre!

Warte auf das Glück, aber vergiss nicht, ihm die Tür zu öffnen!

Alexandra fiel das alte chinesische Sprichwort ein, das sie irgendwo gelesen und seitdem nicht mehr vergessen hatte. Dies hier war das Glück, streng und knapp bemessen, eine Löffelspitze kleiner glitzernder Glückskristalle, die unerbittlich durch eine Sanduhr rannen.

Sie konnten jedes Einzelne dieser Mosaik-Glückssteinchen fallen sehen – und wenn sie noch etwas davon haben wollte, musste sie jetzt handeln und alles andere ausschalten. Jetzt! Jetzt! Jetzt!

»Ich hab es nicht anders erwartet – du hast keinen Mumm mehr.« So leicht ließ Morten sie nicht von der Leine. Er hatte schon immer ein ausgeprägtes Faible für die spielerische Provokation gehabt wie fast alle kleinen Jungs – nur dass er mittlerweile ein großer Junge war.

»*Ich?* Die Frage ist, ob *du* noch Mumm hast, du … Feigling!«, entgegnete sie und lachte ihn an wie früher – die Frechheit glitzerte in ihren Augen, ganz so, als wäre sie ein fünfjähriges Mädchen, das noch nichts verloren hatte, das immer und in jedem Fall gewinnen würde.

Morten zwinkerte ihr zu. Das war die Alexandra, die er kannte.

Vorsichtig und langsam – obwohl sie am liebsten um die Wette gerannt wären – gingen sie zu den Pferden, um sie nicht zu verscheuchen. Merkwürdigerweise gab es keinen Zaun, die Tiere liefen völlig frei herum, obwohl sie nicht wie Wildpferde aussahen. Als sie sich ihnen näherten, blieben sie seelenruhig stehen, so als wären es langjährige Zirkusangestellte, die nichts anderes kannten als den täglichen Umgang mit Menschen und – es fiel Alexandra nicht leicht, das Wort auch nur zu denken – Engeln. Sie trugen beide kein Zaumzeug und ließen sich berühren, ohne den geringsten Fluchtinstinkt zu zeigen.

Morten schwang sich gerade, ohne dazu einen Steigbügel zu benötigen, schwungvoll auf den Rücken des größeren der Tiere, als sie hinter sich eine Stimme vernahmen.

»Schön, nicht wahr?«, rief der Priester zu ihnen herüber, der sich ihnen unbemerkt genähert hatte.

Er hatte bereits die Stola über dem Messgewand angelegt und machte ein feierliches Gesicht. Das Pferd stampfte ein wenig mit den Hufen, als hätten Engel ein Gewicht – aber es blieb ruhig und zeigte keine Angst.

»Ich habe Sie gesucht. Es ist jetzt alles vorbereitet – und Ihr … äh, Trauzeuge ist ebenfalls zurück mit einem Paar wirklich wunderschöner Ringe. Fehlt also nur noch der Bräutigam.« Bei diesen Worten klatschte er die Hände zusammen wie ein Handwerker, der gegen seinen Willen einen Nagel in die Wand schlagen soll, aber feststellen muss, dass er glücklicherweise keinen Hammer dabeihat.

»Er ist bereits in der Kirche.« Morten sah sie an. Sie war sein Sprachrohr. Alexandra brauchte ein wenig, um zu reagieren.

»Ähm, ich glaube, er ist bereits in der Kirche.«

»Hmm, vorhin noch nicht – aber Sie mögen recht haben«, erwiderte der junge Geistliche und kratzte sich verwundert am Kopf, nicht zum ersten Mal an diesem unruhigen Tag.

Was mag ihn dazu bewogen haben, in den Dienst der Kirche zu treten?, fragte Alexandra sich. Sie stellte ihn sich vor, wie er seine Entscheidung getroffen hatte – mit sechzehn, siebzehn? Was war der eigentliche Beweggrund gewesen? Das hübscheste Mädchen der Schule, seine große Liebe, die ihn ausgelacht und ihn einen »sommersprossigen Spargeltarzan« geschimpft hatte, um am nächsten Tag ungeniert mit dem ungehobelten Metzgersohn zu knutschen? Das Bedürfnis nach Sicherheit und Geborgenheit in einer Gemeinschaft, die nach einem höheren Sinn sucht? Oder war es tatsächlich die Liebe zu Gott gewesen, die sichere Erkenntnis, dass es ihn gibt? In diesem Fall war er zu beneiden.

»Wem gehören die Pferde? Der Kirche?«, fragte sie und blickte dabei Morten an, der auf dem Rücken des Hengstes saß, als würde er am liebsten jeden Moment losjagen. Doch er schien zu wissen, dass, was diesen Punkt betraf, jetzt eiserne Disziplin vonnöten war – jede falsche Handlung könnte ihre Trauung in Gefahr bringen oder sie sogar endgültig verhindern.

»So wie es aussieht, gehören sie niemandem außer sich selbst. Höchstens einander«, sagte der Pfarrer und schien innerlich zu lächeln bei der Vorstellung, dass Liebe und Partnerschaft auch unter Tieren von Bedeutung sein könnten.

Bei diesen Worten flatterte lautlos ein gelber Schmetterling an ihr und dem Priester vorbei durch die heiße Sommerluft. Ein Zitronenfalter auf seiner Reise durch die Welt. Er umkurvte die blasse Nase des Priesters, drehte eine kleine Runde um einen kräftigen, uralten Olivenbaum, machte dann unvermittelt kehrt und schoss haarscharf über Alexandras Kopf hinweg, um ohne jeden weiteren Umweg direkt auf das Pferdepaar zuzusteuern, wo er mitten auf Mortens Kopf landete. Alexandra konnte es nicht glauben. Für den Priester musste es so aussehen, als stehe der Falter ein gutes Stück über dem Rücken des Pferdes ohne jeden Halt in der Luft! Es war wie ein göttlicher Fingerzeig, so als wolle jemand da oben seinem etwas begriffsstutzigen Verwalter hier unten ein wenig auf die Sprünge helfen. Dem Verwalter schien das nicht entgangen zu sein, denn als Alexandra ihre Augen von dem Schauspiel nahm und auf ihn richtete, wirkte er wie hypnotisiert, konzentriert auf ein Wunder, von dem er noch nicht wusste, dass es nicht allein ihm gehörte.

»Das … ist … nicht möglich«, konstatierte der Priester, den Blick starr auf die wundersame Erscheinung geheftet, die sich nur wenige Meter vor ihm ereignete.

Alexandra war sich nicht sicher, ob er in diesem Moment an Fatima dachte und sich fragte, ob er womöglich auserwählt sei aufgrund seines Fleißes im Dienst der Kirche, ein solches Zeichen zu empfangen. Für einen Augenblick befürchtete sie, dass dieser Vorfall ihren Plänen nicht dienlich war, aber dann ging es ihr auf: Natürlich war er das!

Wie immer sich die Sache hier auch entwickelte, endlich gab es einen ersten Beweis für Mortens Anwesenheit. Und dieser Priester schien eindeutig einer von der Sorte zu sein, die trotz ihrer Berufswahl aus tiefstem Herzen die Vernunft gegenüber dem Glauben bevorzugten.

Vorsichtig setzte der ungläubige Thomas einen Schritt vor den anderen, um sich auf diese Weise unbemerkt dem Schmetterling zu nähern, der seine Flügel ein wenig spreizte, als genieße er ein herrliches Sonnenbad dort oben in seinem Nest aus Mortens dichtem Haar.

Morten hatte sofort begriffen, was sich um ihn herum abspielte, und bewegte sich nicht. Es sah aus, als führe er ein Theaterstück auf.

Alexandra fragte sich, was geschehen würde, wenn der Priester sich ihnen so weit genähert haben würde, dass er nach dem Schmetterling greifen konnte. Würde seine Hand durch Morten hindurchgleiten wie durch einen Regenbogen?

Genau in dieser Sekunde ihrer Überlegungen – der Priester war nun keine zwei Schritte mehr von dem regungslos in der Luft verharrenden federleichten Schmetterling entfernt, der ihn wie ein Magnet gegen alle Gesetze der Natur magisch anzuziehen schien – fuhr ein Windhauch in die ausgebreiteten Flügel des Zitronenfalters und riss ihn mit sich hoch hinauf in den Wipfel des Olivenbaums. Gebannt verfolgte der Priester seinen Weg so lange, bis der kleine Gaukler im obersten Stockwerk des Schatten spendenden Riesen verschwunden war.

Der Priester brauchte eine Weile, bis er wieder in der Lage war, ein Wort herauszubringen. »Merkwürdig …«, hauchte er fast andächtig durch die flirrende Luft. »Haben Sie das gesehen?«

Er wandte sich an Alexandra.

Sie nickte.

Und er schüttelte den Kopf, als wäre er soeben Zeuge einer interessanten optischen Täuschung geworden, nicht aber eines wahrhaftigen Wunders.

»Die Wege des Herrn sind oft unergründlich«, versicherte er sich nachdenklich und irritiert von den merkwürdigen Geschehnissen – um sich daraufhin zur weiteren Vorbereitung in die Kapelle zurückzuziehen. »Ich warte dann drinnen auf Sie, gefasst auf weitere Überraschungen«, sagte er und verschwand.

In der Kapelle war es erfrischend kühl wie in einer Tropfsteinhöhle unter der dichten Haut eines Gletschers. Alexandras Augen mussten sich erst auf den geringen Lichtpegel einstellen – draußen war es gleißend hell gewesen, während hier im Innenraum, der vielleicht zwei Dutzend Menschen Platz bot, wenn sie ganz eng zusammenrückten, lediglich eine Handvoll Kerzen neben dem Weihwasserbecken an der Tür und weiter vorn am Altar brannten. Es verging ein Weilchen, bis sie außer den züngelnden Flammen überhaupt etwas erkennen konnte. Die Wände der Kapelle waren in dem für die Insel typischen sandfarbenen Naturstein gehalten, unterbrochen von winzigen Quadraten weiß-blauer Mosaikfliesen. Es gab lediglich eine einzige Bankreihe und einen kleinen gezimmerten Altar – alles war so schlicht, als wäre es von einem jungen Mönch unmittelbar nach dem feierlichen Armutsgelübde selbst entworfen und gefertigt worden. Auf einem Podest an der Seite stand die Orgel – keine mit großen silbernen Pfeifen, wie man sie aus anderen Kirchen kannte, nein, es handelte sich um eine alte Hammondorgel aus dunklem, bereits leicht fleckigem Holz. Die Tasten waren schon ganz gelb vom vielen Spielen – womöglich hatte sie vor ihrer christlichen Laufbahn einige wilde, verruchte Rockbühnen gesehen. Nun aber herrschte eine unglaubliche Ruhe in diesem Raum, den sie und Morten nie zuvor von innen gesehen hatten – denn an den Festtagen wurden die Messen in der Inselkirche im Dorfzentrum gefeiert, die Kapelle wäre um einiges zu klein dafür gewesen.

Erst jetzt wurde Alexandra bewusst, dass der Organist unmittelbar neben ihr stand, ein wenig außer Atem und leise keuchend wie ein alter Dackel. Er nickte ihr aufmunternd zu. In seiner geöffneten rechten Hand, die aus gegerbtem Leder zu sein schien, sah sie eine fein gearbeitete Schatulle. Ihr Deckel war aufgeklappt. Sie war nicht nur prachtvoll mit dunkelblauem Samt bezogen, sondern auch innen vollständig damit ausgeschlagen. Aus der Mitte des Kästchens glänzten ihr zwei aneinandergeschmiegte Ringe entgegen, die einer göttlichen Schmiede entstammen mussten, so zauberhaft spiegelte sich das Licht der Kerzen in tausend funkelnden Sternchen auf ihrer Oberfläche. Alexandra wurde fast ohnmächtig bei dem Gedanken, dass diese traumhaften Ringe über Jahre auf dem Dachboden versteckt gewesen waren. Als sie genauer hinschaute, konnte sie erkennen, dass der für sie vorgesehene Ring aus unzähligen kleinen Brillanten bestand, während der von Morten aus schlichtem Weißgold gemacht war. In ihren Ring schien auf der Innenseite etwas eingraviert zu sein, aber sie konnte die Buchstaben nicht lesen. Also streckte sie die Hand aus, um ihn in seiner vollkommenen Schönheit zu berühren, beobachtet vom Pfarrer, der kaum weniger erstaunt und neugierig schien. Ihr fiel auf, dass der Organist ebenfalls einen Ehering trug. Im Laufe der Jahre, wenn nicht gar Jahrzehnte, schien das Schmuckstück nahezu mit seiner Haut verwachsen und ein Teil von ihm geworden zu sein. Ein romantischer Gedanke – Alexandra fragte sich, ob seine Frau noch lebte, wie sie aussehen mochte und wo sie sich kennengelernt hatten. Doch schon im nächsten Augenblick wandte sie ihre ganze Aufmerksamkeit wieder der kleinen Schatulle zu, die leise zitternd vor ihrer Nase zu schweben schien, so dass sie den Ring für einen Moment herausnehmen und die auf der Innenseite gravierte Inschrift lesen konnte: THE FLAME STILL BURNS. MORTEN.

»The Flame Still Burns« – so hieß ihr gemeinsamer Lieblingssong, und nun stand es in ihrem Ring. Alexandra konnte nicht verhindern, dass sich ihre Augen mit Tränen füllten. Es war der Song einer völlig unbekannten Band aus ihren Jugendtagen, die sich schon lange aufgelöst hatte, ohne diesen Song jemals wirklich veröffentlicht zu haben; er war lediglich als Live-Mitschnitt zu bekommen. Bei diesem Song hatten sie sich das erste Mal wie ein echtes Liebespaar geküsst, nur wenige Abende nach Mortens allererstem Heiratsantrag, oben im Himmel ihres Baumhauses, das zu jener Zeit ihre Bude, ihr gemeinsamer Zufluchtsort gewesen war.

»Genau das hätte ich auch in deinen Ring geschrieben«, schluchzte sie mehr, als dass sie es wirklich laut aussprach.

Morten, der neben ihr stand, berührte ihre Hand.

»Du hast es in mein Herz geschrieben«, sagte er so süß, dass es Alexandra wie im Traum vorkam. »Da bleibt es für immer und ewig.«

»Entschuldigung, was haben Sie gesagt?«, fragte der Priester – eine Frage, die von seinem Mitarbeiter, dem Organisten und Trauzeugen in Personalunion, so knapp wie unmissverständlich mit einem entrüsteten Verdrehen der Augen gen Himmel beantwortet wurde. *Er* hatte ja kein Problem mit der Wahrnehmung bestimmter Dinge. Es war schon merkwürdig:

Drei der hier Anwesenden durchlebten gerade eine Grenzerfahrung und nur einer – und zwar ausgerechnet derjenige, der von Berufswegen auf Grenzerfahrungen spezialisiert war – bekam von alldem nicht das Geringste mit.

Hätte ihr Tag nicht mit einem fürchterlichen Drama begonnen, Alexandra hätte geglaubt, mitten in einer Komödie zu stecken.

Aus dem Augenwinkel sah sie, dass Morten das Gleiche dachte. Und *er* lachte wirklich, doch als sie ihn näher betrachtete, erkannte sie, dass es ein Lachen aus purem Salz war, das Glück, benetzt von den Tränen des Abschieds.

»Ich werde es vermissen: das Licht der Kerzen in einer kleinen Kapelle, den Geruch des Windes am Strand, den Hund, der zur Begrüßung an mir hochspringt, wenn ich nach Hause komme, den Klang einer Orgel, die Popsongs spielt. Es wird mir fehlen, dein Gesicht zu sehen, die winzigen Fältchen, die sich um deine Augen und deinen Mund bilden, wenn du lachst, dich zu umarmen, um deine Tränen zu trocknen, deine zärtliche Hand auf meiner Haut – all das und eine Million Dinge mehr, die uns ausgemacht haben«, sagte Morten zu ihr, überwältigt von dem kargen Nichts, in dem sie nun vor dem Priester standen, der sie trauen, nicht Nachholbares nachholen sollte. »*Du* wirst mir fehlen«, setzte er hinzu, und Alexandra fühlte, wie sich sein Herz in ihres schlich, furchtsam und verloren, wie sich ein kleines Kind im Angesicht der schwarzen Nacht, die draußen vor dem Fenster lauert, in das Bett seiner Eltern schleicht.

Als Mädchen hatte Alexandra sich ihre Hochzeit oft ausgemalt – ach, was! Nicht nur als Mädchen, eigentlich hatte sie bis heute nicht damit aufgehört. Die eigene Hochzeit war eine so erfreuliche Vorstellung, dass man gar nicht genug daran denken konnte. In ihren Träumen waren die Kirchen prachtvolle gotische Bauten mit bis in den Himmel ragenden mächtigen Säulen gewesen, geschmückt mit Blumen, alle Reihen bis auf den letzten Platz gefüllt mit feierlich gekleideten Menschen, Freunden, Bekannten, Fremden, denn eine Familie hatten sie ja beide nicht. Die alten Jacks kamen in solchen Träumen nicht vor, schließlich sollten es schöne Träume sein. Der Duft von Weihrauch und Blüten erfüllte die Kirche, begleitet vom leisen Flüstern der Leute, das von den hohen Wänden widerhallte; kleine Mädchen liefen ihnen beim Auszug aus der Kirche voran und streuten Blumen auf ihrem Weg nach draußen in einen fliederweißen Park – wo sie, Alexandra, rücklings zu ihren unverheirateten Freundinnen gewandt, den Brautstrauß mit den kleinen glänzenden Perlen zwischen den Miniaturblumen hoch in die Lüfte warf.

Vor langer Zeit hatte Alexandra ein – zwischen Handtüchern und Unterwäsche verstecktes – Hochzeitsfoto ihrer Mutter in der obersten Schublade einer Kleiderkommode gefunden. Damals lebte ihre Mutter noch. Auf dem Foto stand sie starr neben dem alten Jack und lächelte so gezwungen, dass man von Glück kaum sprechen konnte. Wenn man nicht bei seiner eigenen Hochzeit glücklich sein kann, wann dann?, hatte Alexandra sich damals schon gefragt, obwohl sie noch ein junges Mädchen gewesen war und von alldem noch nicht viel verstanden hatte.

Wie schlimm es um die Ehe ihrer Eltern bestellt war, sollte sie erst später erfahren, an dem besagten Nachmittag in der Scheune. Ihr und Morten würde dieses Unglück niemals widerfahren – das Einzige, was sie trennen konnte, war der Tod. Bei diesem Gedanken erschrak sie erneut. Hier stand sie nun, in einer kleinen, dunklen Kapelle, begleitet von einem ganz und gar nicht souveränen Priester und einem Mann, der fast nur aus Vergangenheit zu bestehen schien und sie dennoch freundlich, nein, *glücklich* anlächelte, während Morten neben ihnen stand, unsichtbar und sichtbar zugleich – ein Geist, der noch Mensch war, und ein Mensch, der noch nicht ganz Geist war, und ihre Hochzeit würde vollkommen anders aussehen, als sie es sich immer ausgemalt hatte. Anders als alle anderen Hochzeiten, die es je zuvor gegeben hatte. Und doch voller Wärme und Leidenschaft, in kleinstem Kreis, aber mit Feuer und Glut in den Augen und Herzen der Beteiligten. All das war mehr als ungewöhnlich, aber wunderschön.

Wunderschön und unendlich traurig zugleich. Süß und bitter in einem – wie die mit Zucker bestrichenen Grapefruits, die ihre Mutter ihr als Kind serviert hatte, wenn sie an heißen Sommernachmittagen verschwitzt vom Spielen auf den Feldern zurück ins Haus geschlichen oder gehumpelt war. Süß und bitter wie ein aufgeschlagenes Knie, das mit Jod behandelt werden musste, so dass es noch mehr brannte, fast wie das Feuer der Hölle – doch der Nachgeschmack dieser

Behandlung, den sie bis heute zweifelsfrei im Mund hatte, wenn sie daran zurückdachte, war der eines tröstenden Erdbeersahnebonbons. Süß und bitter wie die Reise des Menschen durch sein Leben. Eine Reise, die einen an unzählige Orte führte – doch alle hießen sie entweder Glück oder Schmerz. Was war der Sinn dieser Reise? Man kam zur Welt mit winzigen Fingern und Füßen, einer kleinen Nase und riesigen Augen, und zu den wenigen Dingen, die man über seine Sinne hinaus sofort tadellos beherrscht, ohne sie erst erlernen zu müssen, gehörten das Lachen und das Weinen. Glück und Schmerz, damit beginnt sogar das Leben – und so geht es weiter von der Geburt bis zum Ende. Die Reiseroute führt über leuchtende Berge und durch dunkle Täler, berührt feuchte, heimtückische Sümpfe ebenso wie herrliche Lichtungen in der Mittagssonne. Man kampiert in schwarzen, mitternächtlichen Wäldern, hinter jedem Baum tausend böse Schatten, Mörder und Schreckgestalten vermutend, zittert und trotzt alldem, bis das Rosa des Morgens am Horizont das Herz erneut mit Mut erfüllt, fährt weiter über sich im gleißenden Sonnenlicht wiegende Felder und Wiesen, gelangt in bunte, aufregende Städte voller Verheißungen, um dann im Hafen an Bord eines festlich beleuchteten Schiffes zu gehen, in einen fürchterlichen Orkan zu geraten, nach dem Kampf mit den Urgewalten zu sinken, wieder aufzutauchen und aufzuwachen in einem kleinen Rettungsboot, das von irgendwoher angeschwemmt wurde. Ohne Wasser und Proviant treibt man auf der offenen See, weiter und weiter, durch Tage des Frohmuts und Nächte der Einsamkeit und des Wahnsinns, nur noch Hunger und Durst spürend, bis man eines Morgens aus diesem Delirium erwacht und fühlt, dass die Luft warm geworden ist und das Wasser seicht; nicht weit von hier muss die Insel sein, für die wir die Gefahren dieser Reise auf uns genommen haben, ein Eiland aus allen Farben des Regenbogens, duftend nach einem einzigen, ewig währenden Sommer, umgeben vom sanften Rauschen der Wellen; seine Bewohner heißen Schönheit und Frieden, und die Insel heißt: Glück. Und der Name der Reise, dieser abenteuerlichen Expedition, um das Glück zu finden und den Schmerz hinter sich zu lassen, lautet: Leben. Der Treibstoff, der diesen Motor nicht ersterben lässt, hat einen goldenen Glanz und wird Hoffnung genannt. Sie ist das Wichtigste. Sie geht nicht wenigen Menschen aus auf ihrer langen, beschwerlichen Reise – bevor sie ihr Ziel erreicht haben, irgendwo in einem Jammertal, aus dem sie für den Rest ihres Lebens nicht herausfinden werden.

Vielleicht geht es denen, die in den Tälern leben und keine Hoffnung mehr haben, sogar besser, dachte Alexandra auf einmal, ganz gegen ihren bisherigen Glauben. Sie glaubte, die Insel bereits gefunden zu haben – doch nun würde sie alles wieder verlieren. Was machte es für einen Unterschied, ob man das Glück wieder verlor oder es nie gefunden hatte? Welchen Vorteil hatte derjenige, der sagen konnte, dass er die traurigen Täler hinter sich gelassen und das Glück in Händen hatte, nur um es am Ende doch wieder zu verlieren?

»Glücklich sterben zu können, Alex. Ohne bitteren Nachgeschmack, sondern mit dem … eines Erdbeersahnebonbons«, sagte Morten auf einmal leise neben ihr, und sie erschrak ein wenig, als sie bemerkte, dass nicht nur seine Augen, sondern auch die des Priesters und des alten Mannes auf sie gerichtet waren. Irgendjemand musste sie irgendetwas gefragt haben.

»Bitte?« Alexandra tat so, als hätte sie die Frage rein akustisch nicht verstanden – wenn es sich denn um eine Frage handelte, die hier im Raum schwebte wie der Duft von Weihrauch.

»Der Herr Pfarrer fragt, ob der Bräutigam sich mittlerweile eingefunden hat.« Zum Glück kam ihr der Organist sofort zur Hilfe. Er sah sie mit dem Blick eines verlässlichen Komplizen an. »Wollen Sie es ihm lieber sagen?«

»Was soll das jetzt wieder heißen? Was *ihm sagen?*«, erwiderte der Herr Pfarrer wie ein kleiner Junge, den die anderen nicht mitspielen lassen wollten. Ob er ahnte, dass Schmetterlinge, die reglos in der Luft verharrten, erst der Anfang des Unmöglichen waren?

»Dass der Bräutigam bereits da ist«, entgegnete Alexandra keck. Angriff war die beste Verteidigung – das signalisierte ihr Mortens Arm, der sich beruhigend auf ihre Schulter gelegt hatte.

»Ach ja – und wo hat er sich versteckt?« Der Herr Pfarrer schien nicht zu begreifen, um was es sich hier handeln könnte.

Wie sollte er auch, man konnte es ihm wirklich nicht verübeln. Hilfesuchend, ja, fast flehend schielte er zu seinem ehrenamtlichen Mitarbeiter hinüber. Doch dessen Blick schien ihn fast noch mehr zu beunruhigen als Alexandras Worte.

Was sollte sie nun tun? Vielleicht würde er sich doch noch überzeugen lassen – sie hatte keine bessere Idee, als die Flucht nach vorn anzutreten. Sie musste schlucken, bevor die Worte aus ihrem Mund kamen, aber dann ging es auf einmal. Sie hörte sich selbst dabei zu – und was sie sagte, kam ihr schlichtweg absurd vor.

»Also: Er steht direkt neben mir, aber für Sie ... ist er unsichtbar.«

»Ach, so ist das!« Sein Ausruf klang ein wenig wie das Lachen eines Irren. Man konnte dem jungen Geistlichen förmlich ansehen, dass er fieberhaft nach einer Ausrede suchte, die es ihm ermöglichen würde, in die Sakristei zurückzukehren, um sich dort zu verbarrikadieren, bis diese Verrückte das Weite gesucht hatte.

»Nein, wirklich, warten Sie!« Alexandra zog an seinem Ärmel, an dem steifen silbrigweißen Stoff seines Messgewandes.

»Bitte glauben Sie mir! Ich ... weiß, es klingt unglaublich, und ich habe es zuerst ja selbst nicht glauben wollen, aber ...«

Der Priester seufzte. »Was sollen wir denn nun machen?« Er wandte sich an den Organisten, schulterzuckend und seufzend im selben Augenblick. »Sehen Sie hier etwa auch einen Bräutigam neben der Dame?«

Der zögerte einen Moment, als überlege er, ob er Riechsalz für den Fall einer plötzlichen Ohnmacht des jungen Mannes im Handschuhfach seines Fiats vorrätig hatte, und nickte schließlich – zurückhaltend, aber eindeutig.

Dem Priester schien tatsächlich schwindelig zu werden. Jedenfalls fuhr er sich mit einer Hand über die Stirn, als wäre ihm ziemlich übel. Er atmete drei- oder viermal kräftig ein und wieder aus.

»Kommen Sie! Wa-Was soll das?« Da war es wieder, das Stottern.

Alexandra hatte das Gefühl, dass die Situation langsam außer Kontrolle geriet – aber was war anderes zu erwarten gewesen, so wie die Dinge sich darstellten? Die Aufgabe, die sich ihr hier und jetzt stellte, war eine harte Nuss: Sie musste etwas Unglaubliches glaubhaft erscheinen lassen – etwas Unsichtbares sichtbar. Sie fragte sich, ob man Luft sichtbar machen konnte, wenn man sie zum Beispiel mit Farbe besprühte. Doch all diese Überlegungen waren viel zu theoretisch, um sie in dieser Situation voranzubringen.

»Können Sie sich vorstellen, dass etwas existiert, obwohl es unsichtbar ist?«

»Worauf wollen Sie hinaus?«, entgegnete der Pfarrer.

»Dass es eine Frage der Wahrnehmung ist.«

»Dass WAS eine Frage der Wahrnehmung ist?«

»Ich will damit sagen, dass es Dinge zwischen Himmel und Erde gibt, die existieren – obwohl wir Menschen sie nicht wahrnehmen können.«

Der junge Priester faltete die Hände. »Da stimme ich Ihnen zu. Aber, was hat das mit alldem hier zu tun? Könnten Sie mir das bitte erklären?«

Erklären? War ein Wunder erklärbar?

»Herr Pfarrer, glauben Sie an Jesus Christus?«

»Also, ich muss doch sehr bitten!« Seine Entrüstung war echt; so etwas hatte ihn garantiert noch niemand gefragt. Er war Priester, selbstverständlich glaubte er an Jesus Christus.

»Dann ...« Alexandra überlegte, wie sie fortfahren sollte.

»Dann was?« Sein Gesicht hatte sich merklich gerötet; er flüchtete sich in die Patzigkeit.

Alexandra fühlte, dass er sie an die Wand drücken wollte und nicht für Argumente zugänglich war – ominöse Argumente, wie sie zugestehen musste. Hektisch fuhr sie fort: »Wer sagt denn, dass er nicht direkt neben uns steht in diesem Moment? Zusammen mit dem Bräutigam – der steht nämlich hier, direkt vor Ihrer Nase!«

»Das ist doch ... Wahnsinn!«

»An die Auferstehung von Jesus hat zuerst auch niemand geglaubt.« Der Satz war ihr einfach so aus dem Mund gepoltert, und sie hätte ihn besser nicht ausgesprochen – so viel war klar, als sie das Gesicht des Priesters sah, das innerhalb weniger Augenblicke von hochrot in beerdigungsblass überging.

»Sie ... Das ist ... Gotteslästerung! Was wollen Sie hier – Sie sind doch verrückt, ver-verlassen Sie sofort die K-K-Kirche!«

Alexandras Worte hatten den Gottesmann zum Äußersten getrieben.

Der Organist schüttelte den Kopf und blickte verzweifelt zu Boden, als wäre dort die Antwort auf alles zu finden.

Alexandra wusste, dass sie dennoch nicht aufgeben durfte; Mortens Hand lag noch immer ruhig auf ihrer Schulter, als wären die Würfel nicht längst gegen sie gefallen, sondern als handele es sich hier um ein vernünftiges, sachlich und ruhig geführtes Gespräch, nach dessen bald zu erwartender Beendigung ganz selbstverständlich die gewünschte Trauung stattfinden würde.

Der Priester war außer sich.

»Und der Schmetterling? War das auch Gotteslästerung?«, fragte Alexandra leise und eingeschüchtert wie ein kleines Mädchen im Angesicht des tobenden Vaters, das sein allerletztes und zugleich allerbestes, bis zuletzt aufbewahrtes Argument zum Einsatz bringt – ohne jeden Nachdruck, verletzt, aber mit dem Wissen und der Überzeugung, in jedem Punkt der Anklage unschuldig und auf der Seite des Rechts zu sein.

»Ich meine – das, was er da draußen eben gerade gemacht hat. Sich einfach in die Luft zu setzen, wo angeblich nichts und niemand ist?«

Mortens Fingerkuppen gruben sich voller Zuversicht in ihre Haut. Sie hatte wohl das Richtige gesagt. Zumindest in seinen Augen.

»Was … Was soll das heißen?«, entgegnete der Priester, und es schien, als habe er sich ein wenig beruhigt, als würde er tatsächlich nachdenken. »Angeblich?«

»Bitte glauben Sie mir, ich bin nicht verrückt – und an Ihrer Stelle würde ich wahrscheinlich genauso reagieren. Aber … es hat heute Morgen einen Autounfall nicht weit von hier gegeben, und dabei wurde ein Mann getötet.«

Sie sah ihn an und spürte schon wieder dieses Gefühl – das salzige Wasser, das in ihre Augen schoss, unkontrollierbar wie bei einem Rohrbruch. »Mein

Mann …«, fuhr sie fort und ließ den Tränen freien Lauf.

Von draußen hörte man eine Sirene, zwei- oder dreimal in kurzen Abständen hintereinander, immer ein wenig lauter. Das Geräusch eines Motors, eines Autos, das nicht mehr allzu weit entfernt sein konnte – wenn es nicht bereits auf dem Vorplatz der Kapelle stand. Und genauso schien es zu sein, denn plötzlich verstummten die Sirenen, um der mittäglichen Stille der Natur, nur gestört durch das Zirpen der Grillen, Platz zu machen, und als Nächstes war deutlich das Zuschlagen einer Wagentür zu vernehmen.

Verunsichert blickte Alexandra sich um. Auch der Priester setzte ein betroffenes Gesicht auf, während man von draußen das Knirschen von kräftigen Schritten auf dem Kies vernehmen konnte.

Zu allem Unglück fing Pearl, die bis jetzt ruhig hechelnd unter einer der Holzbänke gelegen hatte, nun auch noch lautstark an zu bellen, so wie es Hunde nun mal taten, wenn sich Besuch ankündigte – ob Einbrecher oder Freunde, Pearl machte in diesem Punkt keinen Unterschied.

»Falls das die Polizei ist: Sie wird Ihnen sagen, was geschehen ist. Bitte verraten Sie uns nicht!«

»Aber wieso, was haben Sie damit …?« Der Priester verstand die Welt nicht mehr.

»Er ist ungefähr einen Meter und achtzig groß, hat dunkles Haar, blaue Augen und steht in diesem Moment direkt … hier.« Der alte Organist legte seinen Arm auf Mortens Schulter und sah den Priester eindringlich an. »Ich kann ihn sehen. Ich weiß nicht, warum – nun, ich ahne es –, aber er ist tatsächlich hier.«

»*Wer* ist hier?«

»Der Bräutigam. Er ist noch einmal zurückgekehrt.«

Alexandra war dem alten Mann so dankbar wie noch keinem Menschen zuvor; vielleicht würde es ihm gelingen, den Priester zu überzeugen.

Doch da klopfte es bereits an der Tür. Ein dumpfes Pochen, zweimal. Dunkel und bedrohlich drang es durch das schwere Holz. Geistesgegenwärtig eilte der alte Organist zum Eingang, um den Besucher dort abzufangen, um wen auch immer es sich handeln sollte.

»BITTE GLAUBEN SIE UNS!«

»Ohne Beweise wird er nichts glauben«, flüsterte Morten und deutete auf das messingfarbene Glöckchen, das vor dem Altar auf dem Holzboden stand – bei den kleinen Bänken, auf denen die Messdiener während der Messfeier zu knien pflegten.

Während sich die Tür mit einem kräftigen Krächzen im Gebälk öffnete, huschte Alexandra schnell hinter eine Säule, den Zeigefinger auf den geschlossenen Mund legend, um dem Geistlichen zu signalisieren, dass er möglichst schweigen solle. Sie versuchte dabei nicht zu fordernd, sondern eher schutzbedürftig zu wirken, inständig hoffend, damit einen Nerv bei ihm zu treffen.

Sie erkannte die Stimme des Mannes, der offenbar die Kirche betreten hatte. Es war der Ortspolizist, den alle nur John nannten – nach seinem berühmten Vorbild John Wayne, den er von Kindesbeinen an so verehrte, dass er nicht müde wurde, es jedem zu erzählen, der auch nur das geringste Interesse an ihm zeigte. Sie selbst hatte auf diese Weise im letzten Winter, als er sie mit ein paar Promille zu viel am Steuer erwischt hatte, ihren Kopf noch mal aus der Schlinge ziehen können – mit einem passenden Zitat des Film-Sheriffs zum Thema, das ihr irrsinnigerweise genau im richtigen Moment in den Kopf gekommen war. Jedenfalls war er so begeistert gewesen, dass er sie und Morten zu einem seiner Western-Film-Abende im Dorfgemeinschaftshaus eingeladen hatte, und mit ihrem Erscheinen war die Angelegenheit auch erledigt gewesen. Alles in allem war John ein herzensguter Typ, nicht mehr der Jüngste, einfach gestrickt und ohne diese bissige Rottweiler-Art, die Männern mit der Erlaubnis, eine Waffe zu führen, häufig anhaftet. Kein Wunder, dass er sich hervorragend mit Pearl verstand, Alexandra glaubte zu hören, wie die zwei sich vorn am Eingang freundlich begrüßten.

Morten bedeutete ihr, dass ihr Trauzeuge den Polizeibeamten unter Kontrolle hatte. Doch es war eher der Priester vorn am Altar, der Alexandra Sorgen bereitete – er war bereits auf dem Sprung zu dem Staatsbeamten an der Tür.

»Halt!«, zischte Alexandra, so laut wie nötig und gleichzeitig so leise wie möglich, damit man es weiter hinten nicht hören konnte.

Der Geistliche blickte sie entrüstet an.

»Ich bin sofort wieder da«, knurrte er, zielstrebig auf das Portal zusteuernd.

»Das Glöckchen! Er soll das Glöckchen anschauen!«,

schrie Morten ihr zu. Zum Glück konnte niemand ihn hören, der dazu nicht berechtigt war.

Ihr Blick fiel auf das Messdienerglöckchen. Das Tempo, in dem Gottes augenscheinlich zutiefst verstörter Hirte sich davonmachte, um sein Heil bei den weltlichen Mächten zu suchen, ließ ihr keine Zeit zum Nachdenken. »Sie haben etwas vergessen, Herr Pfarrer!«

Hinten in der Kirche räusperte sich der Organist dermaßen laut, dass es mehr nach einem nervösen Hustentick als nach einem Frosch im Hals klang. Er gab ihr eine wirklich ausgezeichnete Deckung, der liebe alte Mann.

Offensichtlich war der Priester ein gewissenhafter Mensch, der nur ungern etwas vergaß – jedenfalls stoppte er und drehte sich um.

»Ach, und was, bitte?« Er lächelte sie an wie jemand, für den sich seit Kurzem die Vorzeichen geändert haben, jemand, der seinen Peiniger aus der Vergangenheit schon von der Zeugenbank des hohen Gerichts aus betrachtet.

»Ihr Glöckchen – da!« Sie wies mit der Hand dorthin, wo es sich befand, ahnend, was Morten vorhatte.

Mit demselben Lächeln, das er ihr geschenkt hatte, blickte der Priester nun zu der Messdienerbank; ebenso gut hätte er direkt weitergehen können, aber wahrscheinlich dachte er sich: Weshalb nicht noch einen flüchtigen Blick riskieren? Die Gefahr ist so gut wie gebannt, was wird ein Glöckchen daran schon ändern?

Als Alexandra zurückblickte, kniete Morten auf der schmalen hölzernen Bank; seine Hand umfasste die schlanke Messingstange, an deren unterem Ende das Glöckchen befestigt war; er schien sich mit aller Kraft zu konzentrieren, seine Augen waren fest geschlossen. Dann geschah es: Das Glöckchen schwebte plötzlich über dem Boden, wenn auch nur wenige Zentimeter, angehoben von Mortens Hand, die es sachte schwingen ließ, nach rechts, nach links, nach vorn und hinten. Ein leises Klirren, ein sachtes Klingglöckchenklingelingeling, erfüllte den Altarraum. Wenn Alexandra das Gesicht des jungen Priesters richtig deutete, war sie nicht die Einzige, die es sehen und hören konnte. Wenn dem so war, hatte der junge Gottesmann soeben sein zweites Wunder an ein und demselben Tag erlebt – eines, das das Erste noch übertraf. Denn diesmal war es kein zarter gelber Schmetterling, der aufhörte zu fliegen, um sich eine Verschnaufpause ohne jeden Halt in der Luft zu gönnen, sondern ein massives Messingglöckchen, das sich in den Raum zwischen Himmel und Erde erhoben hatte und dort, wie von Geisterhand geführt, sein Liedchen vortrug.

Morten hielt das Glöckchen noch immer in der Hand, als sie spürte, wie der Priester sie anblickte – ganz so, als wäre sie eine Erscheinung. Sie sah es ihm an. *Nun* glaubte er ihr.

»Bitte bleiben Sie!«, raunte Alexandra ihm zu. »Es ist eine gute Sache, es ist im Sinne Gottes, sonst wären wir nicht hier.«

Von der Stirn des Priesters rann der Schweiß auf sein Gesicht. Und die Hitze, die von draußen hereinströmte, hatte daran nicht den geringsten Anteil, so viel stand fest.

»Wa-War *er* das?« Die Stimme des Priesters klang brüchig. Er erschien mit einem Mal geläutert – wie der ungläubige Thomas, der erst beim Anblick des Auferstandenen die Größe und Allmacht Gottes erfasst und sich seiner Zweifel schämt.

Alexandra nickte.

»Alles in Ordnung hier bei Ihnen?« Sheriff Johns tiefe Stimme segelte mühelos von hinten durch das kleine Kirchenschiff bis zum Altarraum.

Der Priester drehte sich zu ihm um, Alexandra bemerkte, dass die Muskulatur um seinen Mund herum zu flattern begann.

»Ja.«

Alexandra atmete auf.

»Oben am Kliff hat es einen Unfall gegeben heute Morgen. Wir suchen eine junge Frau, Alexandra Olsen. Kinder am Strand haben sie in diese Richtung laufen sehen – und ihr Hund ist auch hier … Haben Sie eine Ahnung, wo die Frau sich befinden könnte?«

»Ich habe ihm bereits gesagt, dass uns nur der Hund zugelaufen ist«, ergänzte der Organist aus derselben Richtung mit seinen Stimmbändern aus gegerbtem Leder.

»Ja … Das stimmt. Ich … bin nur Gast in dieser Gemeinde«, rief der Priester dem Sheriff zu, ohne weitere Anstalten zu machen, sich in seine Richtung zu bewegen.

»Tja, … Also, es könnte sein, dass die Frau verwirrt ist – ihr Mann ist bei dem Unfall ums Leben gekommen. Falls Sie die Dame sehen, benachrichtigen Sie mich bitte umgehend.«

»Da-Das werden wir ga-ganz sicher tun.«

Gut, dass der Sheriff keine ausgeprägte Menschenkenntnis besaß, so auffällig hatte Alexandra noch keinen Menschen flunkern sehen. Obwohl: Wäre sie eine bessere Schauspielerin gewesen, hätte sie in seiner Haut gesteckt? Nun ja, offensichtlich war Sheriff John noch nicht allzu vielen gewieften Gangstern begegnet. Aber wie auch, hier auf dieser kleinen Insel? Der eine oder andere Taschendiebstahl, wahlweise Trunkenheit am Steuer, woraufhin die Aufnahme in den John-Wayne-Club erfolgte, und damit hatte es sich im Allgemeinen.

»Gut, den Hund werde ich mitnehmen. Ich bringe ihn vorläufig ins Haus zurück.«

Alexandra wollte protestieren, doch mit einem Satz war Morten bei ihr und presste den Finger auf ihre Lippen. Sie konnte ihn spüren, aber es war dennoch anders. Er fühlte sich an, als wäre er reine Energie. Hier standen sie nun, Teil verschiedener Welten, nur durch den Augenblick miteinander verbunden.

Der Augenblick ist jenes Zweideutige, darin Zeit und Ewigkeit einander berühren.

Søren Kierkegaard hatte das einmal gesagt. Sie wusste nicht, ob der Philosoph damit den Zustand gemeint hatte, den sie gerade durchlebte – aber nichts hätte die Situation besser beschreiben können.

Erst jetzt, in Anbetracht dieser Grenzerfahrung, fiel ihr eine Sache auf – und wie sie so dastand, zusammen mit Morten, der seinen Finger auf ihren Mund drückte und ihn nun sanft und weich dort kreisen ließ, bevor er ihn durch die Lippen ablöste, konnte sie die Wärme förmlich spüren, mit der sie ein plötzlicher Gedanke durchfloss. Merkwürdig, dass sie nicht schon vorher darauf gekommen war – aber wahrscheinlich hatte der Schock ihr das klare Denkvermögen geraubt. Dabei war es doch so: Das, was sie hier erlebte, war das mit Abstand Größte und Abenteuerlichste, was ein Mensch überhaupt erleben konnte. Denn was sie in diesen Augenblicken sah und fühlte, war nicht weniger als der Beweis, dass es Gott gab. Er war hier. Mitten unter ihnen. In ihnen. Dass ein Mensch ein Echo haben konnte – wie es Morten ausgedrückt hatte –, war ihr vorher nicht bewusst gewesen, und sie kannte niemanden, der je davon gesprochen oder darüber geschrieben hätte. Dennoch erlebte sie es nun, in diesem Moment. Das Echo eines Menschen – des Menschen, den sie über alles liebte. Der Klang seiner Stimme, der Duft seiner Haut, seine Augen, deren Pupillen wie glitzernde Saphire inmitten eines Ozeans aus Perlmutt funkelten, all das existierte. Sie konnte ihn mit all ihren Sinnen wahrnehmen, und es war ein wunderbares Gefühl. Zu erkennen, dass es kein schwarzes Loch war, das eines Tages auf jeden Menschen wartete, sondern … was auch immer, aber es schien … gut zu sein. Allein das beruhigte sie nun, wo sie darüber nachgedacht hatte, und erlaubte ihr, jede von Mortens Berührungen und Liebkosungen doppelt zu genießen, während im hinteren Teil der Kapelle der Sheriff behutsam die Pforte hinter sich schloss, die freundlich hechelnde Pearl im Schlepptau. Schritte knirschten, eine Autotür fiel laut ins Schloss, ein Motor wurde angelassen und die Polizeisirene aktiviert – offenbar gab es viel zu selten Gelegenheit auf Lighthouse Island, diese in Betrieb zu nehmen.

»Goodbye, Pearl«, flüsterte Alexandra, und eigentlich flüsterte sie es Morten ins Ohr, so nah waren sie einander, »bis später!«

Alexandra fühlte einen Kloß in ihrem Hals hochsteigen; sie fragte sich, ob es ein Später gab – und was aus Pearl werden würde, wenn nicht.

»Mach dir keine Gedanken«, versuchte Morten sie zu beruhigen. »Du wirst bald aufwachen, und das ganze Leben wird vor dir liegen.«

»Aufwachen? Ohne dich?«, fragte sie.

»Ich werde da sein, wenn du mich brauchst.«

»Aber ich brauche dich immer, Morten – vierundzwanzig Stunden, bei Tag und bei Nacht.«

»Ich werde der Abendwind sein, der dich in den Schlaf wiegt, und die Morgenröte, die dich weckt, jeden weiteren Tag deines Lebens.«

»Der Abendwind kann mich aber nicht in den Arm nehmen«, schluchzte Alexandra.

»Doch, das kann er«, entgegnete Morten. »Du wirst lernen, seine Berührungen zu genießen, und ich schwöre dir: Er wird dich überall berühren.« Er blinzelte ihr auf seine melancholische Art zu.

»Ach, Morten, du …« Sie konnte nicht anders, als ihn zu sich heranzuziehen und ihm einen Kuss auf den Mund zu hauchen. »Du bist ein Bekloppter, hab ich dir das eigentlich schon gesagt?«

»Nein«, flüsterte Morten ihr ins Ohr, mit einem Lächeln in der Stimme. »So etwas würdest du nie zu mir sagen …«

Unmittelbar neben ihnen hustete jemand, jemand, der sich wahrscheinlich nur räuspern wollte. Jemand mit einem nervösen Hustentick. »Meines Wissens küsst sich das Brautpaar erst am Ende der Trauung«, scherzte der Organist. »Ich hab ihn abgewimmelt. Aber den Hund musste ich ihm mitgeben. Ich nehme nicht an, dass er ihn ins Gefängnis bringt. Hoffe, das geht in Ordnung.«

Alexandra löste sich für einen Moment aus Mortens inniger Umarmung. »Danke«, sagte sie und schenkte dem alten Mann einen Kuss, den sie fast ein wenig schüchtern auf der Wange platzierte. Seine Haut mochte noch so sehr aussehen wie gegerbtes Leder, sie fühlte sich dennoch seidig weich auf ihren Lippen an. »Sie tun so viel für uns.«

Kreidebleich verfolgte der Priester die Veranstaltung, der er selbst nur als staunender Zaungast beiwohnen durfte. Mehr erlaubte ihm der Herrgott gerade nicht – und er wirkte ein wenig traurig über die Tatsache, dass die Führungsebene dort oben ihm offenbar so wenig Vertrauen entgegenbrachte.

»Und auch Ihnen danke ich«, wandte sich Alexandra nun dem Priester zu, der ein wenig Zuwendung offensichtlich gut gebrauchen konnte bei all der Aufregung und dem, was er hier ihretwegen durchmachen musste.

»Wofür?«

»Dafür, dass Sie uns nicht verraten haben. Und dafür, dass Sie uns trauen werden, obwohl es wahrscheinlich kein anderer Priester machen würde. Aber Sie sind keiner von denen.«

Sie setzte ihr »Lieblingstochter-redet-mit-ihrem-Papa-Gesicht« auf. Er mochte in einem Priestergewand stecken, aber er war schließlich auch ein Mann, wenngleich nicht unbedingt ein überzeugender. Zum Glück hatte sie sich diesmal anscheinend nicht verrechnet.

»Wenn Sie wollen, dass ich Sie traue, brauche ich Ihre Ausweise«, sagte er. »Oder eine eidesstattliche Versicherung eines Menschen, der hier anwesend ist und Sie beide dem Namen nach kennt.«

»Ich kenne beide«, erwiderte der alte Organist wie aus der Pistole geschossen.

Auf einmal kam es Alexandra vor, als wäre sie Teil einer Aufführung – und sie alle hier, konzentriert auf ihre Dialoge, das Ensemble eines Theaters oder eines Films. Alles war dermaßen präsent.

Es rührte sie wie ein Donnerschlag. In diesem ehrwürdigen geweihten Raum wurde Alexandra plötzlich bewusst, wie lange sie das Leben schon nicht mehr wahrgenommen hatte wie in diesem Moment: so voller Konzentration und echter Anteilnahme, so unmittelbar und so intensiv, als wäre sie ein Mädchen vor dem ersten Kuss und als würde sie nur für diesen einen Augenblick leben. Nichts anderes zählte, nichts davor und nichts danach. Es war doch so: Je älter man wurde, desto mehr sah man die Dinge durch den Schleier der Erfahrung: Man hatte das meiste schon so oder ähnlich erlebt – und für alles und jedes gab es irgendeine Schublade, in der man es getrost verstauen konnte, bis es endgültig ungefährlich oder uninteressant geworden war; mit jedem Jahr, das man älter geworden war, mit jedem Quäntchen Wissen, das man aufnahm, ging zugleich etwas anderes, wirklich Furchtbares einher: Man verlernte sich zu begeistern, sich zu wundern und sich zu fürchten – von Quäntchen zu Quäntchen und von Jahr zu Jahr ein wenig mehr. Alexandra musste unwillkürlich an eine kleine Geschichte denken, die noch heute auf einem Zettel in irgendeiner ihrer »Schubladen« herumliegen musste – eine Geschichte, die sie selbst geschrieben hatte, als sie noch ein Teenager war. Geschrieben nicht mit Tinte, sondern mit Herzblut – denn damit schrieb man damals. Sie sah das beidseitig mit ordentlicher Mädchenschrift beschriebene Blatt Papier vor sich, so als hätte sie es gerade noch zur Durchsicht in ihren Händen gehalten.

Das Museum der kleinen Dinge

Von Alexandra Olsen

Ich weiß nicht, ob das ein guter Anfang für eine Geschichte ist – aber gestern haben Morten und ich uns das erste Mal geküsst. Kurz danach hat sein Vater, der fiese Jack, ihn grün und blau geprügelt. Selbst wenn wir uns nicht lieben würden, wäre das allein schon ein guter Grund, es wieder zu tun. Wieder und wieder. Außerdem war es ein unglaubliches Gefühl, das weder Rebekka noch die anderen Mädchen aus der Schule wahrscheinlich jemals erlebt haben. Sie tun immer so vernünftig und erwachsen, und manchmal habe ich den Eindruck, dass sie sich viel besser mit meiner Mutter verstehen als mit mir. Wahrscheinlich, weil ihr Blick genauso gelangweilt ist und ebenso gerne in die Ferne schweift, als wären dort am Horizont die Antworten auf sämtliche Fragen des Universums verzeichnet. Ich bin jetzt vierzehn Jahre alt, und mir geht es gut. Ich fühle mich unglaublich wach, vor allem seit dem Kuss. Ich sitze an dem kleinen Holztisch vor dem Fenster in meinem Zimmer – das Fenster ist geöffnet, und dadurch sehe ich auf das Gärtchen, das ich angelegt habe: In der ersten Reihe habe ich Tomaten gepflanzt, damit ich nie verhungern muss; in der zweiten Erdbeeren, denn wenn man sich Nachtisch leisten kann, bedeutet es, dass es einem gut geht (wer will das nicht?). Die dritte Reihe ist schon jetzt über und über mit Mohnblumen, Löwenzahn und anderen wunderschönen Blumen bedeckt. Sie erinnern mich jeden Tag daran, dass ich ein Herz habe. Ein Herz, das nie verkümmern wird wie das Herz meiner Mutter, meines Vaters und der meisten anderen Erwachsenen, die ich kenne. Um es kurz zu machen: Morten und ich haben beschlossen, nie erwachsen zu werden. Unsere Körper werden wir nicht aufhalten – und das ist gut so, denn eines Tages wollen wir selbst unsere eigene kleine Familie haben, und dafür braucht man einen erwachsenen Körper (z.B. kann man über solche Dinge mit Mama nicht reden. Aber das ist nur eins von vielen Problemen). Unsere Seelen jedoch bekommt ihr nicht, da müsst ihr woanders suchen. Ätsch!

Ich möchte nicht eines Tages durch mein Leben gehen, wie es die anderen Erwachsenen tun – so als wäre es ein Museum. Sich die verstaubten Träume der Vergangenheit ansehen, alles, was man selbst mal war, und das, was man hätte sein können und sein wollen, golden eingefärbt. All die kleinen Dinge – Fotos in Bilderrahmen, meine alte Puppe, angekaute Bleistifte und Radiergummis, die Stelle, an der sich mein Gärtchen mit den Tomaten, den Erdbeeren und den vielen bunten Blumen befunden hat usw. So schön es auch sein mag, in diesem Museum der kleinen Dinge spazieren zu gehen – so traurig muss es einen andererseits machen, wenn man in diesem Museum einen Brief findet, den man selbst geschrieben hat – damals, mit vierzehn Jahren –, ihn liest, nichts mehr davon versteht und alles als jugendliches Gewäsch abtut, obwohl man ihn doch selbst geschrieben hat! Mit aller Kraft und Wut und Verzweiflung, aber auch mit aller Liebe, die damals in einem gesteckt hat – die einen durch die Welt laufen lässt, unaufhaltbar und unbesiegbar, als wäre man eine schlanke Gazelle oder ein junger Tiger, die keine Erschöpfung kennen. Wie furchtbar muss es dann sein, diese Zeilen zu lesen und festzustellen, dass man selbst nicht mehr existiert – sondern nur noch die Erinnerung an einen selbst.

Alexandra

Sie wusste noch genau, dass sie die Geschichte mit ihrem Namen unterschrieben hatte – nur für den Fall, dass sie doch noch erwachsen werden sollte und dann aus welchen Gründen auch immer das Bedürfnis verspüren sollte, diese Zeilen jemand anderem in die Schuhe zu schieben, um nicht mit derlei Jugendspinnereien in Verbindung gebracht zu werden. Seriöse Menschen taten so etwas häufig, vor allem, wenn sie eine Aura der Unantastbarkeit um sich herum aufgebaut und im Laufe der Jahre perfektioniert hatten.

Sie hatte zwar nie ernsthaft befürchtet, dass eines Tages ein solcher Erwachsener aus ihr werden könnte. Und wenn sie die Lage richtig einschätzte, war es auch nicht so gekommen. Natürlich ließen die Kräfte etwas nach, und man teilte diese besser ein, wurde professioneller – auch so ein Wort, das viel Schaden anrichtete. Effizienter. Vernünftiger. Seriöser. Wie grauenhaft! Aber letzten Endes waren sie und Morten immer die Menschen geblieben, die sie schon als Kinder gewesen waren. Wie hatten sie das bewerkstelligt? Nun, indem sie sich darum bemüht hatten, ihren Albträumen zu entfliehen und ihre Träume nicht aufzugeben. Sie brauchten kein Museum, solange sie selbst noch da waren. Ein Pfeiler ihrer Existenz, der nun vom Einsturz bedroht war.

Vielleicht werde ich doch ein Museum brauchen, sagte Alexandra in Gedanken, damit es außer Morten niemand hören konnte.

»Um darin verloren zu gehen?«, fragte er sie. »Nein, du wirst sehen: Es wird einen Raum geben, der nur uns gehören wird. Doch er wird jeden Tag anders aussehen. Nicht wie ein Museum – sondern wie eine Wohnung, in der gegessen, getrunken und gefeiert wird, gelacht, geweint und anschließend wieder aufgeräumt, um die Nebel der Nacht auszulüften und den frischen Wind eines neuen Tages durch die weit geöffneten Verandatüren hineinzulassen. Das ist doch besser als ein Museum, oder?«

»Vielleicht wäre es nun angebracht, dass mir jemand sagt, was passiert ist. Bevor ich Sie traue, möchte ich es zuerst verstehen«, bemerkte der Priester mit feierlicher Stimme, wenn auch ein wenig durch den Wind. Alexandra hoffte, dass man es ihr nicht zu sehr ansah – aber sie jubilierte innerlich. Er würde es tun! Wie auch immer der Gott heißen oder aussehen mochte, der hier seine himmlischen Finger im Spiel hatte, sie war ihm zu allergrößtem Dank verpflichtet. Ein Lichtstrahl schoss durch eines der kleinen Fenster, auf denen in schillernden Farben Bibelszenen dargestellt waren. Während sich draußen die Gluthitze über den Berg fraß, erfasste sie hier, im Innern dieser Kapelle, ein wunderbar kühler Hauch, ein Gefühl von Heiligkeit und Stille. Es war tieftraurig und zauberhaft zugleich. Man glaubte beinahe, das Flackern der Kerzen zu hören. Und so begann Alexandra ihre Version von dem, was sich zugetragen hatte, zu erzählen, damit der Priester sie endlich trauen konnte, noch rechtzeitig, bevor das Echo für immer verklang. Das Echo ihrer einzigen und großen Liebe.

»Ich weiß, das alles klingt unglaublich, und trotzdem bitte ich Sie, mir zu glauben«, endete sie schließlich und suchte in den Augen des Priesters nach Anzeichen, die sich in einem positiven Sinn deuten ließen. Der junge Stellvertreter Gottes auf Erden machte einen Eindruck, als sei er soeben aus einem führerlosen Jahrmarktskarussell entkommen, das sich versehentlich mit zehnfacher Geschwindigkeit gedreht hatte, während die einzige Person, die es hätte stoppen können, seelenruhig zugeschaut hatte.

Mit einem nicht zu übersehenden Zittern legte der Priester seine Hand auf ihre nackte Schulter. Wahrscheinlich, um auszudrücken, dass er ihr in dieser schwierigen Situation unbeugsam wie ein Fels in der Brandung beistehen würde – aber es sah eher danach aus, als müsse er sich dringend abstützen, um nicht sofort in Ohnmacht zu fallen. Seine Hand war feucht wie die eines nervösen Schülers vor einer alles entscheidenden Klausur. Panik stieg in Alexandra auf. Er würde sie nicht trauen. Alexandra spürte es. Er war dieser Aufgabe nicht gewachsen. *Er würde sie nicht trauen*.

Die deprimierende Erkenntnis hämmerte brutal von innen gegen ihre Schädelwand.

»Aber wie …« Seine Stimme klang fast kindlich. Er räusperte sich leise, bevor er weitersprach.

»Also, wie kann der … Bräutigam … sich verständlich machen? Ich meine das *Jawort,* wie kann er …?«

Also doch? Sollte das bedeuten, dass er es doch tun würde? Alexandra suchte nach anderen Deutungsmöglichkeiten, aber so sehr sie ihren Kopf anstrengte, ihr fiel keine ein. Sie musste sich zusammenreißen, um ihre Gefühle unter Kontrolle zu behalten – und ihrem Gegenüber nicht aus Dankbarkeit um den Hals zu fallen. Mit einem Mal war das Wunder also wieder in Sichtweite, ja mehr als das, es war in greifbare Nähe gerückt. Sie und Morten würden heiraten. Und es würde hier geschehen, in dieser erfrischend kühlen, von flackernden Kerzen feierlich erleuchteten Kapelle, die noch vollkommen erfüllt war von der wunderbaren Aura der Hochzeit, die zuvor stattgefunden hatte.

»Hiermit.« Mit einem klimpernden Geräusch hob der alte Organist das Messdienerglöckchen an. »So wie vorhin, wenn ich das von hinten richtig wahrgenommen habe.«

»Gut«, sagte der Priester. Man konnte den Ruck, den er sich gab, förmlich spüren. Irgendeine geheime Macht schien ein Lächeln auf sein schmales, vor Aufregung rosarotes Gesicht gezaubert zu haben. »Dann sollten wir keine Zeit mehr verlieren.«

Es musste merkwürdig auf ihn wirken, wie Alexandra sich zu Morten an ihrer Seite wandte und ihn küsste, während ihre Hand zärtlich über seine Wange glitt. Wie das Spiel eines Pantomimen, völlig losgelöst von den Gesetzen der Sinne – nur einem einzigen Gebot folgend, einer unbeschreiblichen Empfindung, der Liebe zwischen zwei Menschen.

»Wie ist es da drüben?« Es war die heisere Stimme des Organisten, der sich mit glänzenden Augen an Morten wandte.

»Haben Sie es gesehen?«

Alexandra beobachte, wie die Augen des Priesters suchend in das Nichts vor ihm tauchten, das nur für ihn ein Nichts war.

»Noch nicht«, sagte Morten. »Aber ich kann es fühlen.«

»Und wie fühlt es sich an?«

»Gut – es fühlt sich gut an. Sie müssen keine Angst haben.«

»Hab ich auch nicht. Es … ist nur so: Meine Frau ist vor langer Zeit gestorben. Ich frage mich, ob ich sie wiedersehen werde. Und ob es so sein wird wie damals. Meinen Sie, sie wartet auf der anderen Seite auf mich und wird mich erkennen? Ich bin schließlich nicht mehr der schönste Anblick, wenn Sie wissen, was ich meine ... Na ja, mit den Jahren ...« Seine Augen hatten sich mit Tränen gefüllt.

»Das wird sie«, sagte Morten und legte seinen Arm auf die Schulter des alten Mannes. »Machen Sie sich keine Sorgen! Sie wird auf Sie warten, da bin ich ganz sicher.«

Morten zwinkerte Alexandra zu. Sie spürte, dass er sie ermutigen wollte. »So wie ich auf der anderen Seite auf dich warten werde, Alexandra.«

Er sagte es sanft, aber mit einer Bestimmtheit, die keinerlei Zweifel daran aufkommen ließ.

»Was soll ich sagen? Das ist ... ein ... Wunder?« Mit einem Mal schien das Gesicht des Priesters vor Freude zu leuchten – er konnte Morten nicht sehen und nicht hören, aber Gott hatte ihm die Möglichkeit eröffnet, zu fühlen. Das Wunder zu spüren, das sich hier in einer schlichten Kapelle auf einer Insel im Meer ereignete. Er wandte sich an Alexandra. »Wo steht Ihr Mann, ich meine, Ihr *künftiger* Mann?« Zum ersten Mal an diesem Tag schenkte er ihr das Lächeln eines Komplizen.

»Er ist hier, direkt an meiner Seite.«

Die Augen des Priesters starrten auf Mortens rechtes Ohr.

»Ein bisschen weiter in meine Richtung«, dirigierte Alexandra ihn.

»Ah«, sagte der Priester, als hätte er Morten nun tatsächlich erkannt.

Alexandra blinzelte zu Morten hinüber, der den Priester anlächelte. Es lag etwas Heiteres in der Luft – als spielten sie »Ich sehe was, was du nicht siehst«.

»Nun, dann wollen wir beginnen.«

Der Priester nahm sein Gebetbuch zur Hand und nickte Alexandra aufmunternd zu. Mit fast jugendlichem Elan begab der alte Organist sich an seine Orgel und begann zu spielen. Keinen Popsong diesmal, sondern ein Kirchenlied – getragen und beruhigend schallten die weichen Akkorde durch die Kapelle.

Alexandra fiel auf, wie gütig Jesus Christus sie vom Altar her anlächelte, obwohl er doch an einem harten Kreuz hing. Alle blickten sie an – der Organist, der die richtigen Töne auch traf, ohne auf die Tasten zu schauen; der Priester, der sich nicht traute zu singen, weil er so ungern die eigene Stimme hörte; und Morten, dessen Lippen geschlossen waren, während er mitten in ihr Herz sah. Er musste den Sog spüren können, mit dem sie ihn zu sich zu ziehen versuchte, wenn auch vergeblich, um ihn an sich zu binden bis in alle Ewigkeit.

»In Ewigkeit, Amen.«

Alexandra musste sich konzentrieren, um den Worten des Priesters folgen zu können. Ihr Trauzeuge hatte sich von der Orgel erhoben und war mit den Ringen zu ihnen vor den Altar getreten.

»Ja, ich will.« Alexandra stand im Geiste einen Schritt neben sich, während sie die drei unscheinbaren Worte aussprach, die so viel bedeuteten. Sie beobachtete sich – und was sie sah, war die glücklichste Braut, die sie sich überhaupt vorstellen konnte. Auf ihrem Gesicht lag ein rosiger Schimmer, vor Aufregung, versteht sich. Nicht viel später erhob sich ein Glöckchen an einem langen messingfarbenen Arm vor den scheunenweit aufgesperrten Augen des Priesters in die Höhe und klingelte genau dreimal auf die Frage, ob er, Morten, sie achten, ehren und lieben werde, bis dass der Tod sie scheidet.

Dem Priester schien bei dieser Passage ein wenig unbehaglich zumute zu sein; aus Verlegenheit flüsterte er sie beinahe, aber dieser Wortlaut entsprach nun einmal dem Ritus der katholischen Kirche.

»Der Tod kann uns nicht scheiden«, sagte Morten, und Alexandra spürte, wie ihr eine Träne die Wange hinablief. »Uns nicht.«

»Nein, das kann er nicht«, schluchzte sie, während sie sich gegenseitig die Ringe an den Finger steckten.

THE FLAME STILL BURNS.

»Meine Flamme wird immer in meinem Herzen für dich brennen, das verspreche ich dir«, hauchte Alexandra Morten ins Ohr.

»Oh Gott!« Der Priester, der alles gebannt verfolgt hatte, rieb sich verwundert die Augen.

Alexandra versuchte sich vorzustellen, was er in diesem Moment sah und sein Leben lang nicht vergessen würde: einen Ring, der in der Luft schwebte, weil Mortens Hände für ihn unsichtbar waren. Das Bild schien ihn so sehr zu faszinieren, dass er fast vergessen hätte, den entscheidenden Satz auszusprechen. Erst das mehrmalige Räuspern des Trauzeugen und Organisten in Personalunion ließ ihn in die reale Welt zurückkehren und die Trauung endgültig vollziehen.

»So erkläre ich euch hiermit zu Mann und Frau.«

Es hatte keinen Sinn. Alexandra versuchte gar nicht erst, ihre Tränen noch zurückzuhalten, sondern legte den Kopf an Mortens Hals, dessen Hand in sanften Wellen über ihr Haar strich, während von der Orgel her eine seltsam bekannte Melodie erklang. Es war ihr Song! THE FLAME STILL BURNS. Tausende, nein, Millionen und Abermillionen von Sternen explodierten in Alexandras Kopf, während sie in Mortens Armen lag, und für einen Augenblick hatte sie das Gefühl, er würde sie nun mitnehmen in den Himmel, angeschoben von den harmonischen Klängen einer Rockorgel, die einen Rocksong spielte – aber nicht irgendeinen Rocksong, sondern den, der ihnen am meisten bedeutete. Ihr Lied. Sie vergaß alles um sich herum. Es gab nur noch sie und Morten, den Mann, dem sie nach so langer Zeit endlich und viel zu spät ihr Jawort gegeben hatte.

»Alles wird gut.«

Der Klang einer menschlichen Stimme, die nicht die seine war, brachte sie zurück auf den kühlen Steinboden der Kapelle, auf dem sie eng umschlungen ihre Version eines Hochzeitswalzers tanzten, leise und in sich gekehrt. Mit einem Mal hatte Alexandra das bestimmte Gefühl, dass sie unsanft aus einem süßen Traum gerissen wurde, der damit unwiederbringlich verloren war. Wer kennt sie nicht, diese Sehnsucht, um keinen Preis aufwachen zu wollen, während man eingehüllt in seidige Kissen und Decken durch ein paradiesisches Wunderland des Lichts und der Wärme spaziert und dabei den sanften Rausch vollkommenen Glücks in jeder einzelnen Pore spürt? Bis irgendwo in diesem Wunderland ein bunter Vogel plötzlich wie ein

Wecker piept – und man nach wenigen Augenblicken mit zunehmender Ernüchterung feststellen muss, dass es sich tatsächlich um einen Wecker und keineswegs um einen Vogel handelt. Alexandra kannte das Piepen dieses Weckers, diese Stimme, von irgendwoher, doch das alles passte nicht im Geringsten zu der Situation, in der sie sich in diesem Moment befand.

»Alles wird gut.«

Es war Caros Stimme. Daran bestand kein Zweifel. Alexandra nahm ihr Ohr von Mortens Schulter und suchte im Dunkeln nach der Freundin.

»Hörst du, alles wird gut. Du musst jetzt schlafen, aber bald wirst du aufwachen – und dann werde ich für dich da sein, in Ordnung? Ich bin da, verstehst du?«

Was erzählte sie da? So sehr Alexandra sich bemühte, sie konnte keine Caro entdecken. Es klang fast so, als befände sich der Ursprung der Stimme direkt unter der Kuppel der Kapelle – als schwirrte sie dort oben über ihren Köpfen herum wie ein kleiner Vogel, der sich im Dunkel verirrt hatte.

Alexandra blickte nach oben. Aber sie konnte nichts sehen außer dem gleißenden Licht des Sommertages, das sich von draußen seinen Weg durch das kunstvoll geschliffene Glas bahnte.

Niemand außer ihr schien die Stimme gehört zu haben, nicht einmal Morten. Sie alle lachten sie an, die Augen voller Glück, und reichten ihr die Hände. Es war wie bei einer richtigen Hochzeit. Ja, sie hatten es geschafft. Sie und Morten waren nun ein Paar. Nur für wie lange noch? Aber daran mochte sie jetzt nicht denken.

Noch einmal lauschte Alexandra, ob sich die Stimme wieder melden würde. Doch sie blieb stumm. Wahrscheinlich hatte sie sich das alles nur eingebildet – eine kleine Sinnestäuschung, nichts weiter –, kein Wunder an einem Tag wie diesem.

»Ich möchte dir etwas zeigen.«

Endlich wieder eine Stimme, die vertrauter klang. Es war die von Morten. Er nahm sie an der Hand, um sie hinauszuführen.

Als sie aus den kühlen Schatten der Kapelle ins helle Licht des gleißenden Sommertages traten, fühlte Alexandra einen leichten Schwindel in sich aufsteigen; ganz so, als hätten sie es der Hochzeitsgesellschaft vor ihnen nachgetan und noch das eine oder andere Glas perlenden Champagners getrunken. Doch es waren die Düfte des Paradiesgartens rund um die Kirche, verbunden mit der Glut des Nachmittags, die Alexandras Verstand auf einen Schlag zu benebeln schienen.

»Alles in Ordnung?« Morten hatte ihre kleine Unpässlichkeit bemerkt.

Sie nickte. Es war tatsächlich alles in Ordnung – jedenfalls jetzt noch, in diesem Moment –, doch Alexandra spürte instinktiv, dass das Glück seinen Gipfel bereits erklommen hatte. Dass nunmehr der Abstieg beginnen würde.

»Komm, jetzt machen wir unsere Hochzeitsreise. Wir müssen noch ganz nach oben.«

Morten schien ihre Gedanken nicht zu teilen. Wieder ertappte sie sich dabei, dass sie hoffte, er würde mit »ganz nach oben« den Ort meinen, an den er gehen musste – dass er sie doch nicht zurücklassen würde auf ihrer Insel, ihrem Zufluchtsort, ihrer Oase, ihrem für immer verlorenen Paradies. Ohne ihn wäre Lighthouse Island nicht mehr als eine von Gott und allen guten Geistern verlassene Sandbank in einem beängstigend großen Ozean.

Auf dem Vorplatz der Kapelle warteten die zwei Pferde auf sie, die vorhin hinter dem Gotteshaus gegrast hatten – es konnte den Anschein erwecken, als betrieben sie ein professionelles Fuhrunternehmen. Ein Taxigewerbe. Als hätten die beiden Tiere, die vor diesem denkwürdigen Tag wahrscheinlich noch nie das Gewicht eines Reiters auf ihrem Rücken gespürt hatten, geradezu auf sie gewartet.

Zum Abschied standen der junge Geistliche und der alte Mann, dessen Tage auf dieser Welt gezählt waren und der nun endlich in die Arme seiner Frau zurückkehren würde, am Eingang der Kapelle und blickten ihnen nach wie Freunde aus einer anderen Zeit; alles wirkte so unwirklich, als handele es sich um einen dieser Träume, die nach dem Aufwachen innerhalb von Sekunden in der Erinnerung versinken.

Während sich die Pferde sachte, ohne die Last von Sattel und Zügel, in Bewegung setzten, kam es Alexandra vor, als wären sie Auswanderer in ein fernes Land – in das sie nun reisen würden, um ihr Glück zu finden, wofür sie alles, was sie bereits gefunden hatten, zurücklassen mussten. Ihr bisheriges Leben hatte sich unversehens in unnötigen Ballast verwandelt, der sie nur noch behinderte – sie mussten den nächsten Schritt tun, die Karawane in Bewegung setzen, die nächste Stufe erklimmen, die das Schicksal für sie vorgesehen hatte. Niemand kann sich dem entziehen. Sosehr der Mensch sich an das klammert, was er hat, er muss es loslassen, wenn es an der Zeit dafür ist. Wenn ein Orkan das alte Glück hinweggefegt hat wie das Laub auf den Straßen einer Stadt, ist der Moment der Entscheidung gekommen: Es gilt zu wählen zwischen einem neuen Glück, das in einem fernen Land auf einen wartet – oder der Erinnerung an das vergangene Glück, dem man nur noch nachweinen kann und das trotz aller Tränen nicht zurückkehren wird. Alexandra versuchte, diesen Gedanken so weit wie möglich zu verdrängen. Denn sie wusste, was sie wollte: dem alten Glück nachweinen.

Diese Reise nach oben würde sie in Wahrheit ganz tief nach unten ziehen, bis es nicht mehr weiterging, ja bis auf den Grund der Hölle – und sie konnte nichts dagegen tun, als die Zügel in die Hand zu nehmen und zu reiten, um sich wenigstens für einen Augenblick lang so zu fühlen, als hätte sie die Situation unter Kontrolle. Als würden sie und Morten tatsächlich in ein gelobtes Land reiten, um dort gemeinsam ein neues Glück zu finden. Doch ihre Wege würden sich trennen, und das womöglich für alle Zeit. Etwas, was sich Alexandra nicht – niemals und unter keinen Umständen – vorstellen mochte. Sie fühlte, wie ein unendlich tiefer Schmerz in ihr aufstieg und die vollkommene Schönheit des Augenblicks zu zerstören drohte.

»Bald wirst du aufwachen …« Alexandra erinnerte sich an die Stimme, die ihr aus dem Dachstuhl der

Kapelle zugeflogen war. Aus dem Nirgendwo. Aus dem Dunkeln.

Was würde sie dafür geben, wenn sie aufwachen könnte! Selbst wenn all die Schönheit dieses schönsten und schlimmsten aller Tage ihres Lebens, die sie noch eben mit ihrer Anmut eingehüllt hatte, und sogar ihre Hochzeit nur erträumt wären, wäre es dennoch ein guter Tausch.

Lieber Gott, lass mich aufwachen! Ich werde noch heute das nachholen, wovon ich in diesem Moment träume, betete sie still in sich hinein. Wenn du mir nur dieses eine Mal eine zweite Chance gibst. Nie habe ich dich um etwas gebeten. Jetzt, wo ich es zum ersten Mal in meinem Leben tue, lass mich bitte nicht im Stich!

»Ich kann nicht ohne dich leben, Morten. Auf keinen Fall.« Sie flüsterte es fast, aber er konnte ja ohnehin ihre Gedanken lesen.

Bevor sie auf die Pferde gestiegen waren, hatte der Organist sich noch an Morten gewandt, um ihn nach den Lebensbedingungen »dort oben« zu befragen – wobei sein knochiger Zeigefinger leise zitternd in den Himmel gedeutet hatte. Völlig frei von Angst hatte er gefragt wie ein Kind, das neugierig auf Kommendes war. Nur die ganz Alten und die ganz Jungen konnten sich auf das Neue freuen – im Mittelteil des Lebens jedoch verlernt man diese Fähigkeit und konzentriert sich darauf, das zu sichern, was man hat. Man konzentriert sich auf die Vergangenheit – und versucht diese unverändert in die Zukunft zu retten: ob es sich nun um die Liebe handelt, Freundschaften, ein Haus, ein gut gefülltes Bankkonto oder andere Besitztümer. Dabei ist die Vergangenheit nichts weiter als ein Fundament, auf dem sich jederzeit eine völlig neue Zukunft aufbauen lässt. Oder besser noch: eine neue Gegenwart. Denn nur hier und jetzt ist es möglich, den Zauber des Lebens zu entdecken. Und dieser Augenblick – jetzt – hätte nicht besser sein können, er fühlte sich einfach perfekt an. Wie ein kühles Seidentuch fuhr eine frische Brise vom Meer her über Alexandras nackte Arme und Beine, während ihr Pferd, wie von Geisterhand geführt, vorbei an Oliven- und Affenbrotbäumen über den Panoramaweg der Steilküste lief. Nur wenige Meter vor ihr ritt der Mann, der ihr gerade einen Ring, hergestellt aus den funkelnden Mosaiksteinchen seiner Liebe, an den Finger gesteckt hatte. Wäre da nur nicht die Angst vor dem Ende, das so sicher kommen würde wie die Nacht, die auf den Tag folgte! Warum nur wollte Gott es nicht zulassen, dass man unendlich viele dieser Augenblicke mit dem Menschen erlebt, den man liebt? Warum muss alles endlich sein?

Alexandra erinnerte sich daran, wie sie als kleines Mädchen vergeblich versucht hatte, sich die Bedeutung des Wortes »immer« vorzustellen. Sie fand es anmaßend, ja ungeheuerlich, dass Menschen Worte für etwas erfanden, was sie nicht einmal ansatzweise nachvollziehen konnten. »Wir werden für immer zusammenbleiben« – das hatten sie und Morten sich bereits versprochen, als ihre Volljährigkeit noch ein schimmernder Stern am fernen Horizont gewesen war. Doch nun, heute, an diesem von einer falschen Sonne erhitzten Tag, der in Wahrheit nur eine eisig kalte schwarze Winternacht ohne jedes Leuchten am Himmel war, hatte dieses Immer ein Ende gefunden. Es gab kein Immer. Dieses Wort war ein Irrtum, der einen so lange in einer trügerischen Sicherheit wiegte, bis man schmerzhaft begriff, dass es auf dieser Welt kein Immer ohne Einschränkung gab: Ich werde dich immer lieben – aber nur, so lange ich lebe.

»Oder wir sind nicht weise genug, es zu begreifen«, sagte Morten, der wieder einmal ihre Gedanken gelesen hatte. »Vielleicht gibt es die Ewigkeit – aber wir können sie erst erkennen, wenn wir die Endlichkeit hinter uns gelassen haben. In diesem Fall gäbe es sie auch für uns, Alex. Ich hoffe, dass es so ist. Nein, ich glaube fest daran.«

Eines zumindest beruhigte sie: Morten machte nicht den Eindruck, als wolle er sie nur trösten. Sie wusste, wie sehr er sie liebte – er wäre genauso verzweifelt wie sie, wenn er davon überzeugt wäre, dass dies sein letzter Besuch bei ihr wäre, der endgültige Abschied. Vielleicht hatte er recht, und ihre Liebe würde weiterleben. Was für ein schöner Gedanke! Während sie sich ihm für einen Moment hingab, hatte sie auf einmal das Gefühl, den nächsten Schritt gehen zu können. Wissen zu wollen, was hinter jener Grenze lag, die noch kein Mensch überquert hatte, um eines Tages in derselben Haut zurückzukehren – ganz so, als hätte er nur eine lange Reise gemacht. Morten musste ihr alles erzählen: wie er sich fühlte, was er sah, was er empfand. Unvermittelt fuhr eine Bö unter ihr Kleid und zerrte mit warmen Händen an dem dünnen Stoff.

»Genauso fühle ich mich«, erklärte Morten. »Wie der Wind auf deiner Haut.« Es schien ihm nicht unangenehm zu sein. Es fiel ihr nur so schwer, es sich vorzustellen.

»Du wirst es eines Tages selbst fühlen«, sagte er. »Dann wirst du keine Angst mehr haben.«

»Wirst du dann auch dabei sein?«

»Ich werde es einrichten«, versprach er und blinzelte ihr verschwörerisch zu. »In meinem Filofax steht nur noch ein wichtiger Termin: dich wiederzusehen.«

»Morten ... Wieso kann ich jetzt nicht mit dir gehen?«

Alexandra hätte selbst im Angesicht schlimmster Schmerzen sofort den Tod akzeptiert, wenn sie dafür an Mortens Seite hätte bleiben können.

»Weil noch eine Aufgabe auf dich wartet.«

Welche Aufgabe? Was meinte er damit?

»Du wirst sie erkennen, wenn es an der Zeit dafür ist«, beruhigte er sie. »Der Augenblick wird dir die Augen öffnen. Doch was jetzt und hier geschieht, das gehört nur uns beiden.«

Für einen Moment hielten sie die Pferde an, so dass er ihre Hand ergreifen konnte.

»Bitte vertrau mir, eines Tages wirst du es verstehen.«

Es war kein Trost, aber Alexandra blieb nichts anderes übrig, als es zumindest zu versuchen.

Der Weg hinauf zum Kap wurde steiler und führte über Geröll, das im Winter oft gefährlich glitschig war, an trockenen Tagen wie diesem jedoch keine Gefahr bedeutete. Auf dem Rücken eines Pferdes zu sitzen gab Alexandra ein Gefühl von Heimat und Sicherheit – es erinnerte sie an ihre Jugendjahre, als sie mit Morten Nachmittage lang über nicht enden wollende Felder von den Ausmaßen eines kleinen Ozeans geprescht war, über sich nichts als den weiten Himmel und die gleißende Sonne. In diese Zeit war ihr erstes Mal gefallen, der erste Sex. Alexandra musste lächeln, als sie daran dachte, wie Morten unter dem einzigen Baum meilenweit, inmitten der gelben Wiesen, über die sie galoppiert waren, zaghaft den obersten Knopf ihrer Bluse geöffnet hatte – und dann alle weiteren. Die Krone des Mammutbaums schien plötzlich in den Himmel zu wachsen – doch als sie im weichen Gras lag und Mortens Fingerspitzen auf ihrer brennenden Haut spürte, hatte sie nur noch Augen für das magnetische Blau seiner Iris, während sie ihre jungen Körper aneinanderschmiegten.

Seitdem waren sie unzertrennlich. Sie konnte sich nicht erinnern, dass sie jemals getrennt waren – abgesehen von einem einzigen Mal. Es war im Jahr nach dem Schulabschluss gewesen. Obwohl die beiden alten Jacks sich einig gewesen waren, dass ein Universitätsstudium für ihre Kinder die reinste Zeitverschwendung wäre und ihnen nichts als Flausen in ihre von Flausen ohnehin schon wirren Köpfe setzen würde, hatte Mortens Vater für seinen Sohn eine Ausbildungsstation vorgesehen, die mehrere hundert Meilen entfernt lag. Dasselbe Elend, nur in einer anderen Gegend. Alexandra hatte bereits geahnt, dass es bei dieser Verschickung nicht allein um Mortens Ausbildung gegangen war, sondern auch darum, das Band zu zerschneiden, das sie mit ihm verband. Doch Mortens Vater hatte ebenso wenig wie ihr eigener damit gerechnet, dass aus diesem Band über die Jahre ein schweres Tau geworden war, das so einfach nicht zu kappen sein würde. Da die Jacks grundsätzlich kein Wort miteinander wechselten und deshalb nicht die geringste Ahnung hatten, was die jeweils andere Familie trieb, war es kein unlösbares Problem für Alexandra gewesen, zwecks einer von ihrem Vater sehr begrüßten Ausbildung bei einem Tierarzt in dasselbe kleine Dorf umzuziehen, in das es Morten erst wenige Wochen zuvor verschlagen hatte. Da ihr Erzeuger so spendabel gewesen war, ihr ein kleines Apartment anzumieten, trieben sie es von da an beinahe täglich. Die ersten Wochen jedoch – lange, einsame Tage und nicht enden wollende, noch einsamere Nächte – waren hart gewesen. Die Ungewissheit, ob ihr Plan gelingen würde. Zu jener Zeit hatten sie noch keine Handys besessen – und das leise, sehnsüchtige Turteln von ihrem Haustelefon aus war eine seltene, weil äußerst riskante Angelegenheit gewesen, konnten doch jeden Moment ihre Väter durch die Tür spazieren, der selbstverständlich von ihrer langjährigen, wie ein Staatsgeheimnis gehüteten Beziehung zum Sohn beziehungsweise zur Tochter des über alles gehassten Namensvetters nur das Allerharmloseste wusste. Morten und Alexandra hatten mit den Jahren ein außerordentliches Geschick im Verwischen von Spuren entwickelt – und es sprach vollkommen gegen ihre Strategie, sich offenen Auges der Gefahr auszusetzen, bei einem Telefonat belauscht zu werden, durch das ihr Plan auffliegen und deshalb durchkreuzt werden könnte. Das Gefühl in diesen Wochen – ihrer ersten Trennung für eine längere Zeit seit ihrer Kindheit, noch dazu fast ohne jeden Kontakt – entsprach in etwa dem, mit dem Alexandra heute zu kämpfen hatte. Mit einem Unterschied: Damals hatte es Hoffnung gegeben. Eine Hoffnung, die sie hatte weiterleben lassen.

Je näher sie dem Gipfel des Kaps kamen, desto karger wurde die Landschaft; man blickte in eine zerklüftete Landschaft aus schroffem Gestein, das seit Urzeiten dem Wechsel von glühender Sonne und kühler Feuchtigkeit trotzte. Hier und da säumten kleinere, struppige Büsche den Weg. Vereinzelt wurzelten auch mächtige Laubbäume und knorrige Nadelgewächse im Fels. Die Hitze des Tages und der nasse Frost der Nacht schienen ihnen nichts auszumachen, so gut gebaut und gesund gefiedert reckten sie sich dem Horizont entgegen, an dem das Meer und der Himmel sich in einem dunstig blauen Schal vereinigten. Alexandra spürte die Schweißtropfen auf der Stirn, während sie auf Mortens Rücken blickte, der ein paar Meter voranritt. Auf seinem Hemd war nicht der kleinste Schweißfleck zu entdecken. Offenbar war er nun über alles Körperliche erhaben. Nur gut, dass sie seine Küsse trotzdem spüren konnte. Sie schmeckten so gut wie eh und je. Nein, besser. Das mochte mit dem Umstand zusammenhängen, dass einem manche Dinge, die man unwiderruflich zum letzten Mal tut, auf einmal wieder so wunderschön, rein und überwältigend vorkommen wie an dem Tag, als man sie zum allerersten Mal genießen durfte. In der Zwischenzeit hingegen gewöhnt man sich an alles – auch an das Glück, wenn es sich nicht jeden Tag etwas Neues einfallen lässt, eine kleine Sensation zur Erfrischung der Sinne und damit zur Auffrischung der Sinnlichkeit. Alexandra wünschte sich, diese Momente – dieses wunderbare Dazwischen – zurückholen und ein zweites Mal erleben zu können. Jeden Einzelnen dieser Momente. Aber da sie wusste, dass es nicht möglich war, würde sie all diese Momente genießen und bis zur Neige auskosten.

Doch irgendwas … war nicht in Ordnung, ihr war auf einmal so schwindelig. Alexandra fuhr sich mit der Hand über die Stirn, während sie ihren Oberkörper eng an den Hals des noch jungen Wallachs legte, um auf dem holprigen Pfad nicht abgeworfen zu werden. Was sie fühlte, waren mehr als ein paar Schweißtropfen. Ihre Stirn war klitschnass. Noch ehe sie Morten auf irgendeine Weise ein Zeichen geben konnte, spürte sie eine schreckliche Übelkeit in sich aufsteigen. Es war, als würde sich ein blutrünstiges Monster durch ihre Eingeweide fressen. Mit einem Mal verschwamm alles vor ihren Augen, die Farben, die Düfte – alles vermengte sich zu einem großen Klumpen, während ihr Gehör ohne jede Vorwarnung aussetzte und nur noch ein leises Rauschen an ihr Gehirn sendete. Dann, auf einmal, ließ der Schmerz von ihr ab. Ihr Körper schien nicht mehr vorhanden zu sein, ja, sie nahm noch nicht einmal wahr, wie sie vom Pferd fiel – schließlich musste sie fallen, das war nur logisch, wenn einem schwarz vor Augen wurde und man die Kontrolle über die Sinne verlor. Sie spürte nichts mehr, nicht das geringste Zucken – eine Weile lang, bis sich ihre Augen wieder öffneten.

Alles war still. Alexandra lag auf einem Bett – Menschen, die sie nie zuvor gesehen hatte, beugten sich mit besorgten Mienen über sie. Teilnahmslos wie ein Fernsehzuschauer, der mitten in der Nacht vor dem flimmernden Testbild aufwacht und es müde anstarrt, die Augen so bewegungsunfähig wie der bleierne Körper, beobachtete sie die merkwürdige Szenerie. Ein gleißendes Licht schien auf sie herab, aber es wirkte künstlich und kalt, ganz anders als die Sonne auf Lighthouse Island, deren warmes Licht ihr bestens vertraut war, in allen seinen Schattierungen. Sie schien zu träumen, denn auf einmal erkannte Alexandra, wo sie sich befand: in einem Operationssaal. Um sie herum wirbelte eine Gruppe von Menschen in grünen Kitteln, die sich mit metallisch glänzenden Instrumenten und Plastikschläuchen an ihr zu schaffen machten. So merkwürdig die Szenerie auch war, sie fühlte nicht die geringste Angst in Anbetracht der Horrorvision, die sich vor ihren Augen abspielte. Sie war viel zu matt, um sich über irgendetwas aufzuregen. Sie hatte das Gefühl, unter Narkose zu stehen – und das Ganze nicht nur zu träumen. Diese Menschen wollten ihr helfen, so viel war klar. Irgendetwas durchfloss sie, es war wie ein Kribbeln, das sich blitzschnell wie ein Aal durch ihren gesamten Körper schlängelte. Mit einem Mal schienen ihre Nerven die Arbeit wieder aufzunehmen. Sie konnte ihren Kopf wieder spüren oder vielmehr den Hinterkopf. Er lag sanft auf ein weiches Kissen gebettet, während eine warme Hand über ihr Haar fuhr – ein schönes, beruhigendes Gefühl.

Nun erst bemerkte sie die OP-Schwester, die direkt neben ihr am Operationstisch stand. Sie schien schon etwas älter zu sein, gemessen an den Falten um ihre grünen Augen – und trotz des riesigen Mundschutzes, der beinahe das halbe Gesicht verdeckte, konnte man erkennen, dass ihre Züge freundlich und gütig waren. Jetzt sah die Schwester sie ebenfalls – wie auf Knopfdruck bewegten sich auf einmal die Lippen, während ihre Miene einen besorgten Ausdruck annahm und sie lautlos etwas zu den anderen Anwesenden sagte. Sofort bearbeitete eine Hand den durchsichtigen Plastikschlauch, aus dem eine Flüssigkeit langsam hinunter zu Alexandras Arm floss, und das Licht wurde wieder ganz hell, so hell, dass Alexandra ihren anderen Arm schützend vor die Augen halten wollte, um nicht geblendet zu werden.

Als Alexandra wieder zu sich kam, saß sie aufrecht auf dem vor Anstrengung feucht glänzenden Rücken des Pferdes – ganz so, als wäre nichts geschehen, als wäre sie ein Baby, das in den Armen seiner Mutter in einen Tagtraum gefallen war, wohl behütet und umsorgt, während diese den gemeinsam eingeschlagenen Weg unbeirrt fortgesetzt hatte. Morten stand neben ihr, als wäre er ihr Kammerdiener und Reitlehrer in einer Person, und streckte ihr einen gebräunten Arm entgegen, um ihr herunterzuhelfen.

Sie befanden sich ganz oben am Kap.

Es gab keinen zweiten Platz auf Lighthouse Island, von dem aus man einen derart überwältigenden Blick über die Insel und das sie wie ein fließender Mantel aus tiefblauem Samt umgebende Meer genoss, das weder Ursprung noch Bestimmung zu haben schien, als wäre es selbst der erste Streich, das Fundament der göttlichen Schöpfung. Alexandra konnte sich nicht erklären, warum sie nicht schon lange am Boden lag. Aber manchmal gelangt man in einen Traum – oder soll man sagen in einen Zustand? –, der einen durch einen Irrgarten aus Räumen, Gesichtern, Düften und Geräuschen jagt, eine Reise, die sich dehnt wie ein gleißender Sommertag am Polarkreis, bevor man plötzlich erwacht und realisiert, dass nur wenige Minuten verstrichen sind. Man sitzt auf seinem Platz auf dem Sofa oder auf seinem Handtuch am Strand und erkennt, dass niemand überhaupt bemerkt hat, dass man am Polarkreis gewesen ist. Vielleicht war das eben gerade so ein Moment – ein kurzer, unbemerkter Aussetzer, der sie nicht länger als einige Sekunden in eine seltsame Welt entführt hatte, die sie sich beim besten Willen nicht erklären konnte. Sie hatte noch keine einzige schwere Operation in einem Krankenhaus über sich ergehen lassen müssen – abgesehen von dem Tag, an dem sie hilflos hatte mit ansehen müssen, wie ihr totes Kind aus ihrem schmerzenden Unterleib gezogen wurde, hatte sie niemals auch nur ein Krankenhaus aufgesucht, sondern immer nur die Praxen von Ärzten. Also musste sie das, was sie geträumt hatte, aus dem Fernsehen haben – irgendeine Krankenhausserie flimmerte doch immer über einen Bildschirm, wenn auch nicht über ihren eigenen, da sie und Morten niemals fernsahen.

Morten schien jedenfalls nicht das Geringste von ihrer kurzfristigen geistigen Abwesenheit bemerkt zu haben. Er nickte ihr aufmunternd zu, da sie noch keine Anstalten machte, seine Hand zu nehmen und abzusitzen. Eine merkwürdige Stimmung lag in der Luft. Es war, als hätte jemand einen Zeitraffer angeschaltet. Vor wenigen Augenblicken noch war sie aus einer kühlen Kapelle in das gleißende Licht der Nachmittagssonne getreten, doch nun flackerte auf einmal eine an ihrer Oberfläche ausgefranste riesige Orange am Horizont; man konnte ihren Lauf förmlich nachvollziehen, so schnell bewegte sie sich auf den in Babyblau und Zartrosa getünchten Ozean zu, der in sanften Wellen bis ans Ende der Welt zu wogen schien. Alexandra entdeckte ihr Haus am Strand, vor dem noch immer ein Polizeiwagen stand; den kleinen Ort in den Dünen; ein paar Kinder, die noch vor dem Abendessen ein Fußballmatch am Wasser austrugen, einige ältere Strandgänger, die im Licht des sich seinem Ende zuneigenden Tages barfuß durch den nassen Sand wateten. Hier oben am Kliff dagegen war es menschenleer. Nur der Leuchtturm stand hier, strahlend weiß sandte er sein Licht auf das Meer hinaus. Daneben das Haus der Jensens, das Leuchtturmwärterhaus. Alexandra wunderte sich, dass das Maklerschild nicht mehr an den weißen Holzlatten hing. Dafür flatterte Wäsche an einer Leine im Garten.

Wie merkwürdig! Erst heute Morgen war Morten hier hochgefahren, um einen Kaufinteressenten für das Haus zu treffen – es konnte unmöglich bereits wieder bewohnt sein. Es machte den Eindruck, als wären die Jensens nie ausgezogen. Auf der Veranda stand ein Schaukelstuhl, und die Eingangstür war offen.

Alexandra spürte erneut, wie die Unruhe Besitz von ihr ergriff. Wieder flackerten einzelne Bilder durch ihren Kopf, als würde sie vor einem Fernsehfilm sitzen – nur dass es sich bei dieser Sendung um ihr eigenes Leben handelte. Sie zappte durch ihre Vergangenheit, obwohl sie das Gefühl hatte, in einen zeitlosen Zustand übergegangen zu sein, in dem es weder ein Gestern noch ein Heute und erst recht kein Morgen zu geben schien.

Auf einmal waren sie da, die Jensens, in ihrem Garten. Anne Jensen wanderte mit einem Wäschekorb über den Rasen und winkte zu ihr hinüber, während der ungewöhnlichste aller Leuchtturmwärter, in dessen Wohnzimmer sich Hunderte von Büchern stapelten, Klassiker allesamt, den Kopf zur Tür hinausstreckte. Herr Jensen war ein Romantiker gewesen, so viel war sicher, auch wenn Morten und sie außer ein wenig Smalltalk kaum Gelegenheit gehabt hatten, das Paar näher kennenzulernen. Erst nach dem Tod seiner Frau, nachdem Herr Jensen das Haus mit all seinen Erinnerungen ebenso wenig ertrug wie dessen unbeschreiblichen Ausblick, hatten Alexandra und Morten zum ersten Mal den Fuß über die Schwelle des Hauses gesetzt. Sie hatten die Bücher gefunden und sein Fernrohr am Fenster, mit dem er die Ozeanriesen beobachtet haben musste, die majestätisch am Horizont mitsamt Tausenden tanzender und sich vergnügender Gäste an Bord durch das Meer pflügten. Vielleicht hatte er sich auch an den Delfinen erfreut, die am frühen Morgen in vollendeter Eleganz die Silhouette der aufgehenden Sonne nachzeichneten, wenn sie in einem Halbkreis aus dem Wasser schossen, bevor sie wieder in die salzigen Fluten eintauchten, denen sie entsprungen waren.

»Wo bin ich?«, fragte Alexandra, während sie Mortens Hand nahm, der sie mit einem Ruck vom Rücken des Pferdes zog, ganz dicht an sich heran.

»In diesem Augenblick bist du dort, wo du sein möchtest. In den schönen Momenten«, sagte er und legte seine Lippen sanft auf ihre Schläfe, so wie es ihr gefiel.

In den schönen Momenten? Es war, als hätte sie mit einem Knopfdruck das Programm gewechselt, so unvermittelt flogen die Bilder auf sie zu.

Sie und Morten, wie sie auf ihren Pferden über die Felder flogen, einander überholten, sich zurückfallen und einholen ließen, der nächste Anlauf, das Tempo, die Unendlichkeit. Die Liebe. Sie waren noch nicht einmal volljährig gewesen. Der Strand, das neue Glück, dieser Leuchtturm, der sie so magisch angezogen hatte, als sie vom Festland aus auf die Insel geschaut hatten. Das Licht, die Dünen und überall nur Meer und dieselbe Unendlichkeit, in der sie ihre Kindheit genossen hatten, nur dass sie aus salzigem Wasser bestand: Das war Lighthouse Island. Ein Kuss, hoch oben in einem Baum, während die Hitze ihre Brustwarzen hatte anschwellen lassen. Das Gefühl, als er zum ersten Mal in sie eingedrungen war, ganz sanft, und doch hatte es wehgetan. Der Duft seiner Haut, ihre Nase an seiner Wange, ihr Mund, der seinen umkreiste, die kleinen Bartstoppel, sein Teint mit dem Versprechen ewigen Sommers – einem Versprechen, das so weich und unwiderstehlich war, dass sie ihn am liebsten ganz und gar, mit Haut und Haaren und allem, was es sonst noch gab, verschlungen hätte.

All diese Bilder zogen an ihr vorüber, als wäre sie dem Tod nahe. Wäre es doch wirklich so, dann könnte sie zusammen mit Morten gehen! Wie war es möglich, dass sich ihre Wege trennen, obwohl sie doch als Paar vollkommen waren? Ihre Summe wog weit mehr als das Gewicht, das jeder Einzelne in ihre Partnerschaft einbrachte. Wie grausam war dieser Gott, der zuließ, dass sie einander verloren, obwohl ihr Glück zu zweit so unermesslich war! Bisher hatten sie gemeinsam der Ungerechtigkeit des Lebens die Stirn geboten – doch nun? Alexandra wusste nicht, ob sie die Kraft aufbringen würde, allein zu kämpfen. Allein – schon das Wort versetzte sie in einen nahezu traumatischen Zustand. Es ist sehr schlimm, wenn man seine große Liebe niemals findet. Doch es ist grausam, wenn man sie findet und sie wieder verliert.

»Was ist passiert, Morten? Bitte sag es mir!«, flehte sie. »Wie … Warum … Ich muss es verstehen, nein … Ich muss es rückgängig machen …«

»Das können wir nicht, Liebes«, sagte Morten sanft. »Aber wir werden einen neuen Anfang haben, wenn du daran glaubst.«

»Aber wie? Ich will keinen neuen Anfang, ich will mit dir zusammenbleiben … Ich …« Am liebsten hätte sie auf seine Brust getrommelt, um es ihm klar zu machen – doch dann wurde ihr bewusst, dass es ihm längst klar war. Er liebte sie, aber es gab keinen Ausweg. Es war vorbei. Dieser verdammte Tod. Wieso müssen Menschen sterben?

»Um neu geboren zu werden«, sagte Morten und strich ihr mit der Hand übers Haar. »Ich weiß nicht, was genau geschehen wird, doch ich habe ein Gefühl, als würde ich gar nicht sterben. Als wäre ich bereits wieder am Leben und dir so nah wie nie zuvor … Ich kann es mir auch nicht erklären, aber es ist so.«

Alexandra verstand nicht, was er meinte. Sie fühlte sich ihm ebenfalls so nahe wie nie zuvor, doch gleich würde er sie verlassen, und dann wäre auf einen Schlag alles vorbei – das gemeinsame Glück unwiderruflich ausgelöscht.

In diesem Moment tauchte die Sonne ins Meer, und über ihrem feuerrot flackernden Ball mischte sich das Schwarz der Nacht in das Schillern des Abendhimmels. Alexandra spürte, dass der Abschied unmittelbar bevorstand, und dieses Gefühl fuhr ihr wie ein Messer durch Mark und Bein. Mit letzter Kraft klammerte sie sich an Mortens Arm, wie ein kleines Kind hängte sie sich an ihn in der aussichtslosen Hoffnung, dass der Tod sie auf diese Weise nicht würde abschütteln können.

Das Haus der Jensens lag auf einmal wieder still im Halbdunkeln; die Wäsche auf der Leine war wie von Geisterhand verschwunden; die Fensterläden waren geschlossen, und auch das große Zu-verkaufen-Schild hing wieder am Zaun. Sie begriff, dass sie nun nicht mehr in den schönen Momenten war, wie Morten es ausgedrückt hatte, sondern zurück auf dem Boden der Tatsachen.

»Bitte, Morten, geh noch nicht! Wir … brauchen noch Zeit!«

Sie wusste nicht, was sie sonst hätte sagen können, was sie tun konnte, außer zu betteln. Vielleicht würde sich das Schicksal, dieser Gott, wenn es ihn denn gab, doch noch dazu hinreißen lassen, seine Entscheidung zu überdenken. Es war eine Fehlentscheidung, das lag klar auf der Hand, und es kam Alexandra nicht in den Sinn, dass Gott diese Einstellung womöglich als Lästerung auslegen würde.

Ich habe das Gefühl …. – Wie hatte Morten es ausgedrückt? –, das Gefühl, als wäre ich bereits wieder am Leben und wäre dir so nahe wie nie zuvor. Was Morten damit gemeint hatte, verstand Alexandra nicht. Im Inneren ihres Kopfes drehte sich ein Strudel aus allen Farben der Angst und zog sie unablässig tiefer in den Abgrund.

Es gab keinen Zaun, keine Sicherheitsbegrenzung auf der Spitze des Kliffs, die sie erklommen hatten. Nur eine kleine Fläche aus Geröll, dünn bewachsen mit welken Gräsern und Mohnblumen, die dem Wind und der Dürre trotzten. Die Dunkelheit fiel über sie herein wie ein Trupp Plünderer über ein wehrloses Dorf. Alexandra liebte die Nacht auf der Insel, dieses schützende Tuch aus schwarzem Samt, geschmückt mit glitzernden, perfekt in sie eingewobenen Diamanten; doch nun erkannte sie, dass diese Decke sich in einen bösen, unersättlichen schwarzen Schlund verwandelt hatte, der sie und Morten mit allem Glück und all ihrer Liebe verschlingen würde.

Sollte es wirklich keinen Ausweg aus ihrem Unglück geben? Was, wenn sie nun einfach springen würde? Mit einem kräftigen Satz wäre sie mitten über dem Meer, mehrere hundert Meter hoch, ein Teil des Windes. Sie wollte eintauchen in den Wellen, sich wiegen lassen von ihrem Auf und Ab, einem hypnotisierenden Rhythmus, der alles vergessen machte. Ihr Vater würde sicher auch diesen Schicksalsschlag ungerührt hinnehmen, seine Tochter teilte sein Leben schon lange nicht mehr. Traurig stimmte Alexandra nur der Gedanke an Pearl, ihre treue Hündin, die Morten und sie in all den Jahren begleitet hatte.

Aber wäre sie, Alexandra, durch den Sprung wirklich wieder mit Morten vereint? Und wenn sie gemeinsam sprangen? Ohne ihn gab es sowieso keine Zukunft für sie, alles wäre entwertet, jeder Sonnenstrahl an einem erwachenden Morgen, jedes Vogelzwitschern, das Lied des Windspiels auf der Terrasse vor dem Haus. Wie sollte sie die nächsten vierzig, vielleicht fünfzig Jahre überstehen ohne Morten an ihrer Seite? Ihr Haus würde sich in ein Museum verwandeln – genauso wie sie selbst. Was konnte sie noch tun, als dazusitzen und darauf zu warten, dass der Tod sie endlich erlöste und wieder mit ihrer großen Liebe vereinte? War das überhaupt möglich? Wenn sie gemeinsam gingen, würden sie auch gemeinsam ankommen – wo auch immer. Aber was würde passieren, wenn sie mit vielen Jahrzehnten Verspätung im Himmel ankommen würde, wenn es denn einen gab?

»Die Zeit hat keine Bedeutung, Alex«, wandte Morten ein, doch es tröstete sie nicht im Geringsten. »Die Zeit ist eine Erfindung des Menschen. Ich kann es vor meinen Augen sehen: Das Leben ist keine Linie, sondern ein Kreis ohne Anfang und ohne Ende.«

»Wenn das hier nicht das Ende ist, Morten, was ist es dann?« Sie schrie ihn an. Hilflos gegenüber den grausamen Launen des Schicksals. »Lass uns gemeinsam gehen, Morten! Ich bin bereit.«

Doch er umfasste ihren Arm noch fester – so fest, dass es schmerzte.

»Das geht nicht, Alex.«

Seine Stimme war laut geworden, denn er wusste, dass es ihr ernst war. Dass sie keinen Moment zögern würde, in die Tiefe zu springen, wenn sie dadurch vereint bleiben könnten, und sei es nur im Tod – und in der Gewissheit, dass selbst das Nichts, was darauf folgen könnte, gemeinsam leichter zu ertragen wäre.

Da war es wieder, dieses Flackern. Alexandra wurde erneut übel, ihr Körper schien in Bronze gegossen zu sein, so schwer und fremd fühlte er sich plötzlich an.

Die Bilder vor ihren Augen kommen ihr bekannt vor, aber woher nur? Sie erinnern sie an einen Film, doch es will ihr partout nicht einfallen, wann und wo sie ihn gesehen hat. Dabei ist die Atmosphäre so greifbar, als wäre sie selbst am Set gewesen. Sie kann beinahe die Düfte riechen, die Geräusche hören, die mit ihr verbunden sind: die kalten Ledersitze ihres Jeeps, sie selbst am Steuer. Das Fenster ist heruntergekurbelt, draußen zwitschern die Vögel ihr morgendliches Lied. Die Luft ist noch frisch und verströmt den Salzgeruch des Meeres. Alexandra ist gehetzt, irgendetwas liegt auf dem Beifahrersitz; Kurve um Kurve folgt sie der schmalen Straße hinauf zum Kliff. Bis zu der heimtückischen, gefährlichen Biegung, die nicht den geringsten Blick darauf erlaubt, was hinter dem massiven Fels lauert. Doch sie fährt ungerührt weiter, als wäre das Fahrzeug nicht zu stoppen, als hätte es keine Bremsen, sondern würde, wie von Geisterhand gesteuert, führerlos in den Untergang rasen. Und da ist er auch schon, der Untergang.

Sie schleudert direkt darauf zu. War es eine … Wand? Sie kann nichts erkennen, ist plötzlich starr vor Entsetzen, unfähig zu der kleinsten Reaktion. Ein Stoß durchfährt ihren Körper – und dann nur noch Stille.

»Wieso sehe ich bloß immer wieder diese Bilder, Morten?«

Alexandra merkte, dass sie langsam das Bewusstsein wiedererlangte. Sie hatte fürchterliche Kopfschmerzen. War sie anfangs noch klar gewesen und fähig, sich dem zu stellen, was geschehen war, hatte sie inzwischen das Gefühl, dass sie allmählich die Kontrolle über das Geschehen verlor. Die Kontrolle über sich selbst, über ihr Leben mit Morten, das ganze Leben. Alles wirkte so unscharf wie die flüchtigen Bilder, die sich in immer kürzeren Abständen in ihren Kopf schlichen. Da waren Gesichter, die sie nie zuvor gesehen hatte – Gesichter, die sich über sie beugten und sie besorgt musterten. Einige von ihnen bestanden nur aus Augen, alles andere war von grünem Tuch verhüllt.

»Morten, hilf mir! Ich verstehe nicht, was mit mir passiert!«

»Du wachst auf«, sagte Morten – sein Gesicht war so unendlich traurig – und drückte sie fest an sich.

Der Wind war heftiger geworden. Hinter dem Leuchtturm, dessen Scheinwerfer ihr weißes Licht in Blitzen über das Meer und die Insel schossen, braute sich ein Sturm zusammen. Das Meer hatte die Farbe und Konsistenz von flüssigem Teer angenommen und türmte sich in groben Schollen wie ein frisch gepflügter Acker. Allein die Luft erschien Alexandra fast noch so mild wie tagsüber, sie strich warm über ihre Haut und durch ihr Haar, doch in diesem Augenblick kam es ihr vor, als wehte von den Wellen her ein scharfer Geruch von Reinigungsmitteln in ihre Nase. Oder täuschte sie sich? Ihre Wahrnehmung spielte ihr so viele Streiche. Es war, als fiele die Welt um sie herum in sich zusammen – schon wieder lief ein Film in ihrem Kopf ab: ein Hochhaus-Komplex, der gesprengt wird, auf einen Knopfdruck löst er sich auf, und es bleibt nichts übrig außer riesigen Schwaden aus Rauch und Staub, die noch eine Weile über dem Gelände schweben wie Geister. Seelen, die erschüttert auf das herabblickten, was einmal ihre Heimat gewesen war. Alexandra erschauderte bei dem Gedanken. Ihre Beine fühlten sich auf einmal an wie diese einknickenden staksigen Betonpfeiler der Hochhäuser – als wären sie aus Zuckerguss gebacken, so zart und zerbrechlich. Und obwohl Morten sie eng umschlungen hielt, war er plötzlich nicht mehr greifbar, sie konnte ihn nicht mehr richtig spüren. Auch er schien nur noch ein Bild vor ihren

Augen zu sein. Ein Bild, dessen Konturen sich zunehmend verloren.

»Geh nicht!«, schrie sie und umarmte ihn noch fester. Sie spürte, dass der Moment des Abschieds gekommen war. Morten würde unwiderruflich gehen. Es war ihre Hochzeitsnacht, aber es brannten keine tausend Kerzen. Anstatt in einem Lichtermeer badete sie in Tränen.

Ihr Blick fiel auf den Ring an ihrer linken Hand. Ihren Ehering.

Ja, sie war jetzt verheiratet. Sie hatte den Hauptgewinn und den größtmöglichen Verlust ihres Daseins an einem einzigen Tag erlebt.

THE FLAME STILL BURNS. Das war auf der Innenseite eingraviert – und jeder einzelne Buchstabe brannte auf ihrer Haut.

Ja, sie brannten, wie auch die Flamme noch immer brannte! Nicht nur sie, nein, alles in ihr schien zu brennen, aber es war mehr vor Schmerz als vor Verlangen. Was sie in diesem Moment durchmachte, war unbegreiflich und ungerecht! Und sie konnte nicht das Geringste daran ändern. Sie und Morten waren beide in einem Feuerkreiszeichen geboren – sie als Löwin, er als Schütze. Menschen also, die es gewöhnt sind, sich nicht zitternd und bibbernd dem Schicksal auszuliefern, sondern ihr Leben beherzt in die Hand nehmen. Wer sich ergab, anstatt zu kämpfen, war in ihren Augen ein armer Mensch. Doch in dieser Situation erschien jeder Kampf, jedes noch so geringe Aufbegehren vollkommen sinnlos. Man kann sogar den Tod besiegen, doch nur solange man lebt.

»Du lebst ja«, hauchte Morten ihr ins Ohr. Sie standen nicht weiter als vielleicht zwei oder drei Meter vom Abgrund entfernt – von diesem heiligen Ort, der sie erlösen könnte, wenn Morten es nur zulassen würde.

»Morten, ich kann nicht …«

Er legte seinen Finger sanft auf ihre Lippen. »Alex, du wirst nicht allein durchs Leben gehen.«

Er blickte ihr ernst in die Augen, damit sie sehen konnte, dass er es nicht nur sagte, um sie zu trösten, sondern weil es wirklich so kommen würde. Weil es so war.

»Vertrau mir!«, flüsterte er und musste dabei ganz nah an ihr Ohr herangehen, damit seine Worte nicht vom Sturm davongetragen wurden, der nun an ihren Kleidern zerrte, sie umtanzte und dabei heulte wie ein Wolf in einer einsamen Nacht.

»Möchtest du fliegen?« Sie wusste nicht, ob sie Morten richtig verstanden hatte.

»Ich weiß, wie es geht.«

Als wäre es das Normalste der Welt.

Er lächelte sie an mit seinen Augen, die auch in der Dämmerung noch so blau leuchteten wie das Meer in der Mittagssonne.

Über sich nahm sie ein Geräusch wahr. Alexandra blickte nach oben in den Himmel, an dem die Wolken sich zu aberwitzigen Formationen aufgetürmt hatten. Es hörte sich an, als würde ein riesiger Rotor über ihren Köpfen kreisen – und tatsächlich schoss aus einem der Wolkenungetüme ein grüner Helikopter hervor, dessen Scheinwerfer und Positionslampen wild blinkend ihr grelles Licht über das Kliff unter ihnen ausschütteten. Es musste derselbe Helikopter sein, den sie am Nachmittag auf dem Deck der überdimensionierten Yacht gesehen hatte, die in der Bucht geankert hatte, trotz der Dunkelheit erkannte sie Form und Farbe wieder. Warum flog er durch diesen Sturm? Brachte der Millionär seine Frau und die Kinder in Sicherheit, weil das Schiff unterzugehen drohte? Ihr fiel auf, wie groß die Rotoren im Vergleich zu den eher geringen Ausmaßen des Hubschraubers waren. Und wie langsam, ja, fast zeitlupenartig sie sich drehten, während der Helikopter wie eine wilde Hummel ohne erkennbares Ziel über den sich dramatisch zuziehenden Himmel taumelte.

»Fliegen? Wie … meinst du das?« Sie schrie es ihm förmlich entgegen, so laut dröhnten und bliesen der im Stakkato scheppernde Rotor des Hubschraubers und der immer stärker auffrischende Sturm gegeneinander um die Wette.

»Wie ich es sage. Wenn du willst, fliegen wir gemeinsam davon.«

Alexandra fühlte, wie das Blut in ihr Herz schoss, angetrieben von einer plötzlichen Ausschüttung von Glückshormonen. Gemeinsam davonfliegen? Das war es, was sie wollte! Egal, was er ihr vorschlug, Hauptsache, sie taten es gemeinsam. Es war ihre Hochzeitsnacht. Und in einer Hochzeitsnacht blieb das Brautpaar zusammen, kein Sturm konnte es auseinanderbringen.

»Das werden wir auch.« Morten nahm ihre Hand.

»Spürst du den Wind unter deinen Füßen?« Morten schrie es ihr ins Ohr, gegen die heulenden Böen an. »Lass die Zehen wippen, so fängt es an.«

»Was fängt so an?«, schrie Alexandra zurück.

»Das Fliegen, Alex! Das Fliegen!«

Während der Helikopter in den Wolken verschwand und mit ihm der dröhnende Motorenlärm, der nun von den immer stärker werdenden Geräuschen des Sommersturms, dem Jaulen kleiner Orkanböen, abgelöst wurde, wippte Alexandra mit den Zehen. Sofort fuhr eine ungeheure Kraft unter ihre Fußsohlen und hätte sie fast angehoben, doch sie umklammerte Mortens Hand so fest, dass sie am Boden blieb.

Schon wurde sie von der nächsten Bö erfasst – sie und Morten, es war, als würden sie von einer mächtigen Welle davongetragen, sie verloren tatsächlich den Boden unter den Füßen, wenn auch nur für den Bruchteil einer Sekunde.

»Du darfst nicht gegen die Bö ankämpfen, Alex – lass dich von ihr mitnehmen, als wärst du ein Blatt oder ein Sandkorn. Ich halte dich, okay? Du wirst immer meine Hand spüren, ich werde an deiner Seite sein, während wir fliegen.«

Alexandra spürte ein unendliches Vertrauen in den Mann an ihrer Seite. Sie hätte alles getan, was er von ihr verlangte.

»Wohin fliegen wir?«, krächzte sie. Das Anschreien gegen den Wind hatte ihre Stimmbänder ramponiert.

»Wohin du willst, der Himmel kennt keine Grenzen.«

»Dann will ich *in* den Himmel fliegen, Morten. Mit dir zusammen. Ich will so sterben wie ein fliegender Vogel!«

Irgendwann in ihrer Kindheit, Alexandra wusste

nicht mehr genau wann, hatten sie sich die Geschichte von den sterbenden Vögeln ausgedacht. Bis heute hatten sie nicht aufgehört daran zu glauben, obwohl es für alle anderen ausgemachter Unsinn war. Ihnen war aufgefallen, wie viele Vögel es gab, damals war ihre Zahl wahrscheinlich noch weit höher gewesen als heute, wo ihre Lebensräume von den Menschen immer weiter zerstört wurden. Schon zu jener Zeit, als Morten und sie noch so klein gewesen waren, dass ihnen ein Baumhaus zum Leben ausgereicht hatte, war ihnen aufgegangen, dass Vögel anders starben; dass man kaum jemals einen toten Vogel fand, jedenfalls im Vergleich zu der Vielzahl derer, die lebend unterwegs waren. Anfangs hatten sie noch gedacht, dass es nur eine Sache der Wahrnehmung sei und der Grund darin liegen könnte, dass sie auf dem Land lebten. In einer weiten Landschaft, in der ein totes Gefieder nicht auffiel. Doch dann hatten sie von einer fernen Stadt gehört. Die Stadt hieß Venedig. Und auf allen Fotos, die von ihr zu sehen waren, wimmelte es von Tauben. Es war geradezu die Stadt der Tauben. Tausende von ihnen bevölkerten den Himmel und die Plätze. Doch wohin verkrochen sie sich zum Sterben? Sicher, auch in Venedig würde man hier und da eine verendete Taube finden, doch gemessen an ihrer Zahl müssten viel mehr Kadaver in den Gassen liegen und auf den Kanälen treiben, während die Vogelseelen längst irgendwo durch die Lüfte flatterten. Doch so konnte es unmöglich sein. Deshalb hatten Morten und sie eine andere Theorie entwickelt, die ihnen sofort eingeleuchtet hatte und die zu ihrer eigenen Wahrheit geworden war: dass die Vögel, abgesehen von einigen verunglückten Tieren, die irdische Welt dort verließen, wo sie sich sowieso die meiste Zeit aufhielten – im Himmel. Sobald sie spürten, dass ihr Ende nahte, flogen sie einfach nur noch nach oben. Höher und höher schraubten sie sich, bis sie im Vogelhimmel landeten. Der war übrigens der ganz normale Himmel, in den auch die Menschen kamen – nur dass die Vögel sich einen anderen Weg dorthin suchten.

»Du bist ein lebender Vogel, Alex.« Mortens Stimme unterbrach den kleinen Ausflug, den Alexandras Gedanken unternommen hatten.

»Deshalb musst du wie ein lebender Vogel fliegen und wieder zurückkehren. Doch du kannst mich auf meinem Flug begleiten.«

»Dann stimmt es also? Ich meine, die Geschichte mit den Vögeln?«

»Ja, sie ist wahr. Nur dass es die Menschen genauso machen könnten. Jeder kann so gehen, wie er es möchte – man braucht nur ein bisschen Fantasie und einen starken Willen.«

Sie wusste genau, was er meinte. Es ging darum, sich von der Bö davontragen zu lassen, ohne Widerstand; so wie ein Blatt, das von einem Baum geweht wird und in der Luft wirbelt, mal hier-, mal dorthin getragen wird, ohne dass es Schaden nimmt. Es leistet keinen Widerstand, wenn der Herbst gekommen ist und es sich verabschieden muss. Irgendwann, nach einer schönen Reise durch die Welt, nach einem Flug durch das Leben, wird es zu Boden segeln. Es wird dort vergehen – und schon bald wird ein neuer Baum daraus erwachsen. Und schon bald gedeiht das Blatt wieder als eines von vielen Blättern an den starken Ästen dieses Baums. Man braucht den Tod nicht zu fürchten. Denn es gibt ihn nicht. Das Blatt weiß es ebenso wie die Vögel. Und Alexandra wusste es ebenfalls – bis zu jenem Augenblick, heute an diesem frühen Morgen, an dem es ohne jede Vorwarnung an ihrer Tür geklingelt hatte, während draußen ein neuer Tag begann und das Leben ringsum erwachte, als wäre nichts geschehen. Als wäre nicht ein Teil dieses perfekten Ganzen – der wichtigste Teil überhaupt: sein Herz – für immer von dieser Welt gegangen. Aus Mortens Erbgut würde kein neuer Morten wachsen, und das war es, was diesen Abschied noch unerträglicher machte. Es würde nichts von ihm zurückbleiben außer einem Stein mit seinem Namen.

Doch bevor sich die Trauer wieder in ihr einnisten und ausbreiten konnte, spürte sie bereits Mortens Hand, die sich um ihre schloss, so fest wie nie zuvor. All seine Muskeln waren angespannt, ganz so, als wolle er sie nie wieder loslassen. Als würde ihre Hand für immer so in seiner liegen, behütet und geschützt vor den Stürmen des Lebens. Und da rollte sie auch schon heran, die nächste Bö. Alexandra konnte sie sehen, hören, fühlen, schmecken, sie rauschte über das nachtschwarze Wasser auf sie zu, und während sie sich fallen ließ, brach auf einmal der Himmel auf, und das Licht der Sterne fiel in funkelnden Fontänen auf die turmhohen Wellen.

»Bist du bereit?« Sie hörte Mortens Stimme kaum noch, aber sie fühlte seine Hand und als sie den Kopf in seine Richtung wandte, trafen sich ihre Augen wieder so wie damals, als sie es das erste Mal getan hatten; dieses Blitzen, dieses Funkeln, sie würde es nie vergessen. Niemand könnte es ihr jemals nehmen – sie würde es immer in ihrer Erinnerung bewahren, auch mit hundert Jahren noch, so als wäre es erst gestern gewesen.

Die nächste Bö kam von hinten, vom Haus der Jensens. Sie war vielleicht noch zwanzig Meter entfernt.

»Wir müssen mit ihr mitlaufen, nein, vor ihr her«, schrie Morten, während sie langsam Anlauf nahmen, hin zum offenen Meer, das Hunderte von Metern wie ein schwarzer Schlund unter ihnen gähnte. Wie Paraglider steuerten sie auf den Abgrund zu – nur dass sie keine Schirme dabeihatten.

Erst jetzt, wo sie Hand in Hand diesen letzten Schritt taten – sie waren keine fünf Meter mehr von der Stelle entfernt, an der sie keinen Halt mehr finden würden –, erst jetzt wurde Alexandra klar, um was es ging, und sie erschrak angesichts dessen, was sie im Begriff war zu tun. Doch Morten, seine Schritte im Gleichklang mit ihren, drückte tröstend ihre Hand. Sein ruhiger, gleichmäßiger Atem und sein zuversichtlicher Blick – all das machte sie überglücklich. Sie würden nicht in ihr Verderben stürzen, nein: Sie würden fliegen, sobald die Bö sie erfassen würde. Dann, ja, genau dann, würden ihr Flügel wachsen und sie in die Lüfte tragen.

»Lass dich fallen!«, schrie Morten.

Sie tat es. Kopfüber sprangen sie beide über die letzte Böschung hinweg, fielen, den Wind im Rücken, hinab auf das schimmernde Meer wie zwei Möwen im Sturzflug. Alexandra schnürte es vor Angst beinahe den Atem ab. Genauso überraschend jedoch, wie sie in den Sturzflug übergangen waren, bremste plötzlich eine fürsorgliche Hand – es konnte nur die Hand Gottes sein – ihren Flug und hob sie beide sanft empor. Ganz so, als hätte sich ein weicher fliegender Teppich unter ihre Körper geschoben, der sie sicher durch die Lüfte trug. Alexandra fühlte sich wie Karlsson auf dem Dach – dieser Junge aus der Geschichte von Astrid Lindgren, der einen eingewachsenen Propeller auf dem Rücken hat und über die ganze Stadt fliegen kann zusammen mit seinem besten Freund. Nun vermochten auch sie es.

Gemeinsam mit Morten schwebte sie nun über der Welt, mit ihm verbunden nur durch die Kraft ihrer ineinandergreifenden Hände, so als wären sie Fallschirmspringer in einer Formation.

Der Sturm nahm an Stärke zu, doch es machte Alexandra nicht das Geringste aus – nicht mehr, seit sie die schützende Hand Gottes spürte. Es war, als flöge er noch immer an ihrer Seite mit zu ihrem persönlichen Schutz. Je höher sie kamen, je mehr sie sich der Sonne näherten, desto ruhiger wurde der Flug. Bis sie schließlich durch die Wolken stießen, wo ein Naturschauspiel sie erwartete, das so unerwartet wie unerklärlich war: Hier oben war es taghell. Die Wolken unten ihnen sahen aus wie Wattebäusche, so harmlos und friedlich zogen sie dahin.

Alexandra und Morten flogen weit darüber um den Globus, und es dauerte nicht lange, da lichtete sich die Wolkendecke, und ihre Insel wurde sichtbar: Lighthouse Island.

Auch dort unten schien es auf einmal wieder helllichter Tag zu sein. Alexandra erkannte ihr Haus, diesen Sommertraum aus weißem Holz. Fast schien es ihr, als würde sie dort unten auf den warmen Brettern der Terrasse Pearl ausmachen, die ihren Mittagsschlaf hielt. Doch schon hatten sie die Insel überflogen und befanden sich mitten über dem Ozean – wohin man sah – nichts als Blau. Ein Blau, das direkt in die Ewigkeit zu führen schien, so endlos kam es ihr vor, während sie in einem atemberaubenden Tempo darüber hinwegrauschten, immer höher, immer weiter, wie Ikarus der Sonne entgegen, nur dass ihre Flügel niemals schmelzen würden, so heiß die Sonne auch brannte. Und das tat sie. Je näher sie dem lodernden Licht kamen, desto dünner wurde die Luft. Alexandras Lungen brannten.

So unendlich der Ozean eben noch gewesen war, sie hatten ihn bereits hinter sich gelassen. Nun flogen sie über Felder und Wiesen, und Alexandra erkannte sofort, dass es die aus ihren Kindertagen waren. Auf dem Rücken ihrer Pferde waren sie dort über Stock und Stein geprescht, vorbei an den elterlichen Höfen. Wie friedlich sie im goldenen Abendlicht lagen, eingerahmt von Koppeln, auf denen friedlich die Tiere grasten! Weit und breit waren keine Menschen zu sehen, die diese Schönheit zu zerstören trachteten. Wie idyllisch diese Landschaft doch war! Obwohl alles winzig wirkte, sah Alexandra es trotzdem: ihr Baumhaus. Der Ort, der für sie und Morten so viel mehr Heimat gewesen war als alle Zimmer ihrer Elternhäuser zusammen. So wie es schien, hatte sich nichts verändert, es hockte noch immer in den starken Ästen einer uralten Eiche, als warte es darauf, dass das nette junge Liebespaar zurückkehrte, das es einst mit Leben erfüllt hatte.

Alexandra hatte Schwierigkeiten, sich zu konzentrieren. Ihr Körper war eingehüllt in eine feine Schicht aus Schweiß, und je näher sie der Sonne kamen, desto unerträglicher wurde die Hitze. Die Luft flirrte, und Alexandra ahnte: Nicht viel weiter, und sie würde zu brennen anfangen. Ihre Hand schien mit einem Mal ganz und gar mit Öl eingerieben zu sein. Sie merkte, wie sie Morten entglitt. Sie rasten direkt auf die Sonne zu, auf ein strahlendes, reines Licht, wie sie es noch nie gesehen hatte.

»Morten, nein, halt mich …«

Mit einem verzweifelten Ruck zog sie ihn an sich, und ihre Lippen berührten sich ein letztes Mal, bevor er ihr entglitt.

»Ich werde immer bei dir sein, Alex. Denk an den Ring …«

Während sie fiel, tiefer und tiefer, sah sie seine Augen. Sie hatten sich mit Tränen gefüllt – dem Salz des Abschieds, das nun auch in ihren Augen brannte. Sie wollte ihren Tränen freien Lauf lassen, ebenso wie sie sich selbst gehen lassen wollte. Sie wollte nicht mehr leben. Mit der Liebe waren ihr auch die Flügel entglitten, die sie bisher über jeden Abgrund getragen hatten. Doch während sie sich nach unten fallen ließ, wurde Morten – der so viel mehr als nur ihr Geliebter gewesen war – nach oben gezogen, als wäre er in einen

Sog geraten. Er wurde kleiner und kleiner, so schnell, als würde er sich auflösen, bis er schließlich in dem weiß flackernden Licht verschwand, das die Grenze markierte zwischen denen, die auf Erden leben, und denen, die es nicht mehr tun. Tränenüberströmt raste Alexandra der Erde entgegen, erfüllt von der Sehnsucht, ihm in dieses gleißende Licht zu folgen.

2

Alexandras Augenlider lasteten bleischwer auf den Pupillen. Außer einem leise klappernden, nicht näher definierbaren Geräusch hörte sie nicht das Geringste. Es war, als habe man sie in ein dickbauchiges Einmachglas gesperrt und das in einem dunklen Keller aufbewahrt, so dass sie weder Licht noch Gerüche und nur gedämpfte Geräusche wahrnehmen konnte. Ein Vakuum, in das sie eingebettet war wie eine Perle im seidigen Bett einer Auster – als gelte es, sie zu schützen und für bessere Zeiten zu konservieren.

Das Aufwachen fiel Alexandra schwerer als normalerweise. Sie hatte nicht die leiseste Ahnung, wo sie war. Erst nach mehreren Versuchen gelang es ihr, die verklebten Augen einen Spalt weit zu öffnen. Was sie sah, zunächst noch undeutlich, dann jedoch immer klarer, beunruhigte sie zutiefst. Träumte sie noch? In diesem Fall konnte es sich nur um einen Albtraum handeln. Denn während ihr Blick langsam ihren Körper hinabwanderte und sich dabei Zentimeter um Zentimeter über eine weiße Bettdecke vorarbeitete, musste sie feststellen, dass ihre Arme und Beine mit Kunststoff-Halterungen fixiert waren, wie man sie in Krankenhäusern verwendete. Als wären sie gebrochen – eine plausible

Vermutung, für die nicht zuletzt das gipsartige Material sprach, das ihre Gliedmaßen einhüllte und dafür sorgte, dass jedes einzelne Pigment der abgedeckten Haut höllisch juckte. Es fiel ihr schwer zu beurteilen, ob sie über dieses Jucken hinaus etwas spürte, denn sie hatte das Gefühl, in Zement gegossen zu sein – unfähig zu jeder Bewegung. Als wären ihre Nervenbahnen samt und sonders stillgelegt. Zumindest war sie nun in der Lage, die Quelle des merkwürdigen Geräusches zu orten, das ununterbrochen in ihren Ohren surrte. Über ihrem Kopf an der Decke kreiste ein mächtiger grüner Propeller – kein Hubschrauberpropeller, sondern ein Ventilator, der einen lauwarmen Wind auf ihre schweißnasse Stirn blies.

Sie steckte in einem grünen Anzug, einer Art Kittel. Jemand hatte das Licht in dem Raum gedimmt, so dass sich ihr suchender Blick kaum einen oder anderthalb Meter vom Bett entfernt in der Dunkelheit verlor. Das fahle Licht neben dem Bett war kalt und künstlich. Am Kopfende standen jede Menge medizinisch-technische Apparate. Aus einem von ihnen floss durch eine transparente Leitung, deren Durchmesser nicht größer war als der kleine Finger eines Babys, eine ebenfalls durchsichtige Flüssigkeit in ihren rechten Arm.

Sie musste lange geschlafen haben – ihre Augen waren verklebt, und alles, was sie in nächster Entfernung wahrnahm, der Nachttisch, die Schläuche und die in feuerrotem Warnlicht blinkenden Leuchtdioden der Geräte, wirkte verschwommen.

Alexandra versuchte, sich zu bewegen, den Kopf anzuheben. Fehlanzeige. Er gehorchte ihr nicht im Geringsten. Sie musste sich konzentrieren. Doch auch der zweite Anlauf war vergeblich. Nur ihr Atem beschleunigte sich. Panik stieg in ihr auf. Ihre Gelenke schienen nicht mehr mit ihrem Gehirn verbunden zu sein. Der Gedanke an eine Querschnittslähmung schoss Alexandra in den Kopf. Bitte nicht, lieber Gott!, betete sie. Aber was sonst konnte für ihren Zustand verantwortlich sein? Hatte man ihr Medikamente gegeben, die ihren Geist vernebelten und ihren Körper lähmten? Es schien ihr, als hätte sie ewig geschlafen – Monate, Jahre, Jahrzehnte? –, so schwach arbeitete ihr Kreislauf. Selbst wenn sie nicht an dieses Bett gefesselt gewesen wäre, hätte sie nicht gewagt, sich aufzurichten. Noch nicht. Ihr Schädel dröhnte – die einzige Empfindung, die sie neben dem fürchterlichen Jucken wahrnahm. Das Gehör wurde langsam besser: Sie vernahm nun klar und deutlich das einschläfernde Surren des Ventilators. Draußen, vermutlich auf dem Gang, waren Schritte zu vernehmen, die aus dem Nichts zu kommen und nach einer Weile ebendort zu verklingen schienen. Darüber hinaus jedoch änderte sich nichts, die Töne verhallten wie Wassertropfen, die in unregelmäßigen Abständen aus einem undichten Hahn in eine Badewanne tropften.

Aus den Augenwinkeln sah Alexandra, dass sich hinter dem Schlauch, aus dem die Flüssigkeit kaum merklich in ihre Adern sickerte, ein großes Fenster befand. Es war schwarz wie die dahinterliegende Nacht, aber sie konnte den Mond erkennen, vor dem dünne graue Schleierwolken entlangzogen. Wo war sie nur?

Alexandra war hundeelend zumute. Ihr Verstand arbeitete elendig langsam. Dieses Zimmer – ihr ganzer Zustand – passte nicht im Geringsten zu dem, was erst wenige Augenblicke zuvor geschehen war. Wo war Morten? War er noch da? Eines war sicher: Dieses Zimmer hier sah so irdisch aus, dass sie gar nicht erst auf die Idee verfallen war, zu glauben, sie sei im Himmel oder an einem vergleichbaren Ort gelandet. Es lag eindeutig auf der Hand, dass es sich nur um ein Krankenhauszimmer handeln konnte, so weit war sie immerhin – doch was hatte sie hier zu suchen, und wie war sie hierhergekommen? Gab es denn niemanden, der sich in einem Krankenhaus um die Patienten kümmerte? Alexandra bemühte sich erneut, den Raum in seiner Ganzheit zu erfassen, und langsam gewöhnten sich ihre Augen an das schwache Licht. Es ging voran, wenn auch nur in Zentimeterschritten.

»Ahhhh …« Es war die eigene Stimme, die Alexandra da hörte. Die Stimmbänder waren offenbar intakt; vorsichtshalber probierte sie das leise Stöhnen erneut, das ihr einfach so herausgerutscht war.

Merkwürdigerweise löste ihr Stöhnen eine Reaktion aus. Es klang wie das Rücken eines Stuhls, nur eine Oktave tiefer. Als hätte jemand mit einem rostigen Nagel über eine Tafel gestrichen. Noch ehe sie darüber nachdenken konnte, tauchte plötzlich ein Gesicht über ihr auf. Alexandra erschrak. Ein Erschrecken, das sich sofort in freudige Überraschung verwandelte, denn es war das Gesicht von Caro, eingerahmt von seidigen dunkelbraunen Strähnen. Ihre Augen waren weit geöffnet – nicht vor Schreck, nein, vor Freude.

Sie schlug die Hände zusammen, als sei ihr soeben ein unfassbares Glück zuteil geworden. »Du bist wach, ich wusste … dass du es schaffst …«

Alexandra kannte jede Nuance, was die Stimmung ihrer oftmals so optimistischen wie launischen Freundin betraf, doch die Melodie dieser Worte klang wie ein einziger warmer Dur-Akkord, ein Dreiklang aus Erstaunen, Erlösung und Freude.

Caro fuchtelte mit den Armen in der Luft, als wüsste sie nicht, wohin damit – eine Umarmung war in Alexandras Zustand jedenfalls ausgeschlossen. Ihre Freundin, dieses Energiebündel, sonst immer so tough und schwer zu beeindrucken, hatte Tränen in den Augen.

»Oh, Alexandra! Ich wusste, dass du wiederkommst. Dass du nicht aufgibst … Ich habe für dich gebetet … Hast du mich gehört? Ich habe mit dir gesprochen, die ganze Zeit über, hab dir gesagt, dass du zurückkommen sollst … Ich war immer hier an deinem Bett, und nun … bist du tatsächlich wieder aufgewacht … Danke, lieber Gott … vielen, vielen Dank!«

Sie erhob das Gesicht zur Zimmerdecke, als würde Gott dort sitzen und ihre Dankbarkeit entgegennehmen. Dann wandte sie den Blick wieder ihrer Freundin zu, die kein Wort herausbrachte.

Alexandras Herz machte Sprünge, so schön war es, dieses vertraute Gesicht zu sehen. Es so zu sehen. Diese Freude, so rein und ungespielt wie die eines Kindes – die im selben Moment auf sie überging und sie mit einer unglaublichen Wärme durchströmte.

Caro beugte sich zu ihr hinunter, Alexandra konnte zuerst ihren Atem spüren und einen Wimpernschlag später ihre Lippen, die sich sanft auf ihre Wange legten und sie küssten.

Schon bald war auch ihr Gesicht so feucht wie das von Caro, ihre Haut getränkt von Tränen. In ihrem Innern breitete sich die Zuversicht aus. Was auch geschehen war, sie war nicht allein. Der Mensch, der ihr, abgesehen von Morten, am meisten bedeutete, war an ihrer Seite und strahlte sie an.

Aus dem Augenwinkel nahm Alexandra wahr, wie Caro einen roten Knopf drückte, der an einem Kabel nicht weit von ihrem auf mehrere dicke Federkissen gebetteten Kopf herabbaumelte – nicht einmal, sondern mehrmals, als ginge es um Leben oder Tod.

Bereits im nächsten Moment stürmte jemand ins Zimmer, und Caro trat einen Schritt vom Bett zurück, damit die Krankenschwester ihren Platz einnehmen konnte. Sie sagte etwas, was Alexandra nicht verstand, und nur einen Moment später kam eine zweite Person in einem weißen Kittel, offenbar ein Arzt, ins Zimmer.

Alles war gut, das konnte Alexandra in Caros Gesichtszügen klar und deutlich lesen. Also entspannte sie sich und schloss die Augen.

Als sie die Augen wieder aufschlug, zwitscherten draußen vor dem halb offenen Fenster bereits die Vögel um die Wette. Ein Rotkehlchen saß auf der Fensterbank und legte sein Köpfchen schief, es war so putzig, dass Alexandra lachen musste. Doch sofort meldete sich ein stechender Schmerz in ihrem Brustkorb, so dass sie leise aufstöhnte.

»Guten Morgen. Wie geht es Ihnen?« Es war eine weibliche Stimme.

Alexandra konnte den Kopf nicht wenden, der in Richtung des Fensters gebettet war.

»Einen Moment, ich komme zu Ihnen.«

Alexandra hörte, wie ein Stuhl herangezogen wurde. Eine Frau mittleren Alters mit kurz gelockten dunkelblonden Haaren und einer schwarz gerahmten ovalen Brille auf ihrer zierlichen Nase setzte sich zwischen das Fenster und ihr Bett, während das Rotkehlchen ängstlich flatternd das Weite suchte. Die Frau trug einen weißen Kittel.

»Schön, dass Sie wieder lachen! Ich bin Doktor Mann, die Klinikpsychologin. Sie können mich Ruth nennen, wenn Sie wollen. Ich denke, es hilft uns beiden bei unserer Arbeit, wenn wir uns mit den Vornamen ansprechen.«

Die Klinikpsychologin? Unsere Arbeit? Was hatte das zu bedeuten?

»Wo ist Caro?«

Die Worte kamen langsam und krächzend aus Alexandras Hals, als müsste sie das Sprechen erst wieder lernen.

Frau Dr. Mann sah sie gütig an, ein wenig zu gütig für Alexandras Geschmack. Auf ihrem Schoß lag ein Schreibblock, auf den sie etwas notierte, während sie ihr antwortete: »Ihre Freundin ist für ein paar Stunden nach Hause gefahren, sie ist vollkommen erschöpft und muss auch mal schlafen.«

»Hm ...«

»Wie fühlen Sie sich?«

»Ich …« Gott, wie ihre Stimme klang! Als hätte man ihre Stimmbänder herausoperiert und sie durch Schmirgelpapier ersetzt. »Gut … so weit fühle ich mich gut …«

»Hervorragend …«

Die Ärztin hob den Zeigefinger und malte damit eine unsichtbare Linie in die Luft.

»Können Sie dem folgen?« Es war keine Schwierigkeit, allerdings nur mit den Augen.

»Prima.«

Sie sahen sich gegenseitig an, es entstand eine kurze Pause – die Art von Pausen, nach denen oftmals eine unangenehme Wahrheit auf den Tisch kommt.

»Alexandra, Sie haben lange geschlafen.«

Lange geschlafen? Kein Wunder – es war so viel passiert, die Ereignisse hatten sie überfordert, da war es normal, wenn man ein paar Stunden länger schlief. Nicht sie sollte in einer Klinik behandelt werden, sondern … Sie spürte, wie die Tränen in ihr hochschossen, wenn sie nur an seinen Namen dachte. Was war mit ihm geschehen? War er wirklich in den Himmel aufgestiegen, oder hatte sie alles nur geträumt? Vielleicht war er doch noch am Leben?

»Zwei Wochen, Sie haben zwei volle Wochen durchgeschlafen. Sie haben im Koma gelegen.«

Zwei Wochen? Das konnte unmöglich sein! Sie erinnerte sich an jedes Detail, jede Berührung, jeden Geruch des gestrigen Tages.

Es war der Tag, an dem sie und Morten geheiratet hatten. Und der Tag seines … Es war der schlimmste und der schönste Tag ihres bisherigen Lebens, und es war ausgeschlossen, dass sie an diesem Tag im Koma gelegen hatte.

Frau Dr. Mann – Ruth – schien ihre Verunsicherung zu bemerken und kritzelte etwas auf ihren Block. Dann fragte sie weiter.

»Können Sie sich an das erinnern, was passiert ist? Ich meine, bevor Sie im Koma waren? Was ist als Letztes passiert? Haben Sie eine Ahnung?«

»Sie … meinen … gestern? Wir haben geheiratet, in der Kapelle am Kliff, und dann …«

»Sie haben geheiratet?«

»Ja, mein Mann und ich. Der Ring ist unter dem Gips, sonst würde ich ihn Ihnen zeigen …«

»Das …« Die Ärztin schaute in eine Mappe, die neben ihr auf einem Tischchen lag. »Das steht nicht in meinen Unterlagen. Wann soll das gewesen sein?«

»Gestern?«

»Gestern haben Sie tief geschlafen, Alexandra. Ich meine, erinnern Sie sich an etwas vor dem Unfall – erinnern Sie sich *überhaupt* an einen Unfall?«

Es hatte ihn also wirklich gegeben.

»Sie müssen mir sagen, was mit meinem Mann ist. Ist er …«

Die Ärztin schlug die Augen nieder und nickte mit einem Ausdruck des Bedauerns.

»Ja.«

Es war, als hätte soeben jemand seine Unterschrift unter ein Todesurteil gesetzt. Ein Urteil, das Alexandra gestern – oder an dem Tag, den sie für gestern hielt – ohne jede Vorwarnung ins Haus geflattert war. Ein dicker Kloß verstopfte ihren Hals. »Aber … er …

ist nicht wirklich weg. Wir sehen uns wieder …«, schluchzte sie leise.

Sie weinte, doch sie konnte die Hände nicht vor ihr Gesicht legen, da sie unbeweglich waren wie ihr ganzer Körper.

Sie spürte, wie ein Tuch über ihr Gesicht fuhr und die Tränen abwischte.

»Entschuldigung …«

»Sie müssen sich nicht entschuldigen, Sie haben viel durchgemacht.« Die Ärztin stand nun neben dem Bett und hielt die Stuhllehne umklammert.

»Was ist mit mir los? Wieso liege ich hier?«

»Daran erinnern Sie sich nicht?«

Woran sollte sie sich erinnern? Was war geschehen, von dem sie nicht die geringste Ahnung hatte?

»Alexandra, Sie … Sie waren selbst in den Unfall verwickelt.«

»Ich? Nein, ganz bestimmt nicht. Ich war … zu Hause.«

Ruth schaute sie mit einem leisen Kopfschütteln an. »Versuchen Sie, ein wenig zu schlafen.«

Sie ergriff ihre Mappen und den Stuhl, um ihn wieder in die Ecke des Raums zu stellen, aus der sie ihn genommen hatte. »Sie sind gerade erst aufgewacht – zu viel Aufregung schadet Ihnen. Ich werde der Schwester sagen, dass sie nach Ihnen schauen soll.«

»Aber ich will kein Beruhigungsmittel.«

»Keine Angst, Alexandra! Hier wollen alle nur Ihr Bestes. Wir … reden morgen weiter.«

»Aber …«

»Versuchen Sie ein wenig zu schlafen, ja?«

Und schon verschwand sie aus ihrem Blickfeld. Alexandra hörte, wie sie die Tür leise hinter sich zuzog.

Draußen vor dem Fenster zwitscherten noch immer die Vögel, doch es klang nicht mehr so schön wie unmittelbar nach dem Aufwachen.

Kurz darauf öffnete sich die Tür, und eine junge Krankenschwester trat ein. Sie schob einen Wagen in das Zimmer und zog ein Tablett aus einem der Schubfächer, auf dem sich Säfte, Toast und andere Nahrungsmittel befanden.

»Frühstück! Versuchen wir mal, ob wir gemeinsam ein paar Happen runterkriegen, hm?«

Am liebsten wäre Alexandra in die Luft gegangen. »Gemeinsam ein paar Happen runterkriegen«? Sie war kein Pflegefall! Oder ... war sie es möglicherweise doch? Sie ließ den Blick über ihren eingegipsten, über und über bandagierten Körper gleiten – und was sie sah, gefiel ihr gar nicht.

Alexandra musste erneut eingeschlafen sein, denn als sie erwachte, war der Stuhl wieder an das Fenster gerückt, und eine junge Frau saß darauf. Sie war ebenfalls eingenickt. Auf dem Tischchen neben dem Bett stand eine Vase mit einem bunten Strauß frischer Frühlingsblumen, sie sahen aus wie selbst gepflückt. Das war typisch Caro.

Alexandra überlegte, ob es in Ordnung wäre, die Freundin zu wecken – entschied sich dann aber, sie noch ein wenig schlafen zu lassen und sie dabei zu betrachten. Den einzigen Menschen, der ihr noch geblieben war. Alexandra wurde wehmütig bei dem

Gedanken, dass Caro möglicherweise ihren Job hingeworfen hatte, um Tag und Nacht an ihrem Bett zu wachen. Zuzutrauen wäre es ihr. Wie jung sie aussah! *Sie* hatte ihr ganzes Leben noch vor sich. Alexandra hingegen fühlte die Übelkeit in sich aufsteigen, wenn sie an ihre eigene Zukunft dachte – was für eine Zukunft konnte das schon sein? Ihre große Liebe war für immer von ihr gegangen, und sie selbst war nur noch ein Krüppel – und es gab niemanden, der ihr Leid mit ihr teilen konnte. Abgesehen von Caro natürlich. Sie war allein auf dieser Welt. Ihr Leben würde nie wieder so sein wie zuvor, nicht einen Tag, nicht eine Stunde, nicht eine Minute, nicht einmal eine Sekunde lang, das stand fest. Doch was noch schlimmer war: Würde es die Bezeichnung »Leben« überhaupt noch verdienen?

Diese Gedanken beschäftigten sie so sehr, dass sie gar nicht bemerkte, dass Caro aus ihrem Nickerchen erwacht war.

»Hey.«

»Hey!«

Bevor sie Caro kennengelernt hatte, waren Frauenfreundschaften für Alexandra immer oberflächlich gewesen. Man lachte miteinander, plauderte über dieses und jenes, Nichtigkeiten meistens, und im Anschluss gingen alle heim und lästerten über die anderen. Es war merkwürdig, aber mit Caro befreundet zu sein war, wie mit einem Mann befreundet zu sein. Niemals würden sie auch nur ein schlechtes Wort übereinander verlieren – und in der Not waren sie füreinander da. Waren sie das? Oder war nur Caro für sie da?

Erst jetzt fiel Alexandra auf, dass Caro sie schon einmal wieder ins Leben zurückgeholt hatte – damals, als sie zum ersten Mal in ihrem Leben den Glauben an den Sinn verloren und gedacht hatte, es wäre endgültig vorbei, sie würde zugrunde gehen wie ihr Baby in ihrem Leib. Damals war Caro für sie da gewesen – und Morten natürlich. Und jetzt, wo das Schwert des Schicksals sie ein zweites Mal getroffen hatte, war sie wieder zur Stelle. Sie selbst hingegen – was hatte sie je für Caro getan? Sie hatte sie nie gefragt, ob sie ihr auf irgendeine Weise helfen könnte. Mit einem Mal kam Alexandra sich so schäbig und selbstsüchtig vor, dass sie Caros Mitleid nicht verdiente, egal, in welchem Zustand sie hier vor ihr lag.

»Was ... ist los?« Caros Stimme klang schläfrig, doch zugleich besorgt.

»Caro, ich ... wollte sagen: Danke!«

»Wofür?« Ihr Blick wirkte irritiert, so als hätte sie nicht die geringste Ahnung, wovon ihre ans Bett gefesselte Freundin sprach.

»Für alles, was du für mich tust.«

»Ach so ... kein Thema.« Sie errötete leicht, es schien ihr unangenehm zu sein; Caro war eine lebenslustige, starke junge Frau, die sich mit Gefühlsäußerungen allerdings ein wenig schwertat.

»Doch, ich hoffe, ich kann es eines Tages wiedergutmachen.«

Um ihren Kreislauf in Schwung zu bringen, sprang Caro vom Stuhl auf und räkelte sich am ganzen Körper.

»Alexandra, wir sind Freunde – es gibt nichts gutzumachen. Ich bin gern bei dir ...«

Mit jeder Sekunde, die sie mit Caro in diesem Raum verbrachte, wurde Alexandra dankbarer für diese Freundin, die ihr Engagement aus reiner Verlegenheit herunterspielte.

»Okay … Dann danke ich dir für deine Freundschaft.«

Caro antwortete mit einem kleinen Lächeln und schaute dann ein wenig bedrückt aus dem Fenster, als könne sie die Last, die diese Freundschaft in dieser Situation bedeutete, nicht mehr lange auf ihren schmalen Schultern tragen. Sie musste ahnen, was auf sie zukam. Als beste Freundin musste sie möglicherweise die Fragen beantworten, die von den Ärzten offen gelassen wurden.

»Was … sagen die Ärzte?«, fragte Caro.

»Ich weiß es nicht, keiner sagt mir etwas. Ach ja, heute war eine Psychologin da. Ich fühle mich so grauenhaft – sie hat so eine Andeutung gemacht wegen des Unfalls …«

»Du weißt, dass …«

»Morten … ja, ich weiß.«

Einige Minuten der Stille verstrichen. Sie sahen sich nur an. Und was Alexandra in Caros Blick fand, war echtes Mitgefühl.

»Aber wie ist es passiert? Er hat mir erzählt, dass es noch ein anderes Fahrzeug gab … Eine Frau muss schwer verletzt sein, sie müsste auch hier im Krankenhaus liegen.«

»Wer hat dir das erzählt?« Caros Augen weiteten sich ungläubig, und ihre Lippen begannen zu zittern, so wie die eines Menschen, der seine Tränen nur mühsam unterdrücken kann. Sie rückte näher mit dem Stuhl an das Bett heran, um daraufhin ihre Hand auf Alexandras Kopf zu legen und ihr sanft mit den Fingerspitzen über die Haare zu streichen. Es war ein Ausdruck solcher Nähe zwischen ihnen, als wären sie Geschwister.

Alexandra spürte, dass sie sich nicht zurücknehmen musste. Dass sie in Caro jemanden hatte, dem sie ruhigen Herzens anvertrauen durfte, was sie erlebt hatte. Irgendjemandem musste sie es erzählen, und ihr Bauch sagte ihr, dass sie in der Gegenwart dieser Psychologin einige Dinge besser für sich behielt, wenn sie nicht in einer Spezialklinik enden wollte. Bei Caro jedoch war das anders. Ihr konnte man mit Sachen kommen, die sonst niemand verstand. Nicht nur, weil sie eine echte Freundin war, sondern vor allem, weil ihr Verstand nicht wie der vieler Erwachsener auf das Sichtbare beschränkt und in eine begrenzte Anzahl von Schubladen unterteilt war, in denen für Phänomene, die es nach landläufiger Meinung nicht geben konnte, kein Platz war. Wie hatte es die Hollywood-Schauspielerin Daryl Hannah so schön ausgedrückt: Ab einem gewissen Alter sind nur wenige Menschen noch dazu in der Lage, sich zu begeistern, sich zu wundern und sich zu fürchten. Caro gehörte ganz sicher dazu. Es gab also keinen Grund, es ihr nicht zu erzählen.

»Gestern Früh hat mein Telefon geklingelt. Also … Ich *glaube* zumindest, es war gestern«, sagte Alexandra. »Es meldete sich ein Kunde namens Johnson, der das alte Haus des Leuchtturmwärters oben am Kliff kaufen wollte.«

»Das Haus der Jensens?« Caro rückte noch ein Stück näher an sie heran. Alexandra fiel es schwer, Kraft und Ausdruck in ihre Stimme zu legen – man musste schon sehr gut zuhören, um alles richtig zu verstehen.

»Genau das«, sagte Alexandra und fuhr fort, ihre Version der Geschichte zu erzählen. Eine Version, von der sie auf einmal nicht mehr zu sagen vermochte, ob sie der Wahrheit entsprach. Einerseits war sie sich vollkommen sicher, all das wirklich erlebt zu haben – doch wenn sie ehrlich war, musste sie zugeben, dass das Ganze alles andere als glaubwürdig klang.

»Was ich nicht verstehe, ist, warum ich hier liege. Und warum ich mich nicht bewegen kann«, endete sie fast eine Stunde später mit leiser, vom Sprechen heiserer Stimme und einer Caro vor Augen, die morgen mit einem ordentlichen Muskelkater aufwachen würde, so angespannt hatte sie ihren Ausführungen gelauscht, die sich – das musste Alexandra sich eingestehen – eher nach einem Traum oder einem Märchen als nach einer Schilderung tatsächlicher Ereignisse anhörten.

Caro saß da und starrte sie mit offenem Mund an.

»Das … klingt … wirklich … unglaublich.«

»Aber du musst mir glauben, Caro – es war genau so, wie ich es dir erzählt habe.«

Caro schüttelte kaum merklich den Kopf, doch Alexandra, die ihre Freundin bestens kannte, registrierte es sofort.

»Was ist los, Caro? Gibt es etwas, was ich wissen muss?«

Caro seufzte. Sie schien mit sich zu ringen – einen inneren Kampf auszutragen.

»Ich kann es dir nicht sagen, Alexandra. Das muss jemand anders machen.«

Jemand anders. Wer sollte das sein?

Manchmal hat man das Gefühl, etwas unbedingt erfahren zu müssen – etwas, von dem man im Vorfeld bereits ahnt, dass es einem sehr wehtun wird. Doch nichts in aller Welt wünscht man in einem solchen Moment sehnlicher, als die Angst abzuschütteln, die sich wie eine Klette an einen geheftet hat. Wie grausam ist es, unter einem Bett versteckt, die blank geputzten Schuhe eines Mörders dabei zu beobachten, wie sie durch den Raum wandern und schließlich nur wenige Zentimeter vor der eigenen Nase stehen bleiben! Die Angst, entdeckt zu werden, erscheint manchen Menschen schlimmer als die Entdeckung selbst, die Ungewissheit bedrohlicher als der Tod. Deshalb ziehen sie es vor, ihr Versteck aufzugeben, daraus hervorzukriechen, um der Wahrheit ins Gesicht zu sehen, wie ungeheuerlich sie auch sein mag. Alexandra wusste, dass sie zu diesen Menschen gehörte. Hatte sie die Wahl zwischen einer unerträglichen Ungewissheit und einer Gewissheit, die wahrscheinlich nicht weniger grauenvoll war, so würde sie sich immer für die Gewissheit entscheiden.

»Du bist meine beste – meine einzige richtige – Freundin, Caro. Niemandem vertraue ich mehr als dir. Caro, ich muss wissen, was bei diesem Unfall passiert ist!«

Der Gesichtsausdruck ihrer Freundin konnte nichts anderes heißen, als dass sie schlimme Dinge wusste. Dinge, die unmittelbar mit ihr, Alexandra, zu tun hatten.

»Alexandra, du … Was ist das Letzte, an das du dich erinnerst?«

»Das hat mich die Psychologin auch schon gefragt.«

»Erinnerst du dich an den Unfall selbst – ich meine, wie er sich abgespielt hat?«

Alexandra blickte Caro ungläubig an.

»Woher soll ich das wissen, Caro? Ich war doch nicht dabei!«

Caro musste nichts sagen, ihr Schweigen sagte mehr, als es tausend Worte vermocht hätten. Ein eisiger Schreck durchfuhr Alexandra, sie konnte ihn in ihren Gliedern spüren, auch wenn sie nutzlos und taub dalagen.

»Du meinst … Ich *bin* dabei gewesen?« Sie sagte es ganz langsam, als wäre das der einzige Weg, zu begreifen, was ihr soeben mitgeteilt worden war. Es in seiner vollen Tragweite zu erfassen.

Caro nickte, als wäre es ganz allein ihre Schuld.

»Du … warst die Frau in dem anderen Auto.«

»Ich?« Unwillkürlich heulte Alexandras Stimme los wie eine Sirene. Sie klang wie die einer Verrückten.

»Unmöglich!«

Das konnte nicht sein.

»Caro, es war vielleicht sieben Uhr morgens, da schlafen hier auf der Insel noch alle – Morten ist nur so früh zum Kliff hochgefahren, weil der Kunde später noch einen Termin in der Stadt hatte. Ich bin mit ihm aufgestanden und habe ihm Frühstück gemacht. Dann ist er losgefahren, und ich hab mich wieder hingelegt. Weshalb bitte sollte ich ihm um diese Zeit hinterhergefahren …«

Die Lichter, da waren sie wieder. Sie rasten direkt auf sie zu. Als kämen sie aus einer tief begrabenen Erinnerung.

»Alexandra, alles in Ordnung?«

»Mir ist ... schlecht, entschuldige bitte.«

»Ich rufe die Schwester.«

»Nein!« Alexandra wollte den Arm hochreißen, aber sie erinnerte sich zu spät daran, dass sie keine Kontrolle über ihre Gliedmaßen hatte. Der rote Knopf neben ihrem Bett leuchtete bereits.

Als wenig später die Schwester hereinstürmte und Caro schlecht gelaunt in ein Gespräch verstrickte, dem Alexandra nicht zu folgen vermochte, weil es klang wie eine ferne Hintergrundmusik, fiel es ihr wieder ein. Was zuvor geschehen war. Bevor die Lichter auf sie zugerast waren. Sie sah Mortens Tasche mit den Verkaufsunterlagen auf dem schwarzen Leder ihres Beifahrersitzes. Ihre Hände am Lenkrad. Sie sah die Jeans, die sie eilig übergezogen hatte, das weiße T-Shirt. Dann wieder andere Bilder: Morten, wie er in dem dunkelgrünen Pagode aus der Auffahrt fuhr. Seine Tasche, die er für den Termin benötigte, lag noch auf dem Küchentresen. Sie in der Garage. Der alte Jeep, der zuerst nicht anspringen wollte. Die schmale Straße hinauf zum Kliff. Und dann ... die Lichter, die ohne jede Warnung um die Kurve kamen. Danach war alles still. Still und dunkel.

Am Nachmittag kam ein älterer Arzt in ihr Zimmer, er trug einen Vollbart und darüber hinaus einen ziemlichen Bauch vor sich her und stellte sich als der Chirurg vor, der sie operiert hatte. Im Schlepptau hatte er einen Jungen, offenbar ein Medizinstudent, der eifrig in einer Patientenakte blätterte, wahrscheinlich in ihrer.

»Sie haben uns einige Kopfschmerzen bereitet«, sagte der beleibte Mediziner. »Frakturen an beiden Beinen sowie beiden Armen, Halswirbelsäule angeknackst – um ein Haar wäre es das gewesen. Dazu Verbrennungen, eingeklemmte Nerven, Gehirnerschütterung, Koma. So ein volles Programm haben wir hier selten.«

Er war offensichtlich kein Mann, der es gewöhnt war, die Dinge schöner darzustellen, als sie es in Wirklichkeit waren.

Alexandra durchlitt Höllenqualen. Seit dem Vormittag hatte sie an nichts anderes gedacht, als dass sie selbst für den Unfall verantwortlich war. Hätte sie nur aufgepasst, wäre Morten noch am Leben und sie jetzt kein Krüppel! Sie hatte ihn umgebracht, so sahen die Fakten aus. Ihre große Liebe. Und was von ihr übrig geblieben war, würde sich womöglich nie wieder erholen.

»Ich kann den Kopf kaum bewegen.«

»Wir mussten den Hals fixieren, damit alles gut verheilt. Das wird wieder, keine Angst.«

»Aber ich spüre nichts. Alles ist taub.«

Der Arzt schaute sie mit ernster Miene an.

»Ich maße mir nicht an, nachzuempfinden, was Sie hier gerade durchmachen. Aber trotz allem muss man sagen: Sie haben Glück gehabt. Um Ihre Frage vorwegzunehmen: Sie sind nicht querschnittsgelähmt.

Nach dem heutigen Stand der Dinge werden Sie in ein paar Monaten wieder durch die Gegend laufen wie ein junges Reh – vorausgesetzt, Sie helfen uns ein bisschen dabei, Sie wieder flottzukriegen.«

Alexandra nickte. Sie wusste nicht, was sie davon halten sollte. Eigentlich hätte sie eine Art Erleichterung verspüren müssen, dass sie aus diesem schrecklichen Unfall sehr wahrscheinlich mit heiler Haut davongekommen war und schon bald wieder ein normales Leben würde führen können – doch sie ahnte, dass die inneren Verletzungen und das Gefühl der Schuld, das sich seit Tagen immer tiefer in ihrer Seele einnistete, sie daran hindern würden. Und zwar bis ans Ende ihrer Tage.

»Machen Sie das Beste aus der Sache«, sagte der Arzt mit einem aufmunternden Lächeln und verschwand mit seinem Adjutanten aus dem Zimmer. »Ich werde einmal am Tag nach Ihnen sehen – Ende der Woche stellt sich Ihnen dann mein Kollege aus der Reha vor.«

Die Tür fiel zu, und es war ruhig.

Alexandra lag in ihrem Bett und starrte aus dem Fenster. Man sah auf einen Park hinaus, in dem andere Patienten auf Krücken die Beete entlanghumpelten, das Wetter war schön. Es war Sommer. Aber Alexandra konnte und wollte ihn nicht fühlen.

»Ihr Vater ist da.«

»W-W-Wer?«

»Ihr Vater.«

Alexandra tat sich schwer, ihre Psychologin beim

Vornamen zu nennen. Für sie war sie nach wie vor Dr. Mann, nicht Ruth. Wahrscheinlich eine gute Ärztin in ihrem Fachgebiet, möglicherweise sogar eine Kapazität, aber keine Freundin.

Die Psychologin saß neben ihr am Bett, während Alexandra versuchte, die Schockwellen zu kontrollieren, die sie unter Beschuss nahmen.

»Wo? Vor der Tür?«

Die Ärztin schaute sie auf eine Art entgeistert an, als hätte sie gerade etwas ganz und gar Abwegiges von sich gegeben. Ihre kleine Nase kräuselte sich entrüstet.

»Um Himmels willen, was denken Sie – das würde ich niemals zulassen, ohne es vorher mit Ihnen besprochen zu haben. Nicht in Ihrem Zustand.«

Alexandra atmete hörbar aus.

Ihr Vater. Wie lange hatte sie ihn nicht gesehen? Es mussten viele Jahre vergangen sein, in denen der einzige Kontakt zwischen ihnen über Postkarten zu den Feiertagen gelaufen war. Der alte Jack. Wenn sie ehrlich war, graute es ihr davor, ihn zu sehen. Sie hatte ihm den Selbstmord ihrer Mutter – seiner Frau – nie verziehen. Aber noch mehr hasste sie ihn dafür, dass er den Mann hasste, den sie liebte. Geliebt hatte. Denn am Ende hatte ihr Vater seinen Willen doch noch bekommen. Es gab keinen Morten mehr. Sein ewiger Widersacher hatte seinen einzigen Sohn verloren, er selbst jedoch besaß noch eine Tochter. Besitzen – das traf es gut. Damit konnte er angeben, Tausende von Meilen entfernt, vor seinen Leuten im Pferdezuchtverband, der aus einer Herde Rindviecher bestand, die Pferde züchteten und sich gegenseitig nicht die Butter auf dem Brot gönnten. Es wunderte sie, dass er überhaupt gekommen war. Wie man ihn wohl ausfindig gemacht hatte? Irgendjemand musste irgendwo in einem Büchlein seine Telefonnummer gefunden haben.

»Sie müssen ihn nicht sehen, wenn Sie nicht wollen.«

Offensichtlich war sie kreidebleich geworden, als sie die Nachricht von der Ankunft ihres Vaters vernommen hatte – der Gesichtsausdruck ihres Gegenübers ließ jedenfalls darauf schließen.

»Haben Sie ein gestörtes Verhältnis zu ihm?«

»Darüber möchte ich nicht reden.«

»In Ordnung. Soweit ich weiß, ist er in einem Hotel der Stadt abgestiegen. Er lässt Ihnen ausrichten, dass er dort rund um die Uhr für Sie zu erreichen ist.« Sie blickte die Patientin erwartungsvoll an, als wäre es nun an ihr, Datum und Uhrzeit festzulegen.

Doch Alexandra war viel zu verstört, um irgendwelche Vereinbarungen und Termine zu machen. Zuerst musste sie Ordnung in ihren Kopf bringen. Das mussten sowohl Frau Dr. Mann als auch ihr Vater akzeptieren – beides Menschen, auf deren Anwesenheit sie zurzeit keinen übertriebenen Wert legte.

Die Ärztin seufzte ein wenig ratlos, als sie begriff, dass sie keine Rückmeldung zu diesem Thema erhalten würde.

»Nun, lassen Sie sich ein wenig Zeit! Ich denke, auf einen Tag mehr oder weniger kommt es nun auch nicht mehr an. Bedenken Sie nur, dass Ihr Vater sich Sorgen macht. Sie haben schließlich zwei Wochen im Koma gelegen. Ich denke, er hat ein Recht darauf, seine Tochter zu sehen – was auch immer zwischen Ihnen beiden vorgefallen ist.«

Das war eindeutig zu viel! Was nahm diese arrogante Kuh sich heraus? Zu beurteilen, welche Rechte ein Mann hatte, der ihre eigene Mutter in den Selbstmord getrieben und seine Tochter aus dem Haus vergrault hatte?

»Entschuldigung, *Ruth.*« Sie betonte den Vornamen besonders. »Eine Frage noch: Habe ich auch ein Recht?«

»Sicher.« Ruth zog die Augenbrauen hoch in Erwartung der Dinge, die da kommen würden.

»Dann möchte ich von meinem Recht Gebrauch machen, jetzt in diesem Zimmer allein zu sein.«

Mit einem Klatschen in ihre Hände, die im Verhältnis zu ihrem durchaus die Bezeichnung »rundlich« verdienenden Körper ebenso zierlich waren wie ihre Nase, erhob Dr. Ruth Mann sich und schleifte den Stuhl wieder zu dem Tischchen an der Wand. Sie wirkte ein wenig überrascht von der harten Ansprache und hatte offenbar das Gefühl, die Sache geraderücken zu müssen.

»Hören Sie, Alexandra, es tut mir leid, wenn ich Sie verletzt habe. Sie haben recht: Sie allein entscheiden, wer Sie wann besuchen darf. In Ordnung?«

Es tat gut, das zu hören. Frau Doktor hatte gerade noch mal die Kurve gekriegt.

»In Ordnung.«

Bevor die Ärztin den Raum verließ, wandte sie sich noch einmal um. Es war, als hätte sie Augen im Hinterkopf und das große Fragezeichen in Alexandras Gesicht gesehen.

»Ja?«

Alexandra musste sich am Riemen reißen, um nicht wieder zu heulen. »Wo ist … mein Mann? Ist er … beerdigt?« Es tat so unglaublich weh.

»Ja«, antwortete die Ärztin und blickte sie mit traurigen Augen an. »Es musste sein, Sie waren einfach zu lange ohne Bewusstsein. Sie werden ihn besuchen, wenn Sie wieder laufen können, in Ordnung?«

Die Konturen der Ärztin verschwammen. Alexandra ließ den Tränen freien Lauf.

Einen Moment später wurde die Tür leise von außen zugezogen, so dass sie wieder allein in ihrem Zimmer war. Sie und die Stille.

In jener Nacht fiel es Alexandra schwer, durchzuschlafen. Es wehte kein Lüftchen, und der Ventilator über dem Bett tat seinen Dienst, als würde er sich schon bald in den Ruhestand verabschieden. Die Luft war schal und abgestanden in dem Zimmer, die Klimaanlage hatte ihren Dienst aufgegeben. In heißen Sommern war es bereits vorgekommen, dass das gesamte Stromnetz für Stunden ausgefallen war – meistens um die Mittagszeit, wenn die Menschen sich vor der Gluthitze in die Häuser flüchteten und diese mit den Möglichkeiten moderner Technik in Kühlschränke verwandelten. In ihrem eigenen Haus besaßen sie überhaupt keine Klimaanlage, dafür aber waren sie direkt am Meer, wo immer ein frischer Wind durch die Fenster wehte.

Hier jedoch stand die Luft wie in einem Wandschrank, in dem die Motten hausten.

Es musste kurz nach Mitternacht sein, als Alexandra erschöpft aus einer ihrer kurzen Schlafphasen erwachte. Das Fenster stand sperrangelweit offen. Sie bemerkte es zuerst nicht, weil ihre Augen geschlossen waren – doch sie hatte plötzlich das Gefühl, dass jemand ihre Finger in seiner Hand hielt. Was natürlich absurd war, schließlich nahm sie seit ihrem Aufwachen aus der Bewusstlosigkeit keine Berührungen mehr wahr. Als sie die Augen aufschlug, hätte sie um ein Haar laut aufgeschrien. Auf dem Stuhl, der ganz nah an ihr Bett gerückt war, saß ein Geist. Ein Geist, der aussah wie Morten. Es war keinesfalls er selbst – das war ihr im selben Moment klar, als sie die Augen aufgeschlagen hatte, denn er schien aus nichts als einem silbrigen, seidigen Nebel zu bestehen, dessen weiche Linien durch die Luft flossen wie der sich sanft kräuselnde Rauch aus einer Tabakspfeife. Ein Nebel, der die Züge ihres Mannes trug und auf eine beruhigende Art ihre Hand hielt – eine Hand, die taub war und in Gips verpackt. Doch wieder war es so real, so unmittelbar spürbar, dass Alexandra nicht an einen Traum glauben konnte, jedenfalls nicht in diesem Moment.

»Du musst dich von mir lösen.« Es war seine Stimme.

Ihr Herz hüpfte aufgeregt wie ein Gummiball über den frisch gewienerten Holzboden einer Sporthalle.

»Ich bin da oben. Du kannst mich rufen, wann immer du willst.«

»Was? Was soll ich tun?« Sie schreckte hoch – und der Gips zerbrach. Er fiel einfach ab wie eine Kruste, von ihren Armen, ihren Beinen, und auch ihr Hals war auf einmal wieder beweglich. Es war ein Wunder: Sie konnte wieder fühlen! Die Taubheit war verschwunden – nur ihre Knochen schmerzten noch. Doch wo war er? Wo nur war diese Stimme, auf die sie so schwer verzichten konnte und die erneut zu ihr zurückgekehrt war? Alexandra schaute sich suchend im Zimmer um. Doch der feine Sternenstaub, aus dem der Geist zu bestehen schien, schien sich in Luft aufgelöst zu haben. Sie starrte aus dem Fenster, das noch immer offen war. Der Mond prangte wie ein goldener Teller am Himmel, umgeben von einer Wolke aus blitzenden Sternen. Und einer davon war nun ihrer. Ein funkelnder Stern namens Morten.

Als Alexandra am nächsten Morgen aufwachte, war der Gips wieder da. Doch da Alexandra sich an jedes Detail ihres nächtlichen Besuchs erinnern konnte, was bei Träumen normalerweise nicht der Fall ist, maß sie dem keine größere Bedeutung zu. Gut, sie hatte sich in ihrer Aufregung und Verwirrtheit eingebildet, dass sie wie Lazarus von all ihren Wunden geheilt war und ihre Krücken wegwerfen konnte – dabei war sie bei den Krücken noch nicht einmal angelangt –, aber das war erst später gewesen. Etwas jedoch ließ sich nicht abstreiten: Es erfüllte sie mit einer wunderbaren Ruhe zu wissen, dass Morten noch da war, und mochte es noch so weit da draußen sein, dort, wo das Weltall in den Himmel mündete. Sie musste sich gar nicht von ihm lösen, er war ja immer da. Das machte es leichter für sie, zu akzeptieren, dass er in dieser Nacht nicht an ihrer Seite geschlafen hatte und es auch in keiner der folgenden Nächte tun würde, niemals wieder. Aber sie konnte zu ihm aufblicken in den Sternenhimmel, wo auch immer sie war. Und er würde sie von da oben auf seiner Wolke beobachten. Eine sehr kindliche Vorstellung, das ist wahr – aber wenn eine Vorstellung schön ist und einem Menschen guttut, darf sie das auch sein, fand Alexandra. Sie wünschte, es wäre ewig Nacht. Dann würde niemand sie belästigen, und sie wäre ganz sicher mit ihrem Stern allein. Für immer. Doch die Sonne goss ihr Morgenlicht bereits ins Zimmer. Jeden Moment konnte die Krankenschwester hereinstürmen, um einen weiteren sinnlos geschäftigen Tag mit einem faden Frühstück einzuläuten, das ihr mit einem Löffelchen verabreicht wurde wie einem Baby der Karottenbrei. Sie war ein Pflegefall. Wie das Leben sich innerhalb weniger Augenblicke um hundertachtzig Grad drehen konnte – es war schockierend. Doch während sie noch darüber nachsann, wie übel das Leben ihr mitgespielt hatte, spürte sie auf einmal die warme Decke unter ihren Fingern. Sie *fühlte* sie. War das möglich? Das Taubheitsgefühl in den Fingern war mit einem Mal wie weggeblasen. Am Arm, an den Beinen, überall. Sogar auf dem Kopf unter den verklebten Haaren, die sie sich besser nicht im Spiegel anschauen wollte. Tiefe Dankbarkeit durchströmte Alexandra. In dieser Nacht hatte sie ein Geschenk bekommen, wie auch immer das möglich gewesen war! Ich kann wieder fühlen, jubelte sie innerlich. Es war nicht das Leben, aber vielleicht ein Hauch davon, eine Ahnung. Ohne Zweifel war das eine gute Nachricht an diesem Morgen. Sie konnte wieder fühlen.

Und wenn es nur ein Jucken war, das sich über ihren ganzen Körper zog – ohne jede Chance, ihm Einhalt zu gebieten, da sie sich nicht kratzen konnte. Doch am Ende ist sogar der schlimmste Schmerz besser, als gar nicht zu fühlen – denn er sagt einem wenigstens, dass man noch existiert. So hatten Morten und sie es früher immer gesehen. Noch bevor Alexandra sich ernsthaft den Kopf darüber zerbrechen konnte, wie sie des Juckreizes Herr werden konnte, klopfte es. Es war nicht die Krankenschwester mit dem Frühstück, die einen Augenblick später ihren Kopf durch die Tür steckte, sondern Caro.

»Ich hab dir Besuch mitgebracht«, flötete sie mit nach oben verdrehten Augen, die allein für Alexandra sichtbar waren, und zwinkerte ihr aufmunternd zu, während der Trupp an ihr Bett marschierte, allen voran jemand, den sie sehr vermisst hatte: Pearl. Die Hündin wackelte vor Freude mit dem Hinterteil, als sie Alexandra erkannte. Wie eine Wilde jagte sie auf das Bett zu und sprang mit ihren Vorderpfoten auf die Matratze.

»Hey, was machst du denn hier?« Alexandra war überglücklich. Jedenfalls Pearl ging es gut! Sie war noch da, etwas war ihr noch geblieben. Wie schade, dass sie den Hund nicht streicheln konnte! Aber das würde sie bald nachholen, sobald man ihr den Gips von den Armen genommen hatte.

»Ich konnte es nicht verhindern.« Caros geflüsterte Erklärung kam gerade noch rechtzeitig bei Alexandra an, bevor hinter ihrem Rücken das Besucherkommando auftauchte. Eine Abordnung von höchster

Stelle: Margret mitsamt Eddie, ihrem Mann, dem Inselbürgermeister.

Margret, die Alexandra im Wohnzimmer ihres Hauses hatten sitzen lassen, am letzten Tag, den sie mit Morten erleben durfte. Alexandra fragte sich, ob die Frau, die mit wehleidigem Blick auf ihr Bett zurauschte, sich daran erinnern würde. Seit ihr Gedächtnis – zumindest teilweise – wieder arbeitete, gab es für sie zwei Wahrheiten, die nebeneinander existierten. Die Version mit Morten und seinem Echo, das noch ein letztes Mal zu ihr zurückgekehrt war, gefiel ihr deutlich besser als das, was Dr. Mann für die Wahrheit hielt – obwohl Alexandra zugeben musste, dass die eigene Version mehr und mehr verblasste, während ihr die unschöne Version zunehmend realer erschien.

Margrets Verhalten ließ ebenfalls nicht darauf schließen, dass sie noch eine Rechnung mit Alexandra offen hatte. Sie öffnete die Arme zu einer freundschaftlichen Umarmung – offenbar schien sie nicht im Geringsten zu registrieren, dass an körperliche Nähe in dieser Form in Alexandras derzeitigem Zustand nicht zu denken war.

»Oh, Alexandra – dem Himmel sei Dank, dass Sie wohlauf sind! Wie geht es unserer Patientin? Wir haben Ihren Hund zu uns genommen, so lange, bis Sie wieder bei uns sind. Eddie wollte ja schon immer einen Hund, nicht wahr, Schatzi?«, säuselte sie mit ihrer nach einer Heulboje klingenden Stimme und mit besorgtem Gesichtsausdruck, während Eddie sich hinter ihrem breiten Kreuz mit einem riesigen Präsentkorb abschleppte. Ihre mit allerlei Amuletten und

Schmuck behängten Arme ruderten hilflos in der Luft herum wie die Flügel eines fetten Brummers, der in einem Honigglas feststeckte.

Ihre Garderobe war ... nun, zumindest Aufsehen erregend. Margret sah in ihrem altmodischen Kleid mit den aufgeplusterten Puffärmeln aus wie ein grell lackiertes Sahnebaiser. Ein violettes Sahnebaiser. Das Outfit ihres Ehemanns, der nun aus ihrem Schatten trat und Alexandra freundlich zunickte, fiel gegenüber ihrem Aufzug nur unwesentlich ab – seine staksigen, ohnehin zu kurz geratenen Beine steckten in noch kürzeren Bermudas, von den weißen Socken in den karamellbraunen Sandalen ganz zu schweigen. Kurzum: Die beiden boten einen aufmunternden Anblick. Und wenn ihr Lächeln auch in ihren Gesichtern festgewachsen zu sein schien, trug es doch einen Funken Wärme in Alexandras Herz.

»Ich soll von Jolanda und Marie grüßen. Sie kommen morgen vorbei, heute sind sie auf diesem ... Wie heißt das noch, Eddie?«

Sie stupste ihn in die Seite, während er den Korb mit allerhand teuren und vor allem süßen Lebensmitteln auf dem Tischchen abstellte und die Augen nach oben verdrehte.

»Rockfestival.«

Jolanda und Marie ließen keine Möglichkeit ungenutzt, sich – wie sie selbst meinten, unauffällig – unter die Groupies auf irgendwelchen Hardrockspektakeln zu mischen.

Caro zwinkerte Alexandra zu. Mehr noch: Sie schenkte ihr das Lächeln einer Komplizin, so wie sie es früher oft getan hatte – vor dem Unfall. Alexandra versuchte zurückzulächeln, so gut es ging.

»So ist es fein«, lobte Margret und ging dazu über, Alexandras Bandagen in Augenschein zu nehmen. Offensichtlich war sie zufrieden.

»Oh, ich bin so glücklich, dass Sie wieder auf die Beine kommen. Es war ein fürchterlicher Anblick, in dem Wrack …«

»In dem Wrack?« Alexandra war irritiert. Wie konnte Margret wissen, welchen Anblick sie eingeklemmt zwischen einem Haufen Schrott geboten hatte?

»Ja – Eddie und ich haben Sie doch gefunden. Der Bums war über die ganze Insel zu hören, wir wären fast aus dem Bett gefallen!«

»Maggie!«, rief Eddie sie zur Ordnung, wobei er Alexandra einen entschuldigenden Blick zuwarf.

»Oh, Entschuldigung – da habe ich mich wohl vergaloppiert …«

Doch Alexandra beschloss, dass sie es wissen musste. Sie musste lernen, damit zu leben.

»Nein, erzählen Sie es mir ruhig … Ich möchte es gerne wissen.«

»Ich weiß nicht, ob das eine gute Idee ist«, schaltete sich der Inselbürgermeister ein, aber der scharfe Blick seiner Frau bedeutete ihm, dass die Entscheidung darüber bereits gefallen war.

Margret setzte sich zu Alexandra auf die Bettkante, während Caro auf der anderen Seite sanft über die Finger ihrer Freundin strich.

Maggie und Eddie – in ihrem Alter schlief man ihrer übereinstimmenden Selbstauskunft zufolge nicht mehr länger als um sechs Uhr morgens und lag dann ungeduldig auf der Lauer, bis die jüngeren Leute sich endlich bequemten, ebenfalls aufzuwachen – hatten den Unfall als Erste wahrgenommen. Ihr Haus befand sich nur wenige hundert Meter Luftlinie von der Unfallstelle entfernt. In Pyjama und Nachtkleid waren sie in ihr Auto gesprungen und die Straße zum Kliff hinaufgefahren. Maggie hatte bei der bewusstlosen Alexandra gewacht, während Eddie, vor Aufregung dem zweiten Herzinfarkt nahe, ins Dorf gerast war, um Hilfe zu holen. Nicht viel später war der Rettungshelikopter aus der Stadt eingetroffen, gerade noch rechtzeitig für Alexandra, aber zu spät, um Morten noch helfen zu können.

»Er war sofort … Ich meine, er hat nicht gelitten, haben die Ärzte gesagt.« Maggie entglitt ein tiefer Seufzer. Die Erinnerung an die Geschehnisse hatte sie sichtlich mitgenommen, sie erlebte in diesem Raum vor ihren Zuhörern alles ein zweites Mal, wenn man ihre Gestik und Mimik richtig deutete. Ihre Augen waren von einem feuchten Schleier überzogen, als sie ihren Vortrag beendete.

Alexandra hatte die ganze Zeit über zugehört, ohne ein einziges Wort zu sagen. Sie fühlte sich ausgetrocknet – als würde sie ganz und gar aus Pergamentpapier bestehen, unfähig, auch nur den kleinsten Tropfen Feuchtigkeit abzusondern. Sie hatte so viel geweint in den vergangenen Tagen und Nächten, dass keine einzige Träne übrig geblieben zu sein schien. Sie war leer. Vollkommen leer. Und hätte es nicht Caro gegeben, die Alexandras Finger nun wie ein Schraubstock umschlossen hielt, wäre die Leere wohl für immer in ihr geblieben.

Als Margret und Eddie gegangen waren, blätterte Alexandra mit Hilfe von Caros heilen – und wie sie jetzt bemerkte –, sehr hübschen, zart gebräunten Händen noch ein wenig lustlos in den Zeitschriften, die Maggie ihr vom Zeitungskiosk unten im Krankenhaus besorgt hatte. Um sie auf andere Gedanken zu bringen, hatte sie gesagt und ihr zum Abschied einen kleinen Stapel auf die Bettdecke gelegt. Zeitschriften der Art, in denen nachzulesen ist, mit welcher Frau George Clooney auf welcher Party in Los Angeles flirtete und wessen Herz in alle Ewigkeit, mindestens jedoch bis zum Erscheinen der nächsten Ausgabe gebrochen war. Seite für Seite blätterte Caro für ihre Freundin um, und hatten sie am Anfang hier und da noch ein wenig Spaß gehabt, war Alexandra mit ihren Gedanken nach und nach abgeschweift. Nun starrte sie zum Fenster hinaus. Eine Decke aus dichten grauen Wolken spannte sich über den Himmel, der am Morgen noch so blau und rein gewesen war. Es sah nach Regen aus.

»Woran denkst du?«, fragte Caro, nachdem sie festgestellt hatte, dass ihre Bemerkung über die Nase von Paris Hilton, die sich aufgrund ihres geierschnabelähnlichen Wuchses hervorragend zum Öffnen von Bierflaschen eignen würde, ohne den geringsten Widerhall verpufft war. Alexandra brauchte einen Moment, um sich darauf einzustellen, dass sie gemeint war. Caros Stimme schien aus weiter Ferne zu kommen.

»Ich? … Ich … Ach, über gar nichts.«

»Na, sag schon!«

Alexandra wollte Caro, deren Augen bei der Lektüre der Nachrichten aus der Welt der Reichen und Berühmten fröhlich funkelten, nicht mit ihrer Melancholie anstecken. Obwohl sie wusste, dass sich niemand und erst recht nicht Caro im Geringsten darüber wundern würde, dass sie nach einem derart grausamen Einschnitt in ihrem Leben eine Sinnkrise durchmachte, wollte sie doch keine Spielverderberin sein. Doch es war fast unmöglich, zwischen diesen Polen zu balancieren. Sie fühlte sich wie eine Seiltänzerin mit einer Flasche Wodka im Blut, die schon am Boden ins Schwanken gerät und sich fest an die Leiter klammert, die sie hinauf auf ein dünnes Tau in luftiger Höhe befördern soll.

»Mir ist schwindelig. Alles dreht sich im Kreis«, sagte sie, bemüht, dabei nicht allzu ernst aus der Wäsche zu schauen. So, als wäre sie nur ein bisschen beschwipst.

»Soll ich einen Arzt rufen?«

»Nein, danke«, beschwichtige Alexandra. »Ich meinte: Meine Gedanken drehen sich im Kreis. Eigentlich ist es immer wieder derselbe Gedanke.«

Caro legte die Zeitschrift, in der gerade noch ihre Nase gesteckt hatte, auf ihren Schoß. »An ein Leben ohne … ihn?«

Einer guten Freundin brauchte man nicht alles haarklein erklären, sie verstand einen auch so. Deshalb reichte ein kurzes Nicken, um Caro zu bedeuten, dass sie richtig getippt hatte.

»Willst du darüber reden?«

»Ich würde so gerne mit *ihm* darüber reden.«

»Ja, ich verstehe.«

»Aber er ist hier, das hat er mir gesagt. Ich weiß, das klingt verrückt – aber er saß letzte Nacht plötzlich hier … an meinem Bett. Er hat meine Hand gehalten.«

Als wäre es nicht Alexandra, sondern sie selbst, die vom Schicksal mit dieser unsäglichen Prüfung belegt worden war, füllten sich Caros Augen mit Tränen. Sie kniff die Lippen fest zusammen, während sie tapfer versuchte, ihr Lächeln aufrechtzuerhalten. Dann erhob sie sich, beugte sich über Alexandra und legte ihr Gesicht an ihres, Wange an Wange. Ihre Haut roch nach Jugend und Frühling. Eine solche Nähe hatte Alexandra bisher nur mit Morten erlebt. Mit Caro war es ganz anders, aber ebenfalls wunderbar und einzigartig.

»Das ist nicht verrückt«, hauchte Caro ihr mit brüchiger Stimme ins Ohr. »Ihr wart immer … so besonders … Euch kann nichts, aber auch gar nichts trennen, das ist es. Nicht einmal …«

»… der Tod?« Wenn Alexandra keine bandagierte Mumie gewesen wäre, hätte sie ihre Freundin jetzt umarmt. Schniefend angelte Caro mit ihren Fingern in ihrer Jeans nach einem Taschentuch.

»Den gibt es nicht«, sagte Caro. »Nicht für euch. Ihr habt ihn überlebt.«

Nichts hätte Alexandra mehr Mut machen können in diesem Augenblick als diese Worte. Konnte man den Tod wirklich überleben? Sicher nicht im Sinne eines ewigen Lebens – aber wenn es so etwas gab wie eine ewige Liebe, dann traf es ganz sicher auf sie und Morten zu. Er war nicht ganz gegangen, seine Seele war noch immer bei ihr. Sie hüllte sie ein wie ein weicher, wärmender Mantel, damit sie nicht nackt und frierend dastand in der Welt, in der sie allein zurückgeblieben war.

Am Nachmittag schaute Ruth herein. Alexandra hatte sich überlegt, dass es besser sei, sie so zu nennen. Zum einen schien sie doch ganz nett zu sein, zum anderen wollte Alexandra keine Barrieren aufbauen, die möglicherweise dazu führten, dass man sie am Ende in eine Fachklinik verfrachtete. *Irrenanstalt*. Unwillkürlich geisterte dieses Wort durch ihren Kopf. Es war nur fair, sich dieser Frau gegenüber ein wenig freundlicher zu zeigen und ihr entgegenzukommen. Schließlich bemühte Ruth sich ernsthaft um ihre Patientin und hatte es nicht verdient, dass sie sich an ihr abreagierte. Seit Kurzem ging Alexandras Ohnmacht den Dingen gegenüber bisweilen in eine unerklärliche Aggression über, für die es kein Ventil gab. Sie seufzte, und wenn es nur war, um vorsorglich ein wenig Druck abzulassen.

Ruth machte einen sehr nachdenklichen Eindruck. Als hätte sie gespürt, was Alexandra auf der Seele lag, schnitt sie exakt das Thema an und fragte sie, ob sie sich schuldig fühle.

Schuldig? Was bedeutete dieses Wort? Seit Tagen dachte Alexandra über nichts anderes nach. Nein, sie hatte den Unfall nicht absichtlich verursacht. Ein

Unfall war ein Unfall und kein Mord. Doch das Ergebnis war dasselbe: Ein Mensch war gestorben – und es war ausgerechnet der Mensch gewesen, den sie von allen Menschen auf dieser Welt am meisten geliebt hatte. Natürlich dachte sie darüber nach – wieder und wieder –, wie sie es hätte verhindern können. Warum nur war sie ihm wegen eines bescheuerten Verkaufsprospekts hinterhergefahren? Warum nur war sie nicht dreißig Sekunden später oder früher losgefahren? Warum nur war sie so unvorsichtig um die Kurve gejagt? Es waren all diese Fragen nach dem Warum, die sie quälten. Tag und Nacht, sobald sie allein war.

Wäre sie nicht so unvorsichtig gewesen, wäre Morten noch am Leben, also trug sie auch die Schuld an seinem Tod. Es war keine Schuld, die sie mit dem Fegefeuer büßen würde, an einem höheren Ort – aber dafür bezahlte sie hier auf Erden umso teurer dafür, was letzten Endes nicht den geringsten Unterschied machte. Sie hatte die Höchststrafe erhalten, denn selbst der eigene Tod wäre eine Erlösung gewesen gegenüber dem, was sie nun quälte. Auch wenn sie wusste, dass seine Seele bei ihr war, stellte sie sich dennoch immer wieder dieselbe Frage: Wann werde ich erlöst und zurück an deiner Seite sein, mein Liebster?

Es deprimierte sie zutiefst, dass sie möglicherweise noch Jahrzehnte auf diese Erlösung warten musste. Und war die Erlösung am Ende nicht mit einer noch größeren Unsicherheit verbunden? Was, wenn sie ihn nie wiedersehen würde? Ihre Seele würde durch Zeit und Raum irren, verwaist und voller Schmerz. Wenn es stimmte, dass jeder Mensch durch sein Leben reist, um seine verlorene zweite Hälfte zu finden, was bedeutete es dann, seine gefundene zweite Hälfte wieder zu verlieren? War etwas Schlimmeres überhaupt denkbar?

»Ein Kollege von mir und darüber hinaus ein guter Freund«, begann Ruth, die am Fenster stand und in den bewölkten Tag hinausblickte, »hat ebenfalls seine Frau verloren.«

Was hat das mit mir zu tun? Alexandra wusste, dass jetzt eines dieser Gleichnisse kommen würde, die Psychologen stets auf Lager haben. Dabei war doch jeder Fall ein Einzelfall und nicht im Geringsten mit einem anderen vergleichbar. Aber sie hatte sich ja vorgenommen, mitzuarbeiten. Oder es zumindest zu versuchen.

»Sie ist vor etwa einem Jahr bei der Entbindung ihrer Tochter gestorben. Er arbeitet hier in diesem Krankenhaus und ist ungefähr in unserem Alter. Wieso erzähle ich Ihnen das?«

Das fragte sich Alexandra auch, aber natürlich war es nur eine rhetorische Frage.

»Er ist Arzt. Und er musste mit ansehen, wie seine Frau starb, ohne dass er das Geringste dagegen tun konnte. Wieso konnte er ihr nicht helfen? Dieser Mann hat sich als Versager gefühlt. Wozu hatte er viele Jahre lang Medizin studiert, wenn er der eigenen Frau nicht helfen konnte? Auch wenn Gynäkologie nicht sein Fachgebiet war, er hatte das Gefühl, dass er eine Mitschuld an ihrem Tod trug – dass er sie hätte retten müssen. Verstehen Sie, was ich meine?«

Alexandra nickte nur. Natürlich verstand sie das. Aber sie konnte kein Mitgefühl für einen Menschen empfinden, den sie nicht einmal kannte. Sie hatte genug mit sich selbst zu tun.

»Alexandra, ich habe gehört, dass Sie bereits über den genauen Unfallhergang informiert wurden – wenn ich das auch lieber gemacht hätte. Was ich sagen will, ist Folgendes: Versuchen Sie loszulassen, sich von dieser Erinnerung zu lösen. Das müssen Sie lernen, um weiterleben zu können. Und Sie können es lernen, auch wenn Sie jetzt nicht daran glauben.«

Loslassen? Sich lösen? Exakt das hatte Morten auch gesagt in der vergangenen Nacht, als er sie besucht hatte.

»Die Menschen haben keine Macht über das, was passiert. Wir müssen das Beste aus den Aufgaben machen, die uns gestellt werden«, endete Ruth und drehte sich um. »So wie Ihr Körper wieder lernen wird zu laufen, so wird auch Ihre Seele wieder lernen zu laufen.«

Ein treffendes Bild, dachte Alexandra. Nicht nur ihr Körper ging an Krücken, auch ihre Seele war versehrt. Aber es half ihr, wie sie alle unterstützten. Ruth, Caro, allen voran – und ja, Morten, der sie selbst jetzt nicht im Stich gelassen hatte und ein zweites Mal zurückgekommen war. Alexandra selbst mochte zwar noch nicht glauben, dass sie wieder ganz gesund werden würde – alle anderen jedoch schienen gar keinen Zweifel daran zu haben.

»Ich weiß, es ist vielleicht noch nicht der richtige Zeitpunkt. Aber möglicherweise sollten Sie Ihrem Vater den Gefallen tun und ihm morgen einen Besuch gestatten.«

Allein bei dem Gedanken daran lief es Alexandra eiskalt den Rücken herunter.

»In Ordnung«, sagte sie dennoch.

Am nächsten Morgen hatten sich die Wolken verzogen. Draußen vor dem Fenster feierte der Sommer mit einem prächtigen wolkenlosen Himmel seine Wiederkehr; es schien ein perfekter Tag zu werden. Draußen. Hier drinnen hingegen war ein Tag wie der andere – als hätte man den Film *Und täglich grüßt das Murmeltier* ein zweites Mal gedreht und alle spannenden Szenen weggelassen. Im Gegensatz zum Wetterfrosch Phil kann ich mich nicht bewegen und mein Schicksal selbst in die Hand nehmen, um diesem aussichtslosen Kreislauf zu entwischen und wieder ein Leben zu haben, dachte Alexandra und spürte, wie eine kalte Verbitterung Besitz von ihr ergriff.

Natürlich wärmte das in den Raum flutende goldene Licht ihre Seele ebenso wie das muntere Zwitschern der Vögel im Park hinter der Glasscheibe und der Duft der in der Sonne trocknenden Kräuter, den man durch das halb offene Fenster mühelos erschnuppern konnte – aber das vermochte sie nicht wirklich aufzuheitern. Das Leben war unwichtig geworden, es war ihr vollkommen gleichgültig.

Während Alexandra noch sinnierend dalag und ihre eingegipste Hand betrachtete, fiel ihr der Ring wieder ein, ihr Hochzeitsring. Vor ihrem geistigen Auge sah sie die Zeremonie vor sich – so klar, als hätte sie sich eben erst abgespielt: Mortens Hand, wie sie die ihre nahm, und ihre, die seine ergriff; wie sie sich gegenseitig die Ringe ansteckten. THE FLAME STILL BURNS. Sie erinnerte sich deutlich an die auf der Innenseite eingravierten Buchstaben und an das wunderschöne Gefühl, mit den Fingern über die sanften Linien der Gravur zu streichen. Ruth hatte gesagt, dass von einem Ring nichts in den Unterlagen gestanden hatte. Unter dem Gips befand er sich nicht mehr, das war Alexandra mittlerweile klar geworden. Kein Arzt, höchstens ein volltrunkener, hätte ihn im Operationssaal an einer Hand gelassen, die geschient und gegipst werden musste. Davon abgesehen konnte sie ihn nicht fühlen, obwohl die Taubheit verschwunden war. Nein, er musste irgendwo bei ihren Sachen sein, wenn er tatsächlich existierte. Aber konnte er das überhaupt, wenn am Ende doch die hässliche Version stimmte und Morten und sie niemals geheiratet hatten? Sondern stattdessen in Autos verkeilt waren, die sich in blutende Metallklumpen verwandelt hatten, nur wenige Meter und doch unerreichbar weit voneinander entfernt, und im süßen Schlaf der Bewusstlosigkeit nicht mitbekamen, dass ihr gemeinsames Leben zu Ende ging? Ein Klopfen an der Tür zwang Alexandra, sich zusammenzureißen und sich aus dem gierigen Schlund des Selbstmitleids, der sie mit jedem Gedanken tiefer herunterzog, zu befreien.

Ohne dass sie Gelegenheit bekommen hätte, ihren Gast hereinzubitten, öffnete sich die Tür. Alexandra hoffte, dass ihr der Schrecken nicht auf den ersten Blick anzusehen war. Im Türrahmen stand ihr Vater – es fiel ihr schwer, dieses Wort zu gebrauchen. Es allein zu denken.

Es war unglaublich, wie er gealtert war. Er war ein Hüne von einem Mann, so breit, groß und schroff wie ein Fels – aber der Fels bröckelte. Seit ihrem letzten Treffen waren die Jahre offensichtlich in einem atemberaubenden Tempo vorüberzogen und hatten sich mit derselben Unbarmherzigkeit, die der alte Jack gegen den Seinen geübt hatte, in sein Gesicht gemeißelt. Nachdem Alexandra und Morten das Weite gesucht und die Farmen ihrer auf Ein-Mann-Haushalte geschrumpfte Familien Hunderte von Kilometern hinter sich gelassen hatten, waren sie beide nie wieder in ihre Heimat zurückgekehrt. All das lag weit mehr als ein Jahrzehnt zurück. Alexandra fragte sich, ob die Zeit in ihrem Gesicht ähnliche Spuren hinterlassen hatte. Gern hätte sie in den Augen ihres Vaters nach Anzeichen dafür gesucht, doch sie wagte nicht hineinzusehen, während er langsam auf ihr Bett zuging.

Er trug einen schwarzen Anzug – wahrscheinlich noch den von der Beerdigung – und hatte ihr eine Schachtel Pralinen mitgebracht. Alexandra stellte mit einem Blick fest, dass es eine einfache Sorte war. Wahrscheinlich hatte er sie noch schnell unten im Krankenhauskiosk gekauft, um nicht mit leeren Händen dazustehen.

»Hier, hab ich dir mitgebracht«, sagte er und streckte ihr die Schachtel unbeholfen entgegen. Auch heute noch hatte seine Stimme den Klang einer Axt, die einen ganzen Wald in einem einzigen Zug fällt.

»Danke.« Sie versuchte, nicht aufgeregt zu klingen, und hoffte inständig, dass er das leise Zittern in ihrer Stimme nicht bemerken würde.

»Kannst sie auf den Tisch legen.«

»Von wem ist denn der?«, fragte er, als er den Präsentkorb erblickte, gegen den sich seine Pralinenschachtel mehr als bescheiden ausnahm.

»Ach … von den Nachbarn.«

»Die müssen ja im Geld schwimmen«, schnaubte er kopfschüttelnd, während seine Augen mit einem abschätzigen Blick den Inhalt des Korbs untersuchten. Da war er wieder, der alte Jack. Es heißt zwar, dass Menschen sich ändern können – aber Alexandra war nicht verrückt genug, so etwas zu glauben, zumindest nicht in diesem Fall. Wunder sehen anders aus. Aber zumindest war er gekommen.

»Darf ich?« Er zog sich den Stuhl heran und ließ sich darauf plumpsen wie ein schwerer Kartoffelsack. Eine Weile blickte er sie an, dann schüttelte er erneut den Kopf.

»Schlimm siehst du aus.«

»Danke.«

Sie hatte keine Ahnung, warum er so etwas sagte, aber es passte wie die Faust aufs Auge: zu seiner Statur, seiner Stimme, seinem Herzen – alles grob und ungeschliffen. Es war noch derselbe Ton zwischen ihnen, den sie schon damals so gehasst hatte. Aber dieses Mal hatte sie dazugelernt. Wenn er dachte, sie wäre noch das kleine, ängstliche Mädchen von früher, hatte er sich kräftig getäuscht.

»Du hast dich auch gut gehalten.«

»Hä!« Er lachte auf, aber er war zu alt und zu müde, um den sarkastischen Unterton zu verbergen, der sich in alle Fasern seiner Existenz gesponnen hatte.

Eine unangenehme, bedrückende Stille machte sich im Zimmer breit, während sie beide tunlichst versuchten, mit glasigem Blick in die jeweils entgegengesetzte Richtung des Raums zu starren.

Nach einer Weile entschied sie das Rennen für sich. Sie kannte ihren Vater: Er ertrug sogar das Quieken eines Schweins, das geschlachtet wird, besser als das Schweigen. Allerdings machte er nun einen nachdenklicheren Eindruck.

»Er hatte eine schöne Beerdigung. Jack … für ihn war es am schlimmsten.«

»Nein, für mich war es am schlimmsten!«, fuhr Alexandra empört hoch. Sie konnte den Rücken mittlerweile durchdrücken, doch dieses Mal hatte sie es etwas übertrieben. Der blöde Spruch ihres Vaters hatte sie in Rage gebracht.

Irritiert schaute er sie an – doch er brachte kein Wort über die Lippen.

»Damit du's kapierst: Morten war mein Mann, meine große Liebe« – sie schrie es fast, damit er endlich verstand –, »und Jack hat ihn aus dem Haus gejagt …«

»Hat er nicht.«

»Genau, weil wir freiwillig das Weite gesucht haben. Damit wir am Ende nicht an einem Scheißtau in einem Scheißstall hängen wie … meine Mutter …« Sie musste sich zusammenreißen, um nicht vor seinen Augen in Tränen auszubrechen.

Einen Moment lang schien ihr Vater zu begreifen, als wäre das ewige Eis, das sein Herz umgab, an einer kleinen Ecke geschmolzen. Seine Finger waren nervös ineinandergekrallt. Doch ein bunter Schmetterling, der sich zu einem kleinen Sonnenbad auf dem Fensterbrett niederließ, bot ihm eine willkommene Möglichkeit, der angespannten Lage zu entkommen.

»Die gibt es bei uns nicht«, sagte er und stand auf, um den kleinen Besucher aus der Nähe zu betrachten. Aufgeschreckt von dem Quietschen des Stuhls, flatterte der Schmetterling davon – wahrscheinlich ebenso schockiert von dem Mann am Fenster wie dessen Tochter.

Der alte Jack setzte sich nicht wieder, sondern blickte hinaus in den Park. So konnten sich beide ein wenig entspannen.

»Jedenfalls planen Jack und ich ein Geschäft.«

»Du und wer?« Alexandra glaubte, nicht richtig gehört zu haben.

»Jack und ich. Die goldenen Zeiten sind vorbei, man muss kooperieren.«

Kooperieren! Ein Wunder, dass er dieses Wort überhaupt kannte. Alexandra hatte keine Ahnung, was sie sich darunter vorstellen sollte. Sie musste an zwei kapitale Haie mit blutigem Maul denken, die in einem Swimmingpool gut gelaunt miteinander Wasserball spielten. Der Gedanke, dass sich ihre Väter zusammentun wollten, schien ihr absurd, aber vielleicht geschahen ja wirklich noch Wunder.

»Ihr habt ja schon vor uns kooperiert, du und Morten. Ich denke, es ist an der Zeit, dass wir es auch tun.«

Einen Moment lang glaubte Alexandra, sich verhört zu haben. Zu mild klangen diese Worte eines alten Haudegens, der ihr Vater zweifelsohne war. Ein Eindruck, der sich auch ihm unangenehm aufzudrängen schien, denn die Korrektur folgte auf dem Fuße:

»Hättet ihr ein Kind gehabt, wäre jetzt ein Nachfolger da. Ihr wolltet ja nicht.«

»Wir *wollten* nicht?« Also doch wieder das alte Spiel. Zuckerbrot und Peitsche – das war schon immer seine Masche gewesen. Bevor er Gift verspritzte, hatte er ihr Honig verabreicht. Aber sie ließ sich nicht täuschen. Er war noch immer der widerwärtige Mann, den sie so verabscheut hatte.

»Ihr seid abgehauen, von einem Tag auf den anderen. So war es.«

Obwohl er sich bemühte, ruhig zu wirken, war er eindeutig in Rage. Er hatte sich mit den Handflächen steif auf die Fensterbank gestützt und schaute noch immer hinaus in den strahlend blauen Himmel, der in harschem Kontrast zu ihrem Gespräch stand.

»Nein, so war es nicht«, entgegnete Alexandra aufgebracht. Sie musste ihm widersprechen, damit er endlich verstand. »Wir mussten gehen, sonst hättet ihr uns kaputtgemacht.«

»Dass ich nicht lache! Ein bisschen Anstrengung gehört schon dazu. Man muss kämpfen für das, was man will.«

»Dann hätten wir gegen euch kämpfen müssen.«

»Und wenn schon ... Es war damals einfach nicht richtig.«

»Aber heute, wo er ... tot ist ... ist es richtig?« Alexandra blickte auf seinen mächtigen Rücken. Es missfiel ihr, dass ihr Vater es nicht fertigbrachte, sich während ihres Gesprächs auch nur einmal zu ihr umzudrehen. Er könnte sich wenigstens die Mühe machen, sie anzusehen, ihr auf halbem Weg entgegenzukommen.

»Jack musste gleich nach der Beerdigung wieder abreisen, er hat einen wichtigen Kunden.«

Alexandra fuhr betroffen zusammen. Was für ein Gefühlskrüppel Mortens Vater doch war! Das Business ging vor, selbst wenn der eigene Sohn noch keine zwei Tage unter der Erde lag. Unter der Erde. Ein unerträglicher Gedanke, der sie zutiefst traurig stimmte, sie spürte, wie ein dicker Kloß ihren Hals heraufwanderte.

»Er wollte seinen Jungen bei sich zu Hause begraben.«

»Was wollte er?« Alexandra geriet in Panik. Das konnte er unmöglich gemacht haben. Morten musste hier bei ihr sein, sein Grab durfte nicht Hunderte von Kilometern entfernt auf der Farm seines Vaters liegen – ausgerechnet bei dem Mann, vor dem er zusammen mit ihr geflohen war. Das durfte nicht sein! Ihr Puls raste plötzlich, und ihre Schläfen pochten.

»Aber ich habe es ihm verboten«, sagte Jack, ihr Vater, und wandte sich endlich vom Fenster ab, wobei er ihr einen kurzen Blick zuwarf. Sie glaubte einen Funken Wärme darin zu entdecken. Aber vielleicht täuschte sie sich auch, weil sie es sich sehnlichst wünschte, dass es so wäre.

»Du magst es anders sehen«, fuhr der alte Jack fort, »aber er hat seinen Jungen geliebt. *Jeder* Vater liebt sein Kind, auch wenn er nicht immer alles richtig macht. Ich habe ihm gesagt: Wenn du es diesmal richtig machen willst, dann lass den Jungen dort ruhen, wo er zu Hause ist.«

Er räusperte sich, und fast schien es Alexandra, als käme ein wenig Farbe in sein Gesicht.

»Und wo er zu Hause ist, das konnte ich schon sehen, als ihr noch Kinder wart. Jeder konnte es sehen – er war immer da, wo du warst«, sagte er und sandte ein kaum merkliches Lächeln an ihre Adresse. Damit drehte er sich um und ging langsam auf die Tür zu.

»War seine Mutter bei der Beerdigung?« Alexandra gab sich Mühe, versöhnlich zu klingen, da sie eine Spur von Entgegenkommen in seiner Stimme bemerkt hatte.

»Ja, aber sie hat kein einziges Wort mit uns gesprochen, als hätte sie mit uns allen nichts zu tun.«

Hat sie ja auch nicht, hätte Alexandra am liebsten kommentiert. Nicht mehr, zum Glück. Doch er stand bereits auf der Schwelle; er hatte mit einem Pflichtbesuch seine Schuldigkeit getan. Bevor er die Tür hinter sich schloss, drehte er sich noch einmal zu seiner Tochter um.

»Und was deine Mutter betrifft, sie hat sich selbst umgebracht. Und es hat ihr offenbar nichts ausgemacht, dass ihr eigenes Kind sie in diesem ›Scheißstall‹, wie du dich ausgedrückt hast, an einem ›Scheißtau‹ hängend finden könnte.«

Wieso sagte er so etwas? Kaum hatte man das Gefühl, dass möglicherweise doch ein guter Kern in ihm schlummerte, verwandelte er sich wieder in ein Monster.

»Du …« Sie hatte nicht die leiseste Idee, was sie darauf antworten sollte.

»Scheißkerl?«, sagte er noch, während die Tür zufiel. »Ja, das bin ich wohl.«

Alexandra atmete tief durch. Wenn es ihm darum gegangen war, sie zu schockieren, konnte er sich beglückwünschen. Das war ihm voll und ganz gelungen. Abgesehen von dem, was er gesagt hatte, schien es ihr, als wäre ihr Gesundheitszustand das Letzte gewesen, was ihn interessierte. Nicht einmal hatte er sie gefragt, wie es ihr ging. Bis auf ein, zwei scheue Blicke hatte er vermieden, sie anzusehen, seine eigene Tochter – geschweige denn sie berührt, was letzten Endes wohl auch besser war. Zusammengefasst: Alles, was er hinterließ, war der herbe Geruch von Rasierwasser, eine Schachtel Pralinen und eine erdrückende Stille.

Alexandra lag einfach nur da, ein paar Minuten lang, und starrte auf die geschlossene Tür – so lange, bis sie sich ganz sicher war, dass sie sich nicht mehr öffnen würde. Diese lindgrün lackierte Tür mit dem matten Edelstahlknauf, der schon durch so viele Hände gegangen sein musste in all den Jahren. Doch wer auch immer hier gelegen und Besuch empfangen hatte, hatte sich ganz bestimmt nicht einen solchen Dreck anhören müssen. Waren andere Familien auch so krank? Alexandra fiel es schwer zu glauben, dass es so sein könnte.

Hätte der nächste Arzt aus einer Reihe von vielen, die schon da waren oder noch kommen würden – der »Kollege aus der Reha«, wie ihn der bauchige Chirurg mit dem Backenbart und dem Jüngling im Schlepptau genannt hatte –, sich nur noch einen Tag oder wenigstens ein paar Stunden länger mit seiner Visite geduldet, wäre ihm möglicherweise eine freundlichere Begrüßung vergönnt gewesen als es ein Paar genervt gen Himmel gerichteter Augen. Doch nur wenige Minuten, nachdem Vater Jack seine Stippvisite beendet hatte, steckte der jugendlich wirkende Arzt, dessen lockig dichtes Haar von dem gleichen hellen Braun zu sein schien wie seine Augen, die Nase in Alexandras Zimmer. Um sich »vorzustellen«, wie er sagte. Sein Name sei Josh. »Doktor Josh Flynn, Flynn mit Ypsilon.«

Alexandra war noch mit den Gedanken bei ihrem Vater und verstand nicht die Hälfte von dem, was der Arzt sagte. Es interessierte sie auch nicht. Sie ärgerte sich noch immer darüber, dass sie dem alten Jack letzten Endes wieder nicht das Wasser hatte reichen können, was das Austeilen von Gemeinheiten betraf. Dass sie sich eingestehen musste, dass sie noch immer mehr Respekt vor ihm hatte als er vor ihr – obwohl es der Ausdruck »Respekt« nicht wirklich traf. Angst passte schon besser.

»Wie gesagt«, vernahm sie die Stimme des Mediziners, der schon eine Weile neben ihrem Bett stand und die daran gefesselte Mumie mit prüfendem Blick musterte, »es wird noch ein paar Wochen dauern, bis wir richtig mit der Arbeit beginnen können. Aber dann werden wir schnell Fortschritte machen.«

»Wobei?«, fragte sie geistesabwesend.

Der Mann betrachtete sie, als wäre sie gerade aus den Wolken in dieses Bett geplumpst.

»Beim … Gehenlernen.« Er sah sie fragend an.

»Hm.«

»Entschuldigung, Sie sind müde – ich schaue morgen noch mal bei Ihnen vorbei, in Ordnung?«

»Nein.«

Einmal in ihrem Leben musste sie sich durchsetzen, auch wenn es in diesem Moment total schwachsinnig sein mochte. Davon abgesehen konnte die Aufgabe, die sich ihr hier stellte, auch nicht größer sein als die, mit ihrem Vater zurechtzukommen. Dieser Dr. Flynn war jedenfalls kein schroffer Fels, den es zu bezwingen galt, sondern ein auf den ersten Blick fast schüchtern wirkender, recht attraktiver Mann – so zumindest schien es ihr bei seinem Anblick, nicht unattraktiv für andere Frauen selbstverständlich und unter gänzlich anderen Umständen. Er mochte an die achtunddreißig, vielleicht vierzig sein, aber sein frischer, leicht gebräunter Teint, die Wuschelfrisur und die klaren, fast goldigen Hundeaugen, die noch nicht allzu viel Leid gesehen haben konnten, ließen ihn jünger wirken. Im Gegensatz zu Jack war er ein echtes Fliegengewicht. Obwohl ihr klar war, dass ausgerechnet er ihre Bockigkeit nicht im Geringsten verdiente, spürte sie in diesem Augenblick das unstillbare Verlangen, endlich einmal auszuteilen, anstatt immer nur einzustecken. An wen auch immer. Pech für Dr. Flynn, aber jetzt war es an der Zeit, Luft abzulassen – das war sie ihrem Selbstbewusstsein schuldig.

»Nein?« Er tat, als hätte er sich verhört.

Am liebsten hätte sie ihn mit beiden Händen abgewehrt, um ihrer Ablehnung Nachdruck zu verleihen, doch in der gegenwärtigen Situation musste sie sich ganz darauf verlassen, dass ihr Blick keinen Zweifel an ihrer Entscheidung und an ihrer Verfassung aufkommen ließ. Ja, sie verlor langsam die Geduld, weil sie hier Tag und Nacht wie ein Zementsack im Bett ausharren musste. Es machte sie wütend, hier herumzuliegen, weil es so unendlich wehtat, dass man diesem fiesen Etwas namens Schicksal seine brutalen Schläge nicht mit gleicher Münze heimzahlen konnte.

»Was wollt ihr Ärzte eigentlich von mir?«, polterte sie los, empört von der Ungerechtigkeit des Lebens. »Worin besteht eure Aufgabe? Ich liege hier seit Wochen und kann mich allenfalls ein paar Zentimeter mehr rühren als am Anfang. Ich kann noch nicht einmal das Grab meines Mannes besuchen … nicht mal im Rollstuhl!«

Sie legte eine kleine Verschnaufpause ein, um die Kraft ihres Vortrags mit einem Blick in das verblüfft wirkende Gesicht des Arztes zu überprüfen.

»Nein, Josh – Dr. Flynn –, ich denke, es ist besser, wenn Sie morgen nicht wieder kommen. Und übermorgen auch nicht.«

»Entschuldigung, aber …«

»Sie brauchen sich nicht zu entschuldigen. Kümmern Sie sich einfach um andere Patienten, die es nötiger haben, ja? Und lassen Sie mich in Ruhe! Bitte!«

Allmählich kam sie richtig in Fahrt. Es tat gut, sich Luft zu machen, den ganzen aufgestauten Ärger loszuwerden. Als Arzt musste er mit so etwas umgehen können – wenn nicht, dann … Ach, dann war es auch egal.

»Hören Sie, ich kann verstehen, dass Sie … hier … Schlimmes durchmachen …«

»Nichts verstehen Sie.« Alexandra wollte sich nicht beschwichtigen lassen. Sie hoffte, dass ihr verächtlicher Gesichtsausdruck gut zu erkennen war.

Anscheinend ja, denn ihr Gegenüber in seiner weißen Leinenhose und dem Polohemd mit dem auf die Brust gestickten Namen der Klinik stand vor ihr wie ein Erstklässler, der sich in die Raucherecke der Hauptschüler verirrt hat, und wischte sich die Hände an den Hosenbeinen ab. Offensichtlich hatte sie ihn ins Schwitzen gebracht.

»Sie glauben, ich kann Ihren Schmerz nicht nachfühlen«, sagte er und setzte eine traurige Miene auf.

Auf diesen Dackelblick würde sie ganz bestimmt nicht hereinfallen!

Einen Atemzug lang holte er Luft, wobei er sie nachdenklich anblickte, bevor er mit seiner Rede fortfuhr, die er wahrscheinlich Gott weiß wie oft vor Patienten gehalten und zu Hause vor dem Spiegel eingeübt hatte.

Im Gegensatz zu Jack blickte er nicht aus dem Fenster, sondern er schaute direkt in ihre Augen, als wolle er sie hypnotisieren.

»Aber auch wenn Sie Ihr Unglück für einmalig halten – es existieren Menschen, die den gleichen Schmerz fühlen wie Sie, die in diesem Augenblick, während wir uns hier unterhalten, Ähnliches durchmachen müssen. Im nächsten Zimmer und im übernächsten. Und glauben Sie mir, wir haben sehr viele Zimmer.«

Wie sein Blick Verständnis heuchelte! Als wäre er ein Heiliger. Zumindest war er ein sehr guter Schauspieler, und das machte Alexandra rasend. Am liebsten hätte sie mit Porzellan nach ihm geworfen, aber es war weder welches da, noch erlaubten ihre motorischen Fähigkeiten zurzeit einen solchen Angriff.

»Wissen Sie was?«, entgegnete sie stattdessen, nachdem es so aussah, als hätte er seinen unerträglichen Sermon zu Ende gebracht, »ob Sie es glauben oder nicht: Es interessiert mich nicht, wie viele Zimmer Sie hier haben, in Ordnung? Das Einzige, was mich derzeit interessiert, ist meine Ruhe. Ja, ich mache Schlimmes durch, und genau aus diesem Grund möchte ich nicht, dass alle Naselang jemand anderes in mein Zimmer spaziert und mich beim … Heulen beobachtet … Verstanden?«

Ihr Puls musste mittlerweile irgendwo bei zweihundertdreißig liegen. Selten hatte sie sich so in Rage geredet. Normalerweise war sie eher der introvertierte Typ, aber irgendwann hatte alle Zurückhaltung ein Ende. Was waren das für Zustände, in die sie hineingeraten war? Hier in diesem abscheulichen Krankenhaus und in ihrem nicht weniger abscheulichen Leben, das keinen Sinn mehr hatte. Weshalb sollte sie wieder gehen lernen – oder besser: für wen? Nur für sich selbst, um einsam und allein noch viele Jahrzehnte lang ein trauriges Dasein zu fristen und täglich in einem einsamen Haus am Meer die Bilderrahmen abzustauben, in denen die glücklichen Zeiten festgehalten waren? Die Zeiten, als sie und Morten noch nicht ahnten, was ihnen bevorstand?

Der Arzt atmete hörbar durch – die Heftigkeit ihres Angriffs schien ihn aus dem Konzept gebracht zu haben. Wie ein Priester, der einen unbelehrbaren Wiederholungstäter in seinem Beichtstuhl vorfindet und allmählich Hopfen und Malz verloren sieht, ruhte sein Blick auf ihr, irgendwie ratlos. Flehend faltete er die Hände vor dem Gesicht zusammen.

»Ich möchte Ihnen nur helfen, das ist mein Beruf«, sagte er. »Und aus diesem Grund werde ich morgen wiederkommen, wenn Sie sich besser fühlen. Morgen früh um zehn.«

»Mich besser fühlen?« Es war zum Aus-der-Haut-Fahren! Wollte er sie nicht verstehen, oder konnte er es nicht?

»Mir geht es am besten, wenn ich allein in diesem Zimmer bin – dann geht es mir sogar ganz hervorragend«, warf sie ihm mit wütender Stimme an den Kopf. »Das ist noch immer mein Zimmer. Und ich entscheide, wer mich besuchen darf und wer ni…«

Sie hatte ihre energische Predigt noch nicht zu Ende gebracht, als sich die Tür öffnete und Caro mit einem fröhlichen Lächeln ins Zimmer schaute.

»Oh, ich … ich komme später noch mal wieder, okay?«, sagte sie mit ihrer hellen Stimme in einer Art Flüsterton, so als müsste man in Anwesenheit eines Arztes besonders leise sprechen. Sie blickte abwechselnd ihn und sie an, was Alexandra so irritierte, dass sie als Antwort lediglich ein einziges Wort herausbrachte. »Nein!«

Sie hatten es beide im selben Moment gesagt. Der Arzt und sie. Und das offenbar mit solcher Vehemenz, dass sich auf Caros Gesicht ein überraschtes Grinsen abzeichnete. Ein Grinsen, das den Doktor schlagartig aufzumuntern schien, denn auf einmal lächelte er wieder, und zwar in Alexandras Richtung, als wäre nicht das Geringste passiert – eine Einladung, die sie ganz sicher nicht annehmen würde. Stattdessen ignorierte sie ihn.

»Kommen Sie nur!«, bat er ihre Freundin herein. »Ich wollte sowieso gerade gehen.«

Von Wollen konnte keine Rede sein, aber zumindest tat er es nun.

Er hatte kaum die Tür hinter sich geschlossen, da legte Caro auch schon los. »Ups, wer war das denn?«

»Ach, niemand.«

»Für einen Niemand sah er aber ganz schön klasse aus.« Caro starrte noch immer zur Tür, als könne er jeden Moment wieder hereinkommen und ihr einen Heiratsantrag machen.

»Dann angel ihn dir doch, wenn er dir so gut gefällt!«, schlug Alexandra bissig vor, die Schwierigkeiten hatte, ihre schlechte Laune zu verbergen. Der heutige Besuchsmarathon ging ihr auf die Nerven. Am liebsten wäre sie jetzt allein, um sich ein wenig auszuruhen und ihre Gedanken zu ordnen. Doch dazu müsste sie Caro rauswerfen, was sie niemals übers Herz bringen würde – zumal sie ihre Anwesenheit sonst sehr genoss.

»Für mich ist er zu alt«, sagte Caro und ließ sich auf den Besucherstuhl plumpsen. »Ich brauche eher was in meinem Alter … Na ja, das ist eine andere Geschichte. Die große Liebe findet man nicht so leicht.«

»Und erst recht kein zweites Mal«, ergänzte Alexandra.

Caro blickte sie aufmunternd an und legte ihre Hand auf Alexandras Schulter, warm und freundschaftlich. »Hey, versuch, jetzt nicht daran zu denken, okay?«

Alexandra nickte.

»Okay.«

»Ich hab mir was überlegt«, sagte Caro. »Wenn du wieder laufen kannst – ich meine, in ein paar Wochen oder so –, dann könnte ich doch für eine Weile zu dir ziehen und den Haushalt schmeißen, was hältst du von der Idee?«

Alexandra hatte bisher versucht, diesen Gedanken von sich fernzuhalten. Aber Caro hatte recht: Ob sie wollte oder nicht, irgendwann würde man sie aus diesem Krankenhaus entlassen. Aber hatte sie überhaupt noch ein Zuhause? Niemand wartete dort auf sie. Ein leeres Haus ist kein Zuhause – selbst wenn es ein wunderschönes Haus war mit den Dünen im Rücken und dem Meer vor der Tür, ein strahlend weiß lackierter Traum aus Holz.

»Hm, was meinst du?«

»Ich? Ich … Ja, das wäre toll.«

»Genau, ich könnte für uns kochen – das wäre doch genial.« Caro kam richtig in Fahrt bei dem Gedanken, dass sie demnächst wahrscheinlich eine WG eröffnen würden.

»Caro?«

»Ja?«

»Ich weiß nicht, ob ich in das Haus zurückkehren kann.«

Alexandra wusste bereits, dass sie es auf keinen Fall konnte.

»Ich glaube, alles, was du brauchst, ist noch etwas Zeit«, versuchte Caro sie zu beruhigen. »Ich könnte in der Zwischenzeit schon alles vorbereiten, wenn du willst. Das macht mir Spaß, keine Sorge!«

»Vielleicht nehme ich mir erst mal ein Apartment in der Stadt.« Alexandra hatte eigentlich nur laut nachgedacht, aber wohl zu laut, als dass es bei ihrer Freundin noch als Denken durchgegangen war.

»Und da humpelst du auf deinen Krücken alleine durch? Kommt nicht in Frage! Wenn du nicht in euer Haus zurückkehrst, musst du zu mir ziehen!«

Caro lebte in einer Zweizimmerwohnung direkt am Stadtpark, die zwar sehr hübsch, aber darüber hinaus vor allem winzig war.

»Das wäre doch auch für Pearl ideal! Ich würde dann mit ihr Gassi gehen, mindestens zweimal am Tag ...«

»Das ist wirklich lieb von dir, Caro. Aber ich ... wie du schon sagtest: Ich brauche noch ein wenig Zeit, in Ordnung?«

»Geht klar!« Caro lachte. »Typisch! Ich falle mal wieder mit der Tür ins Haus ...«

Alexandra mochte dieses Mädchen wirklich gern. Egal was geschah, Caro war immer stark und fröhlich, jedenfalls schien es ihr in diesem Moment so. Es war ein Rätsel, warum sie noch keinen Freund hatte – sie sah schließlich auch noch gut aus und war nicht auf den Mund gefallen.

Möglicherweise hatten die jungen Männer Bammel vor ihr.

»Nein, tust du nicht. Ich bin froh, dass ich dich habe!« Sie hätte Caro am liebsten umarmt. »Es ist nur … wegen meines Vaters«, versuchte Alexandra zu erklären. »Ich ärgere mich so über ihn.«

»War er hier?« Caros Gesicht nahm einen betroffenen Ausdruck an. Sie wusste, wann es Zeit war, herumzualbern und wann es ernst wurde. Eine Fähigkeit, die viele Menschen vermissen ließen.

Alexandra nickte. »Gerade eben.«

»Und?«

»Im Großen und Ganzen hat sich nichts geändert«, seufzte Alexandra. »Na ja, er ist ein bisschen weicher geworden, wahrscheinlich das Alter …«

Für Caro musste das Ganze ziemlich hart klingen. In groben Zügen hatte Alexandra ihr die Geschichte ihrer Jugend erzählt, es war die Geschichte einer Flucht. Caro hatte darüber nur verwundert den Kopf geschüttelt – obwohl sie so viel jünger nun auch nicht war, entsprang sie doch einer völlig anderen Generation und hatte ein sehr gutes Verhältnis zu ihren Eltern, die sie unterstützten, wo immer es möglich war. Ihre Eltern, die eine kleine Kette von Geschäften betrieben, lebten ebenfalls in der Stadt. Caro war hier aufgewachsen und kannte jede Straßenecke.

»Ich kenne alle Wege, nur das Ziel nicht!«, hatte sie Alexandra schon oft im Spaß zugesteckt, wenn sie in einer netten Kneipe ein Glas Wein zusammen getrunken hatten.

Ein Kern Wahrheit steckte durchaus darin, aber war das nicht ganz normal in diesem Alter? Caro hatte noch so viel Zeit, ein lohnenswertes Ziel zu entdecken. Im Gegensatz zu Alexandra hatte sie einen Haufen Freunde – allerdings nur wenige richtige, wie sie hin und wieder eingestand. »Schönwetterfreunde«, nannte sie die meisten. »Verstehe … Tja … Schade, dass Menschen sich nicht ändern können.«

»Ja, so ist es wohl. Caro?«

»Was ist?«

»Er sagte, dass … Morten … hier begraben ist, stimmt das?«

»Ja.« Caro fuhr mit dem Zeigefinger langsam über Alexandras eingegipsten Arm und schaute dabei abwechselnd sie und den Gips an, als erwarte sie, dass jeden Moment blaue Tinte aus ihrer Fingerkuppe fließen würde. »Auf dem Inselfriedhof. Er ist zwar sehr klein, aber … Morten war auf Lighthouse Island zu Hause. Wir haben gedacht, so kannst du ihn immer besuchen.«

»Das würde ich so gern …«

Alexandra versuchte sich mit dem Gedanken anzufreunden, vor einem Stein zu stehen, in den sein Name gehauen war. Die Vorstellung machte ihr Angst. Sie fragte sich, ob es immer so bleiben würde oder ob sie eines Tages lernen könnte, damit zu leben. Mit einem Stein, vor dem bunte Blumen im Wind wehen – anstelle eines Menschen, in dessen Händen ein Strauß bunter Blumen im Wind weht.

»Vielleicht sollte ich wirklich wieder gehen lernen.« Es kam ihr vor, als würde ohne Morten an ihrer Seite eines ihrer Beine fehlen, als wäre es völlig undenkbar, wenn nicht unmöglich, dass ein Mensch allein durch die Welt da draußen ging.

»*Natürlich* wirst du wieder gehen lernen!« Caro starrte sie an, erstaunt darüber, dass ein Mensch, der an ein Krankenhausbett gefesselt war, auch nur eine Sekunde lang erwägen konnte, sich möglicherweise nicht mehr davon zu lösen.

»Caro, ich weiß nicht, ob ich das kann. Ob ich die Kraft dazu habe.«

»Alexandra«, fragte Caro, »was glaubst du: Hätte *er* gewollt, dass du wieder gehst?«

Manchmal war Caro wie ein naives kleines Mädchen. Manchmal musste man ihr erklären, wie es lief.

»Natürlich hätte er das gewollt. Aber es geht darum, was ich will, oder?«

Caro setzte ein enttäuschtes Gesicht auf. Offensichtlich hatte sie mit mehr Kampfgeist von Alexandras Seite gerechnet. Auf ihrer Stirn bildeten sich tiefe Furchen. Theatralisch zog sie die Augenbrauen hoch, als wäre sie eine Schickse, der ein Grobian das Prada-Handtäschchen weggenommen hatte.

»Ach so, verstehe. Also würde Morten das Falsche für dich wollen, hab ich das richtig verstanden?«, erwiderte sie, ohne mit der Wimper zu zucken.

Manchmal war Caro über das naive kleine Mädchen hinaus allerdings auch noch etwas anderes: ein echtes Vorbild.

»Du musst dem Leben eine Chance geben, okay?«, fuhr sie fort. »Dem Leben, den Menschen und dir selbst.«

»Ach, Caro …« Alexandra nickte schuldbewusst, als wäre sie ein Kind und Caro die Mutter. Sie konnte sagen, was sie wollte, aber ihre Freundin hatte recht.

Die Nächte waren am schlimmsten. Wenn auf dem penetrant nach Zitronenreinigungsmittel riechenden Flur draußen vor dem Zimmer, den sie noch nie mit eigenen Augen gesehen hatte, langsam die Geräusche des Personals und der anderen Patienten verstummten. Wenn das tröstende Licht der Sonne, das tagsüber in ihre fröstelnde Seele fiel, um sie ein wenig aufzuhellen und zu wärmen, abgelöst wurde von einem kalkig weißen Mond und dem Neonlicht an der Decke, das die Nacht auf Knopfdruck in einen schlecht verkleideten Tag verwandelte. Noch immer träumte Alexandra von Morten. Meistens waren es Erinnerungen aus ihrer Kindheit – Ereignisse, die, den Gesetzmäßigkeiten eines fiebrigen Traums folgend, in verrückte Zusammenhänge gebracht wurden. Manchmal war sie bereits erwachsen und ritt mit dem jungen Morten über ein unendlich weites Feld der Sonne entgegen, die am Horizont hinter einem geschwungenen zartgrünen Hügel unterging, während ihr einen Augenblick später auf einem Tennisplatz ein gelber Filzball an den Kopf flog, genauer genommen in den Mund, den sie ohne Weiteres verschluckte, so dass sie zu ersticken drohte. Hinzu kam, dass Alexandra seit ihrem Aufwachen aus dem Koma ständig übel war – eine Übelkeit, die sie aus heiterem Himmel überfiel und genauso schnell wieder verschwand. Wahrscheinlich eine Folge des Schleudertraumas, das sie erlitten hatte, oder eine Nebenwirkung der Medikamente, die sie einnehmen musste. Wenn sie nachts erwachte, wusste sie oftmals nicht, ob ihr wirklich schlecht war oder ob sie es nur geträumt hatte. Was hätte sie dafür gegeben, ihre Hände benutzen zu können! Ihr war, als hätte sich der Tennisball wirklich durch die Speiseröhre in ihren Bauch vorgearbeitet und sich dort eingenistet. Sie konnte ihn dort fühlen, wenn auch nur mit dem Kopf. Tagsüber verschwand der Tennisball vorübergehend – zum Beispiel, wenn Caro sie besuchte. Doch es mochte auch sein, dass sie sich in diesen Momenten einfach nicht so sehr auf ihn konzentrierte. Jedenfalls war sie der festen Überzeugung, dass er da war, der Tennisball. Und sie hatte Angst, dass es möglicherweise ein tennisballgroßer Tumor war, der sich in ihren Eingeweiden ausbreitete. Wie gern hätte sie mit den Händen nachgeprüft, ob unter ihrer Bauchdecke wirklich etwas zu spüren war oder ob sie sich alles nur einbildete und dieses Gefühl lediglich eine Folge ihrer allgemeinen Verkrampfung war! Jedenfalls zerrte diese Empfindung an ihr wie nichts je zuvor. Sie hatte den Eindruck, dass jeder Einzelne ihrer Muskeln permanent angespannt war. Vielleicht bräuchte sie eine Massage, um sich zu entspannen. Es ging ihr nur besser, wenn sie weinte oder wenn sie lachte. Letzteres tat sie selten und nur in Gegenwart eines anderen Menschen – etwa, wenn Caro einen ihrer oftmals absurden Scherze machte.

Auch wenn das Lachen guttat, so schmerzte es bereits im nächsten Moment, denn es war Alexandra stets bewusst, dass es für den Rest ihres Lebens ein Lachen zweiter Klasse sein würde. Nie wieder würde es von dieser unbeschreiblichen Prise Glücks durchströmt sein, die ein Lachen erster Klasse ausmachte. So frei und unbeschwert, als wäre man soeben durch eine geheime Tür in ein buntes Paradies marschiert, in ein Wunderland für Erwachsene.

»Bald können Sie die Sache mit dem Fernseher wieder selbst in die Hand nehmen.«

Es war noch früh am Vormittag. Dr. Josh Flynn stand an ihrem Bett, in seinem weißen Sommeraufzug, in dem er eher wie ein Ferrero-Rocher-Model aussah als wie ein Arzt.

Alexandra zuckte zusammen, offenbar hatte sie mit offenen Augen geschlafen – eine Unart, die sie sich angewöhnt hatte, um der erstickenden Langeweile in diesem Krankenhauszimmer zu entfliehen.

»Oh, ich wollte Sie nicht erschrecken … Entschuldigung.«

Da war er wieder – dieser treue Hundeblick.

Ohne zu fragen, setzte er sich auf die Bettkante, zog ihre Augenlider hoch und schaute ihr mit einer stabförmigen Lampe in die Pupillen, als stände sie unter Drogen. Zugegeben, sie fühlte sich ein wenig abwesend, und es fielen ihr in diesem Moment nicht die richtigen Worte ein – aber deshalb besaß er noch lange nicht das Recht, einfach hereinzupoltern und ihr in die Augen zu leuchten wie einem Junkie oder einer geistig Verwirrten!

»Hey … was machen Sie da? Spinnen Sie?«

Sie zog den Kopf nach hinten: Zum Glück trug sie ja die Halskrause nicht mehr und konnte sich – abgesehen von ihren Gliedmaßen – einigermaßen bewegen. Die Hände waren noch eingegipst, aber unter dem Gips bewegte sie ihre Finger bereits wieder – wenn auch nur in den Millimeter-Grenzen, die ihr zur Verfügung standen.

»Keine Angst, ich hatte nur den Eindruck, dass Sie möglicherweise etwas weniger von den Schmerzmitteln vertragen könnten. Im Grunde sind Sie ja über den Berg.«

Man hatte sie schon längst vom Tropf abgenommen – das Einzige, was sie bekam, waren zwei Tabletten am Morgen und zwei am Abend. Diese Dosis allerdings steht mir ja wohl zu, dachte sie.

»Hören Sie«, setzte sie an, bemüht, einen klaren Gedanken zu fassen. »Ich fühle mich heute nicht so gut.«

»Ja, das sehe ich.«

Wie aufmunternd!

Er hätte wenigstens sagen können, dass man es ihr auf den ersten Blick nicht ansah.

»Tagsüber bin ich hundemüde, und nachts habe ich Albträume«, fuhr sie fort. »Das reicht mir vollkommen aus, vielleicht sollte ich meine Schmerztabletten doch noch ein Weilchen nehmen. Verstehen Sie: Ich muss schlafen und mich erholen, um wieder gesund zu werden.«

Er schüttelte verneinend den Kopf, während er ihren Arm ergriff, um ihren Puls zu messen. Er erschien ihr dieses Mal deutlich wortkarger und weniger persönlich als bei ihrem letzten, nun, »Aufeinandertreffen« war wohl der richtige Ausdruck dafür.

»Leider muss ich Ihnen widersprechen – Sie haben genug geschlafen in den letzten Wochen. Ihr Puls ist am unteren Ende der Skala, und die Schmerzmittel brauchen Sie jetzt nicht mehr. Es ist besser für Sie, wenn Sie wieder etwas spüren – ich werde das dem Kollegen empfehlen.«

»Und was, wenn ich das nicht möchte?« Sie schaute ihn herausfordernd an, doch er zog nur die Augenbrauen hoch.

»Da Sie in diesem Krankenhaus nur Patientin und nicht als Medizinerin tätig sind, stehen Ihre Vorschläge hier leider nicht zur Diskussion.«

Tun sie nicht? Wenn er sich da nur nicht vertat!

»Dann möchte ich den Chefarzt sprechen.«

»Jederzeit. Soll ich die Schwester bitten, einen Termin zu arrangieren?« Man hätte glauben können, dass er es vollkommen ernst meinte – es war nicht die geringste Spur von Zynismus in seinem Tonfall zu vernehmen, und auch sein Gesichtsausdruck war nach wie vor freundlich.

»Hören Sie, Alexandra: Manchmal tut es weh, wieder auf die Beine zu kommen, aber nur so geht es. Nächste Woche sind erst einmal die Arme dran – und wenn wir damit auf einem guten Weg sind, machen wir mit den Beinen weiter. Wie Sie wissen, habe ich einen Eid darauf geschworen, dass ich immer im Sinne meiner Patienten handeln werde, anstatt das zu tun, wonach ihnen gerade der Sinn steht – auch auf die Gefahr hin, dass ich es mir mit dieser Arbeitseinstellung mit dem einen oder der anderen verderbe.«

Als er sich von der Bettkante erhob, fiel die Sonne frontal in Alexandras Gesicht. Sie musste blinzeln, um überhaupt noch etwas erkennen zu können – die Hand konnte sie sich ja schlecht vor die Augen halten.

Offenbar hatte er die veränderten Lichtverhältnisse sofort registriert. Die Sonne tat ihr gut, aber sie heizte den Raum bereits um diese Zeit ziemlich auf. »Soll ich das Fenster ein wenig abdunkeln?«, fragte er sie und wandte sich zum Fenster, um die Jalousien herunterzulassen.

»Nein!«, stoppte sie ihn, es klang energischer, als es gemeint war. »Ich … brauche das Licht.«

Kaum hatte sie die Worte ausgesprochen, spiegelte sich ein kleines Lächeln um seine Mundwinkel. Irgendetwas an ihrer Bemerkung musste lustig gewesen sein. Oder klug? Sie hatte keine Ahnung. Er jedoch nickte, als hätte sie soeben Grundlegendes verstanden.

»Aber ich lasse Ihnen ein wenig Luft rein, in Ordnung? Gute, saubere Luft aus dem Park, keine Krankenhausluft.« Seine Stimme klang nun schon viel aufgeräumter. Er öffnete das Fenster, und sofort verdreifachte sich die Lautstärke des fröhlichen Gezwitschers der Vögel, die in den Bäumen saßen und sich auf den Tag freuten.

»Vielleicht geben Sie mir einfach noch mal eine Chance auf einen Neuanfang und vertrauen mir«, sagte er beim Rausgehen. »Das würde es uns beiden sehr viel leichter machen. Denken Sie darüber nach!«

Man konnte nicht sagen, dass dieser Josh Flynn ein schlechter Arzt war. Ob er ein guter war, musste sich allerdings erst noch herausstellen. Ihre Rolle in diesem Spiel jedenfalls schien es zu sein, anderen Chancen zu geben – das hatte sie jetzt schon zum zweiten Mal gehört. Aber wie ging das, wenn man selbst chancenlos war und alles verloren hatte, was das wirklich

Wichtige in diesem Leben betraf: die Liebe und das Glück? Alexandra wusste, dass sie darüber nachdenken musste. Nicht für die Ärzte, nicht für ihre Freunde, sondern in erster Linie für sich selbst.

Die folgenden Wochen zogen sich so schleppend dahin wie der Frühlingsanfang Tausende Kilometer nördlich vom Äquator. Die Arme funktionierten schnell wieder, doch die ersten Gehversuche, die zunächst in einem speziell dafür konstruierten Wagen stattfanden, raubten Alexandra die Nerven. Bisher war sie es gewöhnt gewesen, Dinge schnell zu erledigen, wenn es sein musste, sogar so schnell wie ein Kolibri mit seinen kleinen Flügeln schlug – da fiel es schwer, sich damit abzufinden, dass sie plötzlich auf gläsernen Beinen zu stehen schien. Ein falscher Tritt, eine einzige Überbelastung infolge einer nicht durchdachten Bewegung konnte bedeuten, dass das Glas zerbrach und alles wieder von vorn begann: das ewige Liegen und An-die-Decke-Starren, das Unvermögen, die kleinste Kleinigkeit selbst zu regeln.

Es nahm weitere drei Wochen in Anspruch, bis sie von ihrem Gehwagen, den sie durch die Krankenhausflure schob, auf Krücken umsteigen und zum ersten Mal den Park besuchen konnte, dessen Düfte und Geräusche sie so gut kannte, als wäre es ihr privater Garten, so lange waren sie durch das offene Fenster in ihr Zimmer geströmt.

Was das Verhältnis zu dem Arzt betraf, der sie zum Nachdenken angeregt und um einen Neuanfang gebeten hatte, war aus Josh Flynn nach reiflicher

Überlegung und noch reichhaltigerer Erfahrung in diesen Wochen endgültig Dr. Flynn geworden. Sie sah ihn nun täglich, weil er sich in den Kopf gesetzt hatte, die Hauptrolle in dem Stück *Die Gesundung meiner widerwilligen Patientin* zu spielen. Er trieb sie unbarmherzig an, mahnte sie zu Langsamkeit und Besonnenheit, wenn sie losspurten wollte, nur um endlich vom Fleck zu kommen – und zu größerem Tempo, wenn sie das Gefühl hatte, sich ausruhen zu müssen, weil es einfach nicht mehr ging. Er schien grundsätzlich das Gegenteil von dem zu wollen, was sie wollte. Nicht wenige Male hatte sie ihn sogar auf dem offenen Flur und im Park angeschrien, kurz davor, mit den Krücken auf ihn loszugehen – so dass er seine Gesundheit und Unversehrtheit letzten Endes lediglich der wackeligen Konstitution seiner Patientin verdankte. Es war einzig und allein die Aussicht, das Grab des Mannes besuchen zu können, den sie so liebte, die sie durchhalten und Fortschritte machen ließ. In letzter Zeit schlief sie wieder ruhiger, und Morten – so präsent er ihr in manchen Momenten war – tauchte nicht mehr an jeder Ecke als Gespenst oder in einen Traum verpackte Erinnerung auf.

Caro kam sie nach wie vor jeden Tag besuchen und sorgte dafür, dass ihre Freundin den Draht zur Außenwelt nicht verlor. Ihr Arbeitsvertrag war gerade ausgelaufen, und bis sie einen neuen Job fand, hatte sie Pearl zu sich genommen, um die sichtlich überforderte Margret und ihren Eddie zu entlasten.

Für Alexandra war es jedes Mal eine Freude, wenn Caro sie mit dem Hund besuchte – er erinnerte sie an eine bessere Zeit. Allerdings musste sie höllisch aufpassen, dass Pearl sie nicht bei jeder Gelegenheit aus purer und ungehemmter Wiedersehensfreude ansprang – eine Angewohnheit, die Alexandra früher nichts ausgemacht hatte, die allerdings in ihrem heutigen Zustand in einer Katastrophe enden konnte, da Pearl mit ihren vierzig Kilo auf den Rippen sie nur allzu leicht von den Beinen holen konnte.

Ungefähr eine Woche vor Alexandras Abschied von der Klinik fuhr Caro mit ihrem kleinen Auto auf den Parkplatz und holte ihre Freundin ab, um mit ihr einen Ausflug zu unternehmen. Einen Ausflug, auf den Alexandra lange gewartet hatte.

»Wie fühlst du dich?«

»Ganz gut«, sagte Alexandra, obwohl ein Blick in den Spiegel an der Sonnenblende das Gegenteil vermuten ließ. Mortens Tod und die Mühsal der vergangenen Wochen und Monate hatten eine alte Frau aus ihr gemacht. Nachdenklich betrachtete sie die dunklen Ringe unter den Augen, die sich tief in die blasse Haut gegraben hatten.

Nach wenigen Minuten hatten sie das Krankenhausgelände verlassen. Es regnete leicht, also schaltete Caro den Scheibenwischer an, der in langsamem Takt über die Windschutzscheibe fuhr, auf der sich jede Menge Staub aus den knochentrockenen Sommerwochen festgesetzt hatte, so dass ein schmieriger Film die Sicht erschwerte. Da blitzten vor ihren Augen die gelben Scheinwerfer eines entgegenkommenden Autos auf. Alexandra zuckte unwillkürlich zusammen.

»Keine Angst!«, sagte Caro. »Hab alles im Griff.«

In der Tat war der Schmutzfilm auf der Fahrerseite so gut wie verschwunden, doch Alexandras Muskeln hatten sich bereits verkrampft. Ihre Beschwerden im Bauch hatten sich in den vergangenen Wochen abwechselnd gebessert und verschlimmert. Vorsichtshalber hatte sie den Ärzten nichts davon gesagt, da sie keine Lust auf weitere Untersuchungen, Blutentnahmen – von denen ihr schwarz vor Augen wurde – und Labortests verspürte. Es war sowieso seelisch, so viel war klar.

Es dauerte nicht lange, bis Caro und sie das dichte Verkehrsgewühl der Stadt hinter sich gelassen hatten und sich dem Damm näherten, der das Festland mit der Insel verband. Alexandra spürte, wie ihr schlecht wurde – in der Stadt war es ihr noch gut gegangen, aber nun, wo sie die Insel schon sehen konnte, hielt sie es kaum noch aus. Irgendetwas drückte ihr die Luft ab.

»Hey, alles in Ordnung? Du bist so blass um die Nase.«

Caro sollte besser auf die Straße schauen, anstatt sich Gedanken um die Nase ihrer Beifahrerin zu machen – es ist das erste Mal seit dem Unfall, dass ich wieder in einem Auto sitze, dachte Alexandra, aber sie behielt den Gedanken für sich.

Auf einmal schien es ihr, als wäre alles erst gestern passiert. Die Wunden in ihrem Inneren wollten wieder aufplatzen, doch das würde sie nicht zulassen! Sie musste zumindest versuchen, ins normale Leben zurückzukehren – das war sie sich selbst und vor allem Morten schuldig. Nach und nach war sie zu der Einsicht gelangt, dass er sich nichts anderes wünschen würde. »Ich bin glücklich, wenn du glücklich bist«, hatte er immer gesagt an den wenigen Tagen, an denen ihre Augen nicht glänzten, weil sich ein kleiner fieser Kummer in ihr Herz geschlichen hatte. Und auch in den Wochen nach der Fehlgeburt hatte er Gott und die Welt in Bewegung gesetzt, um den Glanz zurück in ihre Augen zu bringen, obwohl der Schmerz ihn ebenso niederdrückte wie sie, denn sie hatten sich beide unbändig auf dieses Kind gefreut. Sie erinnerte sich noch genau, wie sie eines Nachts, einige Wochen nachdem es passiert war, leise weinend neben ihm im Bett gelegen hatte. Er hatte sie getröstet, sich an ihren Rücken gekuschelt und den Arm um sie gelegt, bis sie sich beruhigt hatte. Doch dann war es von Neuem wieder losgegangen. Er musste eine Träne auf seinem Handrücken gespürt haben – jedenfalls war er wortlos aufgestanden und hatte das Fenster geöffnet, das auf den wilden Blumengarten hinter dem Haus hinausging. Dann war er nach draußen geklettert, nackt, wie Gott ihn geschaffen hatte. Von draußen war das Rauschen der Wellen, die an den Strand brandeten, hereingespült. Als er wenige Minuten später seinen jungenhaften, gelenkigen Körper wieder durch das Fenster bugsierte, hatte er einen Strauß aus rotem Mohn, dessen Leuchten selbst die tiefe Nacht durchdrang, und im Mondlicht violett schimmernden Kornblumen in der Hand. Er setzte sich zu ihr ans Bett und legte den Strauß direkt vor ihren Augen auf ihr Kissen, so dass sie ihn im Licht der Sterne sehen und seinen frischen Duft in sich aufsaugen konnte. Sie hatte vor Rührung nicht sprechen können, aber ihre Hand war unter der Bettdecke hervorgekrochen und hatte sich auf sein Bein gelegt. Dann war sie eingeschlafen – und am nächsten Morgen waren die Blumen das Erste gewesen, was ihre von Tränen und Schlaf verklebten Augen erblickten: Sie standen in einer bunten Vase auf einem Holzhocker am Bett, neben den Croissants und zwei großen Tassen voll dampfendem Milchkaffee. »Ich bin glücklich, wenn du glücklich bist.« Ja, das war sie an jenem Morgen gewesen.

Der Friedhof der Insel grenzte an die Kirche aus breiten, matt taubenblau lackierten Holzlatten, in der regelmäßig Messen und Andachten für die Inselbewohner stattfanden. Alexandra hätte sich gewünscht, dass es die Kapelle oben am Kliff gewesen wäre – denn die Kirche lag unmittelbar im Zentrum des Ortes, der mit seinen Geschäften und Cafés auch den Mittelpunkt der Insel darstellte, so dass es unmöglich war, jemanden auf der angrenzenden Ruhestätte zu besuchen, ohne unter Beobachtung zu stehen. Es war ein winziger rechteckiger Friedhof mit kaum mehr als zwei Dutzend liebevoll gehegten Gräbern, umgeben von einem weißen Palisadenzaun mit einem geschwungenen Tor.

Neben dem Eingang stand eine Bank, auf die Caro sich plumpsen ließ, als wäre auch ihr das Leben zu schwer geworden. Sie steckte sich eine Zigarette an und beobachtete, wie Alexandra auf ihren Krücken vorsichtig über den schmalen Kiesweg stakste, der die Gräber miteinander verband.

Alexandra erkannte sofort, wo die Stelle war, deretwegen sie den schweren Weg auf sich genommen hatte. Es war das Grab ganz am Ende, das schönste überhaupt, direkt unter dem einzigen Baum des Geländes, einer alten, knorrigen Korkeiche.

»Hier bin ich, Liebster«, flüsterte sie, als sie im kühlenden Schatten vor dem Grab stand. Es war nur von frisch gesätem Rasen bedeckt. Die Kränze und Blumen waren abgeräumt, so dass es aussah wie ein kleiner Fußballplatz, es fehlten nur die weißen Linien. Alexandra versuchte den Gedanken beiseitezudrängen, dass hier – nur wenige Meter unter ihren Füßen – Mortens Körper in einer Holzkiste im Boden vergraben lag. Sie versuchte sich klarzumachen, dass es nicht er war, der dort unten lag, sondern allein seine sterbliche Hülle, eine Auffassung, die sie schon bei der Trauerfeier für ihre Mutter aus dem Mund des Geistlichen vernommen, aber bereits damals nicht als Trost empfunden hatte. Und auch jetzt, angesichts des nackten Rasens, fiel es ihr nicht leicht, das zu glauben. Sie ersehnte sich Mortens geliebten Körper zurück. Einen Körper konnte man streicheln, festhalten und umarmen, eine Seele nicht. Weder die Seele noch ihr Echo.

Leider erlaubten ihre Beine es ihr nicht, sich für einen Moment hinzuknien. Sie hätte gern mit der flachen Hand das Gras berührt, den trockenen Boden, in dem er aufgehen und mit dem er für immer verschmelzen würde. Mortens Grab verschwamm plötzlich vor ihren Augen. Während sie mit den Tränen kämpfte, wandte sie den Blick ab. Dabei entdeckte sie nur wenige Meter weiter etwas, was ihr noch gar nicht aufgefallen war: ein zweites Grab, das offensichtlich neu war.

Ein merkwürdiger Zufall, dachte sie. Lighthouse Island zählt nicht mehr als einige Hundert ständige Bewohner, da ist es schon verwunderlich, wenn zwei ungefähr zur selben Zeit den Tod finden.

Am Kopf des Grabes befand sich bereits ein Stein – ein Findling, wie es Vorschrift war, um dem Friedhof ein naturverbundenes einheitliches Gesicht zu verleihen. Sie selbst hatte noch keine Möglichkeit gehabt, einen Stein für Morten auszusuchen und ihn mit einer persönlichen Inschrift zu versehen, einem letzten Gruß an ihre für dieses Leben auf immer verlorene Liebe. Ein paar Schritte weiter jedoch war das alles bereits erledigt.

Alexandra konnte nicht anders, als die wenigen Schritte zu gehen, langsam und bedächtig einen Fuß vor den anderen setzend, bis sie vor dem Grab stand und die Inschrift lesen konnte. Sie war nüchtern gestaltet. In klaren, aus Kupfer gegossenen Buchstaben waren der Name des Verstorbenen, der Tag der Geburt sowie der des Ablebens aufgeführt. Darunter – eine Besonderheit in diesem speziellen Fall – sein Beruf: »Organist« stand da.

Alexandra musste sich fest auf ihre Krücken stützen und langsam ein- und wieder ausatmen, um zu verhindern, dass ihr schwarz vor Augen wurde und sie umkippte.

»Ich hatte ja keine Ahnung, du musst mir glauben!«, beteuerte Caro, als sie wenig später in »Elsies Café« saßen. Es war das Einzige, das ein wenig abgelegen vom Marktplatz mit seinen Restaurants, Boutiquen und

Kramläden in einer ruhigen Seitenstraße lag. Alexandra zitterten noch immer die Knie.

»Aber ich hab dir doch erzählt, was ich erlebt habe … Du weißt schon, während ich im Koma lag.« Sie schüttelte den Kopf – nicht weil sie Caro böse war, sondern weil sie selbst nicht mehr wusste, was sie glauben sollte. Im Laufe der Wochen hatte sie sich an die Version der Außenwelt gewöhnt und versucht, sich mit der traurigen Wahrheit abzufinden, dass sich Mortens Rückkehr und ihre wunderschöne Hochzeit nur in ihren Träumen abgespielt hatten. Zumal sich kein Ring an ihrem Finger gefunden hatte, als der Gips entfernt wurde – es war der Tag der großen Enttäuschung gewesen, der Tag, an dem sie einen großen Teil ihrer Hoffnungen endgültig begraben hatte, obwohl sie es natürlich schon vorher gewusst hatte. Und nun stellte sich heraus, dass der alte Organist tatsächlich gestorben war. Auf dem Grabstein hatte das Todesdatum gestanden, derselbe Tag, an dem sich auch der Unfall ereignet hatte.

»Natürlich hab ich bei der Beerdigung bemerkt, dass da ein zweites Grab war«, seufzte Caro. »Aber ich bin nicht von der Insel – ich kenne hier kaum jemanden –, also hab ich mir nichts weiter dabei gedacht. Und als du mir später erzählt hast, was du geträumt … Ja, also, ich hab gedacht, es war wahrscheinlich eine Art Traum.« Caro war ebenso verwirrt wie ihre Freundin. »Es ist bestimmt nur ein Zufall«, setzte sie entschlossen hinzu.

»Ja«, sagte Alexandra und nippte an dem Tee, den Elsie eben an den Tisch gebracht hatte, so dass sie ihre

Unterhaltung für einen Moment unterbrochen hatten, um nicht Gefahr zu laufen, in einem Psychiatrischen Krankenhaus zu landen. »Vielleicht war es wirklich nur ein Zufall.«

Doch sie fühlte, dass es etwas anderes war: ein Beweis, dass ihre ursprüngliche Version mehr als nur ein Traum gewesen war – ein Zeichen des Himmels. Ja, bestimmt war es das. Eine innere Wärme stieg in ihr auf, ein Gefühl der Geborgenheit, wie sie es seit dem Aufwachen aus dem Koma nicht mehr gespürt hatte. Irgendetwas in ihrem Bauch sagte ihr, dass die Wahrheit vielleicht zwischen den beiden Versionen zu finden und das Echo, das sie vernommen hatte, doch echt gewesen war. Dass es sich dabei keineswegs nur um den Nachhall eines Traums gehandelt hatte, sondern um den eines Menschen, der lediglich von dieser Welt in eine andere übergegangen war. Eine Welt, in der Menschen nicht mehr Menschen waren, sondern Engel oder wie man diesen Zustand auch immer nennen wollte.

»Also, bis zum nächsten Mal, Elsie.«

Alexandra blickte irritiert von ihrem dampfenden Früchtetee auf. Irgendwo hatte sie diese Stimme schon gehört, die sich anhörte, als hätte man sie eine ganze Oktave tiefer gelegt. Aber wo nur?

Begleitet vom scheppernden Gebimmel der Türglocke, verließ ein breit gebauter, älterer Mann in einem blauen Jeanshemd, auf dessen Rücken ein dunkler Schweißfleck prangte, das Café.

Er hatte schlohweißes Haar, trug hellbraune Lederstiefel und einen Gürtel mit silbernen Nieten. Es hätte nur noch ein Cowboy-Hut gefehlt, um ihn endgültig zu einem Westernstar zu machen. Draußen, vor der gläsernen Eingangstür, zündete er sich eine Zigarette an.

Schlagartig fiel es ihr wieder ein – jetzt wusste sie, woher sie die Stimme kannte.

»Wo willst du denn hin?« Caro schaute sie fragend an, aber Alexandra hatte in diesem Moment Dringenderes zu tun, als nach einer passenden Antwort zu suchen. Wie jemand, der Angst hat, den letzten Nachtbus zu verpassen, stürzte sie sich eilig auf ihre Krücken und hastete deutlich weniger vorsichtig, als es angeraten war, zur Tür.

»Alexandra!«, rief Caro noch, doch die hatte nur Augen für den Mann, der gerade sein Feuerzeug verstaut hatte und auf die Straße trat.

»Johnson? Sind Sie das?«, rief sie ihm hinterher – er war schon einige Schritte entfernt –, nachdem sie die Tür mit einem Ruck aufgerissen hatte, der sie fast von den Stelzen befördert hatte.

Sie hatte den Mann noch nie gesehen, obwohl Morten vor Jahren schon einmal mit ihm Geschäfte gemacht hatte. Damals, als sie wegen ihrer Fehlgeburt im Krankenhaus war, hatte er ihm ein Haus mit vier Apartments verkauft, die er nun vermietete. Er lebte selbst nicht auf der Insel, sondern drüben in der Stadt – und kaufte hier nur als Kapitalanlage. Sie glaubte sich daran zu erinnern, dass Morten gesagt hatte, dass er eine Menge Geld mit irgendeiner Erfindung geschefelt hatte.

»Wer will das wissen?«

Er drehte sich um. Er hatte tatsächlich das Gesicht eines Cowboys, ein sehr markantes, kantiges Gesicht, durchzogen von tiefen Furchen, das sie ein wenig an Robert Redford erinnerte. Sein stoppeliger grauer Bart schien lange keine Rasierklinge mehr gesehen zu haben. Kaum hatte er sie erblickt, wurden seine Züge merklich weicher. Im Gegensatz zu ihr, die allein seine auffällig maskuline Stimme wiedererkannt hatte, schien er sie sehr wohl zu kennen.

Alexandra spürte, wie ihr das Herz in die Hose rutschte.

»Oh, Sie ... sind das«, sagte er und kam auf sie zu, während Caro von hinten aus dem Café heranrauschte und sich schützend hinter ihre Freundin stellte. »Mein Beileid. Ich ... Es tut mir wirklich leid, was passiert ist.«

Liebevoll nahm der Mann, der es von seiner Statur her mit ihrem Vater aufnehmen konnte und dessen Alter sich nur schwer schätzen ließ – irgendetwas zwischen Ende fünfzig und Mitte sechzig –, ihre Hand in seine kräftigen Pranken, während er fieberhaft nach Worten des Bedauerns zu suchen schien.

»Mein Gott, was für eine schlimme Geschichte! ... Ich hab nur den Knall gehört, an diesem verfluchten Tag da oben am Kliff – und sofort war wieder Ruhe. Ich war mir gar nicht sicher, ob ich es mir nicht nur eingebildet hatte. Wissen Sie, in meinem Alter hört man manchmal Dinge, die gar nicht da sind, und umgekehrt ...«

Er stand vor ihr wie ein unschuldig des Mordes bezichtigter Häftling in der Anklagebank, der sich – unbarmherzig ins Kreuzverhör genommen – nichts sehnlicher wünschte, als jeden Verdacht auszuräumen.

»Erst als ich wieder runterfuhr, hab ich die ... Bescherung ... dann gesehen«, fuhr er fort. »Oben von dem Grundstück aus kann man die Straße nicht komplett überblicken. Sonst wäre ich natürlich sofort runtergefahren und hätte Hilfe geholt. Sie müssen mir glauben, ich wünschte, ich hätte den Termin mit Ihrem Mann niemals vereinbart.«

»Sie müssen sich keine Vorwürfe machen«, versuchte Alexandra ihn zu trösten, obwohl sie selbst Trost nötig hatte und sich ebenfalls nichts sehnlicher wünschte, als dass es den Besichtigungstermin am Haus der Jensens an jenem Morgen nicht gegeben hätte. Doch was sie in diesem Augenblick mehr beschäftigte, war die merkwürdige Häufung von Zufällen – oder sollte man es besser Zeichen nennen? –, die ihr heute begegneten. Sie hatte den Tod des Organisten noch nicht verdaut, da tauchte schon dieser Johnson auf, ein Mann, den sie nicht kannte, außer von einem Telefongespräch, das es möglicherweise niemals gegeben hatte. Zumindest, was Letzteres betraf, bot sich ihr jetzt die Gelegenheit, es herauszufinden.

»Haben Sie mich angerufen an dem Morgen?«, fragte sie ihn. Sie musste es einfach wissen. Um Klarheit in das Durcheinander zu bringen, das sich in ihrem Dachstübchen abspielte.

»Ja, das ... habe ich«, bestätigte er mit gesenktem Kopf. »Aber Sie sind nicht rangegangen.« Er blickte sie kopfschüttelnd an. »Logischerweise, Sie waren ja ... Also, ich konnte ja nicht ahnen, was da unten passiert war. Sonst hätte ich Ihnen das nicht auf den Anrufbeantworter gesprochen. Aber ich hatte schon über eine Stunde dort oben gewartet, ich war einfach sauer … Wie gesagt: Ich konnte es ja nicht wissen …«

»Sie haben mir auf den Anrufbeantworter gesprochen?«

»Wenn Sie ihn noch nicht abgehört haben, löschen Sie es am besten gleich.«

Der Mann begriff nicht im Geringsten, was er da gerade von sich gegeben hatte. Wie sollte er auch? Er war nur jemand, der auf einen Anrufbeantworter gesprochen hatte, so wie jedermann es gelegentlich tat. Er konnte ja nicht ahnen, dass sie, Alexandra – die zu diesem Zeitpunkt bereits bewusstlos hinter dem Steuer ihres Wagens eingeklemmt lag –, den Text hier und jetzt auswendig hätte aufsagen können. Sie drehte sich zu Caro um, die sie fragend ansah und ratlos mit den Schultern zuckte, während Alexandras Gehirn auf Hochtouren arbeitete.

Wenig später lenkte Caro den Wagen im Schritttempo über den schmalen, von wilden Blumen gesäumten Sandweg, der zu Alexandras Haus hinaufführte.

Alexandra starrte auf die Gräser, die sich im Wind wiegten. Eigentlich hatte sie diesen Termin noch ein paar Tage vor sich herschieben wollen, doch nach dem unerwarteten Treffen mit diesem Johnson, das ihr fast schicksalhaft erschienen war, wollte sie keine Sekunde länger warten als nötig, um den Anrufbeantworter im Wohnzimmer abzuhören. Unruhig rutschte sie auf ihrem Sitz hin und her, während das Haus in seiner schlichten weißen Schönheit vor ihren Augen in den Dünen emporwuchs. Es war wirklich wunderschön, und die Erinnerungen, die darin lebten, waren sogar noch schöner – zu schön, als dass sie sie ertragen könnte. Das hatte Alexandra bereits im Krankenhaus befürchtet. Doch nun, bei seinem Anblick, war es zur Gewissheit geworden.

Caro parkte den Wagen und half ihrer Freundin dabei, vorsichtig auszusteigen. Während die Beifahrertür hinter ihr zuschlug, hievte Alexandra ihren zerbrechlichen Körper, der ihrer Seele seit Wochen so unerträglich weit hinterherhinkte, auf die Krücken.

»Caro?«

»Ja?« Caro, die schon flotten Schrittes auf die Eingangstür zugesteuert war, als warte dahinter eine Riesenüberraschung auf sie, drehte sich um.

Alexandra zögerte einen Moment. Sie fragte sich, ob sie ihre beste Freundin damit behelligen durfte. Auf einen Unbeteiligten – und das war sie letzten Endes, bis auf Morten und sie selbst waren alle unbeteiligt – konnte die Geschichte einen gruseligen Eindruck machen.

»Jetzt sag schon!«

»Die Sache ist …« Alexandra musste sich einen Ruck geben, um fortzufahren, aber andererseits hatte sie das Gefühl, dass Caro ihr Halt geben und dabei helfen würde, nicht komplett überzuschnappen – was auch immer in den kommenden Minuten in diesem Haus geschehen würde. »Die Sache ist die … Ich hab dir doch von diesem Johnson erzählt. Dass er mich angerufen hat am Morgen des Unfalls …«

Caro nickte.

»Also, wenn dieser Anruf tatsächlich stattgefunden hat – wie er eben in dem Café gesagt hat –, müsste doch alles auf dem Anrufbeantworter sein …«

Caro schaute sie fragend an, sie hatte keine Ahnung, worauf Alexandra hinauswollte.

»Nun, er hat gesagt, dass er Johnson heißt, dass er dort oben seit einer Stunde auf meinen Mann wartet und dass er es immer wieder auf dem Handy versucht hat … und dann diese Geschichte mit den zehn Minuten …«

»Welchen zehn Minuten?«

»Dass er nur noch zehn Minuten warten und sich dann einen anderen Makler suchen will. Oder so ähnlich.«

Über Caros Gesicht flog der Ansatz eines Lächelns, wie bei einem Mädchen, das soeben eine schwierige Rechenaufgabe verstanden hat.

»Okay … Du meinst, wenn wir das jetzt unter den neuen Nachrichten finden …«

»Genau, dann kann ich es eigentlich nicht gehört haben.«

»Na ja, theoretisch könntest du es schon gehört haben, aber ohne abzunehmen.«

»Weshalb hätte ich das tun sollen?«

Caro zuckte mit den Schultern. »Ich meine ja nur, es ist noch kein echter Beweis für irgendwas.«

»Aber die Uhrzeit! Der Anrufbeantworter zeigt die genaue Uhrzeit an – aber als er angerufen hat, war der Unfall bereits passiert … Verstehst du? In dem Unfallbericht wird stehen, dass ich zu dieser Zeit gar nicht hier im Haus sein konnte, weil es schon geknallt hatte. Das können alle bezeugen, dieser Johnson, Margret und Eddie, der Rettungsdienst …«

Caros Gesicht nahm nachdenkliche Züge an. Alexandra fragte sich, ob sie über ihre eben geäußerte Theorie nachdachte oder eher darüber, ob ihre Freundin auf bestem Wege war, völlig verrückt zu werden.

»Jetzt lass uns erst mal reingehen und den Anrufbeantworter abhören, in Ordnung?«, sagte sie. »Wenn da wirklich was drauf sein sollte, sehen wir weiter.«

»Caro? Du … hältst mich jetzt aber nicht für so eine Durchgeknallte, oder?«

Caro konnte sich ein Lächeln nicht verkneifen, verbunden mit einem ihr eindeutig wohl gesonnenen Kopfschütteln.

»Solange du da drinnen nicht mit einer Axt auf mich losgehst, nicht.« Sie zwinkerte ihr zu, während sie das sagte. »Jetzt komm schon!«

»Der Schlüssel ist in der Tasche.«

Caro hatte freundlicherweise ihre alte, mit bunten Hippiemotiven bedruckte Tasche an sich genommen, da es auf Krücken nicht leicht war, auch noch mit Gepäck zu hantieren.

»Ich bin gespannt, was wir da drinnen finden«, sagte Caro. Die ganze Sache schien langsam aufregend für sie zu werden.

Alexandra hingegen spürte, wie sich erneut eine Faust in ihren Magen bohrte, die Angst vor den Erinnerungen, die hinter dieser Tür auf sie lauerten wie ein Überfallkommando: der Stuhl am Esstisch, auf dem er immer gesessen hatte, die Blumenvase, die er ihr zusammen mit einem großen Strauß roter Rosen erst vor Kurzem geschenkt hatte, einfach nur so, ohne jeden Anlass. Und schließlich das Bett, in dem sie zusammen geschlafen, Probleme gemeistert und Träume geträumt hatten, eng aneinandergeschmiegt, untrennbar.

Behutsam trat sie über die Schwelle. Der helle Dielenboden federte unter ihren Schritten. Bis vor Kurzem war dieses Haus noch die Erfüllung ihres Glücks gewesen, ein wärmendes und wunderbares Heim über viele Jahre hinweg – doch nun schnürte es ihr die Luft ab. Allein den Flur zu betrachten, von dem die Küche abzweigte, schmerzte unendlich, denn seine Wände waren gepflastert mit Fotos in kleinen, mittleren und großen Rahmen. Fotos in Schwarzweiß und in Farbe. Fotos von ihr und Morten, verschiedene Jahre, verschiedene Orte, aber immer dasselbe Lächeln zweier Menschen, die ihr Glück gefunden hatten. Merkwürdigerweise schien auf allen Bildern die Sonne, erst jetzt fiel es Alexandra auf.

Wie gut das Haus doch roch! Es war ganz und gar aus Holz gebaut, und im Sommer mischte sich der trockene Duft der Latten und Dielen mit dem der Kräuter und Pflanzen in den Dünen, ergänzt um die salzige Brise, die bei geöffnetem Fenster kühlend ins Innere wehte. Diesen Duft wieder einzuatmen machte Alexandra schlagartig wehmütig. Sie musste sich ablenken, bevor sie wieder in Tränen ausbrach. Eigentlich war sie keine Heulsuse – im Gegenteil, sie hatte gelernt, sich zu beherrschen, ihre Gefühle zu kontrollieren, wenn es sein musste. Doch seit Mortens Tod war ihr diese Fähigkeit abhandengekommen; bei jeder Kleinigkeit, die sie beide betraf, konnte sie kaum an sich halten.

»Wo ist denn der Anrufbeantworter?« Caro war offenbar im Wohnzimmer.

»Ach, hier … hab ihn gefunden!«, rief sie nur wenig später, doch Alexandra humpelte bereits ins Zimmer, so dass sie sich einige Dezibel Lautstärke hätte sparen können.

Auf dem Display des Gerätes blinkte eine grüne Sieben, die Anzahl der neuen Nachrichten.

»Darf ich?« Caro sah Alexandra fragend an, um deren Zustimmung zu erbitten, während ihr Zeigefinger über der Abspieltaste schwebte.

Alexandra nickte. Es war besser, sich dieser Sache zuzuwenden, als in unwiederbringlich verlorenen Erinnerungen zu schwelgen.

Die Nachrichten stammten von den verschiedensten Bekannten, die sie zum Teil ewig nicht gesehen hatte. Allesamt Beileidsbekundungen, vorgetragen von trist wirkenden Stimmen, verbunden mit der Versicherung, dass man ihr in dieser schweren Stunde zur Seite stehen wolle – kurz gesagt: Es war deprimierend.

Als sie die letzte Nachricht abhörte, Nummer eins nach dem Unfall, hielt Alexandra es kaum noch aus.

Caro schaute sie bedeutungsvoll an, als wären sie im Finale von *Wer wird Millionär?* gelandet und müssten nur noch eine einzige Frage beantworten, deren Lösung über nicht weniger als alles oder nichts entschied. Dabei ging es ja gar nicht darum, sich einen Gewinn zu sichern, mit dem man ein Leben lang ausgesorgt hatte. Als die Nachricht abgespult wurde, fühlte sich Alexandra dann auch nicht wie ein Sieger, sondern wie ein Verlierer, dem eine kleine Gnade zuteil wird. Während sie beide mucksmäuschenstill – Caro vor Anspannung, sie selbst fast gleichmütig, so als hätte sie nichts anderes als dieses Ergebnis erwartet – der Ansage lauschten, stellte Alexandra fest, dass Wort für Wort eine Brücke zwischen ihren Träumen und der Wirklichkeit gebaut wurde. Sie hatte recht gehabt mit ihrer Vorahnung: Tag und Uhrzeit passten. Es war Johnson. Tatsächlich. Blechern dröhnte seine Mitteilung vom Band, und Alexandra hätte jeden Buchstaben mitsprechen können.

Caro hatte sich auf die Lehne des Wohnzimmersessels gesetzt und starrte schweigend auf das Gehäuse des Anrufbeantworters, dessen grüne Ziffern auf dem Display zu blinken aufgehört hatten.

»Keine neuen Nachrichten« – die letzten Worte des Ladyroboters klangen in Alexandras Ohren nach. Doch. Es gab neue Nachrichten: die Gewissheit, dass sie von diesem Augenblick an eine Zeugin hatte; dass sie ihre Geschichte definitiv weder erfunden noch geträumt hatte; es gab die umwerfende Erkenntnis, dass möglicherweise zwei Versionen der Wahrheit nebeneinander existieren konnten! Und die erfüllende Einsicht, dass Morten tatsächlich zu ihr zurückgekommen war, um sich zu verabschieden – was sie mit einem unglaublichen Glücksgefühl erfüllte. Denn es bedeutete, dass er nicht ausgelöscht war, dass er noch lebte – wenn auch in einer Form, die die menschliche Vernunft nicht zu erfassen vermochte. Alexandra fragte sich, ob er sie jetzt beobachten oder sich gar sichtbar machen konnte, ob er sich in diesem Moment zusammen mit ihr und Caro in diesem Haus, in diesem Zimmer befand. Gegenüber dem brutalen Abschied, den man ihr in den vergangenen Wochen hatte nahelegen wollen, diesem Lebwohl ohne jedes Goodbye, bevorzugte sie diese Variante eindeutig. Es war tröstlich zu fühlen, dass ihre große Liebe weiterlebte und dass es so etwas wie den Himmel *tatsächlich* gab. Warum nur zogen es viele Menschen vor, diese Vorstellung ins Reich der kindlichen Fantasie zu verbannen und ohne Hoffnung zu leben? Die Vorstellung, dass wir alle nach dem Tod in einem schwarzen Nichts versinken, nennt man das »Aufklärung«? Welche Beweise gab es denn für diese Theorie? Keine. Aber für die Existenz des Himmels verlangten die Menschen Beweise, weil sie so große Angst davor hatten, enttäuscht zu werden. Nun, hier ist zumindest ein Beweis, dachte Alexandra, einer, der nur schwer zu widerlegen sein wird. Der Rest der Welt war ihr egal, aber dadurch, dass Caro es nun auch gehört hatte, konnte sie sich selbst wieder trauen. Sie war keineswegs verrückt geworden, sie hatte nur eine Erfahrung gemacht, die außer ihr niemand am eigenen Leib nachvollziehen konnte – oder nur sehr wenige Menschen. Und die behielten sie sehr wahrscheinlich sorgfältig für sich.

»Hast du die Uhrzeit gehört?«, fragte sie Caro. »Aus dem Unfallbericht geht hervor, dass ich um diese Zeit nicht hier gewesen sein kann.«

»Das … ist … unglaublich«, stotterte Caro, während sie ihren Blick auf die Wellen richtete, die vor der Glasfront des Wohnzimmers an den Strand rollten. Sämtliche Farbe war aus ihrem Gesicht gewichen.

»Ja«, antwortete Alexandra und ließ sich von den Krücken in einen Sessel plumpsen, allerdings deutlich vorsichtiger, als sie es normalerweise gemacht hätte – denn sie fühlte sich noch immer wie ein Mensch, der leicht auseinanderbrechen konnte. »Vielleicht finde ich noch weitere Zeichen – es ist nur eine Frage der Zeit …« Nachdenklich blickte sie nun ebenfalls hinaus auf den Strand, an dem sich Feriengäste und Tagesurlauber unbeschwert tummelten .

»Ich denke, das ist keine gute Idee.« Im Augenwinkel erkannte Alexandra, dass Caro sie mit strengem Blick ansah.

»Wieso nicht?«, fragte sie überrascht.

»Es ist wirklich merkwürdig, da stimme ich dir zu – keine Ahnung, vielleicht ist auch nur die Zeiteinstellung auf dem Anrufbeantworter falsch …«

»Die Zeit stimmt, glaub mir. Schau doch einfach nach!«

So leicht war das, wenn man ein gutes Blatt in der Hand hatte. Alexandra konnte verstehen, dass Caro zuerst nach einer rationalen Erklärung suchte – sie an ihrer Stelle hätte es wahrscheinlich genauso gemacht. Schon als kleines Kind wird einem beigebracht, den Kopf zu benutzen, anstatt auf sein Bauchgefühl zu vertrauen.

»Alexandra, ich weiß es doch auch nicht – vielleicht gibt es Dinge, die sich einfach nicht erklären lassen … Ich meine, ich glaube dir … obwohl ich zugeben muss, dass ich … keine Ahnung habe, was hier eigentlich passiert.«

Allerdings schaute sie ihre Freundin an, als hätte sie eine ziemlich genaue Ahnung davon, was als Nächstes passieren sollte.

»Ich finde, du solltest nicht weiter in der Vergangenheit stöbern«, fuhr Caro fort. »In Erinnerungen und so, meine ich – du musst jetzt versuchen, dein eigenes Leben zu leben. *Mit* den Erinnerungen, aber nicht allein für sie, verstehst du das?«

Natürlich verstand Alexandra das. Aber wie konnte ihr das gelingen, wenn sie von Erinnerungen umgeben war? Vielleicht war genau das ihre Aufgabe: weitere Zeichen zu finden. Zeichen, die ihr den Weg wiesen – einen Weg, den Caro unmöglich kennen konnte. Andererseits hatte Morten dasselbe gesagt wie Caro in jener Nacht, als er im Krankenhaus an ihrem Bett gestanden und ihre Hand gehalten hatte. Alexandra seufzte. Es war so schwer zu entscheiden, was sie tun sollte! Sie war es gewöhnt, ihrem Herzen zu folgen, und das wollte in diesem Moment nur eines: zurückkehren in die Vergangenheit. Hätte sie sich eine Dosis Vergangenheit in die Adern jagen können, sie hätte munter nach der Spritze gegriffen und wäre vermutlich schon sehr bald einer Überdosis erlegen – mit einem Lächeln auf den Lippen.

»Und wie geht es jetzt weiter?« Caro schien eine echte Antwort zu erwarten, einen vernünftigen, konkreten Plan.

»Ich werde übermorgen entlassen.«

So war es – und wenn sie ehrlich war, fürchtete sie sich davor. So wenig sie das Krankenhaus mochte, es war ein anonymer Ort, fern von ihrem Leben, eine kleine Oase, wenn auch keine besonders attraktive, aber immerhin. Mit dem Tag ihrer Entlassung jedoch würde sie gezwungen sein, in ein Leben zurückzukehren, das nicht mehr war als ein Anzug ohne Inhalt – sie würde sich der unmöglichen Aufgabe stellen müssen, diesen Anzug wieder auszufüllen, um eines fernen Tages wieder hineinzupassen. Eine Aufgabe, für die sie sehr viel zunehmen musste, denn bisher war der Anzug für zwei Menschen geschnitten gewesen.

Alexandra fragte sich, ob sie diese Aufgabe hier, in diesem Haus, bewältigen könnte. Oder ob dieser Ort ihres vergangenen Glücks mit all seinen Erinnerungen sie daran hinderte, sich eine Zukunft vorzustellen. Es war so unglaublich schön hier, auch jetzt noch. Der Blick hinaus auf den blau lackierten Horizont, das beruhigende Rauschen der Wellen, die wohltuend vertrauten Gerüche, die ins Haus strömten und in seinem Gebälk saßen, das freche Kreischen der Möwen über dem Meer. Jetzt, wo sie all das wieder wahrnahm, fragte sie sich, wie sie die ganze Zeit in diesem sterilen Krankenhaus hatte überstehen können. Sie wollte nur noch hier im Wohnzimmer sitzen und hinausblicken oder – eingekuschelt in Laken, die sie im Sommer kühlten und im Winter wärmten – in dem Bett aus weiß lasiertem Holz liegen, in denen Morten und sie eng aneinandergeschmiegt die Dunkelheit der Nacht vertrieben hatten, und das so viele wundervolle Jahre lang.

»Alexandra?«

Caros Stimme schien aus weiter Ferne zu kommen. Alexandra erschrak, als sie ihren Namen hörte. Sie hatte geträumt, wieder einmal.

»Was hältst du von meinem Vorschlag?«

Alexandra räusperte sich. »Vorschlag?«, wiederholte sie und versuchte dabei so wenig geistesabwesend wie möglich auszusehen.

»Dass du erst mal bei mir einziehst. Ich glaube, dieses Haus und alles hier zieht dich runter.«

»Nein – im Gegenteil«, bemühte Alexandra sich sofort, ihre Einwände zu entkräften. »Es ist sogar so schön, dass ich … es kaum aushalte … Ja, so schön ist es hier.«

Hätte sie sich in diesem Moment selbst sehen können, sie wäre ebenso verwundert gewesen, wie es Caro war, denn in ihren Augen musste eine unendliche Traurigkeit gelegen haben, nur notdürftig verhüllt von einem wehmütigen Lächeln, das sich noch zu gut an das vergangene Glück erinnerte, das in diesen Räumen zu Hause gewesen war.

»Was meinst du, sollen wir ein paar Sachen für dich einpacken?« Caro ließ nicht locker.

»Nein«, sagte Alexandra und biss sich auf die Lippen – nicht etwa, weil sie etwas Falsches gesagt hätte, sondern weil das bei ihr die einzig wirksame Methode war, das Heulen zu verhindern. Denn bevor die Tränen kamen, fingen die Lippen an zu zittern, zu flattern. »Das würde ich gerne allein machen«, fügte sie schnell hinzu und erhob sich, um sich geradezu auf ihre Krücken zu werfen und hastig ins Schlafzimmer zu stolpern, wo sie für einen Moment die Tür hinter sich schließen und unbeobachtet sein konnte.

Sie setzte sich auf das Bett, das frisch gemacht war, obwohl sie es an jenem unheilvollen Morgen vor vielen

Wochen zerwühlt vom Schlaf zurückgelassen hatte. Vermutlich hatten Margret und Eddie das veranlasst. Sie waren nicht gerade die Zeremonienmeister großer Gefühle und konnten manchmal wirklich anstrengend sein – dafür drückten sie ihre Zuneigung in praktischer Hilfe aus. Wahrscheinlich hatte Margret auch den Abwasch in der Küche erledigt und alles auf Hochglanz poliert, während Eddie den Sand von der Wohnzimmerterrasse gefegt hatte.

»Alles in Ordnung da drinnen?« Nur wenige Augenblicke später klopfte es von außen.

Nichts war in Ordnung. Aber als Caro die Tür vorsichtig öffnete, war Alexandra bereits dabei, einige Kleider aus dem Schrank in einen riesigen alten Lederkoffer zu verfrachten.

Zwei Tage später, es war noch früh am Vormittag, betrat Alexandra – hinter der aufgeregt hechelnden Pearl, die sich bei solchen Gelegenheiten grundsätzlich vordrängelte – Caros winzige, sehr mädchenhaft eingerichtete Wohnung, in der jede Wand in einer anderen Farbe gestrichen war. Zum ersten Mal kam sie nicht als Gast auf einen Tee oder ein Glas Wein, sondern als Langzeiturlauberin. Obwohl es im Grunde eher eine Entziehungskur war als ein Urlaub, die sie hier absolvieren würde – schließlich musste sie genau wie ein Alkoholiker oder ein Junkie lernen, ohne das zu leben, was bisher ihre größte Erfüllung gewesen war. Nur dass es sich bei ihr nicht um eine Droge handelte, sondern um einen Menschen. Und dennoch: Sie war aufgeräumter Stimmung, als Caro sie zu ihrem eigenen Bett in das direkt an den einzigen Wohnraum angrenzende, ganz in Hellblau gehaltene und mit weißen Wölkchen an den Wänden verzierte Schlafzimmer führte und dabei steif und fest behauptete, dies wäre von nun an ihre, Alexandras, Schlafstätte. Caro selbst würde fürs Erste auf der Couch schlafen, was ihr angeblich sowieso viel besser gefiel.

Ein Angebot, das Alexandra sofort entschieden ablehnte – denn wozu hatte Caro ein Schlafzimmer, wenn sie eigentlich viel lieber auf der Couch im Wohnzimmer schlief? Davon abgesehen gefiel Alexandra der Wohnraum mit seinen abwechselnd in Rot und Orange gehaltenen Wänden und den Leichtbaumöbeln aus hellen skandinavischen Hölzern viel besser als das Schlafzimmer, das sie zu sehr an ein Kinderzimmer erinnerte. Sie fragte sich, wie wohl die Männer darüber dachten, denen es gelang, in dieses Reich ihrer Angebeteten vorzudringen. Während sie darüber nachdachte, fiel Alexandra auf, dass sie Caro in den vergangenen Jahren höchst selten in Begleitung eines Liebhabers gesehen hatte, und wenn, dann nur für die Dauer der Lebensspanne einer Eintagsfliege. Eine Tatsache, die Caros munterem, oft frechem Wesen zu widersprechen schien. Hin und wieder hatten sie bei einem Kaffee über dieses Thema gesprochen, und es war immer auf dasselbe hinausgelaufen: dass Caro sich noch immer wie ein Kind fühlte, ein erwachsenes Kind immerhin. Sex ja, Verantwortung nein. Sie fühlte sich noch nicht reif für die große Liebe oder gar für ein Kind, obwohl sie so jung nun auch nicht mehr war. Aber mit unter dreißig ist man heutzutage noch nicht erwachsen, behauptete Caro immer. Dabei war es keineswegs so, dass sie sich nicht für Männer interessierte. Und sie hatte Alexandra ebenfalls anvertraut, dass es letzten Endes möglicherweise auch nur daran lag, dass sie die große Liebe noch nicht getroffen habe.

An Gelegenheit hatte es ihr bestimmt nicht gemangelt, schließlich war sie eine attraktive Frau – der Ausdruck »Mädchen« hätte ihr wahrscheinlich besser gefallen und traf es auch eher: Sie war zart gebaut und hatte ein auffallend schönes Gesicht mit hohen Wangenknochen und einem sinnlich geschwungenen Mund, der nicht nur bei Kerzenschein irgendwie französisch wirkte. Wenn sie einen zu viel getrunken hatte, sagte sie allerdings ganz andere Sachen. Hin und wieder zumindest. »Ein Kind zu zeugen ist der Sieg des Menschen über den Tod.« Wo auch immer sie das her hatte, es stimmte. Am nächsten Morgen konnte sie sich zwar häufig nicht mehr an ihre Sprüche vom Vorabend erinnern, aber sie ging darüber einfach mit einem Lächeln und einer Bemerkung im Sinne von »Was schert mich mein Geschwätz von gestern« hinweg, was sie noch charmanter machte, als sie es ohnehin schon war.

Als sie Alexandras Sachen in den ohnehin schon rappelvollen Kleiderschrank gequetscht und die Tür mit aller Kraft zugedrückt hatten, ließen sie sich beide auf das Bett fallen und schliefen, übermüdet von den Umzugsarbeiten, Nase an Nase auf der Bettdecke ein, die mit verrückt grinsenden Giraffen und Männchen machenden Elefantenbabys bedruckt war.

Caros Wohnung befand sich in einer großen, verhältnismäßig neu wirkenden, zartrosa gestrichenen Wohnanlage. Öffnete man die dunkelblauen Persianas, konnte man den Blick auf den Stadtpark genießen. An den auf Hochglanz polierten Messingklingelschildern erkannte Alexandra, dass der Komplex in überdurchschnittlich viele Wohnungen unterteilt war, auf die das Prädikat klein, aber fein zuzutreffen schien. Einige Apartments waren offenbar noch zu haben, wie die auf den Balkonen montierten »Zu vermieten«-Schilder verrieten. Die Wohnungen im Untergeschoss besaßen sogar einen Garten, der zwar nicht größer war als ein gewöhnliches Wohnzimmer – aber immerhin konnte man dort barfuß über ein Stückchen Rasen laufen. Es war nicht ganz Alexandras Stil, zu puppenhausähnlich wirkte dass alles auf sie – aber im Großen und Ganzen musste sie zugeben, dass es eine nette Anlage war, ideal für Singles oder Pärchen. Merkwürdigerweise zählte sie sich in Gedanken nicht zu der ersten Gruppe. Und auch zu der zweiten hatte sie selbst dann nicht gehört, als Morten noch lebte – ein Gedanke, der wie ein Messerstich schmerzte. Sie, Morten und Pearl hatten sich immer als eine kleine Familie betrachtet, obwohl ihnen ein Kind, dieser Sieg des Menschen über den Tod, nicht vergönnt gewesen war.

Als Alexandra wieder aufwachte, hörte sie Caro bereits in der Mini-Küche mit Geschirr hantieren. Die Luft im Schlafzimmer war verpestet von Pearls schlechtem Atem: Sie musste hier raus! Ihr war schon wieder übel.

»Guten Morgen! Alles klar?«, tönte es Alexandra entgegen, als sie gähnend und noch in Gedanken an die Kloschüssel, über die sie sich eben erfolglos gebeugt hatte, in die Küche humpelte.

Der »Morgen« war längst vorüber. Ein Popsong plärrte in voller Lautstärke aus der Stereo-Anlage, die auf dem obersten Brett eines Holzregals neben dem Fenster stand.

»Geht's dir nicht gut?« Caro balancierte gerade ein zart angebratenes, nach Thymian und anderen Kräutern duftendes Fischfilet auf einen von zwei Tellern, die hübsch mit einem kleinen Salat und einer mangofarbenen Fruchtsoße angerichtet waren. Es sah so fantastisch aus, dass Alexandra trotz des kleinen unappetitlichen Intermezzos, das eben auf der Toilette stattgefunden hatte, Appetit bekam. Sie hatte Caro gar nicht zugetraut, dass sie kochen konnte.

»Doch, es geht schon wieder. Mir ist seit ein paar Wochen ständig übel, wahrscheinlich die Medikamente«, sagte sie, während sie ihrer Freundin den zweiten Teller reichte, um ihr das Manöver zu erleichtern, den brutzelnden Fisch heil aus der Pfanne zu angeln.

»Aber du nimmst doch gar keine mehr, oder?«

Alexandra schüttelte den Kopf. »Ich weiß auch nicht. Vielleicht ist es auch nur seelisch.«

»Du solltest mal zum Arzt gehen.«

»Entschuldige mal, da war ich doch gerade – oder nicht?« Zurzeit kriegte sie Ausschlag, wenn sie das Wort *Arzt* nur hörte. Fürs Erste hatte sie genug von diesem Berufsstand.

»Ja, aber die haben sich nur um deine Knochen gekümmert.«

»Das stimmt nicht, am Anfang haben die mich komplett durchgecheckt.«

»Wie lange ist das her?«

»Schon ein bisschen länger, bei meiner Einlieferung und danach noch zwei-, dreimal. Aber was soll in der Zwischenzeit auch groß passiert sein? Ich denke, ich hab mir so ein blödes Magen-Darm-Virus eingefangen, das ich schon seit Wochen verschleppe …«

»Na, dann guten Appetit!«, wünschte Caro und marschierte mit den Tellern in der Hand in Richtung Essecke, als hätte sie ihr Leben lang nichts anderes gemacht als gekellnert.

Seit einigen Wochen hatte Alexandra Probleme mit Fisch. Er bekam ihr nicht mehr. Aber dieser hier sah einfach zu gut aus, um ihm zu widerstehen.

Es war schon merkwürdig, aber während Alexandra beobachtete, wie Caro mit der Gabel sorgfältig einen kleinen, fast quadratischen Happen aus ihrem Filet trennte, fühlte sie sich mit einem Mal wieder ganz jung, so als wäre Caro ihre Mutter und sie Teil einer Familie, einer glücklichen Familie – etwas, was sie sich von Kindesbeinen an von ganzem Herzen gewünscht und doch nie erlebt hatte.

Nach dem Essen fragte Caro sie, ob sie Lust auf einen Stadtbummel habe.

Alexandra war eine Frau, natürlich – und es existierten nur wenige Frauen auf diesem Planeten, die keine Lust auf einen Stadtbummel hatten, doch heute hätte sie lieber gern darauf verzichtet, um sich in Caros

Schlafzimmer zurückzuziehen, das nun doch vorübergehend ihres geworden war.

»Jetzt komm schon!«, drängelte Caro. »Du musst mal wieder unter Leute. Das bringt dich auf andere Gedanken.«

Eigentlich wollte Alexandra gar nicht auf andere Gedanken gebracht werden. Noch immer gefiel es ihr am besten, einfach nur zu schlafen und von der Zeit vor dem Unfall zu träumen. Von der Zeit, als ihr Leben perfekt gewesen war. Sie konnte zwar nicht mehr in Mortens Armen liegen, aber sie konnte davon träumen, denn sie wusste noch genau, wie es sich anfühlte. Bestimmte Dinge vergaß man nie, und dieses Gefühl gehörte ganz sicher dazu.

Aber schließlich willigte sie ein. Sie fuhren einige Hundert Meter mit dem Auto, stellten es auf einem großen Parkplatz ab und gingen von dort aus zu Fuß weiter. Normalerweise hätte man keinen Wagen gebraucht, aber Alexandra tat sich noch schwer mit den Krücken und ermüdete schnell. Caros Meinung nach sollte sie sich ihre Energie besser für die Haupteinkaufsstraße aufsparen, durch die sie wenig später schlenderten beziehungsweise humpelten, Caro mit einem Eis in der Hand und sie mit zwei Krücken.

Es waren viele Leute unterwegs; die Hauptsaison hatte begonnen, und die Straßencafés waren voller Menschen aus allen Teilen des Landes, die ihren Urlaub hier oder – wenn sie es sich leisten konnten – auf der nahen Insel verbrachten. Die Stadt platzte aus allen Nähten. So gern Alexandra früher hierhergekommen war, um die anregende Luft einer kreativen Metropole zu schnuppern, so sehr irritierten sie heute die Schaufenster und Auslagen der feinen Geschäfte, all die Guccis, Pradas und wie sie sonst noch hießen.

Sie waren noch keine zehn Minuten unterwegs, als sich plötzlich von hinten eine Hand auf Alexandras Schulter legte. Caro war gerade in einem CD-Laden verschwunden, und sie hatte versprochen, draußen auf sie zu warten, da sie derzeit kein ehrliches Interesse für Musik und die schönen Dinge des Lebens aufbringen konnte.

»Alexandra?«

Ein wenig erschrocken drehte Alexandra sich um und schaute in das sommersprossige Gesicht einer Frau mittleren Alters. Ein Gesicht, gerahmt von wirr abstehenden rotblonden Haaren, das ihr bestens bekannt war.

»Hallo! Was haben Sie denn gemacht?«, fragte der schmale Mund ihrer Frauenärztin, die sie seit dem Unfall nicht mehr gesehen hatte.

Alexandra versuchte, wenigstens ein bisschen zu lächeln.

»Oh Gott, hallo ... Ich ... bin hier mit einer Freundin. Sie wird gleich wieder da sein ...« Schnell hob sie eine Krücke an und wies damit auf das Musikgeschäft. »Wir haben es etwas eilig, ich melde mich ein anderes Mal, ja?«

Alexandra stammelte irgendeinen Unsinn, nur um zu verhindern, dass sie von dem Unfall erzählen musste. Bisher hatten es alle gewusst, sie war niemandem eine Erklärung schuldig gewesen. Doch nun stand sie plötzlich vor der Situation, einem ahnungslosen

Menschen diese Katastrophe schildern zu müssen, noch dazu mitten in einer quirligen Shoppingmeile, umgeben von gut gelaunten Leuten, die sich über die Eroberungen freuten, die sie auf ihren Einkaufsfeldzügen gemacht hatten. Ein Kloß schnürte Alexandra die Kehle zu. Das war zu viel für sie, die doch nur hier inmitten dieser Menschenmenge zwischen den luxuriösen Schaufenstern eingeklemmt stand, um auf andere Gedanken zu kommen – jedenfalls hatte Caro sie zu diesem Zweck hierher geschleppt. Jemand rempelte sie an und hastete eilig vorbei. Es war ein junger Typ, der offensichtlich ebenfalls keine Lust auf einen Einkaufsbummel verspürte.

»Hey, können Sie nicht aufpassen?«, rief die Ärztin ihm hinterher. »Schwachkopf!« Sie ergänzte es leise, bevor sie sich erneut ihrer Patientin zuwandte.

Alexandra fiel auf, wie weiß, fast porzellanartig, die Haut von Dr. Moss war und wie überarbeitet sie mit ihren glanzlosen blassblauen Augen wirkte. Trotz ihres Berufes, der die Gesundheit ihrer Patientin erhalten sollte, sah sie selbst schlecht aus, irgendwie ungesund. Aber fachlich war sie gut, und sie war angenehm im Umgang, deshalb war Alexandra trotz der niederschmetternden Diagnose, dass sie vermutlich nie wieder ein Kind bekommen würde können, bei ihr geblieben.

»Keine Angst, Alexandra, die Knochen heilen wieder. In ein paar Wochen laufen Sie wieder wie eh und je. Ich hatte selbst zwei Beinbrüche, solange das Becken in Ordnung ist, kriegen Sie das wieder in den Griff, glauben Sie mir!« Freundschaftlich streichelte

Dr. Moss ihrer Patientin über den Oberarm, an dem sich – gemessen an ihrer normalerweise mädchenhaft schlanken Statur – beträchtliche Muskeln vom Gehen mit den Krücken gebildet hatten.

Alexandra nickte, dankbar, dass die Ärztin offenbar gespürt hatte, dass sie nicht über den Grund für ihre Verletzung reden wollte und sich bemühte, das Gespräch in andere Bahnen zu lenken – ein Vorhaben, das ihr gründlich misslang.

»Wie geht es Ihrem Mann? Ich hoffe, gut!«, erkundigte sie sich mit einem strahlenden Lächeln.

Es war kein Wunder, dass Alexandra in diesem Moment in sich zusammenfiel wie ein Kartenhaus bei der kleinsten Berührung an der falschen Stelle. Ihr Nervengerüst war mindestens ebenso fragil wie ein Kartenhaus, und ihre Wunden waren noch längst nicht vernarbt. So sehr sie sich schämte, mitten auf der Straße in Tränen auszubrechen, sie konnte nicht anders. Das Einzige, was sie tun konnte, war, den Blick nach unten auf das Pflaster des Gehweges zu richten, damit es nicht gleich alle bemerkten. Der Schmerz durchflutete sie so heftig, als müsste sie einen Zementbrocken erbrechen. Wäre Caro in diesem Moment nicht aus dem Laden gestürmt, sie wäre höchstwahrscheinlich ohnmächtig geworden. Doch bevor sie fallen konnte, spürte sie, wie sie an beiden Armen gestützt wurde – auf der einen Seite von Caro, auf der anderen von der betroffen wirkenden Ärztin. Alexandra war so übel, dass sie sich an Ort und Stelle hätte übergeben können, aber sie kämpfte mit aller Kraft dagegen an. Ihre Beine schlotterten. Sie hörte, wie die beiden Frauen neben ihr sich gedämpft unterhielten, kurze Sätze wechselten, ihre Stimmen kamen wie aus weiter Ferne. Das Einzige, was Alexandra sah, während sie mit gesenktem Blick dastand, waren unzählige Beine. Sie umzingelten sie geradezu – nackte Beine in Flip-Flops oder Sandalen und blaue, graue, schwarze, weiße, bunt gemusterte Hosenbeine in Lederstiefeln, feinen Budapestern, kernigen Wander- oder Turnschuhen. Sie hätte sich so gern hingelegt, denn nun verschwammen all diese Eindrücke vor ihrem Gesicht, aber es war kein Platz auf dem Pflaster vor lauter Schuhen, die an ihr vorüberliefen. Dann, allmählich, ging es besser. Sie spürte wieder den festen Griff der helfenden Hände und nahm die Geräusche wahr, die sie umgaben und mit ihr in Kontakt zu treten suchten.

»Alexandra.« Sie hörte ihren Namen. »Versuchen Sie tief durchzuatmen, ja?« Es war die Stimme der Ärztin. Sie klebte dicht an ihrem Ohr.

Mühsam richtete Alexandra sich auf und blickte in den blauen Himmel. Sie atmete durch und schloss die Augen wieder. Ein und aus, ein und wieder aus. Fünf- oder sechsmal, nur mit dem gedämpften Licht im Kopf, das durch ihre geschlossenen Lider drang.

»Alles in Ordnung, Alexandra? Entschuldigen Sie bitte … Ich hatte ja keine Ahnung, was passiert ist.«

Was passiert ist? Worum ging es? Was hatte Caro ihr erzählt? Alexandra hatte nichts mitbekommen in den vergangenen Minuten, ein klassischer Totalaussetzer. Langsam senkte sie den Kopf und öffnete die Augen. Vor ihr stand ihre Ärztin, die Hand an ihrem Handgelenk, um ihren Puls zu messen.

»Ihr ist in letzter Zeit immer so übel, das stimmt doch, Alexandra, oder?«

»Sie sollten mich unbedingt in meiner Praxis besuchen, Alexandra. Ich denke, es ist nichts Schlimmes – aber kommen Sie auf jeden Fall vorbei, ja?«

Alexandra nickte pflichtschuldig wie ein kleines Mädchen, während Caro ihr mit einem Taschentuch den Schweiß von der Stirn tupfte.

»Ja, es tut mir leid.«

Das sommersprossige Gesicht lächelte sie an, auf einmal wirkte es trotz der schmalen Lippen und der wässrigen Augen sehr warmherzig.

»Das muss Ihnen nicht leidtun. Sie machen das ganz großartig, glauben Sie mir. Sie haben eine Menge Kraft.«

»Danke, aber ...« Sie wollte widersprechen, doch selbst dazu fehlte ihr die Kraft. Ihre Stimme klang so müde, dass sie sich selbst kaum hören konnte.

»Kommen Sie in die Praxis, am besten gleich morgen, in Ordnung?«

»Das wird sie machen«, mischte Caro sich ein, noch ehe Alexandra eine Ausrede parat hatte, warum sie morgen nicht kommen würde. »Und wenn ich sie eigenhändig zu Ihnen schleife.«

»Vielen Dank für deine Hilfe«, sagte Alexandra ein wenig später, nachdem sie wieder zu zweit waren, mit einem vorwurfsvollem Unterton. Sie war alles andere als begeistert über Caros Ankündigung, sie morgen zu Dr. Moss zu begleiten.

Caro hingegen tat, als würde sie ihre Missstimmung nicht im Geringsten bemerken. »Gern geschehen«, antwortete sie wie aus der Pistole geschossen und lächelte sie freundlich an. »Einer muss sich ja um deine Gesundheit kümmern. Betrachte mich einfach als deinen persönlichen Health Manager, so heißt das doch heute, oder?« Sie setzte ein verschmitztes Grinsen auf, um daraufhin eine soeben ergatterte CD aus ihrer Tasche zu ziehen: »Back to Black« von Amy Winehouse. »Die geht total ab«, sagte sie und schnüffelte an der Plastikverpackung, wie sie es immer tat – irgendeinen Tick muss man ja haben, der einen davon abhält, verrückt zu werden, hatte sie dazu einmal auf Nachfrage hin erklärt.

Am nächsten Vormittag humpelte Alexandra noch müde von einer nicht enden wollenden Vollmondnacht in ein – wie sie mit Schrecken feststellte – voll besetztes Wartezimmer und wurde – wie sie kurz darauf erfreut feststellte – als Erste in den Behandlungsraum gerufen.

Nachdem Dr. Moss ihr Blut abgenommen hatte, schlug sie vor, noch einen Ultraschalltest zu machen. Sie schmierte Alexandras ein wenig aufgeblähten Bauch mit einem durchsichtigen Gel ein und fing an, ihn stückweise mit dem Scanner abzutasten, wobei sie angestrengt auf den damit verbundenen Computerbildschirm starrte.

Alexandra fühlte die leise Angst in sich aufsteigen, dass sie sich womöglich doch innere Verletzungen zugefügt hatte, die nach dem Unfall nicht bemerkt worden waren. Was natürlich ausgemachter Unsinn war, das war ihr eigentlich klar – denn natürlich hatte man sie, nachdem sie komatös und mit deutlich mehr gebrochenen als heilen Knochen mit dem Hubschrauber in die Klinik eingeflogen worden war, von oben bis unten durchgecheckt, und das mehrmals, wie die Ärzte betont hatten. Alexandra war schon immer hypochondrisch veranlagt gewesen – sobald sie etwas über eine bestimmte Krankheit las, spürte sie sofort sämtliche Symptome dieser Krankheit bei sich selbst. Doch auch Krebsgeschwüre oder ähnlich schlimme Dinge wären bei ihrer Einlieferung definitiv erkannt worden, und so schnell konnten sie ja wohl kaum heranwachsen. Oder doch? Wahrscheinlich war es wirklich nur ein Magen-Darm-Virus. Oder sie bildete sich die ganze Übelkeit nur ein. Wenn die Dr. Moss nur nicht so angespannt und konzentriert auf den Screen starren würde, als wäre etwas nicht in Ordnung. Hinzu kam die Stille.

Die Ärztin sagte kein Wort – ihre volle Aufmerksamkeit galt dem Monitor und dem, was darauf zu erkennen war.

»Haben Sie etwas gefunden?«, fragte Alexandra schüchtern, um das Schweigen zu brechen. Sie musste es wissen – jedes Todesurteil war besser als diese Ungewissheit.

Die Ärztin schob den Scanner noch ein paarmal über dieselbe Stelle, während Alexandra die Augen schloss. Sie würde sowieso nichts erkennen können, dafür war sie viel zu aufgeregt.

»Gut, ziehen Sie sich bitte wieder an!«, bat die Ärztin mit besorgter Miene und reichte Alexandra ein Papiertuch, damit sie sich den Bauch säubern konnte.

Als sie sich kurz darauf an dem gläsernen Schreibtisch gegenübersaßen, schien Dr. Moss einen Augenblick zu zögern. »Sind Sie wegen des Unfalls noch in psychotherapeutischer Behandlung?«

Alexandra schüttelte den Kopf. Ruth, aus der durch die Entfernung mittlerweile wieder Dr. Mann geworden war, hatte es ihr angeboten, aber sie hatte abgelehnt. Sie musste allein damit klarkommen.

»Soll ich trotzdem in der Klinik anrufen? Ich habe Nachrichten, die ... nun, ich bin mir nicht sicher, wie sie diese Nachrichten aufnehmen werden in Ihrer jetzigen Situation.«

»Sagen Sie mir um Himmels willen, was los ist!«

Die Ärztin beugte sich vor und schob ihre Fingerspitzen beruhigend über Alexandras rechte Hand, die leicht zitternd und mit feuchter Handinnenfläche auf der kühlen Tischplatte lag, während die linke fest an ihr Bein gepresst war.

»Alexandra, Sie werden jede erdenkliche Hilfe bekommen, ja? Sie werden nicht allein gelassen mit dem, was ich Ihnen nun sagen werde ...« Die Ärztin räusperte sich verlegen und errötete leicht, bevor sie weitersprach. »Ich muss zugeben, dass ich von dieser Nachricht mindestens genauso überrascht bin, wie Sie es sein werden.«

Warum spannt sie mich so auf die Folter? Raus damit! *Sie werden nicht allein gelassen, Sie werden jede erdenkliche Hilfe bekommen*, bla, bla – ich kann mir vorstellen, was das heißt: Chemotherapie. Jedenfalls bin ich dann bald bei Morten, zurück in seinen Armen, die im Himmel auf mich warten.

»Sie sind schwanger, Alexandra.«

Die Worte der Ärztin trafen sie wie ein Hammer. Als wäre sie mit einem bis zum Anschlag durchgedrückten Gaspedal frontal gegen eine Betonwand gerast.

»Ich schätze, ungefähr zwölfte Woche.« Dr. Moss nahm eine kleine Pappscheibe zur Hand, auf der allerhand notiert war, Zahlen, Buchstaben, Alexandra konnte es nicht erkennen. Sie nannte ihr den Tag der Empfängnis, dann, wann es vermutlich passiert war. Man konnte den Zeitpunkt nur ungefähr bestimmen, das war Alexandra klar, aber der Tag, den Dr. Moss ihr soeben genannt hatte, war der Tag, an dem Morten gestorben war. Der Tag des Unfalls am Kliff! Der Tag, an dem ihr sein Echo erschienen war! Und zugleich der Tag, an dem sie es ein letztes Mal getan hatten – auf dem Sofa im Wohnzimmer, ein Mensch und ein Engel auf Besuch.

Eine Woge der Freude schwappte durch Alexandras Körper. Eine Woge vollkommenen Glücks. Ihr war, als sei sie, durchgefroren von einem eisigen Wintertag, in eine warme Badewanne gestiegen, im goldenen Licht duftender Kerzen. Sie konnte nicht reden, sie konnte nur dasitzen und die Lippen zusammenpressen, um nicht schon wieder loszuheulen. Noch nie zuvor in ihrem Leben hätte sie vor Freude schreien und gleichzeitig vor Glück weinen können. Jetzt konnte sie es, aber sie versuchte, es in sich zu behalten, es war ihr *Baby* – was für eine schöne Überraschung, was für ein wundervolles Geschenk.

»Alles okay?«

Die Ärztin schien sich zu fragen, ob ihre Patientin sich freute oder gerade einen schlimmen Anfall erlitt.

Okay? Nein, das war es nicht. Es war überwältigend.

»Sie haben gesagt, ich würde wohl nie wieder ein Kind bekommen können.«

»Ja, das habe ich. Aber ich habe mich offensichtlich geirrt. Auch Ärzte irren sich gelegentlich.«

»Ich ... danke Ihnen ...«, presste Alexandra leise zwischen den Lippen hervor, die noch immer fest aneinanderklebten.

»Sie danken mir? Wofür?«

»Dafür, dass Sie sich geirrt haben.«

Nun hielt es sie beide nicht länger auf ihren Stühlen. Sie kannten einander kaum, sie waren nie mehr als Ärztin und Patientin gewesen – nun jedoch, in diesem fantastischen Augenblick, waren sie zwei Schwestern, die das teilten, wofür jeder Mensch lebt: einen Moment größten Glücks. Alles um sie herum wurde still, während sie beide mit Tränen in den Augen dastanden und sich umarmten. Alexandra kam es so vor, als hätte die Welt wieder begonnen, sich zu drehen. Und ihr Herz wieder zu schlagen.

Eine Woche später bezog Alexandra eine eigene Wohnung in dem rosafarbenen Apartmentkomplex. Sie lag schräg gegenüber von Caros kleinem Studio, nur getrennt durch einen riesigen, von einem botanischen Garten und Rasenflächen umgebenen Swimmingpool im Innenhof der Anlage. Von ihren Balkonen aus konnten sie einander zuwinken. Alexandras Wohnung war nahezu doppelt so groß wie die von Caro und lag im Erdgeschoss, ideal für das, was ihr vorschwebte. Sie hatte eine Entscheidung getroffen. Bis das Baby kam, würde sie von hier aus das Maklerbüro weiterführen – da die Wohnung gleich in der Nähe des Eingangsbereichs lag, war ihr erlaubt worden, ein kleines Firmenschild anzubringen. Es hatte Alexandra kaum Überredungskunst gekostet, die Gesellschaft, die das Gebäude erstellt hatte, von ihrer Idee zu überzeugen – schließlich standen noch mehrere Wohnungen leer, und sie hatte bei dieser Gelegenheit angeboten, sich um die Vermarktung zu kümmern.

Das Baby, das in Alexandra heranwuchs – es war einfach unglaublich, was allein die Vorstellung in ihr auslöste! –, hatte ihrem Leben einen völlig neuen Sinn gegeben. Wenn sie morgens aufwachte, spürte sie eine ungeheure Energie in sich. Sie hätte Bäume ausreißen können! Wenn Morten dieses Wunder doch nur miterleben könnte! Doch wahrscheinlich tat er es sogar, mehr und mehr war sie überzeugt davon, dass es sich bei all dem nicht um einen Zufall handeln konnte. Nun bekam sie doch noch ihr gemeinsames Kind, von dem sie so lange geträumt hatte – doch dieses Mal war es kein Traum, dafür gab es Zeugen.

In den vierundzwanzig Stunden nach dem Besuch bei der Frauenärztin hatte Alexandra kein Auge zugetan.

Caro, die vor der Praxis auf sie gewartet hatte, war fast ausgeflippt, als sie die Neuigkeit hörte. Sie und sogar Pearl waren genauso aus dem Häuschen gewesen wie sie selbst.

Alexandra hatte es als ein Zeichen gedeutet, dass ihr Leben noch nicht vorüber war, dass ihre Lovestory eine Fortsetzung haben würde – eine Fortsetzung in Form eines kleinen neuen Menschen, der schon sehr bald in ihr Leben treten würde. Es würde ein neues Leben sein, das hatte sie in diesen vierundzwanzig Stunden beschlossen: hier in der Stadt, in sicherer Entfernung zu der Insel, auf der eine Vergangenheit ruhte, die noch zu sehr schmerzte. Aber nun gab es auf einmal einen Ausgleich, eine Wiedergutmachung des Schicksals. Eine Wende, die ihr neue Kraft verlieh. Lighthouse Island war nur eine halbe Stunde von hier entfernt, und sie hatte sich vorgenommen, einmal in der Woche, am Sonntag, über den Damm auf die Insel zu fahren, um Mortens Grab zu besuchen und ihm sein Baby zu zeigen.

Was das Geschäftliche betraf, hatte sie eine glänzende Idee gehabt: Da Caro noch immer ohne Arbeit war, hatte Alexandra sie kurzerhand als Mitarbeiterin eingestellt. Während sie selbst sich im Büro um alles Nötige kümmerte, machte Caro die Besichtigungen mit den Interessenten. Sie besaß ein Auto, verfügte über Verkaufstalent, Witz und Charme – und alles andere würde sie schnell lernen.

Caro hatte sich sehr über das Angebot gefreut, schließlich hatte sie nach eigenen Aussagen noch nie einen Job gehabt, der gleichzeitig Spaß und Geld brachte. Alexandra hatte ihr eine Beteiligung an jeder verkauften Immobilie angeboten, und der erste Erfolg ließ nicht lange auf sich warten: Es war das Haus der Jensens, das wunderschöne Leuchtturmwärterhaus am

Kliff, das Alexandra jedoch in ihren Albträumen sah und das sie deshalb nie wieder betreten könnte.

Auch in ihr eigenes Haus wollte sie nicht zurückkehren, vorerst jedenfalls nicht. Das alles gehörte zum Plan, die Schmerzen aus ihren Erinnerungen zu löschen – ein Vorhaben, das noch eine ganze Weile in Anspruch nehmen würde. Fürs Erste hatte Alexandra sich entschieden, das Haus leer stehen zu lassen. Die Vorstellung, es mit anderen Menschen zu teilen, war ihr unerträglich. Sie hoffte, dass ihre Geschäfte so gut laufen würden, dass sie nicht gezwungen sein würde, es als Ferienhaus zu vermieten. Allerdings würde das Maklerbüro sehr gut laufen müssen, denn die Doppelbelastung aus den Raten für das Haus und der Miete für die Wohnung, in der sie nun lebte und arbeitete, brachte sie an den Rand ihrer finanziellen Möglichkeiten. Sie musste allerdings aufpassen, dass sie sich nicht zu viel zumutete, schließlich war sie schwanger und sollte jeglichen Stress vermeiden. Dabei war Caro ihr eine unverzichtbare Hilfe.

Diese junge Frau, die sich bisher nur mit Gelegenheitsjobs über Wasser gehalten hatte, erwies sich schon bald als Naturtalent. Sie übernahm – ohne es je gelernt zu haben – Mortens Part, den Außendienst, und sie machte ihren Job ausgezeichnet. Es dauerte nicht lange, und sie konnte sich von ihrer Provision ein neues Auto leisten – auch wenn es nicht wirklich neu war, denn sie entschied sich für einen uralten Mercedes mit Heckflosse, in den sie sich bei einem Händler für Oldtimer verliebt hatte. Alexandras Jeep stand die meiste Zeit ungenutzt in der Tiefgarage des Apartmenthauses, sie konnte die meisten Dinge zu Fuß erledigen, da sie mitten in der Stadt wohnten – und fuhr ansonsten lieber in Caros Auto mit. Nach dem Unfall war ihr bulliger Geländewagen – ein Landrover, der beinahe so viele Jahre auf dem Buckel hatte wie sie selbst – von der Werkstatt wieder hergerichtet worden, während Mortens dunkelgrüner Pagode oder besser gesagt der Metallklumpen, der davon nach der Katastrophe übrig geblieben war, nicht vor der Schrottpresse hatte gerettet werden können. Selbst wenn es möglich gewesen wäre, Alexandra hätte es nicht gewollt. Zu viele Erinnerungen klebten an dem Wagen, und eine davon war das Blut des Mannes, den sie mehr geliebt hatte als sich selbst.

Sie hatte sein Leben in einem einzigen, nicht rückgängig zu machenden Moment fataler Unachtsamkeit ausgelöscht, und ihre Schuldgefühle schnürten ihr in regelmäßigen Abständen noch immer die Kehle zu und ließen sie am ganzen Körper zittern. Keine Nacht verging, in der sie nicht schweißgebadet aufwachte, stundenlang wach lag und vor ihrem geistigen Auge durchspielte, wie sie die Katastrophe hätte verhindern können. Sie setzte sich so lange fünf Minuten später an das Steuer ihres Rovers oder trank noch eine zweite Tasse Kaffee oder stoppte den Wagen hundert Meter vor der Kurve und ging von dort zu Fuß weiter, bis sie selbst glaubte, dass es sich genauso ereignet hatte – nur damit sie endlich Frieden fand und wieder einschlafen konnte.

Ihr war klar, dass man mit einer solchen Taktik nicht wirklich Probleme löste, aber zumindest kurzfristig konnte man sie sich auf diese Weise vom Hals schaffen. Oft wünschte Alexandra sich in diesen Nächten, dass Morten noch einmal an ihrem Bett stehen und ihre vor Panik feuchte Hand halten würde wie damals im Krankenhaus, doch es geschah nie wieder.

Sie musste lernen, dass er nicht mehr zurückkommen würde. Aber sie trug nun sein Baby in sich, und das bedeutete, dass er doch noch bei ihr war. Er hatte sie nicht allein zurückgelassen, sondern ihr zum Abschied das größte aller möglichen Geschenke gemacht. Und mit jedem Tag, an dem sich der kleine Bauch, der sich bereits unter ihrer Kleidung abzeichnete, weiter vorschob, kehrte auch ein Quäntchen Glück in ihr Herz zurück.

Eines Morgens, mittlerweile war ein Monat nach dem Umzug in die eigene Wohnung ins Land gegangen, wachte Alexandra kurz nach Sonnenaufgang auf, weil etwas gegen ihre Bauchdecke stupste. Von innen. In einem Buch hatte sie etwas über dieses erste großartige Lebenszeichen eines Babys gelesen – dass es sich anfühlte wie ein Schmetterling, der im Bauch der Mutter herumflog. Es war ein ziemlich kräftiger Schmetterling, sie hatte eher das Gefühl, einen kleinen Goldfisch verschluckt zu haben, der nun wild in ihrem Körper herumzappelte. Draußen war noch keine Menschenseele unterwegs, es mochte vielleicht halb sechs sein, aber Alexandra war hellwach. Sie strich sanft mit beiden Händen über ihre bereits leicht gespannte Haut, um dem Baby ein Lebenszeichen von sich zu geben. Hey, du da – ich bin's, deine Mutter. Deine Mutter, die nur darauf wartet, dass du ins Leben fliegst, mein Schmetterling! Es würden zwar noch einige Monate vergehen, es würde Herbst und schließlich Winter werden, bis es so weit war, aber schon jetzt freute sie sich auf den Tag, an dem sie den Winzling zum ersten Mal in den Armen halten würde. Der Tag, an dem eine neue Liebe in ihr Leben treten würde, ein kleiner Mensch mit einer kleinen Nase, winzigen Fingerchen und klitzekleinen Füßchen – und doch das größte Geschenk, das sie je bekommen hatte. Ein Geschenk, das sie wieder an das Leben glauben ließ – und ein letztes Geheimnis zwischen Morten und ihr. Ein Geheimnis, das nur zwei Seelen teilten und das sie über den Tod hinaus miteinander verbinden würde.

»Hey, jetzt reicht es aber!«, schimpfte sie leise lachend, als ihr Baby sich erneut meldete, als absolviere es das Aufwärmtraining eines kleinen Boxers.

Alexandra verspürte die Lust, aufzustehen und den beginnenden Tag bei einem Frühstück auf dem Balkon zu begrüßen – begleitet von dem Orchester der Singvögel, das in der Hitze des Tages verstummen würde, in aller Frühe jedoch ein berauschendes Konzert aufführte, ungestört von den Geräuschen der Stadt, die schon bald erwachen würden. Es roch nach einem heißen Tag. Ein Tag, wie geschaffen, um ihn an den weiten Stränden von Lighthouse Island zu verbringen und sich in den kühlen Wellen des Ozeans zu erfrischen. Doch Alexandra fühlte, dass sie dazu noch nicht in der Lage war.

Einmal in der Woche am Sonntagmorgen – und zwar genau um fünf nach halb zehn – setzte Alexandra sich in ihren Landrover und fuhr auf den kleinen Inselfriedhof. Die Messe in der benachbarten Kirche begann um zehn, so dass sie sicher sein konnte, dass alle ihre Bekannten und Nachbarn dort versammelt waren, während sie über den einsam daliegenden kleinen Friedhof strich. Natürlich war ihr klar, dass all diese Leute sie nur trösten wollten und sie gern einmal wieder gesehen hätten, aber für sie ließ jede Begegnung mit ihnen die Wunden der Vergangenheit erneut aufbrechen. Es war schwer genug, vor Mortens Grab zu stehen, auf dem nun ein schöner Findling mit den in Stein gemeißelten Buchstaben seines Namens lag, ergänzt um dieselbe Zeile, die in ihren verschollenen Ring eingraviert war.

Es stimmte Alexandra melancholisch, ihm das Baby in ihrem von Woche zu Woche ein wenig kecker hervorstehenden Bauch zu präsentieren – das Baby, das sie eigentlich gemeinsam hätten aufwachsen sehen sollen. Inzwischen aber hatte sie gelernt, damit umzugehen, denn sie spürte instinktiv, dass er noch immer in ihrer Nähe war, wenn auch unsichtbar für ihre Augen. Die menschlichen Sinne verfügten nur über eine beschränkte Wahrnehmungsfähigkeit. Alexandra wusste nun, dass in Wahrheit viel mehr existierte und die Welt viel bunter und aufregender war, als die Menschen zu erkennen vermochten. Unsere Sinne lieferten uns nur eine Art Grundorientierung im Alltag: Menschen konnten von allem etwas sehen – aber kein menschliches Wesen würde je mit eigenen Augen wahrnehmen, was ein Bussard hoch in den Lüften am fernen Boden erspähte, oder das riechen, was jeder Hund mühelos drei Meilen gegen den Wind erschnüffelte.

Doch es war nicht dieses Wissen, das Alexandra tröstete, sondern das Kind, das sie in sich trug. Die Aussicht, diesen kleinen Prinzen – oder war es eine kleine Prinzessin? – zur Welt zu bringen, erfüllte sie mit Wärme und Glück. Irgendwann würden sie beide Hand in Hand über diesen Friedhof gehen und den Mann besuchen, der ihnen Geliebter, Freund und Vater war, auch wenn er nun an einem anderen Ort lebte. Die Trauer würde der Fröhlichkeit einer kleinen Familie weichen, die jemanden besuchen ging, der einmal zu dieser Familie gehört hatte und noch immer dazugehörte, dem man seine Sorgen erzählen und mit dem man seine glücklichen Augenblicke teilen konnte. Gemeinsam würden sie es viel leichter schaffen als allein – ein Gedanke, der Alexandra Kraft verlieh.

Es lohnte sich weiterzumachen, das hatte sie auch heute wieder gespürt, als sie im Gras gesessen und mit den Fingern sanft und in sich gekehrt über die weiche Sommererde vor seinem Grabstein gestrichen hatte, während aus der Kirche der Gesang der Gemeinde herüberwehte. Stets besuchte sie, nachdem sie bei Morten gewesen war, das Grab des alten Organisten nebenan. Ihr Leben lang hatten die beiden Männer sich nicht gekannt, obwohl sie auf derselben überschaubaren Insel lebten, aber sie waren gemeinsam gegangen. Irgendwie tröstete es Alexandra, dass Morten nicht allein war, dass er – wenn auch in letzter Minute – einen Verbündeten für den Ort gefunden hatte, an dem er jetzt lebte.

Für den Nachmittag hatte Caro eine Gartenparty geplant. Obwohl Alexandra nicht einen der eingeladenen Gäste kannte, sollte die Party in ihrer Wohnung stattfinden. Caro hatte sie vor ein paar Tagen darum gebeten, da ihr Apartment nur einen winzigen Balkon hatte, während Alexandras mehr als doppelt so große Wohnung über einen richtigen kleinen Garten verfügte, inklusive eines in die Wand eingebrachten Grills.

Ein wenig schauderte es Alexandra zwar bei dem Gedanken an zwanzig aufgedrehte junge Leute, die in ihr ruhiges, sauberes Refugium eindringen würden, doch nun gab es kein Entrinnen mehr. Sie hatte zugesagt. In den vergangenen Wochen hatte Caro sich zu einer Topkraft im Maklerbusiness entwickelt und bereits ihr viertes Haus nahezu im Alleingang an den Mann gebracht. Alexandra hatte nur noch die Kaufverträge zur Unterschrift vorbereiten müssen – wenn es so weiterging, würde *sie* bald als Angestellte ihrer Freundin arbeiten, die sich mit einem Enthusiasmus ins Zeug legte, den sie ihr niemals zugetraut hätte. Es machte wirklich Spaß, mit ihr zu arbeiten – ungeachtet der Tatsache, dass es auch Spaß machte, einfach nur mit ihr zusammen zu sein. Aus diesem Grund hatte sie nicht Nein sagen können, als Caro sie am Ende eines stressigen, aber sehr erfolgreichen Arbeitstages vorsichtig gefragt hatte, ob sie möglicherweise eine Idee habe, wo sich eine kleine Gartenparty – »nichts Aufregendes, nur ein paar alte Freunde, die sich lange nicht mehr gesehen haben« – aufziehen lasse. Obwohl sich ihr natürlich sofort der Gedanke aufgedrängt hatte, dass die ganze Sache ein abgekartetes Spiel war, um sie selbst wieder unter Menschen zu bringen.

In der Tat verspürte Alexandra kaum Lust auf Gesellschaft; außer Caro ertrug sie eigentlich nur noch Pearl in ihrer Nähe – und die war ein Hund. Ein Smalltalk hier und da war ganz in Ordnung, aber alles, was darüber hinausging, ermüdete sie sehr schnell. Sie konzentrierte sich ganz auf die zwei Aufgaben, die es in ihren Augen wert waren: auf ihr Maklerbüro und auf das Baby, das in ihrem Bauch heranwuchs, den sie stolz vor sich hertrug. An diesem Nachmittag jedoch würde sie gezwungen sein, sich mit wildfremden Menschen, die im Schnitt zehn Jahre jünger waren als sie selbst, über Musik, Sport oder berufliche Themen zu unterhalten. Sie konnte nur hoffen, dass irgendjemand dabei war, der sich um den Grill kümmerte, damit nicht auch das noch an ihr hängen blieb. Es war keineswegs so, dass sie nicht belastbar war, aber die Anstrengung musste sich schon lohnen, und derzeit gab es für sie nur wenig lohnende Ziele. Früher, ja, da hatten auch Morten und sie in ihrem Haus am Meer zweimal im Jahr eine kleine Party veranstaltet, eine im Sommer und eine im Winter. Doch früher war lange her, und in der Zwischenzeit hatten sich Dinge ereignet, die ihr eine Fortsetzung dieser Tradition unmöglich machten. Partys waren für Leute, die entweder glücklich waren oder alle Chancen hatten, es bald zu werden. Natürlich hoffte sie, dass Letzteres auch auf sie zutraf, aber das Schicksal hatte ihr schon einige Male einen Strich durch die Rechnung gemacht.

Wenn ich meine Freude nicht so offen zeige, dachte

Alexandra, stehen die Chancen vielleicht besser, dass das Baby gesund zur Welt kommt und nicht wieder etwas Schlimmes passiert. Und so hielt sie ihre Vorfreude, obwohl sie unbändig war, mit aller Kraft auf kleiner Flamme. Als Gastgeberin für eine ausgelassene Partygesellschaft würde sie deshalb nur bedingt taugen, aber irgendwie würden sie und Caro das Ganze schon schaukeln.

Heute Abend, nachdem alle gegangen waren, würde sie sich dann gemütlich in ihr Bett kuscheln und noch eine Weile mit den Händen ihren Bauch massieren, bevor sie in die süße Welt des Schlafes überging – der Gedanke, dass selbst Partys ein Ende hatten, beruhigte sie spürbar.

Wenn man einen Haufen junger Leute auf einem einzigen Platz versammelt, kann man unschwer erkennen, wie alt man ist, dachte Alexandra, nachdem die Veranstaltung allmählich in Gang gekommen war. Die ersten Gäste hatten sich erst eine Stunde nach dem offiziellen Beginn eingefunden, was laut Caro heutzutage vollkommen üblich war. Ein Trupp unerwartet schüchterner, in ihrem Auftreten ein wenig linkisch wirkender junger Typen und schlaksiger, sommersprossiger Mädchen, die eine Topfblume und ein paar Salate aus dem Tankstellen-Shop mitbrachten. Alexandra kannte die Verpackung, da sie manchmal selbst nicht zum Kochen kam oder keine Lust dazu hatte.

Kurz nachdem eine zweite Gruppe eingetroffen war, stellte Caro ihr einen Jungen namens Mark vor, einen blonden, extrem hochgeschossenen Burschen, der nicht viel älter als Anfang zwanzig sein konnte. Er war ziemlich blass um die Nase und schien nicht der Gesprächigste zu sein.

»Alexandra, das ist Mark. Er spielt Basketball.« Sie schaute verliebt zu ihm auf. Offensichtlich hatte sie ein Auge auf ihn geworfen, obwohl er deutlich jünger zu sein schien als sie selbst.

Alexandra wusste nicht so recht, was sie sagen sollte, also begrüßte sie ihn nur mit »Hi« und legte ihre Hand in seine vermutlich dauerfeuchte Halbstarken-Pranke.

Mark und Caro schauten sie an, als erwarteten sie nunmehr voller Spannung die an dieser Stelle üblicherweise fällige Frage nach Marks Körpergröße, verbunden mit einem »Wow!« oder einem »Wahnsinn!«.

»Mark ist zwei Meter zwei.« Caro erklärte das mit einer Bewunderung in der Stimme, als hätte Mark soeben die Olympischen Spiele für sich entschieden.

Alexandra war ratlos. Was sollte sie dazu sagen? Die Größe dieses Jungen – die körperliche, nicht die geistige, wohlgemerkt – interessierte sie nicht sonderlich, er hätte auch dreieinhalb Meter groß sein können oder fünfundachtzig Zentimeter, was machte das für einen Unterschied? Aber sie wollte Caro, die offenbar etwas für diesen Schlaks übrig hatte, nicht verletzen, also versuchte sie wenigstens ein bisschen mitzuspielen. Darüber hinaus fragte sie sich, ob sie mit Mitte zwanzig auch so gewesen war – und sich nur über die Jahre in eine langweilige Spießerin verwandelt hatte, die Oberflächlichkeit uncool fand, obwohl sie in Wahrheit bewundernswert war.

»Echt? Ist dieser Gitarrist von Nirvana nicht auch so groß?« Sie hoffte, dass es möglichst glaubwürdig klang.

Der Junge zog seine kaum sichtbaren Augenbrauen hoch.

»Nirvana? Kurt Cobain ist tot, oder?«

Ja, natürlich, so sehr auf dem Mond lebte sie nun auch wieder nicht. Morten hatte im Laufe der Jahre bestimmt eine der umfangreichsten CD-Sammlungen im Umkreis Hunderter von Kilometern angehäuft, wovon ihre Allgemeinbildung in diesem Bereich zweifelsohne profitiert hatte. Auch wenn ihr die Lust auf Musik in den vergangenen Monaten total abhandengekommen war, war sie doch kein Vollidiot.

»Nein, ich meine Dave Grohl – der danach die Foo Fighters gegründet hat.« Es war purer Zufall, dass ihr der Name einfiel, aber sie fühlte sich sofort um einige Jahre jünger.

Caro schenkte ihrem großen Jungen, der sich nachdenklich durch das glatte blonde Haar fuhr, ein breites Grinsen, ergänzt um ein charmantes Augenzwinkern in der Art von: Tja, meine Freundin – auf den ersten Blick mag sie ein wenig zu alt für uns alle hier scheinen, aber lerne sie nur näher kennen, dann siehst du, was sie auf dem Kasten hat.

»Obwohl ich glaube, dass er bei Nirvana noch Schlagzeug gespielt hat, oder?« Alexandra meinte sich daran zu erinnern, dass es so gewesen war. Morten hatte sich da besser ausgekannt, ihn interessierte jedes noch so kleine Detail. Trotzdem: Es war die göttliche Gnade ihres Alters – Himmel, wie alt sie war, und jetzt wurde sie auch noch Mutter! –, dass sie die Namen von Musikern besser kannte als die Typenbezeichnungen von Handys.

»Mann, du kennst dich echt gut aus …« Der große Junge wirkte mächtig beeindruckt.

Abgesehen von der etwas unpassenden Anrede fühlte Alexandra sich durchaus geschmeichelt. Caros glänzender Blick sagte ihr, dass sie einen guten Eindruck hinterlassen hatte. Nun, wenigstens hatte sie ihre Freundin nicht blamiert, immerhin.

»Entschuldigt ihr mich?«, bat Alexandra, bevor der Typ sie in ein Fachgespräch über Basketball verwickeln konnte. »Ich muss aufpassen, dass da drüben nichts anbrennt.«

Sie hatte es kaum ausgesprochen, da fiel ihr auch die passende Antwort auf diesen nun wirklich spießigen Abgang ein: Ja, Mutti. Aber sie blieb aus.

Der Junge nickte nur, während Caro ihr auf dem Weg zum Grill, an dem ein halbes Kind gerade ein halbes Rind aufzuhängen versuchte, nachrief, ob sie ihr erlaube, sie als Moderatorin bei MTV anzumelden. Auf so etwas hörte man am besten gar nicht. Aber sie fühlte sich schon deutlich besser – nun, wo sie wusste, dass sie trotz allem Unheil, das so plötzlich und gewaltsam in ihr Leben eingedrungen war, noch einen Funken Humor zu besitzen schien.

Letztendlich wurde die Party sogar noch ganz nett. Es waren auch noch ein paar Leute aus Alexandras Generation hereinspaziert, was das Finden von gemeinsamen Gesprächsthemen deutlich erleichterte. Bisher war noch niemand auf ihr Unglück zu sprechen gekommen, wahrscheinlich hatte Caro die meisten ihrer Gäste instruiert, nicht genau nach Alexandras persönlichen Verhältnissen zu fragen. Sie hatte ihren Bauch geschickt unter einer weißen, mit geschwungenen goldenen Linien verzierten Tunika versteckt, so dass vermutlich niemand ihre Schwangerschaft bemerkt hatte.

»Hey.«

»Hey!«

Der Nachmittag war in den Abend übergangen, und der Abend neigte sich dem Ende zu, als Caros Schwarm, der Basketballer, sie überraschend noch einmal ansprach.

Wie es schien, war er im Begriff zu gehen und wollte sich von ihr verabschieden. Für einen Sportler hatte er ziemlich viel getrunken, jedenfalls wankte er leicht, als er sich vor Alexandra aufbaute.

»War echt nett heute«, sagte er und legte dann eine kurze Pause ein, als erwarte er von ihr eine Bestätigung.

Doch außer einem Lächeln fiel ihr zu dem großen kleinen Jungen nichts ein, so dass er gezwungen war, weiterzureden. Eine Sache, die offensichtlich nicht gerade seine Stärke war.

»Also, wenn du Lust hast, dich mit mir mal über Musik und so'n Kram auszutauschen, sag Bescheid, ja. Ruf mich einfach an! Hier ist meine Nummer.« Damit überreichte er Alexandra einen zerknautschten Bon, auf dessen Rückseite er mit Kugelschreiber eine Handynummer notiert hatte.

Alexandra war zu perplex, um irgendetwas erwidern zu können. Hatte sie richtig verstanden? War das gerade eine Anmache gewesen? Stand dieser halbstarke Arnold Schwarzenegger möglicherweise auf sie? Nein, das war völlig ausgeschlossen.

Da fiel ihr auf einmal Caros Blick auf. Er kam aus dem hinteren Teil des Gartens, wo die letzten Gäste an einem langen Tisch zusammensaßen und sich an ihren Bierflaschen und Weingläsern festhielten. Es war der Blick einer Konkurrentin. So kühl hatte Caro ihre Freundin noch nie fixiert. Sie glaubt doch nicht etwa, dass ich ihr den Typen ausspannen will?, fragte sich Alexandra. Das wäre einfach lächerlich!

Während sie noch nachdachte, küsste dieser Mark sie plötzlich und ohne jede Vorwarnung auf beide Wangen und verzog sich mit gesenktem, hochrotem Kopf ins Wohnzimmer, durch das der einzige Weg nach draußen führte.

Alexandra fühlte, wie sie innerhalb einer Sekunde zu Beton wurde. Sie stand weder im Geringsten auf Basketballer, die zwei Meter zwei oder größer waren, noch wollte sie Caro in irgendeiner Form verletzen. Sie hatte den blöden Zettel mit seiner Nummer noch in der Hand. Am liebsten hätte sie ihn vor Caros Augen in den Mund genommen und heruntergeschluckt, als Zeichen, dass sie die Sache mit Humor zu nehmen wusste – aber wahrscheinlich würde sie Caro, die sie nach wie vor entgeistert anstarrte, damit nur noch mehr zusetzen.

»Das geht leider nicht«, rief sie ihm nach. »Ich bin verheiratet, verstehst du?«

Er drehte sich noch einmal zu ihr um. »Verheiratet? Aber du trägst gar keinen Ring.« Es war klar herauszuhören, dass er sich wirklich Mühe geben musste, sich ordentlich zu artikulieren. In seinem Gesicht schien echte Enttäuschung zu liegen.

Alexandra blickte verlegen auf die nackten Finger. »Den hab ich beim Spülen abgelegt und in der Küche vergessen.«

»Schade!«, seufzte der Junge und sah ihr aus drei, vier Metern Entfernung in die Augen. Alexandra senkte den Blick, um nicht noch tiefer in den Schlamassel zu rutschen.

Was Caro wohl fühlte, die, offensichtlich selbst nicht mehr ganz nüchtern, die ganze Szene mitansehen musste? Es war ihr sicher nicht entgangen, dass er für sie nicht den kleinsten Augenaufschlag übrig hatte. Sie schien in seiner Welt gar nicht zu existieren, während Caros Welt sich im Moment nur um ihn drehte. Alexandra betete, dass er endlich verschwinden möge, denn lange würde es nicht mehr dauern, bis Caro in Tränen ausbrechen und wütend an ihnen vorbeistürmen würde.

»Gut, ich geh dann mal.«

Gott sei Dank.

»Willst du Caro nicht noch Auf Wiedersehen sagen?«

Kaum hatte sie es ausgesprochen, wusste sie schon, dass es idiotisch gewesen war. Aber sie hatte das Gefühl gehabt, ihr helfen zu müssen, die Sache wieder hinzubiegen.

»Nee, danke, nicht mein Typ.«

Erleichtert registrierte Alexandra, dass Caro immer noch am anderen Ende des Gartens stand und das nicht gehört haben konnte.

»Tja, wirklich schade für dich«, antwortete sie energisch.

Sie spürte, wie sie wütend auf diesen langen Lulatsch wurde, der nicht die geringste Ahnung hatte, dass er mit Caro den Fang seines Lebens machen könnte. Zum Glück ging er endlich, ohne ein weiteres Wort zu verlieren.

Sie konnte hören, dass er die Haustür lauter zuschlug, als es nötig war. Hoffentlich hinter sich, dachte sie noch und warf Caro einen Blick zu, der bedeuten sollte: Vergiss ihn! Er ist es nicht wert.

Caro jedoch schien das anders zu sehen. Für sie war er offensichtlich nur ahnungslos in die Falle getappt, die ihm ihre beste Freundin gestellt hatte. Alexandra hatte es ihr angesehen. Jeden Schritt, den er tat, hatte Caro schmachtend und voller Anbetung verfolgt, und selbst bei seinem wenig galanten Abgang hatte sich ihr Blick noch an seinen Rücken geheftet. Und nun musterte Caro sie auf die gleiche unterkühlte Art wie zuvor. Am liebsten hätte Alexandra sie in den Arm genommen – doch sie fühlte, dass der richtige Zeitpunkt dafür noch nicht gekommen war. Fürs Erste würde sie Caro in Ruhe lassen und sich selbst im Wohnzimmer mit einem Buch in einen der Sessel setzen, bis die restlichen Gäste gegangen waren.

Sie hatte es sich gerade bequem gemacht, als sie Caros Stimme hinter sich hörte. Sie klang nüchtern, obwohl sie gut einen intus haben musste. Den ganzen

Abend lang hatte Alexandra sie keine fünf Minuten ohne ein Weinglas in der Hand gesehen.

»Ich geh dann jetzt. Den anderen hab ich Bescheid gesagt, die hauen auch gleich ab.«

Alexandra drehte sich zu ihr um, da sie noch auf halber Höhe des Sessels hinter ihr stand.

»Hey, es ist nicht so, wie du denkst, ja? Der Typ ...«

»Mark. Der Typ heißt Mark.«

»Okay, Mark hat mir einfach nur einen Zettel gegeben. Einen Zettel mit seiner Nummer.« Sie hatte keine Ahnung, warum sie das sagte, was sie nun sagte:

»Ich glaube, er hat sich einfach nicht getraut, ihn dir persönlich zu geben. Hier.« Sie reichte ihr den zerknüllten Bon, den sie noch immer in der Hand hatte.

Zögerlich streckte Caro die Hand danach aus, bevor sie ihn mit spitzen Fingern an sich nahm, als wolle sie um jeden Preis vermeiden, Alexandra zu berühren. Vorsichtig, als wäre das Papier mit einem feinen Goldstaub beschichtet, faltete sie ihn auseinander, um daraufhin einige Sekunden lang nachdenklich auf die in einer krakeligen Jungenschrift hingekritzelte Handynummer zu starren.

»Männer sind Schweine.« Es kam ohne jede Vorwarnung aus ihrem Mund und zerriss das Schweigen zwischen ihnen.

Alexandra atmete auf. Man konnte darüber verschiedener Ansicht sein; mindestens eine Hälfte der Weltbevölkerung würde diese Aussage ganz sicher nicht bejahen, aber in diesem Fall traf es wohl zu. Es erleichterte Alexandra, dass Caro sie letzten Endes doch nicht aus Eifersucht für einen Vorfall verantwortlich machte, an dem sie nicht die geringste Schuld trug. Ein Vorfall, der zeigte, wie schwer es war, die Liebe zu finden – und wie bizarr die Karten in einigen Fällen gemischt waren.

»Es ist genauso schwer, einen guten Kerl zu finden wie einen Tausender im Portemonnaie.«

»Noch schwerer«, erwiderte Alexandra und klopfte mit ihrer Hand auf die Sessellehne, um Caro zu bedeuten, dass sie sich neben sie setzen solle. »Es ist so schwer, wie eine echte Perle in einem Kaugummiautomaten zu entdecken.«

»Wie auf den Grund des Meeres zu tauchen und von dort einen faustgroßen Saphir aus der Kajüte eines vor dreihundert Jahren untergegangenen Piratenschiffs heil nach oben zu bringen.« Caro hockte sich auf die Lehne und legte eine Hand auf Alexandras Schulter, während sie beide nach neuen Schwierigkeitsgraden suchten.

»Es ist so schwer, wie im Weltall mit beiden Beinen auf dem Boden zu stehen.«

»So, wie kopfüber an der Decke dieses Wohnzimmers spazieren zu gehen.«

»So schwer, wie nie wieder ein paar Schuhe zu kaufen.«

Nun mussten sie beide lauthals lachen. Caro war wieder in der Normalität angekommen. Einer Normalität, die Alexandra plötzlich entglitt, zu nahe liegend war die nächste Schlussfolgerung, um nicht ausgesprochen zu werden.

»Und es ist so leicht, ihn wieder zu verlieren.«

Sie hatte es ganz leise gesagt und den Blick gesenkt. Sofort spürte sie, wie die Hand von ihrer Schulter rutschte. Einen Moment später umarmte Caro sie sanft von hinten.

»Hey.«

»Schon gut.«

»Du hast ihn nicht verloren, Morten ist noch immer bei dir, und eines Tages werdet ihr euch wiedersehen. Es gibt Liebesgeschichten, die über den Tod hinausgehen – so wie die von Romeo und Julia, du weißt schon«, flüsterte sie.

Das war es, was Alexandra so sehr an ihr schätzte. Caro hatte diese schier unglaubliche, romantische Naivität, die es ihr erlaubte, sich über die Grenzen dessen, was die Wissenschaft zu wissen glaubte, mit leichter Hand hinwegzusetzen. Es war schon sehr spät, doch von draußen erklangen noch immer die belustigenden Gespräche der letzten Gäste in ihrem Garten. Sie waren noch so jung, und doch konnte sich Alexandra des Eindrucks nicht erwehren, dass sie nicht nur tranken, um sich zu amüsieren, sondern dass sie es darüber hinaus taten, um mit jedem Schluck die Angst, die manchmal in ihnen emporkroch, wieder ein beruhigendes Stück weit herunterzuspülen. Die Angst davor, dass sie den Sinn ihres Lebens entweder nie finden oder ihn eines Tages wieder aus den Augen verlieren würden. Etwas, was natürlich keiner von ihnen jemals freiwillig zugeben würde, doch die Erkenntnis lauerte bereits in ihnen. Das Leben lag ausgebreitet wie ein roter Teppich vor diesen Männern und Frauen, die beinahe noch Kinder waren, aber es war ein Teppich, der die gähnenden Abgründe nur dekorativ überdeckte und die meisten nicht darüber hinwegtäuschen konnte, dass sie jederzeit den Boden unter den Füßen verlieren konnten. Viele Menschen ahnten von Geburt an, dass diese Abgründe sie zu verschlingen drohten, und doch blieb ihnen keine andere Wahl, als ihren Weg zu suchen und mutig einen Schritt nach dem anderen zu tun. Denn wer auf der Stelle verharrte, der verpasste das Leben.

Wie jeden Abend, seitdem sie erfahren hatte, dass sie schwanger war, lag Alexandra auch in dieser Nacht noch eine Weile wach, bevor sie einschlafen konnte. Sie dankte dem lieben Gott dafür, dass sie dieses Kind empfangen durfte. Es erschien ihr wie ein Wunder. Ein Wunder, das in der dunkelsten Nacht ihres Lebens an ihre Tür geklopft hatte, um ihr zu zeigen, dass am Horizont die Sonne aufging. Sie musste es nicht laut hinausposaunen, sondern würde abwarten, bis das Wunder gesund und munter zur Welt gekommen war. Hatte sie früher uneingeschränkt an Medizin und Wissenschaft geglaubt, so war sie heute überzeugt von der Macht des Schicksals. In der Regel bestimmte noch immer die Natur und nicht die Medizin, ob eine Frau Mutter wurde oder nicht.

In Caros Bekanntenkreis hatte vor Kurzem die Geschichte einer Freundin die Runde gemacht, die zu ihrem Arzt gegangen war, weil ihre Regel überfällig war. Die Erklärung, sie könne möglicherweise schwanger sein, hatte der Arzt von der Hand gewiesen, da zwei Tests aus der Apotheke negativ ausgefallen waren. Kurzerhand hatte er ihr erklärt, dass ihre Eierstöcke nicht mehr arbeiteten, und ihr ein Medikament verschrieben. Da das Medikament auch nach Wochen nicht anschlug, wechselte sie schließlich den Arzt – um dort nach einer weiteren Untersuchung zu erfahren, warum ihre Eierstöcke nicht mehr aktiv waren: weil sie schwanger war. Geschichten wie diese hatten Alexandras Vertrauen in die Götter in Weiß ruiniert. Letzten Endes gab es in jedem Beruf eine vergleichbar hohe Anzahl von Leuten, die ihn nicht gut machten, das galt auch für die Medizin. Ihre Ärztin hatte damals etwas Ähnliches gesagt. Irgendwann, nach Jahren der allmählich schwindenden Hoffnung auf Besserung der Situation, hatte Alexandra aufgehört, all die verschriebenen Tabletten zu schlucken, und sich damit abgefunden, dass es nicht sein sollte. Und nun war es plötzlich möglich geworden, und niemand hatte es bemerkt. Von ihrem Bett aus konnte Alexandra den dunkelblauen Nachthimmel sehen. Sie kam sich vor wie das Mädchen in dem Sterntaler-Märchen, das seine Schürze ausbreitet und alle Sterne des Himmels darin auffängt. Ihr Baby war ebenfalls ein Geschenk, das vom Himmel gefallen war. Und sie würde alles dafür tun, diesen Stern bei seiner Geburt und für den Rest seines Lebens aufzufangen, wie es sich für eine gute Mutter gehörte.

An einem betörend klaren Wintermorgen – die Sonne ging gerade eben auf, und ein feiner Film aus winzigen Tauperlen bedeckte das einzige Fenster im Kreißsaal des städtischen Krankenhauses – erblickte ein kleiner Junge das Licht der Welt, begleitet von den süßen Tränen seiner Mutter, die sich nichts sehnlicher gewünscht hatte, als ihr Kind zu empfangen und es endlich in die Arme zu schließen. Nie wieder würde sie ihr wunderschönes Baby mit den auffallend dunkelblauen Augen hergeben. Der kleine Wonneproppen wog stolze viereinhalb Kilo und war dennoch aus ihr herausgeflutscht, als wäre sein Babypopo auf einer ganz und gar mit Butter beschmierten Rutsche ins Leben gerast.

Über seinen Namen hatte Alexandra nicht nachdenken müssen. Morten und sie hatten schon vor langer Zeit einen Namen ausgesucht: Matthew. Little Matthew. So hatten sie ihr erstes Baby nennen wollen, und nun hatte sie eine zweite Chance bekommen, es wahr zu machen.

Bereits am nächsten Tag verließ sie mit Matthew im Arm das Krankenhaus, in dem sie beide nichts zu suchen hatten – schließlich waren sie kerngesund. Caro brachte die beiden in ihrem Mercedes mit Heckflosse nach Hause.

Als Alexandra schließlich die Tür hinter ihr schloss, blieb sie zum ersten Mal seit langer Zeit nicht allein zurück. Es gab einen neuen Mann in ihrem Leben – auch wenn er kaum mehr als einen Tag alt war und erst noch groß und stark werden musste.

Im Kamin brannte ein warmes Feuer, während sie ihr erstes gemeinsames Abendessen vorbereitete. Der kleine Matthew stürzte sich hungrig auf die Flüssignahrung, die er aus ihren über Nacht auf doppelte Größe angeschwollenen Brüsten sog. Eine unglaubliche Wärme durchströmte sie, während sie mit ihrem Baby auf dem Sofa saß und ihm seine Mahlzeit verabreichte – und es war nicht das Kaminfeuer, das für diese Wärme verantwortlich war. Beinahe wäre ihr eigener Festschmaus im Backofen verbrannt, so beschäftigt war sie mit dem Kleinen. Da Matthew sich nur schmatzend verständigte, musste sie die Konversation allein bestreiten, aber das fiel ihr nicht schwer. Überglücklich erzählte sie ihrem Sohn von dem Leben, das vor ihm lag – ein Leben voller Glück und Abenteuer. Ja, sie hatte Spaß, so viel wie lange nicht. Alexandra hatte das Gefühl, noch nie zuvor in ihrem Leben so albern gewesen zu sein. Unter normalen Umständen hätte Morten diesen Part übernommen, aber nun war sie dafür verantwortlich – schließlich wollte sie ein glückliches Baby, aus dem später einmal ein Kind mit Sinn für Humor werden würde!

Sie stand nicht unter Beobachtung – abgesehen von zwei kleinen blauen Augen, die noch nicht viel mitbekamen –, und niemand nahm es ihr übel, wenn eine Pointe ins Leere lief, während sie glücklich mit ihrem Baby auf dem Arm durch die Wohnung lief, erzählte und zu den Liedern mitsang, die aus ihrer Anlage schallten. Eines davon war »The Heart of Life« von John Mayer.

Pain throws your heart to the ground,
Love turns the whole thing around.
No, it wont all go the way it should,
But I know the heart of life is good.

Ja, das Herz des Lebens konnte gut sein. Das spürte sie, als sie den niedlichen Racker in den Schlaf wog. »Schlaf schön, Little Matthew, mein kleiner Prinz aus dem Land der Träume!«, flüsterte sie, als sie sich hinlegten, sein warmes Köpfchen an ihren Hals gebettet; »Schlaf schön, Morten!« Auch das war zu einem Ritual geworden. »Schlaf schön, Pearl!« Die Hündin ließ sich schwer seufzend vor das Bett plumpsen. Es war beinahe wie in *Unsere kleine Farm*. Die Familie sagte sich gute Nacht, auch wenn es eine winzige Familie war, und die Lichter wurden gelöscht.

Nur wenige Monate später zog Alexandra in eine Wohnung, die ein paar Straßenzüge weiter lag. Das Büro, in dem Caro mittlerweile erfolgreich die Fäden in der Hand hielt, blieb an der alten Adresse, und Alexandra stellte eine weitere Mitarbeiterin ein und bot Caro an, als Partnerin in die Firma einzusteigen.

Caro musste nicht lange überlegen. Und so wurde sie von heute auf morgen zur Unternehmerin, die nach Abzug der Kosten die Hälfte des Profits des Immobilienbüros einstrich. Es war unglaublich, wie gut organisiert und engagiert sie ihre Aufgabe erledigte, obwohl sie vorher nur Gelegenheitsjobs gemacht hatte und keine entsprechende Ausbildung vorweisen konnte. Vermutlich hatte sie ihr Händchen für gute Geschäfte von ihren Eltern geerbt – deren Ladenkette sie sicher eines Tages übernehmen würde. Aber so war es im Leben. Das Herz, mit dem ein Mensch etwas anging – ob im Privatleben oder im Beruf –, entschied über Sieg oder Niederlage. Ein begeistertes Herz konnte eine fehlende Ausbildung wettmachen, eine gute Ausbildung aber niemals das fehlende Herz. Alexandra glaubte an die amerikanische Tugend des Engagements, die in weiten Teilen der Alten Welt völlig unbekannt zu sein schien. Ohne die richtige Einstellung konnte einem nicht viel Gutes gelingen, unabhängig davon, wo und in welcher Disziplin man antrat. Eine der wenigen Auffassungen, die sie mit ihrem Vater teilte – auch wenn er sie in ihren Augen zumindest in seinem Privatleben selbst niemals angewandt hatte.

Zur Geburt hatte der alte Jack eine Karte geschrieben, immerhin, im Gegensatz zu Mortens Vater, der offenbar endgültig vom Erdboden verschluckt worden war. Jack teilte ihr mit, es wäre zu anstrengend in seinem Alter, die weite Reise noch einmal zu unternehmen, aber er freue sich, dass er nun doch noch einen Stammhalter bekommen habe. »Es wäre schön, wenn Dein Junge eines Tages in die Fußstapfen Deines Vaters treten würde«, hatte am Schluss der drei oder vier allgemein gehaltenen Zeilen gestanden.

Während sie den kleinen Matthew liebevoll ansah, hoffte sie inständig, dass ihm das erspart bleiben möge. Bestimmt war auch der alte Jack einmal ein niedliches Baby gewesen, aber das wollte heute niemand mehr glauben. Bei Matthew würde sie schon dafür sorgen, dass man es auch dann noch glauben konnte, wenn er einmal erwachsen und auf sich allein gestellt war. Frauen standen heutzutage nicht mehr auf die Axt im Wald. Vielleicht hat es damit zu tun, dass niemand mehr im Wald lebt – und deshalb auch kein Holz mehr gehackt werden muss, dachte Alexandra, eine kühne Spekulation, die ihr ein Lächeln ins Gesicht zauberte. Seit Little Matthew auf der Welt war, hatte sie wieder gelernt zu lachen. Etwas, was ihr noch vor Kurzem unvorstellbar erschienen war. Morten lebte noch immer bei ihr, in ihren Gedanken, und manchmal konnte sie seine Anwesenheit fast fühlen. Doch die Sehnsucht, ihm so bald wie möglich nachzufolgen, war seit Matthews Geburt verschwunden. Ein Teil ihrer beider Liebe lebte in diesem jungen Menschen weiter, und ihre Aufgabe war es nun, ihn auf das Leben vorzubereiten und ihm so viel Freude wie nur möglich daran zu vermitteln. Obwohl sie natürlich bereits ahnte, dass es wahrscheinlich eher umgekehrt laufen würde.

Matthew sah aus wie sein Vater. Natürlich hatten alle Babys bei der Geburt blaue Augen, aber seine würden die Farbe gewiss nicht mehr ändern, da war sie sich vollkommen sicher. Auch seine Haare, die sich nun in hellbraunen Löckchen kringelten, erinnerten an die von Morten – sie hätte den ganzen Tag damit zubringen können, mit den Fingern hindurchzufahren und Matthew an sich zu drücken, um an seinem Köpfchen zu schnüffeln.

Nun gut, so waren Mütter wahrscheinlich. Voller Liebe für die kleinen Wesen, die in ihnen herangewachsen waren. Alexandra konnte sich kaum vorstellen, dass es eine innigere Mutter-Kind-Beziehung gab als die, die Matthew und sie verband. Sie hatte stets den Vorsatz gehabt, um keinen Preis zur Glucke zu werden, aber jetzt fiel es ihr schwer, ihren Liebling auch nur eine Minute aus den Augen zu lassen. Es kam ihr vor, als wäre sie wieder ein kleines Mädchen und jemand hätte ihr einen Diamanten anvertraut – den größten, schönsten und wertvollsten Diamanten aller Zeiten – und ihr aufgetragen, ihn wohlbehalten an einer bestimmten Adresse abzuliefern. Sie hielt die Hand um den Stein geschlossen und presste sie mit aller Kraft zusammen, damit er unter keinen Umständen – nie, nie, nie – herausfallen konnte. Genau so ein Schatz war Matthew für sie. Doch da er kein Stein, sondern ein kleiner Mensch war, musste sie lernen, nicht zu fest zuzudrücken, um ihn mit ihrer Liebe nicht zu erdrücken. Eine Aufgabe, die sie vermutlich viele Jahre und so manche Träne kosten würde.

Doch die Natur hatte auch ihr ein kleines Geschenk gemacht: Matthew hatte die gleiche Stupsnase wie sie – und auf seinem Rücken, kurz unterhalb der rechten Schulter, prangte ein kleiner dunkler Leberfleck auf seiner butterweichen Haut, genau so ein Muttermal, wie es sich bei ihr an der gleichen Stelle fand. Es war wie ein geheimes Erkennungszeichen. Auch wenn er aussah wie ein kleiner Morten, hatte er doch auch einen Teil von ihr. Eine Zeitlang hatte Alexandra mit dem Gedanken gespielt, ihr Muttermal entfernen zu lassen – doch nun war sie froh darüber, dass Morten es ihr damals ausgeredet hatte. Er pflegte es mit Küssen zu bedecken und zu frotzeln, dass es doch besser sei, einen dunklen Fleck auf der Schulter als auf der Seele zu haben. Alexandra lächelte unwillkürlich. Denn nun vermittelte ihr dieser dunkle Fleck das beruhigende Gefühl von Zusammengehörigkeit und Vollständigkeit – sie brauchte nur sanft mit einem feuchten Schwamm darüber zu streichen, wenn sie den Kleinen badete, schon war es da, das Gefühl, zurück im Leben zu sein. Wieder ein Zuhause zu haben, in dem sie sich geborgen fühlte. Und die wunderbare Aufgabe, die dort auf sie wartete: diese Geborgenheit weiterzugeben.

Die neue Wohnung war großzügig geschnitten und lag noch etwas ruhiger als die vorherige. Sie war Teil eines hundert Jahre alten Gebäudekomplexes, einer Villenanlage, die zu Beginn des zwanzigsten Jahrhunderts nicht weit vom Stadtpark in einer traditionsreichen Straße errichtet worden war. Im Souterrain residierten Feinkostgeschäfte und sogar ein Hutmacher. Dieses Viertel der Stadt galt als besonders schick, handelte es sich doch um den authentischen Kern der geschichtsträchtigen City, die aus allen Nähten platzte und nur noch wenige Inseln der Ruhe bot.

Wer Ruhe suchte, fuhr nach Lighthouse Island – ein Vergnügen, das Alexandra sich, abgesehen von ihren sonntäglichen Friedhofsbesuchen, schon lange nicht mehr gegönnt hatte.

Vielleicht ist es nun langsam so weit, dachte sie. Zusammen mit Matthew wäre es möglicherweise halb so schlimm, die Erinnerungen zu ertragen, die an jeder Straßenecke, auf jedem Platz und in jedem Sandkorn der langen, weiten Strände stecken. Sie könnte das Büro gut und gerne mal für ein paar Tage Caro überlassen, die mittlerweile sowieso mehr Zeit in der Firma als zu Hause verbrachte, da sie nach der Sache mit Mark, dem Basketballer, dem männlichen Geschlecht fürs Erste abgeschworen hatte. Es gab Wichtigeres für sie in dieser Phase ihres Lebens – und es wäre gelogen, zu behaupten, dass Caros neuer Lebensstil Alexandra nicht entgegenkam. Aus ihrer jungen Freundin war eine richtige Businessfrau geworden, während sie selbst das tat, was sie sich immer gewünscht hatte: ihr Kind selbst aufzuziehen. Das Berufsleben war für sie zweitrangig geworden. Niemals hätte Alexandra es fertiggebracht, ihren kleinen Liebling in die Obhut eines Babysitters oder einer Ganztagsbetreuung zu geben. Auch am Anfang nicht, als die Geschäfte noch nicht so gut liefen. Es würde ihr auch jetzt nichts ausmachen, mit weniger Geld auszukommen; um bei Matthew sein zu können, würde sie sich eben einschränken, denn ihre Familie war ihr wichtiger als unbegrenzte finanzielle Möglichkeiten.

Familie – welch altmodischen Klang dieses Wort in den vergangenen zehn, fünfzehn Jahren doch angenommen hatte! Als wäre es ein Relikt aus längst vergangener Zeit, als die Männer zum Arbeiten noch die Hände benutzten und die Frauen das Haus instand hielten, kochten und eine riesige Kinderschar versorgten. Eigentlich war es schade, dass es so etwas heute kaum mehr gab – die Welt hatte die Familie gegen den Luxus eingetauscht. Und jeder, der es anders wollte, ohne über ein außerordentliches Einkommen zu verfügen, das ihm einen gewissen Lebensstandard ermöglichte, stieg hinab in die ungeahnten Tiefen einer Existenz voller Entbehrungen. Das fürchteten zumindest viele Menschen. Alexandra allerdings war sich sicher, dass es trotzdem ein guter Tausch war, ein

Tausch, der einem eine ganz andere Art von Reichtum einbrachte – einen Reichtum, der mit keinem Geld der Welt zu kaufen war und nach dem sich viele begüterte Menschen sehnten. Natürlich war Alexandra klar, dass sie gut reden hatte. Sie verdiente genug, um sich beides leisten zu können – ein Kind und einen sehr angenehmen Lebensstandard. Dabei hatte sie noch nicht einmal das Haus auf Lighthouse Island vermietet. Um ehrlich zu sein: Sie scheute sich vor den Aufräumarbeiten, die dann auf sie zukommen würden. Vor allem der Gedanke an das Wühlen in alten Sachen – die sie irgendwo unterstellen musste, bevor man ein Feriendomizil aus dem weißen Holzhaus würde machen können – war ihr unerträglich. Sie wollte nichts davon, kein Blatt Papier, kein Kissen und keine der alten CDs in ihrer Stadtwohnung haben. Sie und Matthew lebten ein neues Leben, das allein durch ihre sonntäglichen Kurzausflüge auf die Insel mit dem alten verbunden war. Es steckten zu viele Erinnerungen in dem Haus auf Lighthouse Island. Sicher, irgendwann würde sie Matthew sowieso alles erklären müssen – er würde älter werden und Fragen stellen. Ihm würde auffallen, dass andere Kinder einen Vater hatten, er hingegen nicht. Nach und nach würde sie ihm von Morten und ihrem Leben auf Lighthouse Island erzählen, in kleinen Häppchen, über die Jahre verteilt. Das Haus würde er als Letztes sehen, denn es bestand die Gefahr, dass es ihm dort so gut gefiel, dass er gar nicht wieder fortwollte.

Es fiel Alexandra leicht, sich vorzustellen, dass Matthew sich genauso in die Insel verliebte wie Morten und sie, als sie das erste Mal im Schritttempo über den Damm fuhren und mit staunendem Blick die Meeresenge passierten, sie, die noch nie einen Ozean aus der Nähe gesehen hatten. Die lichte Weite der Strände, das scheinbar in die Unendlichkeit laufende Meer, das niemals gleich aussah, sondern von Minute zu Minute die Farbe und Oberfläche wechselte. Natürlich bot ein Haus an einem solchen Ort optimale Voraussetzungen für eine glückliche Kindheit. Hier in der Stadt hatte Matthew zwar ebenfalls ein eigenes Zimmer und einen Park vor der Tür – aber auf Lighthouse Island konnten Kinder und Hunde ohne jede Gefahr durch Autos die Gegend unsicher machen, bis sie aus der Puste waren; das hatten Morten und sie sich schon früher immer ausgemalt. Den ganzen Tag über warteten die Dünen und das Meer darauf, entdeckt zu werden. Zwar gab es keinen Kindergarten, noch nicht zumindest, aber Alexandra hatte ja bereits vor Jahren mit dem Gedanken geliebäugelt, einfach ihren eigenen zu eröffnen.

Ihr war, als würde sie ein Fotoalbum mit herzerwärmenden Bildern aus goldenen Tagen durchblättern. Sie war so sehr damit beschäftigt, das wunderbare Lebensgefühl wieder zu entdecken, das jeden Augenblick ihrer Existenz auf Lighthouse Island wie ein warmer Sommerwind umweht hatte, dass sie erst jetzt merkte, dass sie bereits viel zu tief eingetaucht war. Dass eine Wehmut ihr Herz einengte, mit der sie noch immer nicht umzugehen wusste. Da war sie wieder, diese tiefe Melancholie, die schon Adam und Eva bei ihrem Abschied aus dem Paradies ergriffen haben musste – denn tatsächlich war Lighthouse Island auch jetzt noch ein Paradies auf Erden, ein Paradies, das nur einen einzigen Fehler aufwies: Es war etwas passiert in diesem Garten Eden, das sich nicht wieder rückgängig machen ließ. Und dieses Unglück war für Alexandra besser an einem Ort zu ertragen, der in einer gewissen Entfernung zu dem Platz lag, an dem sie einst in vollen Zügen ihr Glück genossen hatte. Das Glück, das ihr, nachdem es sie so schändlich im Stich gelesen hatte, auf einmal wieder mit Siebenmeilenstiefeln entgegengekommen war und ihr das Kind geschenkt hatte, das sie sich seit so vielen Jahren vergeblich gewünscht hatte. Matthew würde ihr helfen, zu akzeptieren, was geschehen war – auch wenn sie es nie ganz verstehen würde. Seit sie diesen kleinen zappelnden Begleiter im Strampelanzug an ihrer Seite hatte, war das Gefühl der Verlassenheit gewichen und die Eiseskälte, die ihr Herz eingeschlossen hatte, unter seinen wärmenden Patschhänden und mit jedem unbeschwerten Kinderlachen dahingeschmolzen.

Der Gedanke, dass sie Matthew eines Tages die Insel zeigen musste, erschien Alexandra allmählich nicht mehr undenkbar. Nach Lighthouse Island zurückkehren jedoch, um dort zu leben, würde sie wahrscheinlich nie. Das pulsierende Leben in der Stadt tat ihr gut: Es waren auch die Lichter der Großstadt gewesen, die ihrer in tiefer Trauer versunkener Seele wieder Flügel hatten wachsen lassen – neben Caros Rundumbetreuung und der scheinbar aus dem Nichts geborenen süßen Hoffnung auf ihr Baby. Sie hatte noch einmal zurückgerechnet und kam immer wieder zum selben Schluss: Matthew konnte nur an dem Tag gezeugt worden sein, an dem Morten – oder sein Echo, wie er es genannt hatte – zu ihr zurückgekehrt war, während sie für die Menschen da draußen im Koma lag. Es war eine schöne Vorstellung, ein Kind von einem Engel zu haben. Auch wenn es ihr nicht erlaubt war, sie mit jemandem zu teilen. Ihre Frauenärztin ging selbstverständlich davon aus, dass es kurz vor dem Unfall passiert sein musste. Eine Annahme, die sich zwar nicht hundertprozentig ausschließen ließ – aber Alexandra war sich ziemlich sicher, dass ihr Zyklus eine Empfängnis zu jenem Zeitpunkt nicht zugelassen hätte. Auf jeden Fall erschien es ihr ratsam, die Ärztin in ihrem Glauben zu belassen. Ein himmlisches Geheimnis musste man sorgfältig hüten, um nicht für verrückt erklärt zu werden – die Welt der Menschen war eine rationale Welt. Die Menschen des dritten Jahrtausends waren wie der ungläubige Thomas, der nicht glauben konnte, dass Jesus aus dem Grab auferstanden war, bevor er es nicht mit eigenen Augen gesehen hatte. Der Mensch ahnte nicht – und auch Alexandra hatte vor dem Unfall zu diesen Menschen gehört –, dass seine Augen von bestimmten Dingen nur so viel erkannten wie die Augen eines Blinden. Auf Lighthouse Island, wo die Vergangenheit noch immer Gegenwart war, würde sie Gefahr laufen, ihr Geheimnis auszuplaudern – in der Stadt jedoch, wo sie wie in einen Kokon der Betriebsamkeit eingehüllt war, gesponnen aus dem Hupen der Autos, blinkenden Reklametafeln, verlockenden Bars und Restaurants, Kinos und Schaufenstern, fühlte sie sich sicher vor der Vergangenheit. Hier war die Gegenwart, und sie war ein Teil davon.

Wenn man in den Armen des Glücks lag, gab es nichts Schöneres, als jeden Augenblick an einem paradiesischen Ort zu zelebrieren, doch in den Fängen der Vergangenheit war es besser, dort zu leben, wo man Ablenkung fand.

Noch war Matthew ein Baby, dessen Bewegungsradius auf die Wohnung beschränkt war. Wenn er in das Kleinkindalter kam, konnte man immer noch weitersehen. Millionen von Frauen zogen ihre Kinder in Städten groß, warum also nicht auch sie? Nur weil sie theoretisch über das Privileg verfügte, ihrem kleinen Schatz ein Heim am Strand zu bieten, wo er tagtäglich barfuß, mit einer kleinen Schaufel und einem bunten Eimer bewaffnet, fern vom Lärm und den Gefahren der Stadt im Sand spielen könnte, musste es noch lange nicht so sein. Auch hier hatten sie eine ruhige, luxuriöse Wohnung, und sie mussten nur eine einzige Straße überqueren, um in den gegenüberliegenden Park zu gelangen, der an den Wochenenden zwar von den Bewohnern der Stadt überquoll, von Montag bis Freitag aber mehr als genügend Freiraum für tobende Kinder bot. Doch außer ihr wollte das scheinbar niemand verstehen.

»Zieh mit dem Kleinen auf die Insel!«, riet Caro ihr immer wieder, »da hat er es schöner.« Und dann setzte sie noch hinzu: »Sobald du es schaffst.«

Es war Anfang September, und der Sommer blies seine feurige Glut in die Gassen der Stadt, so dass der Asphalt auf den Straßen dahinschmolz wie Schokoladeneis.

Matthew war mittlerweile ein vier Jahre alter Derwisch mit den blauen Augen seines Vaters, einem milchkaffeebraunen Wuschelkopf, ein kleiner, witziger Hansdampf in allen Gassen – und Alexandra hatte es noch immer nicht geschafft, auf die Insel zu ziehen. Aber sie fand, dass es bei der Hitze eine Erlösung wäre, einen ausgedehnten Ausflug nach Lighthouse Island zu unternehmen. Das hatten sie in den vergangenen Jahren oft gemacht. Immerhin. Mit dem Tag, an dem man ein Kind bekommt, dreht sich das Leben um hundertachtzig Grad. Man bekommt nicht nur ein neues Familienmitglied, sondern ein neues Leben. Fortan sieht man sich selbst ein zweites Mal aufwachsen, jede Minute ist anders und aufregend, der bequeme Stillstand der Erwachsenenwelt im immer gleichen Rhythmus von Arbeit, Nahrungsaufnahme und Schlaf ist von einem Moment auf den anderen dahin. Der Takt der Industrialisierung, der im modernen Menschen schlägt, als wäre er ihm in die Wiege gelegt worden, muss sich dem Rhythmus der Natur anpassen – dem wahren Tempo des Lebens. Alexandra hatte inzwischen gelernt, wie viel wichtiger, als dem gesellschaftlichen Rhythmus zu folgen, es war, dass der Rhythmus einer Mutter sich mit dem ihres Kindes deckte. Wenn ihre Herzen im selben Takt schlugen, war alles möglich. Alexandra hatte es selbst erfahren. Der kleine Matthew – oder nur Matt, wie sie ihn mittlerweile rief – hatte sich von der großen Überraschung, als die er vor vier Jahren zu ihr gekommen war, in ihre neue große Liebe verwandelt. Er hatte ihr die Schönheit des Lebens gezeigt, wie es vorher nur Morten vermocht hatte. Die wahre Schönheit offenbart sich im Augenblick. Und davon gab es mehr als genug: Sie hatten unzählige fantastische Augenblicke erlebt in den vergangenen Jahren, lustige, traurige, besinnliche und unbeschwerte Augenblicke. Was sie an Matt in dieser Zeit am meisten zu schätzen gelernt hatte, war seine emotionale Intelligenz. Erwachsene bringen Kindern eine Menge bei: lesen, schreiben und rechnen; mit Messer und Gabel zu essen, sich ordentlich den Popo abzuwischen und im Anschluss die Hände zu waschen. Später dann auch einige ernüchternde Lebensweisheiten, beispielsweise die, dass man sich die Flausen aus dem Kopf schlagen und endlich vernünftig werden soll, anstatt seinen Träumen zu folgen. Und welches Kind träumte schon davon, sein Leben inmitten von Aktenordnern oder hinter einem Bankschalter zu verbringen? Die Kinder jedoch vermitteln den Erwachsenen etwas Unschätzbares: die Fähigkeit, den Augenblick zu genießen. Denn unsere Kinder leben fast ausschließlich in der Gegenwart, während die Erwachsenen fast ausschließlich in der Zukunft und der Vergangenheit leben. Mit jedem Schritt, den wir tun während dieser Winzigkeit von Zeit, die wir in unserem Körper verbringen – und uns dabei von jungen in alte Menschen wandeln –, wird nicht nur unser Körper, sondern auch unsere Seele schwerer. Warum nur? Wiegt die Summe aus den Niederlagen und Enttäuschungen, die wir durchmachen, tatsächlich so unendlich schwer, als hätte uns jemand Bleigewichte an die Beine gehängt? Dabei müsste uns eigentlich das Gegenteil gelingen: leichter zu werden. Einem Pessimisten, und mag er noch so klug und brillant sein, bringen wir allerhöchstens Respekt entgegen, unser Herz jedoch schlägt für die Träger von rosaroten Brillen, für die Junggebliebenen und Verrückten. Wäre die gesamte Menschheit einen Deut schlechter gebildet, dafür aber um dasselbe Maß optimistischer – es wäre besser um die Welt bestellt, dachte Alexandra, als sie am Steuer ihres Kombis saß, der den alten, nicht mehr zu rettenden Landrover ersetzt hatte. Auf dem Parkplatz vor dem Inselfriedhof stellte sie den Wagen ab, so wie sie es immer machte.

Matt saß im Kindersitz auf der Rückbank und versuchte die Schokolade an seinen Fingern gleichmäßig auf die Ledersitze zu verteilen, während Pearl im Kofferraum vom feinen Schokoladenduft der Sabber aus dem Mund lief.

Zuerst würden sie Matts Vater besuchen und danach an den Strand gehen. Sie hatten alle möglichen Sachen für einen Tag am Meer eingepackt – sogar eine aufblasbare Luftmatratze im Miniformat, auf der Matt sich gemütlich auf dem Wasser schaukeln lassen konnte. Er schwamm bereits sehr gut; schon als er noch ein Baby war, hatte sie mit ihm Schwimmkurse besucht, die im städtischen Freibad angeboten wurden. Es war leichter, in ruhigem Wasser schwimmen zu lernen, als wenn man wild strampeln und um sich schlagen musste, um gegen drohend über einem zusammenschlagende salzige Wellen anzukommen. Auch in allen anderen Bereichen des Lebens bevorzugte Alexandra ruhige Gewässer. Obwohl der leichtere Weg nicht immer der schnellere war, so ließ sich auch auf ihm einiges erreichen.

Sie hatte schon immer die Harmonie dem Kampf vorgezogen, obwohl sie wusste, dass sie manchmal mehr Mut hätte beweisen müssen. In letzter Zeit fragte sie sich oft, ob sie mutiger werden musste, was Matt und seinen Vater betraf. Bisher wusste der Kleine nur, dass sein Vater im Himmel war. Sie hatte beschlossen, ihm die volle Wahrheit häppchenweise zu verabreichen – und bis jetzt gab er sich zum Glück mit einfachen Antworten zufrieden. Was nicht mehr allzu lange dauern würde, das war ihr durchaus klar.

Alexandra erinnerte sich an das Gespräch, das sie und ihr Sohn vor einigen Wochen vor dem Einschlafen geführt hatten. Matt hatte sich in seine mit edlen Rittern auf Pferden bedruckte Bettwäsche gekuschelt, während sie auf der Bettkante saß und ihm liebevoll über die Stirn strich, so wie sie es immer bei ihrem Kind hatte machen wollen.

»Wo ist mein Dad?«, hatte er gefragt und sie dabei mit einem bohrenden Blick angesehen, als hätte sie seinen Vater irgendwo im Haus versteckt. Er fragte solche Dinge ganz naiv, schließlich wusste er nicht, wie es war, einen Dad zu haben. Oder einen Mann. Und ihn dann wieder zu verlieren. Seine Seele war noch vollkommen leicht.

»Er ist im Himmel, Matt, das weißt du doch.«

Matt nickte. Sie hatten schon oft darüber gesprochen. Wie es im Himmel aussah und welche Art von Leben man dort führte. Im Grunde war es wie auf der Erde, nur dass die Menschen leichter waren und deshalb über den Wolken schwebten.

»Gibt es auch andere Dads?«

Hartnäckig, wie er war, blieb er beim Thema.

»Nein, die gibt es nicht.« Alexandra schüttelte den Kopf, um ihm jeden Zweifel an der Endgültigkeit ihrer Aussage zu nehmen. Er sollte gar nicht erst auf solche Ideen kommen. »Aber wenn du mal groß bist, wirst du vielleicht selbst ein Dad.«

Das war ein neuer Punkt, den sie noch nicht besprochen hatten. Er sah sie mit großen Augen an, erstaunt über die Möglichkeiten, die sich ihm boten.

»Mami?« Seine Stimme war ganz leise, so als müsse er vorsichtig sein, um die eigene Zukunft nicht zu erschrecken.

»Ja?«

»Wann bin ich groß?«

Seit dieser Unterhaltung gab er, wenn ihn jemand im Kindergarten nach seinem Berufswunsch fragte, in den er seit Kurzem dreimal die Woche ging, nur noch »Dad« an.

Vollzeit-Dad. Alexandra erinnerte sich daran, dass ihr erster Berufswunsch Kinderkrankenschwester gewesen war; sie war damals nur unwesentlich älter gewesen als Matt heute. Wenn Kinder Kinderkrankenschwester werden konnten, warum eigentlich nicht auch Dad? Nun ja, zum Glück hatte er noch viel Zeit und musste sich noch nicht entscheiden.

Für einen Augenblick erwischte sich Alexandra dabei, wie sie Matt beneidete. Darum, dass er eines Tages alt genug für eine Freundin sein würde – dass ihm die große Liebe noch bevorstand, während sie alles schon hinter sich hatte. Irgendwann würde aus dem kleinen

Matt ein großer Matthew werden, und eines schönen Tages würde er sie verlassen.

Du blöde Glucke!, schimpfte sie sich selbst, als ihr klar wurde, was sie da dachte. Wie jede Erwachsene lebte sie in den Kategorien von Zukunft und Vergangenheit. Dabei sollte sie es halten wie Matt in diesem Moment, als er mit offenem Mund auf das sich in all seiner glänzenden Pracht hinter den Dünen abzeichnende Meer starrte, während sie den Wagen auf den sandigen Strandparkplatz lenkte. Sie sollte sich auf die Gegenwart konzentrieren, auf einen Augenblick, der schöner nicht hätte sein können. Mutter und Kind machen einen Ausflug an den Strand.

»Matt, wollen wir heute beide so tun, als hätten wir unser Gedächtnis verloren?«

»Okay.«

Er schwieg eine Weile, ohne den Blick von den herantosenden Wellen zu nehmen.

»Mami, was *ist* ein Gedächtnis?«

Alexandra musste lächeln, als sie den Schlüssel aus dem Zündschloss zog. Dieser kleine Gangster – sagte einfach zu allem Ja und Amen, auch wenn er nicht das Geringste verstand. So hielt man sich Ärger vom Leib.

»Also: Wenn man sein Gedächtnis verloren hat«, erklärte sie, »kann man sich an nichts mehr erinnern, was gestern war oder vorgestern oder letzte Woche oder vor einem Jahr.«

Der kleine Matt kratzte sich nachdenklich am Kopf und nahm über den Rückspiegel Blickkontakt mit ihr auf.

»Dann darf ich heute machen, was ich will?«

»Wieso das?«, fragte Alexandra und zog ein verwundertes Gesicht.

»Na, weil du es sofort wieder vergisst, du Schildkröte«, grunzte er vergnügt auf seinem Kindersitz auf der Rückbank.

Der Kleine war nicht auf den Kopf gefallen. Er hatte sie schon häufiger gefoppt, und weil sie dann so langsam im Denken war, hatte er sich für derartige Situationen den Namen Schildkröte für sie ausgedacht. Respektlos zwar, aber da ist etwas dran, dachte Alexandra und schmunzelte unwillkürlich.

Als sie sich nach einem kurzen Friedhofsbesuch – Matt wollte zwar Dad werden, aber seinen Dad nicht unter der Erde begraben sehen – dem Strand näherten, war es wieder da, das magische Geräusch, das ihr in der Stadt so fehlte. Von Kindesbeinen hatte es Alexandra begleitet, doch seit sie in der Stadt lebte, war es auf einmal verschwunden. In den ersten Nächten war es besonders schlimm gewesen, sie hatte deswegen kaum ein Auge zugetan. An keinem anderen Ort zuvor in ihrem Leben war es nachts so beklemmend still gewesen wie in der Stadt. Damals, als sie noch auf der Pferdefarm lebte, war der Wind nachts durch das hohe Gras und die Ähren gestrichen und hatte ein leises Rauschen erzeugt. Genauso war es später auf Lighthouse Island gewesen – man war niemals allein, das Meer war immer zu hören, die Wellen, die an den Strand unmittelbar vor ihrer Haustür brandeten. Ach, wie hatte sie diesen weichen, beruhigenden Klang der

Natur vermisst! In der Stadt fuhr höchstens hin und wieder nachts ein lärmendes Auto vorbei, und von den Bäumen im Stadtpark bekam sie nicht allzu viel mit, da die hohen Häuserfronten es dem Wind nicht erlaubten, in die sorgsam gepflegten, mächtigen Baumkronen zu fahren und mit den raschelnden Blättern ein nächtliches Konzert zu geben. Obwohl die landläufige Meinung war, dass man aufs Land hinausfuhr, um die Stille zu finden, war es Alexandra im Gegenteil in der Stadt zu still, wenn die Lichter erloschen und auch die letzte Kneipe ihre Tore schloss.

Dann war es, als wäre die Welt nicht mehr vorhanden. Einem Menschen, der in der Stadt groß geworden war oder keine Ohren hatte, zu hören, mochte das gleichgültig sein – aber sie war mit den Geräuschen einer nicht enden wollenden Weite aufgewachsen, und ob es nun ein Kornfeld oder das Meer war, das im Nachtwind rauschte, machte letztes Endes keinen Unterschied. Was sie brauchte, um beruhigt einschlafen zu können, war nichts weiter als irgendeinen Laut der Natur – um zu wissen, dass die Welt in Ordnung und sie noch am Leben war, während sie, müde von einem anstrengenden Tag, den Kopf auf ein weiches Kissen bettete.

Der Strand war rappelvoll. Das Ende der Sommerferien stand kurz bevor, und Urlauber aus dem ganzen Land belegten mit ihren Sonnenschirmen, Luftmatratzen und Kühltaschen beinahe jeden einzelnen Zentimeter. Mit einem Seufzer erinnerte sich Alexandra daran, wie makellos weiß der Sand frühmorgens war ohne all die Menschen und nachdem ihre Spuren über Nacht verweht waren. Wie ein feiner seidiger Schal sah der Strand dann aus, den Gott nach einem Bad im Meer vergessen hatte.

Sie ging mit Matt zu einer kleinen Anhöhe in den Dünen, die noch dünn bevölkert war und von der aus man einen schönen Blick über die ganze Insel hatte. Man konnte sogar ihr Haus sehen. Es lag da wie ein strahlend weißes Schmuckkästchen. Bis heute hatte sie es noch nicht übers Herz gebracht, es Matt zu zeigen. Er hätte sich sofort ein schönes Kinderzimmer ausgesucht und sie überredet, zu bleiben.

»Ist das unser Haus?« Als hätte er ihre Gedanken erraten, zeigte Matt mit seinem kleinen Zeigefinger in die Richtung, in die sie gerade geschaut hatte. Ihr blieb ihr nichts übrig, als zu nicken.

»Matt, hast du Lust, ins Wasser zu gehen?« Sie wollte das Thema lieber wechseln, bevor er sich daran festbiss. Kinder in dem Alter konnten das sehr gut.

»Wieso wohnen wir nicht in dem Haus?«

Zu spät. Er schaute sie mit großen Augen an.

»Weil wir in der Stadt wohnen.«

»Und warum wohnen wir in der Stadt?«

Warum? Nicht nur Matt war so, sondern auch seine gleichaltrigen Freunde aus dem Kindergarten. Auf jedes Darum folgte ein weiteres Warum, es war wie bei diesen russischen Puppen, den Matroschkas, die man öffnete, nur um eine weitere Puppe vorzufinden, die etwas kleiner war und in der wiederum eine noch kleinere steckte. Ein Spiel, das kein Ende nahm.

»Weil wir nicht auf dem Land wohnen.«

Hin und wieder gelang es ihr, ihn mit solchen Antworten zu irritieren oder zu langweilen.

»Und warum wohnen wir nicht auf dem Land?«

»Hab ich doch grad schon gesagt, weil wir in der Stadt wohnen.«

Jetzt mussten sie beide lachen.

»Du!« Matt griff mit seiner kleinen Hand in den Sand und feuerte eine Handvoll davon gegen ihr nacktes Bein, während sie ihr Kleid auszog, unter dem ein schwarzer Bikini zum Vorschein kam. Früher hatte sie auch bunte Sachen getragen, aber nun war sie Witwe und lebte in der Stadt, es bereitete ihr keine Freude mehr, den Hippie zu spielen, zumal einige Jahre ins Land gegangen waren und sie mittlerweile mit Siebenmeilenstiefeln auf die vierzig zuging. Auch wenn man es ihrer Figur nicht unbedingt ansah, wie sie im Licht der unbarmherzigen Mittagssonne einigermaßen beruhigt feststellte. Heutzutage waren die meisten jungen Mädchen dicker als sie und begutachteten schon mit zwanzig gegenseitig die ersten Dellen, die ihre Ernährungsweise ihnen in die Oberschenkel tätowiert hatte.

Zum Glück konnte Matt noch nicht besonders weit werfen, so dass Alexandra nur ein paar Spritzer abbekam. »Warte, dir werde ich's zeigen!«, schrie sie gegen den aufkommenden Wind an und riss ihre Augen furchterregend weit auf, bevor sie zur Verfolgung des kleinen Ausreißers ansetzte, der sich bereits einige Meter in Richtung Meer abgesetzt hatte. Wie ein Häschen, das auf der Flucht vor einer Truppe von Jägern mit Höchstgeschwindigkeit über einen Acker prescht, flitzte Matt Haken schlagend zwischen den aus bunten Handtüchern und allerlei Strandutensilien bestehenden Inseln der Sonnenbadenden hindurch. Alexandra hätte nicht die geringste Chance gehabt, ihn einzuholen, wenn eine wie ein lackierter Betonklotz auf einem Handtuch postierte hellblaue Kühlbox den Triumphlauf ihres Sohnes nicht gestoppt hätte, als er sich zu ihr umdrehte und einen Moment lang weiterlief, ohne auf den Weg zu achten.

Noch bevor Matt fiel, schlug Alexandra die Hände vor dem Gesicht zusammen, denn sie konnte das Unheil nicht mehr verhindern – ebenso wenig, wie es die ältere Frau vermocht hätte, die zusammen mit einem kleinen Mädchen auf dem Handtuch saß und einen kleinen Schrei ausstieß, als Matt aus vollem Lauf über die Kühlbox hinweg in ihren Schoß plumpste.

Das Mädchen sprang erschrocken auf, als wäre Matt ein Krokodil, das es auffressen wollte.

Normalerweise belastete Alexandra seit dem Unfall ihre Knochen nicht mehr als nötig. Obwohl alles wieder bestens verheilt war, fühlte sie sich doch wackeliger seit jenem Tag, an dem sie das Laufen wie ein Kleinkind neu gelernt hatte. Sie hatte nicht nur einiges an innerer Ruhe eingebüßt, sondern auch ihre körperliche Robustheit verloren – Privilegien, die sie bis dahin ausgezeichnet hatten, ohne dass sie ihr bewusst gewesen waren. Es war eine Selbstverständlichkeit gewesen. Doch plötzlich war sie wieder ganz die Alte – sie mochte einiges verlernt haben, aber wie man sprintete, offenbar nicht. In wenigen Sätzen war sie an der Unglücksstelle.

Matt stand bereits wieder und hielt sich das Schienbein. Es schien nichts Schlimmes passiert zu sein, denn noch heulte er nicht. Er wartete auf den besorgten Blick – so lief das Spiel bei kleinen Kindern.

Alexandra hätte lachen sollen, dann wären möglicherweise keine Tränen geflossen, aber eine Mutter kann nicht aus ihrer Haut. Während sie auf ihn zueilte, spürte sie bereits, dass sie ihren »Ich bin sogar extrem besorgt um meinen Sohn«-Blick angenommen hatte – sie konnte es Matt ansehen, dessen Gesichtsausdruck sich von »Ich bin ein harter Junge mit einem kleinen Kratzer« zu »Muttis Liebling kämpft mit dem Tod« gewandelt hatte.

Sofort fing der Kleine aus voller Kehle an zu jaulen, das Gesichtchen von unerträglichem Schmerz verzerrt, ohne im Geringsten auf die Gegenwart der Damen zu achten, die ihn umgaben. Sein männlicher Stolz war offensichtlich noch nicht allzu stark ausgeprägt, obwohl er erst vor wenigen Tagen verkündet hatte, nicht mehr mit Mädchen spielen zu wollen, weil sie immer sofort zu heulen anfingen.

Nachdem die erste Notuntersuchung keine bleibenden Schäden zutage gebracht hatte, hielt es Alexandra für das Beste, sich bei den beiden Damen für die Unannehmlichkeiten zu entschuldigen, die sie durch Matts Unachtsamkeit hatten erleiden müssen.

»Ach, das macht doch nichts!«, polterte die Ältere, die weitaus weniger schreckhaft zu sein schien als das kleine Mädchen, das sich vorsichtshalber hinter ihr versteckte, und stellte sich als »Theresa« vor.

Sie war der Typ patente Großmutter, wenn auch

eine junge Großmutter. Zwar war ihre Haut von einem Leben voller Sonne gebräunt und von unzähligen kleinen Furchen durchzogen, aber das blond gefärbte Haar war noch üppig und floss gepflegt ihren Rücken herab, und sie trug keineswegs eines dieser plumpen Hängekleider, die in ihrer Generation so typisch sind, sondern ein raffiniert geschnittenes gelbes Sommerkleid. Alexandra empfand es als angenehm, sie anzusehen, denn ihre Züge waren ausgeglichen und ohne die Härte, die sich vielmals im Laufe eines nicht immer leichten Lebens in die Gesichter älterer Menschen grub.

»Und das ist Rose.«

Alexandra lächelte das kleine Mädchen an, während sie auf den Knien hockte, Matt umarmte und seine Tränen trocknete.

»Und wir sind Matt und Alexandra, stimmt's, mein Süßer?«, fragte sie die Heulboje in ihrem Arm und putzte seine kleine Rotznase mit einem Taschentuch, das Theresa ihr so selbstverständlich gereicht hatte, als würde sie den ganzen Tag nichts anderes tun, als heulende Kinder zu versorgen.

»Leben Sie auf der Insel?«, fragte Alexandra.

»Nein, leider nicht. Mein Sohn sucht noch ein Haus. Er arbeitet in der Stadt, aber für das Kind ist es hier schöner. Na ja, nicht nur für das Kind …«, sinnierte sie lächelnd. »Über den Damm fährt man ja nur eine gute halbe Stunde. Leben Sie denn hier?«

»Nein, sie will ja nicht«, sagte Matt und setzte dabei ein Gesicht auf, als wolle er auch darüber noch ein paar Tränen vergießen.

Theresa verdrehte ungläubig die Augen. »Sie will nicht? Das kann ich mir aber gar nicht vorstellen.«

»Doch, dabei haben wir schon ein Haus.«

Es war etwas peinlich, was Matt da herausposaunte, obwohl sie sich so viel Mühe gab, ihn zu trösten und ihn davon zu überzeugen, dass er dem Tod gerade noch einmal von der Schippe gesprungen war.

»Na ja, das ist eine lange Geschichte«, erklärte Alexandra, nicht gewillt, ihre Geschichte vor wildfremden Menschen auszubreiten. »Ich bin Maklerin. Vielleicht kann ich Ihnen mit dem Haus helfen.«

»Oh ja, das wäre schön.« Freude zeichnete sich auf Theresas Gesicht ab. »Es darf aber nicht zu teuer sein, eher was Kleines, Nettes, wenn Sie verstehen …«

Alexandra nickte, sie würde sehen, was sich machen ließ.

»Setzen Sie sich doch einen Moment! Wir haben Erdbeeren dabei, die magst du doch sicher auch, oder?« Theresa nickte Matt aufmunternd zu.

Matt schüttelte den Kopf. Er war in der Trotzphase.

»Oder du gehst mit Rose ein bisschen am Wasser spielen«, schlug Alexandra vor.

Eine dumme Idee, offensichtlich – denn nun schüttelte nicht nur Matt widerwillig die lockige Mähne, sondern auch die kleine Rose.

Sie mochte vielleicht ein oder zwei Jahre älter sein als er, und sie war definitiv eine Prinzessin. Eine sehr hübsche dazu, zartgliedrig, mit seidigem braunen Haar und großen smaragdgrünen Augen. Noch immer versteckte sie sich hinter ihrer Großmutter, die wohlwollend über die königliche Zurückhaltung hinwegsah, mit der ihre Enkelin ihrem unfreiwilligen Eroberer gegenübertrat.

»Rose, zeigst du Matt mal den Strand? Du kennst dich hier doch besser aus als er, oder?« Theresa machte ein strenges Gesicht, das keinen Widerstand duldete.

»Wenn's sein muss«, grummelte Rose widerwillig, während sie zur Untermauerung ihrer Position einmal schlecht gelaunt mit dem Fuß auf den Boden stampfte.

Alexandra musste lachen – Rose war eine richtig gute Schauspielerin. Sie tendierte auf jeden Fall in Richtung Drama.

»Rose?« Obwohl Alexandra leise vor sich hingluckste und dabei freundlich Matt zuzwinkerte, der sie ansah, als hätte sie ihn gerade dem Galgen ausgeliefert, war es nunmehr an Theresa, ihre Enkeltochter zur Ordnung zu rufen. Sie brauchte nicht mehr als einen Blick dafür.

»Okay – ist ja schon gut«, willigte Rose geknickt ein, um daraufhin Matt, der ungefähr einen halben Kopf kleiner war als sie, huldvoll zuzunicken – vermutlich als Zeichen, dass er sich ihr anschließen durfte.

Mit hängenden Schultern stapften die beiden in Richtung Wasser davon, sie vorneweg, er mit einem ordentlichen Sicherheitsabstand lustlos in ihrer Spur, während Theresa und Alexandra ihnen seufzend nachsahen.

»In dem Alter sind sie am niedlichsten, nicht wahr?«, sagte Theresa gut gelaunt.

Es stellte sich heraus, dass Rose nur ein gutes Jahr älter war als Matt. Theresa spielte an diesem Tag das Kindermädchen – wahrscheinlich, damit die Eltern wenigstens am Wochenende einmal ein paar ruhige Stunden für sich hatten.

Wenn meine Mutter noch leben würde, dachte Alexandra, wäre sie jetzt ungefähr in demselben Alter wie Theresa. Wie schön wäre es, nun mit ihr hier auf dieser Picknickdecke zu sitzen!

Bis heute hatte Alexandra nicht verstanden, warum ihre Mutter nicht einfach die Familie verlassen und woanders ein völlig neues Leben begonnen hatte – wieso nur musste sie sich gleich umbringen? Konnte sie sich denn wirklich nicht vorstellen, dass auch noch ein anderes Leben möglich wäre außer dem, das sie damals lebte? Dass man an einem neuen Ort völlig neu anfangen konnte? Sie selbst, Alexandra, hatte bewiesen, dass es funktionieren konnte – und die Umstände, unter denen sie es getan hatte, hätten kaum fürchterlicher sein können. Und nun hatte sie ein neues Leben und das Kind, das sie sich immer gewünscht hatte. Es gab immer eine Chance auf ein Morgen. Das Geheimnis war, *jetzt* zu leben, anstatt in den Rückspiegel zu schauen und sich in einer goldenen Vergangenheit zu verlieren oder sich vor einer ungewissen Zukunft zu fürchten, die irgendwo am Horizont lauerte. Wenn Alexandra in den letzten Jahren etwas Wesentliches gelernt hatte, dann das. Alexandra seufzte. Leider konnte sie all das ihrer Mutter nicht mehr mitteilen. Obwohl auch Alexandra zugeben musste, dass sie die Vergangenheit noch nicht komplett hinter sich gelassen und akzeptiert hatte.

»Bitte schön!« Theresa riss Alexandra aus den düsteren Gedanken. Sie hatte offenbar ein feines Gespür dafür, dass Matts Mutter nicht über das Haus auf der Insel sprechen wollte, also hakte sie nicht nach, sondern servierte ihr stattdessen eine Handvoll frischer Erdbeeren in einem Plastikschälchen.

Während sie schweigend auf der Picknickdecke saßen, die Gesichter der Sonne und den ruhig an den Strand laufenden Wellen zugewandt, und hin und wieder eine kühle Erdbeere naschten, beobachteten sie, wie die beiden Kinder herumalberten. Offensichtlich hatten Matt und Rose ein Thema gefunden, das sie beide interessierte – jedenfalls lachten sie sich gerade über ein dickes Michelin-Männchen schlapp, das in der Sonne eingenickt war und mit seinem riesigen weißen Bauch aussah wie ein gestrandeter Wal. Alexandra hoffte, dass der gute Mann nicht aufwachte und mit seinen Badelatschen nach ihnen warf. Bonnie und Clyde. Vor ihrem geistigen Auge sah sie Rose und Matt bereits als dicke Freunde, als ein verrücktes Querulanten-Pärchen, das sich nicht gesucht, aber gefunden hatte.

Den Rest des Tages verbrachten sie zu viert am Strand. Bevor alle vergnügt aufbrachen, tauschten sie Namen und Telefonnummern aus. Theresas Nachname kam Alexandra irgendwie bekannt vor, aber sie konnte sich nicht erinnern, in welchem Zusammenhang. Nun, es würde ihr schon noch einfallen.

Bereits am nächsten Wochenende sahen sie sich wieder. Matt hatte so lange gequengelt, bis Alexandra nachgegeben und Theresa angerufen hatte. Es war ein bisschen bewölkt an diesem Tag, der bereits den beginnenden Herbst ahnen ließ, aber dennoch warm genug für einen Ausflug zum Strand.

Von der anfänglichen Reserviertheit der Kinder war nichts mehr zu spüren. Matt hatte mit der königlichen Rose eine erfahrene Rudelführerin gefunden und Rose in Matt einen ihr treu ergebenen Adjutanten und immer zu Späßen aufgelegten Hofnarren. Sie waren noch nicht Romeo und Julia, denn wenn man erst vier oder fünf war, machte ein Jahr Altersunterschied einiges aus – doch schon fühlte Alexandra sich beim Anblick von Matt und Rose an sich und Morten erinnert. So ähnlich war es bei ihnen auch losgegangen. Für einen Moment war Alexandra eifersüchtig auf Matt. Er hatte seine große Liebe noch vor sich – ob es nun Rose werden würde oder ein anderes Mädchen –, seine Liebe und sein ganzes Leben. Sie selbst hingegen hatte ihre große Liebe verloren und möglicherweise ebenfalls noch ein ganzes Leben vor sich. Womit sollte sie es füllen, wenn auch Matt sie eines Tages verließ – wenn er alt genug war, auf eigenen Beinen zu stehen? Alexandra ohrfeigte sich innerlich dafür, dass sie so etwas dachte. Wie konnte sie nur! Schließlich liebte sie den kleinen Matt, sie liebte ihn über alles auf der Welt. Was immer er anstellte, sie konnte ihm stundenlang dabei zusehen, egal, ob er spielte, herumalberte, seine Cornflakes futterte oder – was das Schönste war – wenn er nur dalag und schlief, die Arme und Beine in tiefer Bewusstlosigkeit in alle Himmelsrichtungen gestreckt. Er war ihr Ein und Alles – alles, was ihr geblieben war.

»Mein Sohn hat vor fünf Jahren seine Frau verloren – es gab Komplikationen bei der Geburt von

Rose«, sagte Theresa auf einmal unvermittelt, als sich die Kinder gerade auf den Weg zur Eisbude gemacht hatten. Plötzlich wirkte sie traurig, obwohl sie sonst wie ein zufriedener Buddha in sich zu ruhen schien. »Anne. Sie war ein Engel. Er hat sich solche Vorwürfe gemacht, dass er ihr nicht helfen konnte. Seitdem arbeitet er Tag und Nacht. Ein Kind braucht eine Mutter, wenn Sie mich fragen. Apropos: Sind Sie eigentlich verheiratet?« Ihr Gesicht hellte sich auf bei der Frage, so als hätte sie soeben die Lösung für die Probleme ihres Sohnes gefunden – in Form einer nicht mehr ganz jungen Frau, die sie zufällig am Strand kennengelernt hatte, als ihr Sohn im hohen Bogen über Großmutters Kühlbox geflogen war.

»Ja«, antwortete Alexandra wie aus der Pistole geschossen.

Kaum war das Wort über ihre Lippen gegangen, fühlte sie sich schlecht. Sie wusste nicht, warum sie das gesagt hatte. Aber ja, natürlich, sie war verheiratet, auch wenn sie keinen Ring am Finger trug. Sie spürte es tief in ihrem Herzen. Für die Hochzeit war Morten doch eigens zu ihr zurückgekehrt. Er hatte ihr noch einen zusätzlichen Tag geschenkt, einen Tag, der im göttlichen Plan nicht vorgesehen gewesen war und den er dem Himmel abgerungen hatte. Aber Theresa meinte selbstverständlich, ob sie mit einem Mann zusammenlebte. Nein, tat sie nicht – abgesehen von einem klitzekleinen Mann namens Matt.

»Nein, Entschuldigung, mein Mann lebt nicht mehr. Deshalb wohnen wir auch nicht mehr hier auf der Insel«, korrigierte sie sich sofort. »Tut mir leid.«

»Das muss Ihnen nicht leidtun«, sagte Theresa und legte ihre Hand auf die von Alexandra, die es sich auf der flauschigen Picknickdecke bequem gemacht hatte. »Sie müssen wissen, mein Mann ist auch früh gestorben. Gott sei Dank waren die Kinder schon groß, aber es war eine harte Zeit für mich; ich weiß, was das bedeutet. Seitdem weiß ich, dass man das Leben nicht planen kann. Man sollte es genießen wie einen Schatz, der sich jeden Moment in Luft auflösen kann, finden Sie nicht auch?«

Unbeabsichtigt hatte sie genau das ausgesprochen, was Alexandra widerfahren war: *Ihr Schatz* hatte sich buchstäblich in Luft aufgelöst – nachdem sie ein letztes Mal gemeinsam durch die Lüfte geflogen waren, getragen von unsichtbaren Schwingen.

Als Matt und Rose eine ganze Weile später zurückkamen, ein Film aus feinem Sand hatte sich über ihre feuchte Haut gelegt, hatten sie kein Eis dabei – den Spuren rund um ihre verklebten Münder zufolge war diese Angelegenheit längst erledigt. Offenbar hatten sie etwas Besonderes gefunden, jedenfalls trugen sie eine Weinflasche herbei, als handele es sich dabei ebenfalls um einen Schatz. Einen schweren noch dazu, denn sie trugen sie zu zweit, was ziemlich albern aussah in Anbetracht der kleinen Flasche – aber jeder der beiden wollte wohl der Entdecker sein und seinen wertvollen Fund nicht für eine Sekunde aus den Händen geben.

»Guckt mal, hier!«

Wie die Augen der Kinder glänzten! Die zwei hüpften aufgeregt von einem Bein auf das andere, als hätten sie soeben festgestellt, dass sie beide zufällig am heutigen Tag Geburtstag hatten. Zuerst konnte Alexandra nicht erkennen, was so toll an einer alten Weinflasche sein sollte – doch dann bemerkte sie den Korken, der halb im Flaschenhals steckte, und den Zettel, der hinter der kaum durchsichtigen grünen Glaswand verborgen war.

»Eine Flaschenpost!«, rief sie und klatschte in die Hände, als wäre sie selbst noch ein Kind. »Ihr habt eine richtige Flaschenpost gefunden!«

»Was ist eine Flaschenpost?« Prinzessin Rose sah sie voll brennender Neugierde an.

»Da steckt was drin.« Matt wies noch einmal darauf hin, dass er es ebenfalls entdeckt hatte – obwohl er erst vier war.

»Ach, nee, das wusste ich ja gar nicht!«, veräppelte Rose ihn und verdrehte die Augen über die Naivität ihres Untergebenen am königlichen Hofe.

»Eine Flaschenpost ist eine wichtige Nachricht, die irgendjemand in einer Flasche in den Ozean geworfen hat, damit sie am anderen Ende der Welt jemand wie ihr findet«, erklärte Alexandra.

»Wir wollen die Nachricht sehen«, forderten Rose und Matt unisono.

Nach einigen Minuten intensiven Bohrens und Stocherns gelang es schließlich Theresa, die für alle Fälle gerüstet war und jede Menge nützliche und weniger nützliche Utensilien in ihrer Strandtasche mit sich führte, den Zettel mit Hilfe eines Bleistiftes ans Tageslicht zu befördern. Es war ein Bogen Papier, der zweimal gefaltet war.

»Wer will ihn aufmachen?«, fragte Theresa die beiden und machte ein Gesicht, als wären in dem Zettel alles Glück und aller Reichtum der Welt versteckt.

Vier Arme flogen in die Höhe.

»Gut, dann faltet ihr ihn zusammen auf. Aber seid vorsichtig, damit er nicht auseinanderfällt! Er könnte schon sehr alt sein …«

Sie zwinkerte Alexandra zu, die die Botschaft auf dem Papier am liebsten noch vor den Kindern gelesen hätte, so aufgeregt war sie mit einem Mal.

Umso größer war die Überraschung, als Rose den Zettel – assistiert von den neugierigen Blicken ihres Adjutanten – vorsichtig mit spitzen Fingern entfaltet hatte. Auf das karierte Papier waren mit blauem Buntstift zwei Figuren gemalt: ein Junge und ein Mädchen. Sie hielten sich an den Händen.

»Was soll das denn sein?«, fragte Rose zutiefst enttäuscht und reichte das kleine, bereits von der Feuchtigkeit angegriffene Blatt an Theresa und Alexandra weiter. »Mami, was soll das sein?«, wiederholte Matt, als wäre er Roses Sprachrohr, die in einer exotischen und für niemanden außer ihrem Privatsekretär verständlichen Mundart redete.

»Ein Mädchen und ein Junge, die sich sehr lieb haben, Matt.«

Alexandra war gerührt von der Zeichnung. Sie stellte sich einen kleinen Jungen vor – nicht viel älter als Matt –, der die Zeichnung angefertigt hatte, um daraufhin eine Flasche aus dem Altglascontainer zu fischen und beides zusammen in den Ozean zu werfen, in der Hoffnung, dass seine Liebe endlich erhört wurde.

»Das ist doch keine wichtige Botschaft.« Rose war für Liebesgeschichten offenbar nicht empfänglich.

»Doch, ich glaube schon«, erwiderte Alexandra. »Für die Person, die das gemalt hat, schon.«

»Mami, wer hat das gemalt?«

»Das weiß ich nicht, Matt. Aber es wurde für dich und Rose angespült. Vielleicht habt ihr euch irgendwann auch mal so lieb.«

Ihre Worte waren noch nicht verklungen, da stieß Theresa schon ein spitzes Lachen aus, als hätte Alexandra soeben einen genialen Witz erzählt.

Rose und Matt verzogen gleichzeitig angewidert den Mund. Es sah urkomisch aus. So komisch, dass schließlich alle lachen mussten. Alexandra sogar so sehr, dass ihr Tränen in die Augen stiegen – sie hoffte jedenfalls, dass Theresa und die Kinder diese Erklärung für so logisch hielten, dass sie gar nicht erst auf andere Ideen kamen.

Ganz ohne Vorwarnung hatte sich ein Schmerz in ihr gelöst. Es waren keine süßen Tränen des Glücks, die sie vergoss, aber sie hoffte, dass die anderen sie dafür halten würden. Sie waren einfach in ihr aufgestiegen, während sie die Zeichnung betrachtete. Sie hatte keine Ahnung, warum die kleine Kritzelei sie dermaßen berührt hatte, aber auf einmal hatte sie daran denken müssen, wie Morten und sie unzählige Male Hand in Hand am Meer gestanden hatten, um einen neuen Tag anbrechen oder einen alten sich verabschieden zu sehen. Morten fehlte ihr so, als wäre sie ein Vogel, dem die Flügel abhanden gekommen waren. Nach ihrem letzten Abschied war kein neuer Tag mehr angebrochen, an dem sie seine

Hand hätte halten können. Alexandra lachte weiter, damit niemand auf falsche Gedanken kam. Mittlerweile waren Jahre seit jenem tragischen Tag ins Land gegangen, und sie ließ sich durch eine Kinderzeichnung aus dem Tritt bringen!

Um ein Haar wäre ihre List sogar aufgegangen. Alle bis auf einen hatten sich täuschen lassen, aber er behandelte die Sache diskret.

»Mami, irgendwann spült das Meer auch was für dich an«, tröstete Matt sie, der das Salz in ihren Tränen als Einziger bemerkt hatte, und sie fühlte, wie sich seine kleine, weiche Hand um ihre Finger schloss.

Da Matt sich eine Belohnung – einen Trostpreis im wahrsten Sinne des Wortes – verdient hatte, beschloss Alexandra, ihm noch am selben Nachmittag das Haus zu zeigen, nachdem sie sich von Theresa und Rose verabschiedet hatten. Sie war schon viele Jahre nicht mehr da gewesen – es war an der Zeit, mit den Geistern der Vergangenheit aufzuräumen.

Kaum hatte sie die mit dem kleinen Fenster aus Milchglas ausgestattete massive Holztür aufgeschlossen, stürmten Matt und Pearl auch schon hinein, als ginge es um Leben oder Tod. Nachdem Pearl hier und da ein bisschen geschnüffelt und die erste Aufregung sich gelegt hatte, trottete sie schwanzwedelnd zu dem Platz, an dem früher ihre Decke gelegen hatte, um sich dort, ächzend wie ein uraltes Industriedenkmal, auf den Dielenfußboden plumpsen zu lassen – wobei sie den Blick durch den Raum schweifen ließ, als wäre sie nach einer langen Reise endlich heimgekehrt. Eine

Reise oder vielmehr eine Odyssee, die viele Jahre in Anspruch genommen hatte.

Alexandra blieb für einen Moment auf der Türschwelle stehen. Nach so langer Zeit fürchtete sie sich davor, das Haus zu betreten, in dem sie einst so glücklich gewesen war. Doch schon auf der im Laufe der Jahre mit vielen kleinen Kratzern versehenen, aus einer breiten, weiß lackierten Holzlatte bestehenden Schwelle zwischen drinnen und draußen erkannte sie sofort den ureigenen Geruch wieder – diese Mischung aus Sommerkräutern, trockenem Holz und dem Salz des Meeres, dessen Klang mit Matt und Pearl in das Haus geschwappt war, als sich die Tür mit einem leisen Knarren geöffnet hatte.

Matt blieb verschwunden, Alexandra konnte seine kleinen Trippelschritte hören, er flitzte durch die Räume wie ein Wiesel. Schließlich fand sie ihn im Schlafzimmer. Er lag auf dem selbst gezimmerten weißen Lattenbett, in dem Morten und sie geschlafen hatten; er hatte die Hände gefaltet und die Augen an die Decke geheftet.

»Hier will ich schlafen!«, forderte er.

Ausgerechnet!

»Aber du hast doch schon ein eigenes Schlafzimmer in der Wohnung«, protestierte Alexandra, die plötzlich ahnte, worauf dieser Besuch hinauslaufen könnte.

Und doch sagte sie es nur halbherzig, denn vom ersten Augenblick an, als sie den von Wildblumen gesäumten Sandweg entlanggefahren war, als der Hund aus dem Wagen gesprungen war und sie die Haustür mit einem Ruck geöffnet hatte, hatte sie den unglaublichen Frieden bemerkt, der über dem Haus lag. Es war noch immer der Gegenentwurf zum sterilen Leben in der Stadt, als den Morten und sie es einst geplant hatten. In den Fliederbäumen vor dem Küchenfenster zwitscherten die Vögel. Man hörte nichts außer dem Wind, den Wellen und ihren freundlichen Gesang.

»Hier könnte ich auch zusammen mit Rose schlafen«, schlug Matt vor.

»Ich bin mir nicht sicher, ob Rose von dieser Idee genauso begeistert wäre.«

Alexandra setzte ein skeptischen Blick auf, während Matt darüber zu grübeln schien, wie viel Zustimmung er von Rose in dieser Frage realistisch betrachtet erwarten durfte.

In dem in die weiß getünchte Wand eingelassenen Regal erblickte sie ein Foto, das sie lange nicht mehr gesehen hatte: Morten und sie zwischen den Wolkenkratzern in New York, wo sie vor vielen Jahren gewesen waren. Jeder war begeistert von dieser Stadt – auch ihnen war es so gegangen in der Woche, die sie dort verbracht hatten –, und doch wirkten sie beide sehr blass auf dem Schnappschuss. Man konnte den Smog förmlich in der Luft hängen sehen; es war Sommer und unerträglich heiß gewesen, sie erinnerte sich daran, als wäre es erst gestern gewesen. Sämtliche Klimaanlagen in der Stadt waren ausgefallen, weil das Stromnetz überlastet gewesen war. Morten hatte einen Dreitagebart und schien mindestens genauso lange nicht geschlafen zu haben – ganz zu schweigen von ihr selbst; sie bot ein Bild wie ein junger Edamerkäse. Sie waren nicht für die Stadt gemacht, das hatten sie damals festgestellt.

Jedes Foto, das von ihnen jemals auf Lighthouse Island gemacht worden war, zeigte sie in bester, strahlender Verfassung – selbst wenn sie drei Tage und Nächte nicht geschlafen hatten. Sie sahen so jung aus. So zufrieden und voller innerer Ruhe. Es war das pure Glück, hier in diesem Paradies aus Meer, Sand und Sonne zu leben – und Alexandra fragte sich, ob sie Matt diese Chance vorenthalten durfte, nur weil sie glaubte, es nicht auszuhalten.

»Bist du das auf dem Foto?«

Offensichtlich hatte sie so lange auf das Bild gestarrt, dass sie Matts Aufmerksamkeit darauf gelenkt hatte. Seinen Vater hatte er wohl sofort erkannt, sie hingegen nicht – na, vielen Dank! Andererseits: Er hatte so viele Fotos von Morten gesehen; in der Stadtwohnung hatten sie ein Album mit den Bildern, die Caro für sie aus dem Haus geholt hatte. Sie hatten es jeden Abend vor dem Schlafengehen zusammen betrachtet. Auf diese Weise konnte Matt wenigstens davon träumen, einen Vater zu haben.

»Nein, das ist Theresa!«, foppte sie ihn.

»Die Oma von Rose?« Matt runzelte die Stirn. Er schien ernsthaft zu überlegen, ob das möglich war.

»Okay, wenn du willst, kannst du hier schlafen.« Alexandra sagte es schnell, bevor sie es sich anders überlegen konnte. Ihr würde das gegenüberliegende, praktisch gleich geschnittene Zimmer genügen, das ursprünglich als Kinderzimmer geplant gewesen und von ihnen als Gästezimmer genutzt worden war.

»Heißt das, wir ziehen um?« Matt blickte seine Mutter ungläubig an, als hätte ihm gerade jemand erlaubt, einen Streichelzoo in seinem Zimmer zu eröffnen.

An jenem Nachmittag hatte Alexandra eine Entscheidung gefällt: Um wirklich neu anzufangen, wollte sie sich der Vergangenheit stellen, anstatt in heller Panik vor ihr davonzulaufen oder ein Museum daraus zu bauen, in dem man es sich bequem einrichten konnte, die Augen für alle Zeit vor der Gegenwart und der Zukunft verschlossen. Als sie mit Matt und Pearl durch das Haus auf Lighthouse Island gestreift war, hatte sie festgestellt, dass sie von einer überbordenden Welle friedlicher Energie erfasst worden war – einer Energie, die durch die nahezu unberührt daliegenden Räume floss, in denen sich ihr Leben bis zu jenem unheilvollen Tag abgespielt hatte. Der erste Teil ihres Lebens, mit dem sie vor fast fünf Jahren abgeschlossen hatte, als sie aus ihrem Koma erwacht war. Wenn eine Entscheidung gefallen war, sollte man sofort mit der Umsetzung beginnen, das war Alexandra durchaus bewusst: Jemand, der davon träumte, Hollywoodfilme zu machen, sollte noch am selben Tag seine Koffer packen, um nach Los Angeles zu fliegen – genauso wie der, dessen große Liebe unbedingt hellblond und mit einer komischen Muttersprache ausgestattet sein sollte, sich schnellstens auf den Weg nach Schweden machen musste.

Es dauerte keine vier Wochen, bis die wichtigsten Arbeiten erledigt waren. Sie hatte alles verändern wollen, und es war ihr gelungen. Der Grundton Weiß war geblieben, aber jedes Zimmer hatte nun mindestens eine Wand in einer anderen Farbe. Das Wohnzimmer hatte sie in einen modernen grünen Salon umgestaltet, ihr früheres Schlafzimmer war Matts Kinderzimmer mit dunkelblauem Anstrich geworden, das Büro zum gelben Resort für Gäste, und ihr neues Büro, das sich hinter einer halbhohen Wand im Wohnzimmer verbarg, strahlte inzwischen in einem heiteren, mediterranen Orange. Die meisten Möbel hatte Alexandra ebenfalls ausgetauscht – für einen Teil der alten hatte Caro Verwendung, die ebenfalls gerade umgezogen war. In ihre erste gemeinsame Wohnung mit einem Mann.

Nun, Mann ist vielleicht ein wenig übertrieben, dachte Alexandra. Sie hatte nicht die geringste Ahnung, welche Umstände sich wie verändert hatten, aber Caro hatte tatsächlich ihre alte Geschichte mit Mark, dem Basketballer, wieder aufgewärmt. Obwohl die Sache erst seit ein oder zwei Monaten lief – denen infolge einer schlecht gelaufenen Gartenparty mehrere Jahre eisiger Funkstille vorangegangen waren –, redete sie schon vom Heiraten. Etwas, worüber Alexandra noch einmal mit ihr würde sprechen müssen. Letzten Endes musste zwar jeder seine Fehler selber machen, aber sie hatte das Gefühl, dass Caro auf der Suche nach der großen Liebe zu früh aufsteckte und sich mit einem Typen abfand, für den sie mit ziemlicher Sicherheit nur eine Etappe in seinem noch jungen Leben darstellte. Diese Einsicht hatte sich ihr aufgedrängt, als er vor Kurzem Caro im Büro in der Stadt abgeholt hatte. Caro war schon aus der Tür getreten, da hatte er sich noch einmal umgeblickt und Alexandra einen eindeutigen Blick zugeworfen, und das keinesfalls zufällig – Mr Milchbart konnte es einfach nicht lassen!

Doch dass Liebe blind machen konnte, wusste sie selbst nur zu gut, weshalb sie es Caro nicht zum Vorwurf machte. Sie selbst war blind, taub und stumm gegenüber den Ratschlägen der restlichen Welt gewesen, als sie – noch ein halbes Kind – mit Morten das Weite gesucht hatte. Aber sie hatte es nie bereut.

Matt und Alexandra waren vergnügt. Heute würden sie Rose und Theresa wiedersehen – und endlich den Vater der kleinen Prinzessin kennenlernen.

Alexandra hatte ein Haus auf der Insel gefunden, das gut zu einer noch jungen königlichen Hoheit und deren überschaubarem Hofstaat passen würde. Zwar stand es nur für ein Jahr zur Vermietung bereit, doch zumindest wäre es ein Anfang. Noch dazu lag es direkt in der Nachbarschaft, nur einige hundert Meter weiter den Strand hinunter. Theresa jedenfalls hatte hoch erfreut geklungen, als Alexandra ihr die guten Nachrichten am Telefon mitgeteilt hatte. Sie hatten sich darauf verständigt, sich alle zusammen am Strand zu treffen, um sich das charmante Häuschen aus alten blaugrauen Klinkern gemeinsam anzusehen, das über einen kleinen verwunschenen Garten und sogar über einen Swimmingpool verfügte.

Ein Wunder behält man am besten für sich, das macht es nicht kleiner oder ungeschehen. Auch wenn das

Herz vor Freude in der Brust auf und ab hüpft wie ein kleiner roter Gummiball. Jedes Wunder braucht einen Beschützer, um nicht in Stücke zerrissen zu werden – und der Name dieses Beschützers ist Verschwiegenheit. Alexandra hoffte, dass das Gefühl des Glücks, das sie in diesem Moment wie ein Wasserfall aus gleißendem Licht durchströmte, für immer anhalten und ihr die Kraft geben würde, ihr wunderbares Geheimnis für sich zu behalten. Eigentlich hatte sie nur einen Karton mit alten Rechnungen für Strom, Gas, Wasser und Reparaturen, die sie in einem Küchenschrank gefunden hatte, auf den Dachboden verfrachten wollen. Sie war die schmalen, staubigen Stufen hinaufgeklettert, hatte die Luke über sich aufgestoßen und war in den großflächigen, von einem milden Licht erleuchteten Raum gestiegen, dessen Deckenhöhe nur bis knapp oberhalb ihres Kopfes reichte. In all den Jahren, die sie dem Haus ferngeblieben war, hatte sie nicht mehr an die dunkle Eichenholztruhe gedacht, die gleich neben der Luke thronte, als wäre sie ein tragender Bestandteil des Gebälks. Sie musste uralt sein, sie hatten sie damals zusammen mit dem Haus übernommen. So lange Alexandra sich erinnern konnte, war sie leer gewesen. Doch als sie das schwere Messingschloss mit dem darin steckenden kleinen Schlüssel öffnete und den Deckel der Truhe anhob, fand sie darunter eine grobe Wolldecke. Ihrer etwas unansehnlichen Optik zum Trotz fühlte sie sich weich und flauschig an. Alexandras Herz blieb fast stehen, als sie unter der Decke eine Schatulle fand, die mit dunkelblauem Samt bezogen war. Mit einem Mal war alles wieder da. Es war genau wie in ihrem Traum! Damals, als sie im Koma gelegen hatte. Einen Moment lang erwog sie, sich kräftig in den Arm zu kneifen – aber es war zu offensichtlich, dass das hier keineswegs ein Traum, sondern die Realität, die reine und unverfälschte Wirklichkeit, war. Wie hatte sie diese Möglichkeit nur so lange außer Acht lassen können!

Als Alexandra die Schatulle vorsichtig öffnete, pochte ihr Herz wie unmittelbar vor ihrem ersten Kuss, damals, als nur noch ein halber Zentimeter ihre Lippen von Mortens getrennt hatte. Ja, sie hatte gezweifelt, immer wieder, in den vergangenen Jahren; daran, ob Morten wirklich zurückgekommen war zu ihr an jenem Morgen des Unfalls und später in der Klinik. Ob alles nur ein Traum gewesen war, der mit der Zeit verblassen würde. Ein Traum, aber kein Wunder. Doch nun wusste sie, dass sie das, was er das Echo nannte, weder erfunden noch geträumt hatte. Dass die Wochen, die sie im Koma gelegen hatte, in einer anderen Welt – einer Welt, die neben derjenigen, die wir kannten, existierte –, ein einziger Tag und eine einzige Nacht gewesen waren, ein Tag und eine Nacht voller Wunder. Zitternd vor Glück, hielt sie den im Licht glänzenden Ring in ihren feuchten Fingern: ein Zeichen des Himmels! Nur ein einziger Ring befand sich in der Schatulle, der, den sie schon einmal am Finger getragen hatte. Die Gravur war so rein und sauber gearbeitet, als würde sie von einem Engel stammen, der in seinem früheren Leben Goldschmied gewesen war, wie gemacht für die Ewigkeit: THE FLAME STILL BURNS. MORTEN.

Behutsam steckte Alexandra das Band aus unzähligen kleinen Brillanten an ihren Finger – es passte wie angegossen. In diesem Augenblick beschloss sie, dieses Wunder als Geheimnis zu behandeln. Es ganz für sich zu behalten, auch wenn ihr Herz in ihrer Brust auf und ab hüpfte wie der kleine rote Gummiball. Für alle anderen würde es nur ein ganz gewöhnlicher Ring sein, ein Schmuckstück, nicht mehr. Für sie jedoch war es nicht weniger als der endgültige Beweis, dass ihre Liebe lebte und ewig leben würde. Denn der Ring an ihrem Finger war selbst ein Echo. Das Echo eines Echos.

Ich möchte nicht eines Tages durch mein Leben gehen, wie es die anderen Erwachsenen tun – so als wäre es ein Museum. Sich die verstaubten Träume der Vergangenheit ansehen, alles, was man selbst mal war, und das, was man hätte sein können und sein wollen, golden eingefärbt.

Als Alexandra die Dachluke wieder über sich geschlossen hatte und vorsichtig die Stufen hinunterstieg, die sie von der einen Welt in die andere geführt hatten, erinnerte Alexandra sich daran, was sie selbst als junges Mädchen geschrieben hatte. Unten angekommen, fuhr sie sanft mit dem Zeigefinger über das kleine, glitzernde Band, das sie von nun an für immer mit sich führen würde. Sie trug einen Ring an der Hand, aber das Glück trug sie im Herzen. Sie würde es dort spazieren führen, und es würde sie an jeden Ort begleiten, den sie jemals aufsuchte. Sie konnte wieder atmen. Sie war frei für den Augenblick, für ein Heute und ein Morgen, ohne das Gestern zu verleugnen, das sie fortan wie ein Schmuckstück und nicht mehr wie eine lähmende Fessel mit sich tragen würde.

THE FLAME STILL BURNS. In diesem Moment spürte sie es so klar wie in all den zurückliegenden Jahren nicht: Ja, die Flamme brannte noch. Und sie würde immer brennen – jedoch ohne ihr wehzutun. Es war, als wäre dieser Ring, der sich so angenehm auf ihrer Haut anfühlte, das letzte Mosaiksteinchen gewesen, das ihr noch gefehlt hatte, um das Bild ihres neuen Lebens zu vervollständigen. Sie hatte den Schmerz besiegt.

Es war noch früh am Nachmittag, als Alexandra und Matt am Strand eintrafen. Theresa saß wie ein meditierender Yogi im Schneidersitz am Meer – in der Mitte eines Teppichs aus Handtüchern. Der Himmel war klar und das Licht so hell, dass Alexandra die Augen zukneifen musste, um erkennen zu können, wer der kleinen Rose aus dem Wasser folgte. Sie hätte den Mann fast nicht erkannt, der nun auf sie zukam, um sie zu begrüßen. Er hatte einen gut trainierten, nahtlos gebräunten Körper, und in sein volles, lockiges Haar hatte sich in den vergangenen Jahren das erste Grau geschmuggelt, was ihm, gepaart mit seinem jungenhaften Gesicht, einen sehr sympathischen Ausdruck verlieh. Wenn sie nur nicht so geschockt gewesen wäre – denn erst jetzt wurde ihr klar, warum ihr der Nachname, den Theresa ihr genannt hatte, so bekannt vorgekommen war.

»Hallo, wie geht's?«, fragte der Mann freundlich lächelnd und reichte ihr zur Begrüßung eine nasse Hand.

Rose und Theresa schmunzelten, während Alexandra seine Begrüßung nervös lächelnd erwiderte.

Oh Gott! Ausgerechnet! Plötzlich sah sie alles wieder vor sich: Sie war eine richtige Hexe gewesen. Eine Hexe, der es jetzt leidtat, dass sie diesen Mann so schlecht behandelt hatte, auch wenn es Jahre zurücklag.

Er hatte ihr damals doch nur helfen wollen – und das war ihm letztlich sogar gelungen, obwohl er nur kurze Zeit zuvor das Gleiche durchgemacht hatte wie sie. Genau wie sie hatte er seine große Liebe auf tragische Weise verloren, die Mutter von Rose.

»Haben Sie noch Probleme mit den Beinen?«, fragte Josh Flynn. Dr. Josh Flynn, der noch immer jung wirkende Arzt aus der Rehaklinik, dem sie das Leben wochenlang zur Hölle gemacht hatte. Sie hatte ihren Schmerz auf ihn abgewälzt – dabei war er selbst von Wunden übersät gewesen, was sie damals natürlich nicht einmal geahnt hatte. Hätte er doch nur ein Wort gesagt!

»Nein, ich … Das ist alles … gut verheilt. Vielen, vielen Dank«, stotterte Alexandra.

»Das freut mich«, bekräftigte Josh, und es klang, als meine er es auch so.

»Dürfen wir mit Pearl ins Wasser gehen?«, fragte Rose, die einen Narren an dem Hund gefressen hatte.

»Dürft ihr.«

Kaum hatte Alexandra ihr Okay gegeben, zog Matt sein T-Shirt aus, und die Rasselbande stürzte sich wild kreischend in die Wellen, die sich im auffrischenden Wind kräuselten.

Theresa folgte ihnen, um den Chefarzt der kleinen Familie von seiner Aufsichtspflicht zu entbinden.

»Setzen wir uns doch!«, sagte ihr Sohn und bot Alexandra einen Platz auf der Decke an.

Das salzige Wasser des Ozeans tropfte von seinem Körper, als sie nebeneinander saßen und auf das Meer hinausblickten. Der Wind umschmeichelte angenehm kühlend ihre Haut. Die Möwen kreischten und die Kinder auch, taumelnd vor Glück an diesem herrlichen Tag.

»Sie haben ein Haus für uns?«, fragte er.

»Vielleicht. Wir können es uns gleich ansehen, wenn Sie möchten. Sobald die Kinder aus dem Wasser sind.«

Er nickte. Ohne ein Wort schauten sie hinaus auf die tiefblaue See.

»Ich hab mich damals wirklich scheußlich benommen.«

Alexandra hatte eine Weile gebraucht, bis sie ihre Entschuldigung über die Lippen brachte. Verlegen blinzelte sie in sein Gesicht, das er ihr nach einer kleinen Ewigkeit zuwandte.

Seine Augen hatten etwas Geheimnisvolles, Unergründliches. Alexandra spürte, dass sie rot wurde.

Seine Antwort ließ ein Weilchen auf sich warten. Hätten sie nicht nebeneinander an einem gut bevölkerten Strand gesessen, sondern allein in einem Raum – die Stille wäre unerträglich gewesen.

»Unmöglich waren Sie«, sagte er schließlich und lächelte sie dabei an, während er sich mit der Hand die nassen Haare aus dem Gesicht strich.

Er nahm es mit Humor. Alexandra fühlte, wie sich Erleichterung in ihr ausbreitete.

»Und undankbar zugleich.« Sie hatte den Ball aufgenommen und ihn zurückgeworfen, ebenfalls mit einem Lächeln, ergänzt um ein – wie sie hoffte – charmantes Augenzwinkern.

»Ja, unmöglich, undankbar und vor allem: *unbarmherzig.*«

Er hatte es so trocken gesagt, dass sie einfach losprusten musste, während das Meer vor ihr im Sommerwind toste. Wie schön das Leben doch ist!, dachte sie, während ihre Augen alles, aber auch alles wahrnahmen, was diesen Moment einzigartig machte: den glänzend weißen Kreuzfahrtdampfer, der winzig klein und doch so majestätisch am fernen Horizont vorüberzog, davor eine Handvoll Segelboote, die wie Nussschalen auf den Wellen tanzten, ihre beiden fröhlichen Kinder am Strand, ihr kunterbuntes Lachen, das vom Sommerwind herübergetragen wurde, und am Ende der Bucht den Leuchtturm von Lighthouse Island, der nach Einbruch der Abenddämmerung wieder sein gleißendes Licht über die Bucht schießen würde – bis ein neuer Tag begann.